望道與旅程

—— 中西詩學的迷幻與幽靈

Chasing The
Dao and
Planetary Poetics

米家路

著

謹以此書獻給我最親愛的家人

內子盧丹
愛女米顆
愛子米稻

【推薦語】

樂黛雲 （北京大學比較文學著名教授，國際比較文學協會前副主席）

　　米家路這部文集的確是一部跨文化性，跨文類性與跨學科性的翱翔力作，既體現了作者的宏大視野，又有細緻入微，富有灼見的文本解析。作者筆調生動，論述新穎獨特，且富有深切的人文關懷，值得推薦給每一位對中西方文化研究有興趣的讀者來仔細閱讀。

劉再復 （中國當代著名人文學者、思想家、文學家）

　　米家路所著的《望道與旅程：中西詩學的幻象與跨越》、《望道與旅程：中西詩學的迷幻與幽靈》正是我期待的詩學，其詩學主題，詩識詩心，其涵蓋的詩歌及相關的藝術、文學、文化內涵等均出於我的意料之外。他的詩歌視野深厚寬廣，論述紮紮實實、抓住了現代詩人的大苦悶和他們展示的詩意夢想，從而道破了中西現代主義詩歌的主題變奏，的確是一部非凡價值的詩學著作，讓我們讀後，不能不讚嘆，不能不讚美！

　　米家路的巨著跨越了詩與哲學，文學與文化的界限，打通了詩歌批判與文化批判的血脈，使米氏詩學更為豐富也更為博大，抵達了一般詩論者難以抵達的哲學高度。在米氏詩學中，詩與哲學相互輝映，詩人與哲人異調同聲，二者構成異常精彩的共鳴與交響。米家路不是去建構一個詩與哲學同一邏輯的詩學體系，而是散播啟迪性的真理。這種闡釋真理的散發性篇章，比體系性的結構更能明心見性。

宋明煒 （美國衛斯理大學東亞系副教授，著名科幻文學研究學者）

　　米家路教授的論述廣博而深切，嚴謹且又不失詩意，既有理論的高屋建瓴，也有浪漫的文字魅力。他探討異托邦和後人類，走在人文學科的前沿；無論是幽靈邏輯，還是迷幻凝視，都是作者在以獨特的思維與眼光來透視現代／後現代的文化狀況。閱讀米家路的《望道與旅程》，如同出席一場思想的盛宴，可以盡享學術的快意與充實。

序「秀威文哲叢書」

　　自秦漢以來，與世界接觸最緊密、聯繫最頻繁的中國學術非當下莫屬，這是全球化與現代性語境下的必然選擇，也是學術史界的共識。一批優秀的中國學人不斷在世界學界發出自己的聲音，促進了世界學術的發展與變革。就這些從理論話語、實證研究與歷史典籍出發的學術成果而言，一方面反映了當代中國學人對於先前中國學術思想與方法的繼承與發展，既是對「五四」以來學術傳統的精神賡續，也是對傳統中國學術的批判吸收；另一方面則反映了當代中國學人借鑒、參與世界學術建設的努力。因此，我們既要正視海外學術給當代中國學界的壓力，也必須認可其為當代中國學人所賦予的靈感。

　　這裡所說的「當代中國學人」，既包括居住於中國大陸的學者，也包括臺灣、香港的學人，更包括客居海外的華裔學者。他們的共同性在於：從未放棄對中國問題的關注，並致力於提升華人（或漢語）學術研究的層次。他們既有開闊的西學視野，亦有扎實的國學基礎。這種承前啟後的時代共性，為當代中國學術的發展提供了堅實的動力。

　　「秀威文哲叢書」反映了一批最優秀的當代中國學人在文化、哲學層面的重要思考與艱辛探索，反映了大變革時期當代中國學人的歷史責任感與文化選擇。其中既有前輩學者的皓首之作，也有學界新人的新銳之筆。作為主編，我熱情地向世界各地關心中國學術尤其是中國人文與社會科學發展的人士推薦這些著述。儘管這套書的出版只是一個初步的嘗試，但我相信，它必然會成為展示當代中國學術的一個不可或缺的視窗。

韓晗
2013年秋於中國科學院

導讀

劉再復

　　50年前上學期間，就讀了亞里斯多德的《詩學》這部產生於西元前335年的名著。從那時候起，我就期待能閱讀到中國學者用方塊字寫成的一部「詩學」，尤其是現代詩學。後來我讀到了朱光潛先生的《詩論》，錢鐘書先生的《談藝錄》，還讀了他們之前的許多中國詩話、詞話等，但仍然期待一部涵蓋古今中外詩歌風貌、具有廣闊視野的現代詩學著作，讀後可瞭解現代詩歌的詩核詩心，又能瞭解現代詩歌基調的史論皆宜的著作。這種期待持續了五、六十年，直到去年（二〇一六）秋天，我來到香港科技大學人文學部和高等研究院，才從劍梅那裡發現米家路所著的《望道與旅程：中西詩學的幻象與跨越》、《望道與旅程：中西詩學的迷幻與幽靈》。它正是我期待的詩學，其詩學主題，詩識詩心，其涵蓋的詩歌及相關的藝術、文學、文化內涵等均出於我的意料之外，我用近5個月業餘時間不斷閱讀，每讀一章，都被啟迪。米家路是劍梅的北大學長，劍梅把我的讚美告訴遠在北美的米家路，他竟然要我為他的這部集子作序，我開始覺得此著作分量太重，密度非常，難以說清其成就，於是猶豫了，後來則擔心功利的世界（包括人文世界）會忽略這部紮紮實實、確有非凡價值的詩學著作，所以就提筆寫下一些感想。

（一）

　　亞里斯多德的《詩學》，企圖界定文學的第一門類詩歌，即給詩歌下定義。他和柏拉圖一樣，認定詩歌與音樂、舞蹈、繪畫和雕塑，皆以「模仿」為創作原則，彼此的區別只在於模仿的手段、對象、方式不同。悲劇旨在模仿好人，而喜劇則旨在模仿壞人。我們能讀到的《詩學》第一卷，論說的是悲劇與史詩，而第二卷（論述喜劇）並不完整。兩千多年過去了，我們今天再讀亞里斯多德的《詩學》，總覺得它的文心（「模仿」說）已不能充分說明詩歌。古希臘產生的詩學經典畢竟離我們太遠。米家路巨著的詩歌視野顯然比亞里斯多德深廣精彩得多。米著全書分為四卷，既涉獵詩歌，也涉獵小說、散文、電影、繪畫和大文化

思索。[1]但詩論是它的出發點也是它的興奮點和歸宿點。四卷中的卷一，題為《詩鄉——放逐與還鄉》；卷二為《詩遊記——詩眼東張西望》。有這兩卷墊底，全書主脈、主題、主旨便格外分明。尤其是第一卷，它道破了中西現代主義詩歌的主題乃是「放逐與還鄉」。這一主題擊中要害，可謂「明心見性」，即明詩心，見詩性。關於「還鄉」，米家路說得很清楚：

> 現代詩人所「還」的「鄉」絕不僅僅意指一個與之相對應的鄉村的回返。本文中的「鄉」的意思還包括自然本身（自然之物，本樣本原世界等）和精神本體世界（即終極性，真善美的「家園」）。後者是前者得以神聖化移情的根據；前者是後者得以顯現的媒介（mediation）。也就是說，詩人是在對都市化進行否決之後所發出的對鄉村，始原世界和精神家園的「還鄉」行為。現代詩人為何要否棄一向被視為文明，創新，自由，現代性和「社會進步無可爭家園」的都市呢？難道大都市的發展真違反了人生命自然形態的內在合理和內在需求嗎？事實上，一種令人困惑的悖論是：一方面，人們對工業化，都市化的快速發展所帶來的物質進步與生活條件的改善感到歡欣鼓舞，而另一方面，他們卻總感到絕望，憂鬱，不適，壓抑，恐懼，沮喪，空虛和焦慮；一方面他們生活在由鋼鐵，混凝土和玻璃所構造起來的全封閉式的高樓大廈裡身感安全，但另一方面，他們總存有一種無家可歸，無處安心的失落感。何以如此？現代人為何這樣矛盾重重？要解答此一惑人的問題，我們必須對都市現代人生存的心理狀態，勞動方式以及終極關懷問題進行考察以診斷出現代人在資本主義社會中的精神症狀。

米家路的整部詩學論著，可視為「放逐」與「還鄉」的主題變奏。「放逐」與「還鄉」都是隱喻性極為豐富的關鍵性範疇。所謂「放逐」，有被迫放逐，有自我放逐，有政治放逐，有社會放逐。米家路講述的是美學放逐，也可以說是詩情放逐。詩人棲居的家園被現代化的潮流吞沒了，詩人的本己存在被潮流卷走了，世界被異化，被物化，被僵化與被機

---

[1] 編按：米家路原全書分為四卷，今因篇幅考量，將原書卷一〈詩‧想‧鄉：放逐與還鄉〉與卷二〈詩遊記：詩眼東張西望〉合為《望道與旅程：中西詩學的幻象與跨越》；原書卷三〈幽靈性邏輯：詭異的異托邦想像〉與卷四〈迷幻凝視：虛擬的後人類想像〉合為《望道與旅程：中西詩學的迷幻與幽靈》。

器化，詩人無家可歸，真人無可逃遁，唯一可以「自救」的道路便是「還鄉」，即回到本真的村莊，本真的土地，本真的存在，本真的自我。米家路發現，一切現代優秀詩人，都是渴望擺脫異化、渴望擺脫物化的詩人，也都是渴望還鄉的詩人。還鄉，意味著人性的複歸，也意味著詩性的複歸。所有傑出的詩人，都天然地加入了「還鄉」的偉大行列。米家路用「放逐」與「還鄉」這個隱喻，極為精當地描述了現當代詩人即工業化、現代化之後的詩人所處的真實困境和他們企圖走出困境的精神狀態。這個大隱喻，形象，凝練，深邃，準確。它高度概說了現代詩人的基本狀態，也為米氏現代詩學找到了精神基點。

現代詩人，早已無從模仿。既無法模仿自然，因為整個世界已經疏離大自然；也無法模仿現實，因為人類的現實生活已經完全偽形化。清醒的詩人作家只能「反思」生活（不是「反映生活」）。整個世界已變成機器場與大商場，有山賣山，有水賣水，有肉賣肉，有靈賣靈。物質愈來愈膨脹，精神愈來愈萎縮，也離詩歌愈來愈遠。詩人們過去發現，詩與政治帝國對立，二者無法相容；現在又發現詩與經濟帝國對立，同樣無法相容。市場繁榮昌盛，但人們的神經全被金錢抓住。財富的邏輯統治一切。世俗社會所追求的高樓大廈，給詩人們形成巨大的壓迫，也造成美的頹敗和詩的失落。但是，正是這些詩人們最先發現這種頹敗與失落，於是他們抗議，抗爭，掙扎，用詩歌向世界也向自己發出天籟的呼喚，這就是「還鄉」，返回原初的精神故鄉。他們的詩，已不是對現實的模仿，而是對現實的抗爭。他們身無寸鐵，唯一抗爭手段就是歌唱，唯一的存在價值就是詩本身，於是，他們發出點叩問；我們何時存在。叩問之後，他們的回答是「歌唱即存在」。他們歌唱，歌唱「還鄉」；他們沉吟，沉吟「還鄉」；唯有歌唱，唯有寫作，他們才能免於沉淪，才能免於與被異化的社會潮流同歸於盡。他們說，「歌唱即存在」，唯有歌唱，才能自救，才能回到大地與鄉村之中，才能把心靈重新安放在自由的空間之中。他們的還鄉——返向本真角色，簡直是一場偉大的抒情戰役：一場烏托邦的詩意實踐，一場與通靈者、朝聖者、煉丹士的偉大相逢，一場展望「頹敗田園夢」的自我拯救。

米家路全書的開篇之作寫於1991年，離現在已有二十五年。那時他還是北京大學比較文學所的學生，在其老師樂黛雲教授指導下思索。也就是說，在二十五年前，米家路就為他的詩學奠定了堅實的基石。二十五年來，他到西方深造，擴大了視野，深化了學問。在西方的處於飽和狀態的「現代化」環境中，他更深地感受到物質潮流對詩的壓迫，也更深地闡發

了青年時代發現的詩心與文心，二、三十年如一日，他不斷奮鬥不斷積累，終於抓住現代詩人的大苦悶和他們展示的詩意夢想，讓我們讀後，不能不讚嘆，不能不讚美！

（二）

　　米家路的詩學，既道破了現代詩歌主題，也描述了現代詩歌主體——詩人本身。詩人作為「人」，在現代社會中被消解了。人失去了自己，失去了人的尊嚴與人的驕傲，失去了「人的完整性」。詩的困境背後是人的困境，詩的問題背後是人的問題。米家路用大量的篇幅描述人在工業化、現代化後「喪失自身」的巨大現象，也引出現代傑出詩人何以那麼多的失落感、空無感、空漠感與無家可歸感，米家路說：

> 物化異化的結果就造成了現代人的普遍自我喪失，人格分裂，人自身的陌生感，精神被壓抑以及孤獨、絕望、憂鬱、厭倦、恐懼、沮喪、空虛與焦慮等精神症狀，加之因終極價值的失落和土地的分離而導致西方人靈魂的無根無依，無家可歸的漂泊流浪感就毫不留情地把現代西方逼到了危機的邊緣和絕望的深淵。

米家路在講述這段話之前還說，

> ⋯⋯現代人的靈魂隨波浮逐，無依無靠，因而就產生了無家可歸的虛無感。這是人與宇宙相離後的結果。人在失去了宗教信仰以後便把整個命運都押在了僅作為認識工具或方法的理性之上了，似乎只依靠這萬能的工具性理性就可以征服，盤剝，奴役和佔有大自然。但是，其結果不僅取消了自然本身存在權利的主體——「一個應當共處與人性宇宙中的主體」而且還造成了對自然的破壞，污染，生態失衡等毀滅性的惡果。在馬爾庫塞看來，「商業化了的自然，污染了的自然，軍事化了的自然，不僅在生態學意義上，而且在實存本身的意義上，切斷了人的生命氛圍，剝奪了人與自然的合一，使他成為自然界的異化體。不僅如此，這些空氣和水的污染，噪音，工商業對空曠寧靜的自然空間的侵害，都反過來成了奴役和壓迫人的物質力量。人本與大自然合為一體，相親相和相融的，但都市化卻使人不但脫離是其自身根基與誕生地的土地，而且還演化為大自

然的對立面，人從此便成了一個無對象性的孤獨的自我。他第一次發現自己孤身一人暴露在廣袤而漠然的荒野上無根無依，無任何東西前來保護他，猶如一個畸形的胎兒，「退化為最恐怖，最不可名狀的孤獨的自我」。在人遠離上帝又斬斷了他與土地的根系之後，他是作為怎樣一個人生活在大都市之中的呢？

由於人類世界已經產生了巨大的裂變，因此，現代詩人必須充分意識到這種裂變並成為先知先覺者，為還鄉詩人設定的一個尺度和前提條件。也是米氏現代詩學的另一個思想重心。他說：

> 首先，當我們說一個詩人是一位還鄉詩人時，他本人必須是一位覺醒者。即是說，他已意識到了世人的沉淪與墮落，意識到了人的非本真的生活，意識到了因神的隱遁與人們對土地的背棄從而在人心中產生的無家可歸感，無居感與虛空感。最重要的是，他必須洞察到沉淪的世人對家鄉田園的遺忘所鑄成的時代匱乏和時代黑暗。不僅如此，作為一位掌燈引路的還鄉詩人，他還必須觀悉到沉淪的世人在掙扎的耗盡中對家鄉田園的渴念以及傾聽到家鄉田園的焦切召喚。毫無疑問，還鄉詩人同時也必須是一位秉具現代意識的人，但他是這樣一位「現代人」。在容格（Carl Jung）看來，「現代人」（Modern man）應該是覺醒程度最高的人，「他必澈底地感知到作為一個人的存在性……他是唯一發現隨波逐流之生活方式為太無聊的人」。他生活在現代人之中，但他始終站在世界最邊緣，經常「抽打其肉體以便在它遭放逐之前夕使它重新蘇醒」。
>
> 其次，作為一位還鄉詩人，他必須是一名探險者。我們須從兩重意義上去理解「探險者」一詞的含義。其一，在佛洛伊德看來，文明的過程就是人被壓抑的過程，而無壓抑則屬於潛意識的，前歷史的，甚至前人類的過去的東西，屬於原始的生物過程和心理過程的東西。因此，非壓抑性現實原則的思想就是一個回歸問題，對過去的回歸也就是對未來的解放。然而，工業文明的力量與進步則控制了這種向非壓抑物的回歸，結果，人的潛意識全是淤積的文明的禁忌史與隱蔽史。這些隱藏在人的內心深處的禁忌史與隱蔽史反過來又控制著人，這也是現代人被異化的一個重要原因之一。而作為一位冒險者的還鄉詩人就必須潛入現代人的內心深處，洞悉其祕

密，調節個體與群體，欲望與實現，幸福與理想之間的對應，使其
症狀得以醫治於補救，恢復其精神平衡，從而設定一個非壓抑性的
沒有異化的新的生存方式。

　　米氏詩學要求詩人必須是覺醒者的理由，說的似乎是現在，但他又往前
追溯到一千多年前和兩千多年前。中國的晉代，早就出現了陶淵明這位偉大
的田園詩人。他早已唱出「田園將蕪胡不歸」。米家路還發現，在二千多年
前的西方古希臘，即在西元前316-260年，就產生田園詩人泰俄克里托斯，
之後，在古羅馬又產生了維吉爾這位也呼喚田園的偉大詩人。他們全都發現
城鄉的分裂所造成的人類生命的撕裂，上帝將對城市進行末日審判。兩千多
年過去了。在二十世紀，中國還產生了頹廢田園詩，米家路以專門一章的篇
幅，描述和評價了李金髮，給這位被世人所誤解的「頹廢詩人」重新命名，
充分論證他的樂園圖景與「殘酷的心理幻象」，他不是「頹廢」，而是預
感到人類生活裂變帶來的生命刺痛，所以他把詩當作自己的精神逃路和自
我設置的烏托邦。無論是波德賴爾的家園幻象，還是蘭波的新世界幻象，
無論是里克爾的後家園幻象還是李金髮的樂園幻象，都反映了現代詩人的
內心焦慮和自我重塑的渴望，都是自我烏托邦的不同呈現形式。

　　米家路的視野投向西方田園詩人的時候，寫出了「淺論英美意象派詩
歌」、「詩，現代文化精神的救護者」、「城市、鄉村與西方的田園詩
——對一種人類現象語境的『考古學』描述」。既用心又用力，真把詩人
的先覺性與先知性描寫出來了。在把視野投向西方的時候，他的另一隻眼
睛沒有放棄東方，他丟開一切是非、道德法庭，只用審美眼睛面對二十世
紀中國的新詩，於是，他又寫了《張狂與造化的身體：自我模塑與中國現
代性——郭沫若〈天狗〉再解讀》、《論黃翔詩歌中的聲音，口頭性與肉
身性》、《河流抒情，史詩焦慮與八十年代水緣詩學》，連《論《河殤》
中的媒介政體，虛擬公民身分與視像邏格斯》也描述進去，讓人更信服。
米氏詩論擯棄一切政治意識形態，只留下審美，建構的是純粹的詩學。

　　米家路對詩人主體的評述與對詩歌主題的評述在邏輯上是完全一致
的，二者一體難分，我在此文中加以區分只是為了敘述的方便。本人在評
說希臘史詩時曾說，荷馬所著的《伊利亞特》與《奧德賽》，實際上概
說了人生的兩大經驗，一是出發與出征；二是回家與回歸。米家路所描述
現代詩人之路，其重心不是出發與出征，而是回歸與複歸，即重在奧德
賽之路，因此，他描述的仍是詩人的「反向努力」，即不是向前去開拓、

去發展、去爭取，而是向後的複歸嬰兒，複歸質樸和複歸於本真家園與本真角色。米家路所把握的詩人心靈邏輯和詩人精神道路，既準確又深刻。
《望道與旅程：中西詩學的迷幻與幽靈》卷一《幽靈性邏輯，詭異的異邦想像》包括下列重要文章：《奇幻體的盲知：卡夫卡與博爾赫斯對中國的迷宮敘事》、《從海景到山景：環球意識，帝國想像與景觀權力政治》、《消費西藏：帝國浪漫與神聖高原的奇觀凝視》、《達摩異托邦》這些論文初讀時令人畏懼，細讀後則讓我們對異化現象又產生新的聯想。

讀進去之後，方知這是在更深邃的層面上書寫詩人的反向努力。達摩面壁九年，彷彿時間停滯了，身體沒有前行，實際上，禪宗祖師在作反向修煉，他揚棄了城市的塵土，繁華的糟粕，心靈的灰塵，重新贏得身心的完整，恢復本真，恢復了禪的純粹。詩人也如達摩，他們在還鄉的路上，需要揚棄身心的塵土與飛煙，需要恢復質樸的內心，需要從迷宮中返回原先的質樸和靈魂的生長的。米家路在描述現代詩人們的掙扎與反抗時，特別注意到里克爾的口號：「誰言勝利，挺住便意味著一切」。在現代化的大潮流中，詩人需要「挺住」，不做潮流中人，只作潮流外人。挺住，不被物質潮流捲走，便是勝利。一是「挺住」，一是「回歸」，米家路的《詩學》給詩人們指明的自救之路既簡單又明瞭。

（三）

米家路的巨著用很大的篇幅進行哲學式的文化批判。既評介此時席捲西方課堂的「西方馬克思主義」馬爾庫塞、福柯、本雅明等思想家的文化哲學。還朝前講述了海德格爾等，這一切似乎與現代詩學無關。然而，仔細閱讀之後，就可發現，米家路正在打通詩與哲學，文學與文化。原來，現代詩人們與現代思想家們殊途同歸。他們都發現了世界被異化與物化的大現象，也都發現人（自我）在繁華世界中的沉淪，只不過是他們使用不同的形式和語言進行抗爭而已。讀了米家路關於文化批判的文章，我們便會從更高的精神層面上去理解現代詩人的詩情努力和他們對抗異化的歌唱。毫無疑問，米家路做了一般詩評家難以企及的工作，抵達一般詩論者難以抵達的哲學高度。

打通了詩歌批判與文化批判的血脈，使米氏詩學更為豐富也更為博大。讀了米家路的哲學講述，讓人信服地明白，原來，世上的一群先覺者，詩人與哲人本來都是「還鄉」的同路人，都充斥著無家可歸感與對家園的遺忘感。這些詩人與哲人使用的語言不同，但都在表明「我們全被

異化了」，「物化了」，我們已經不是本真的自己。表面上追逐文明，實際上在被放逐，在朝著荒疏的方向滑落。讀米家路的書，開端覺得奇怪，這位詩學家怎麼也談西方馬克思主義諸子，怎麼也熱衷本雅明、馬爾庫塞、阿多諾等「法蘭克福」學派，原來，他們都是現代文明的覺醒者與質疑者，他們的內心都蒙受壓抑並且都渴望擺脫城市與機器的控制，米家路發現，在所有的覺醒者中間，詩人是第一覺醒者，是「先知」。是詩人們用敏銳的感覺率先發現人類正在用自己製造的一切反過來壓迫自己和主宰自己。所有傑出的詩人都是還鄉的詩人，都是最先反抗異化的詩人。正是這些詩人最先潛入現代人的內心深處，洞悉其祕密，並用詩企圖調節個體與群體、欲望與實現、幸福與理想之間的對應，使其現代症得以補救，設定一種非壓抑的沒有異化的新生活方式，即新的烏托邦。正如波特賴爾所言：跳過未知之國的深處去捕獵新奇。即跳過絕望去尋找希望。

米家路詩學中既有卡萊爾、海德歌爾、柏格森與休漠等，也有惠特曼、席勒、艾略特、波德賴爾、蘭坡、龐德、奧登、里爾克、李金髮、穆木天、郭沫若、海子、黃翔、顧城等，哲學與詩融為一冊。於是，米氏詩學，不僅讓人聯想起柏拉圖。在柏拉圖的「理想國」裡，哲學為王，詩歌為末。不僅是「末」，甚至被驅逐出「理想國」。詩與哲學不可調和，因此，柏拉圖只能擁有哲學，卻未能擁有詩學。而米家路二者相容，並發現二者共同的詩意，這就是對「異化」和「心為物役」的拒絕。正因為如此，米家路對「法蘭克福學派」諸思想家的闡釋也別開生面，擊中要津。於是，在米氏詩學中，詩與哲學相互輝映，詩人與哲人異調同聲，二者構成異常精彩的共鳴與交響。在米家路的歷史描述中，執行「文化批判」的哲學家們是還鄉的「嚮導」，而執行詩歌批判的詩人們也是嚮導，他們都是先知型的嚮導與掌燈人。按照以往的思維慣性，有些讀者可能會要求米家路建構一個詩與哲學同一邏輯的詩學體系。其實這樣做只能束縛全書的主題變奏。米家路的詩學闡發的重心不是實在性真理（科學），而是啟迪性的真理。這種闡釋真理的散發性篇章，比體系性的結構更能明心見性，只不過是需要讀者善於進行聯想性閱讀。米家路本人未必能意識到自己的詩學意義及其貢獻，這些意義與貢獻還是得讓有識的讀者逐步發現，我的這篇序文，肯定只是粗略的開端而已。

二〇一七年一月九日
於香港清水灣

目　次

推薦語　　　　　　　　　　　　　　　　　　　　　　　　　　　5
　　　　樂黛雲／劉再復／宋明煒　　　　　　　　　　　　　　　5

序「秀威文哲叢書」／韓晗　　　　　　　　　　　　　　　　　　6
導讀／劉再復　　　　　　　　　　　　　　　　　　　　　　　　7

卷一　　　幽靈性邏輯：詭異的異托邦想像

第 一 章　奇幻體的盲知：卡夫卡與博爾赫斯對中國的迷宮敘事　20
　　　一、奇幻文學：他異性與語義空無的敘事　　　　　　　　　20
　　　二、卡夫卡：《中國的長城》　　　　　　　　　　　　　　24
　　　三、博爾赫斯：《交叉小徑的花園》　　　　　　　　　　　29
　　　四、盲知：意識形態的牢籠　　　　　　　　　　　　　　　37

第 二 章　從海景到山景：環球意識，帝國想像與景觀權力政治　44
　　　一、想像之旅與海洋幻想：殖民海景　　　　　　　　　　　44
　　　二、艱難的跋涉：帝國美學與崇高的山景　　　　　　　　　56

第 三 章　消費西藏：帝國浪漫與高原凝視　　　　　　　　　　　58
　　　一、西藏：作為帝國主義幻想中的他者　　　　　　　　　　58
　　　二、征服的邏輯　　　　　　　　　　　　　　　　　　　　62
　　　三、香格里拉：烏托邦的輓歌　　　　　　　　　　　　　　65

第 四 章　達摩異托邦：後香格里拉好萊塢中的西藏想像　　72

第 五 章　測繪棲居的詭異：中國新電影中的環境災難、
　　　　　生態無意識與水的病理學　　83
　　　一、水作為生態敏感性的節點　　84
　　　二、熟悉──詭異（Heimlich-Unheimlich）的幽靈　　85
　　　三、水作為「詭異」（unheimlich／unhomely）的代碼　　86
　　　四、「淹沒」的幽靈詩學　　89
　　　五、「雲雨」的水緣政治　　92
　　　六、生態定（失）位的地形學　　94
　　　七、從視像無意識到生態無意識　　98
　　　八、從黃屏到綠屏　　100
　　　九、作為淨化的水　　101

第 六 章　重返原鄉：張承志，莫言與韓少功小說中的道德救贖　　103
　　　一、創傷與烏托邦：張承志的還鄉救贖　　104
　　　二、莫言：負債與尷尬的政治　　108
　　　三、韓少功：詭異的歷史幽魂　　112

第 七 章　默舌：中國新浪潮電影中的詭異聲帶與聲線危機　　114
　　　一、《黃土地》：抗爭的異音性與幽靈性放逐　　115
　　　二、《孩子王》：異聲性與救贖性呼召　　117

第 八 章　超級連結：王小帥《十七歲的單車》中的跨國性，
　　　　　引用倫理與代際政治　　121
　　　一、電影劇情　　121
　　　二、超級連結　　122

三、《十七歲的單車》：重新界定中國電影的新身分　　124

四、偷竊、欺騙、剽竊、搶劫、抄襲、生搬硬套、模仿　　129

第 九 章　撕裂的邊界：雷蒙德‧威廉斯《邊鄉》中的雙重視鏡
　　　　　與菌毒跨越　　132

一、情感倒敘：威廉斯的雙筒觀視光學　　134

二、重標邊界上的成長旅程　　139

三、倒敘的觀照與重拯失落的歷史真實　　144

四、重繪帝國圖景與人類學凝視　　151

五、懼怕的他者：邊界的菌毒性侵越　　155

卷二　　迷幻凝視：虛擬的後人類想像

第 一 章　視覺的想像社群：論《河殤》中的媒介政體，
　　　　　虛擬公民身分與海洋烏托邦　　162

一、電視公民身分：《河殤》與後毛澤東時代媒體域的興起　　163

二、多義焦慮與身分／他異性／閾限的詭異空間　　167

三、激進政治學與色碼詩學　　171

四、視覺──文字──聲音──螢幕：電視與虛擬介面　　172

五、後毛澤東新時代的海洋烏托邦與河流熱　　175

第 二 章　病毒政治與後人類主體性：對賽博烏托邦的批判　　180

一、賽博空間的虛擬飛翔　　181

二、難堪的賽博烏托邦　　184

三、病毒複製時代的藝術政治　　186

第 三 章　撕裂凝視：數碼化時代的色情迷幻　　190

　　一、新技術時代的色情轉變　　191

　　二、撕裂凝視與女性主義的解構策略　　194

第 四 章　幻象：視覺無意識的怪獸

　　　　　──本雅明的現代性視覺症候學　　203

　　一、影像的救贖魔力　　204

　　二、視覺烏托邦的症候學／辯證學　　207

　　三、返回式凝視的神學　　210

第 五 章　迷亂的真實：戀物，窺淫與盲視

　　　　　──海德格爾，德里達和傑姆遜觀梵谷的《一雙舊鞋》　212

　　一、角鬥場　　213

　　二、根莖敘事：一個無限糾纏的多維空間　　220

　　三、迷亂的真實：戀物，窺淫與盲視　　240

第 六 章　黑色超越：亞洲極端電影中的賽柏格化

　　　　　與後人類生命政治　　247

　　◆塚本晉也的《鐵男》（1989）後人類的金屬形態變異：

　　　廢化的身體與毀壞的身分　　248

第 七 章　媒間跨界：重繪美國華裔藝術的眾聲喧嘩　　253

跋　　　　　257

卷一

幽靈性邏輯：
詭異的異托邦想像

第一章　奇幻體的盲知：卡夫卡與博爾赫斯對中國的迷宮敘事[1]

　　自1970年法國文藝理論家茨維坦・托多羅夫（Tzvetan Todorov）著《奇幻文學引論》以來，西方文學文類學理論大受其啟發，由此便爆發了一場在「奇幻體」（the fantastic）論域方面的話語通脹。[2]在這些異質紛呈的論涉「奇幻體」理論中，羅斯瑪麗・雅克遜（Rosemary Jackson）提出的奇幻體以其虛構的敘事形構實現對「他者」的欲求這一理論尤其令我感興趣。因此，我將把雅克遜的奇幻體理論引入本文，側重探析兩篇小說，一篇是奧地利德語作家F・卡夫卡的《中國的萬里長城》，另一篇則是阿根廷作家J・L・博爾赫斯寫的《交叉小徑的花園》。[3]文章首先展現這兩篇小說的奇幻敘事性（fantastic narrativity）；然後揭示這兩篇故事中對中國這一「文化他者」的意象塑造表徵所嵌人的虛構／詭騙性（fictive／deceptive）欲望因子；最後質疑把奇幻體作為理解中國的有效知識介體的文類恰適性。

一、奇幻文學：他異性與語義空無的敘事

　　在論「奇幻體」的那本開創性的著作中，托多羅夫率先提出了對這一文類的結構性分析。他把奇幻體裁定為發生在想像（Imaginary）與真實（the real）這兩域之間的非確定性的時間（time of uncertainty），其形式因素則包括三項：詞語項（verbal）、句法項（syntactic）和語義項（semantic）。[4]以托多羅夫之見，文學中產生「奇幻效應」（fantastic effect）是由影響讀者、敘事和人物這三要素的「懸決的可能性」（possibility of hesitation）所創造

---

[1] 　本文原文為英文，寫於1994年香港中文大學英文系，感謝王建元，陳清僑，袁鶴翔三位教授的批評與建議。英文題目為："The Fantastic/Exotic Uncanny: Kafka's and Borges's Labyrinthine Narrative of China"。

[2] 　參閱 Hunter Lynette, Modern *Allegory and Fantasy: Rhetorical Stances of Contemporary Writing* (London, 1989); Neil Cornwell, *The Literary Fantastic: From Gothic to Postmodernism* (New York, 1990)。

[3] 　Franz Kafka, *The Great Wall of China* (New York, 1946); Jorge Luis Borges, *Labyrinths: Selected Stories & Other Writings* (New York, 1964).

[4] 　Tzvetan Todorov, *The Fantastic: A Structural Approach to a Literary Genre* (Ithaca, 1973), pp. 73-90.

的。[5]托多羅夫界定奇幻體的核心文本如下：

> 奇幻體務必滿足下列三個條件。第一，文本必須促成讀者把人物的世界當成一個真人的世界，並且在對描述事件進行自然的與超自然的解釋之間猶豫不決。第二，這種懸決也同樣發生在人物身上；這樣，讀者的角色就委託給了人物，而同時懸決也呈現了出來，並成為作品中的一個主題……。第三，讀者必須採取與文本相關的某種態度（attitude）：他將拒斥寓言性和詩性的闡釋。[6]

　　由於自我與他者皆是奇幻文學的兩個最重要的主題，托多羅夫專門討論了這兩者的內涵。在他看來，自我是幻象的界限，是物質現實的意識經驗，規約著人與世界之間以及認識－意識體系之間的一種相對性關係，因此「自我的主題意味著一種本質的被動立場」；[7]他者是欲望的異變，是逾越意識界限而對超自然語格的「彷彿」（as if）敘事，因此他者是關涉「非在」的潛意識結構（the unreal structure of the unconscious）。自我與世界的對峙不需要一個命名的仲介物，而他者恰恰指涉那個仲介物（intermediary），從而構成張力網路的第三層關係，所以，托多羅夫斷定奇幻體的主題視域就是探求「我」這三重非對稱的關係。他論斷道，「自我存在於他者之中（the self is present in the Other），而不是相反」。[8]托多羅夫這一論說勘定了後來奇幻體「他者」話語的界標。鑒於自我，尤其是他者與心理學論域（如libido，unconscious等）的鉤鏈，托多羅夫從結構主義的純形式主義立場發出警告，文學研究絕不應該陷入使奇幻文學簡單化、機械化與還原的佛洛德式精神分析模式和理論之中。他相信文學絕非洞悉作者的手段，也不是某種心靈症候的顯露，更不是社會歷史的先在性表徵。「文學總不過是文學本身而已」。[9]

　　正是基於托多羅夫對佛洛伊德理論／方法的拒絕才引發了雅克遜在其著作《奇幻：顛覆的文學》中對托多羅夫的批評和修正。[10]雅克遜從托多羅夫的奇幻體論說中識辨出兩大短處：其一就是托多羅夫對佛洛伊德理論

5　同上書，p. 26.
6　同上書，p. 33.
7　同上書，pp.105-123.
8　同上書，p. 155.
9　同上書，p. 147-152.
10　Rosemary Jackson, *Fantasy: the Literature of Subversion* (New York, 1981).

及方法的否棄，這是一個「主要的盲點」；[11]其二便是托多羅夫對滲漏在奇幻體文學中意識形態想像秩序（the imaginary order of ideological desire）的漠視，這種對文學文本形式的「文化構形」（cultural formation）的潛意識話語的盲視是繼托多羅夫拒斥精神分析理論之後而出現的一個邏輯漏洞。[12]這樣，雅克遜便把托多羅夫在奇幻體研究中的短處（一拒絕，二盲視）作為她論域的出發點，轉向研究奇幻體文學的欲望與潛意識以及意識形態構形這一空白領域，並力圖使「托多羅夫的思想拓展為一項更寬泛的對奇幻體的文化研究」。[13]

作為一種欲望的文學樣式，雅克遜開篇就指出，奇幻（fantasy）施展兩種效能：「表述、體現或顯露欲望」與「排泄欲望」的能力；或者以其混合形式，即，「作為宣示的表達和作為表達的排泄」，換句話講，欲望通過模仿敘述（mimetic narration）而排泄（expulsion），並為作者與讀者所共鳴。[14]文學奇幻把「非真實性」（unreality）置放於主導文化秩序中從而在本質上抗拒「真實」的概念。這樣，奇幻文學的文類質素皆在追溯文化的未言之物與未知之域：那些一直處於靜默，不可知見，被封閉和「缺場」之物。在她看來，奇幻體以其質疑「真實性」本質的力量，「生產某種奇異、陌生的經驗和明顯新穎的絕對他者與差異」。[15]把這一極端反現實的欲望賦予奇幻文學就能使這一獨特的文類本身詰疑既定的真理，破除已知和已見的壁壘，從而窺察「不可能、非真實、不可名狀、無形、未知和不可見之物」（the impossible，the un-real，the nameless，shapeless，unknown，invisible）。[16]雅克遜強調，以上這些負性／否定性詞項／消極的相關性（negative relationality）恰好描述了現代奇幻體的文類特徵。

背離了托多羅夫的結構性模式，雅克遜便正式抬出了她自己的對托多羅夫的修正論說。她把奇幻體重新勘定為多種異質文類形式崛現的一種樣式（mode）。她宣稱，「奇幻體是一種書寫樣式。它涉入與真實的對話並把那種對話吸納為其根本結構的一部分」。[17]在這場吸納的根本結構內，奇幻與「真實」之間的疆界便徹底模糊了；文學文本向其事件的不可求證

---

[11] 同上書，p. 6.

[12] 同上書，pp. 61-62.

[13] 同上書，p. 7.

[14] 同上書，pp. 3-4.

[15] 同上書，p. 8.

[16] 同上書，p. 28.

[17] 同上書，p. 36.

性方向推移並終而構築另一種「虛構性自律」（fictional autonomy）。雅克遜把卡夫卡和博爾赫斯（還有Carroll，Poe，Calvino，Barth等）劃入她稱示的「語言奇幻」（linguistic fantasies）之中。由於身處索緒爾式語言學對批評理論染指極深的話語代裡，雅克遜也難逃其「影響的焦慮」。在她闡述她標示的「現代奇幻之核心」的這種語言「內封」（enclosures）時，[18] 雅克遜便使用了符號與意旨，能指與所指這些語言學比擬語。根據她的洞見，在現代奇幻體中已出現了一道符號與意旨，能指與所指之間的裂隙（gap）。因為這種表意裂隙或者消溶，奇幻體中的語言便意指虛空，無言並確認這種「空無性」（emptiness）。能指在敘事行為中變成了一種自由浮滑的純言說（pure utterance），所指的意旨便被「鏤空」（hollowed out），溢出自身的文體「密度」（density）與「符號剩餘」（semiotic excess）。當奇幻文學不斷向其意指活動的無物稠密性（thingless density）推進時，它就變成「一種裂變的文學，一種無實體的話語的文學」。[19] 在這種奇幻文學向「符號過剩」和「語意空虛」（semantic vacuity）動移的語境中，表意敘事將永不能抵達一種絕對的現實體。

關於奇幻文學敘事的終極性始終缺席這一論點；雅克遜採納了薩特（Sartre）在論M‧布朗肖（Blanchot）的Arminadab時的思想，即，奇幻體的「非表意域」和「非意義的零度」（zero point of non-meaning）是可以在「回廊、通道與階梯的迷宮，鏡子、玻璃、反射、畫像和眼睛」這些意象中加以理解的。按照薩特的說法，這些迷宮式的意象與這些以視覺／可見性的特徵的意象「引向虛無」並只為自身的存在而呈現。[20] 不過，雅克遜對此說又加以了引申，她認為奇幻體對絕對實體的懸擱正好說明欲求的不可能性。這些意象也正是這種不可能性的表徵，是非見與非知的世界，是缺場、缺失和空洞本身。正如她所指出的那樣，在奇幻敘事欲望中的那些「不可見、不可說、不可知之物」便構成了一種威脅和一種不可名狀的黑暗，具有對認識論和形而上學體系進行顛覆之功能。[21]

在這一不可稱名的黑暗中心則是由話語與欲望所建構而成的三層焦灼的關係：「我」與「非我」（non-I）；「我」與「你」（挪用托多羅夫對

---

[18]　同上書，p. 47.

[19]　同上書，p. 40.

[20]　Jean Paul Sartre, " 'Aminadab' or the fantastic considered as a language." *Situations* 1 (Paris, 1947), pp. 56-72. 轉引自雅克遜，p. 41.

[21]　同上書，p. 49.

Martin Buber思想的改寫[22]）以及「自我」與「他者」。雅克遜指出，在西方文化意識中構成他者世界的話語是以下幾種力量：惡魔力量、鬼怪、妖靈、幻術、超自然物（devil，demonic，diabolic，magic，supernatural）；陌生者、外來者、局外人、怪異者（stranger，foreigner，outsider，deviant）；他者世界（otherworldly也即冥靈界），古怪、原始野蠻和怪誕。她寫道，「黑色、黑夜和黑暗（blackness，night，darkness），佇立於形式和正常與常識，可見的框架之外」。[23]奇幻體中的敘事通常自我表現為一種文化極限，臨界於對他者無限欲求的潛在空白、虛無和缺失處（vacancy，emptiness and lack）。雅克遜進而辨析，現代奇幻體中的兩種神話模式。第一種模式就是「他者性與脅迫的源泉存在於自我之中」；第二種模式則為「恐懼始源於外於主體的一種根源」。[24]在前者，自我經過自我異化與自我蛻變成為他者。在後者，他者性通過與一個外在於自我的某物的融合而創生出一個新的他者。這種自我與他者的形構（configuration）是奇幻敘事的特徵，同時重構了主體對文化構形的欲望。

在論及文學與奇幻體之間的關係時，托多羅夫寫道，「一旦我們無助可求時，奇幻體便允許我們跨越某些不可觸及的疆域」。[25]師法托多羅夫之說，或者更準確地講以一種矯正的形式，雅克遜在論了奇幻敘事是人以其想像的虛構性對他者不可能性的潛意識欲求之後，總概全書的思想為「奇幻鏤空真實，揭示其空場／虛白，其偉大他者，其不可言說與不可知見之物」。[26]現在，我們將以雅克遜的奇幻敘事為綱目轉向卡夫卡和博爾赫斯的虛構性世界並首先對其形式的內構性進行探析。

二、卡夫卡：《中國的長城》

卡夫卡的小說可以揭示奇幻的多種質素。在其中（如《城堡》、《審判》、《美國》、《變形記》、《鄉村醫生》、《查狗記》等），未完成的遺作《中國長城》（Beim Bau der chines ischen Mauer）則是一部值得辨析的典範奇幻體小說。[27]首先，這部小說是一種記憶的情節化，如顯示在

22　Todorov, The Fantastic, p. 155.

23　雅克遜，p. 54.

24　同上書，p. 58.

25　Todorov, p. 158.

26　雅克遜，p. 180.

27　參閱 Gilles Deleuze and Felix Guattari, *Kafka: Toward a Minor Literature* (Minneapolis, 1986); Anthony Thorlby, *Kafka: A Study* (London, 1972)。

這些對記憶的寫作句法標誌中，「我仍能很清晰地回憶起……」，所以在回憶中我彷彿覺得以及現在我對任何這種代表作為美德的態度並不奢望等。[28]在對往事的追憶中，作為故事敘述者的「我」再現了（recapturing）發生在「我」年輕時在中國境內的兩樁大事：修築長城和信使傳召進紫禁城傳遞垂死中的皇帝的「密令」。其次，結構上講，這部小說是由兩個部分組成，皆由同一第一人稱的「我」敘述。這位敘述者在故事講到中間才自報家門—他是一位自修築長城之日起便對「比較種族史」入迷的學者；他此刻正從「純歷史」的角度在撰寫一篇論文以尋找「一種遠勝過去令人民滿意的對分段建造體系的解釋」（頁159）。[29]

小說前半部，敘述者講述了兩個事實：一是修築長城的目的旨在保護帝國不受北方游牧民族的侵襲，但其竣工的形態卻是一道充滿裂隙和洞孔的城牆；二是在開始動工修築長城時敘述者的年齡是二十歲，並已幸運地通過了最低小學的最後一場考試。至於未能把長城修築成「一道連續建築體系」這一點，人們在開始並沒有對這種不完整建築的原因進行疑問。但是，根據小說敘述者的研究，興修長城的真正原因並不是抵禦北方人，而是全知全能的「最高統治者」為了爭取全民的同胞手足和人民的團結一致「蓄意選擇了這種分段的建築體系」並「避免使之成為一種連續建築體系」（頁158）。動員起全體人民的熱情，為了一個目標而聚積起一切力量，築造「一個巴比塔的牢固根基」，這樣，「每個國民都是同胞手足，就是為了他們，大家在建築一道防禦的長城，而同胞們也傾其所有，終身報答。團結!團結!肩並著肩，結成民眾的連環，熱血不再囿於單個的體內，少得可憐地循環，而要歡暢地奔騰，通過無限廣大的中國澎湃回環」（頁154）。

小說的後半部講述了一個遞送皇帝「諭旨」的寓言。皇帝在他駕崩前想向他的每一位臣民下一道聖諭。他傳召了一位信使，「一位強健又不知倦怠的壯士」進宮並把其指示「耳語」給了這位信使。把皇帝的諭旨轉達到國土的最邊遠之角，這位信使得穿過擋在他前面的眾多地方和眾多的事物：穿越「內宮的深殿」，過無窮盡的階梯，出千萬間宮院，然後才能抵達皇都的最外層的大門—「世界之中心」—但又被皇都層層封鎖將他擋回。因為國土的遼闊無邊和無邊無際的人口以及阻力，這位強壯的信使的

---

[28]　有關 configuration 與 emplotment 等敘事概念的論述，參閱 Paul Ricoeur, *Time and Narrative*, three vols (Chicago, 1987)。

[29]　卡夫卡，《中國的萬里長城》，引文皆在文中以頁碼標出，不另注。

全部努力終為徒勞一場。筋疲力竭又破敗不堪，信使將永遠穿越不出千重萬重的阻攔的城牆和障礙物，而皇帝的聖諭也將永不會傳到你的住處。但是，「當夜幕垂臨，你便安坐窗前並把這一切夢想成真」（頁167）。不過，根據敘述者的觀察，雖然塞帝駕崩了，「踉蹌一聲從他御座上倒了下去」，但是「帝國卻是永恆的」（頁165）。國民仍舊景仰皇帝，對他表示忠誠，因為皇帝和北京、帝國、村莊和中國是「一體的，一團天雲」（頁171）。若繼續深究這種關係將會摧毀人民生存的根基。「在此若著手發掘一種根本的欠缺必將意味著瓦解我們的良知，而且更糟的是，瓦解我們的腳根」（頁173）。在小說結尾時，敘述者便放棄了對這些問題的深入探求。

　　從上述的對這部小說的闡釋性梗概中可以看出，兩種敘事在相互疊置：歷史敘事與虛構敘事。在歷史敘事這邊，興修長城具有歷史的事實性和地理的求證性；而在虛構敘事（fictive narrative）方面，傳遞皇帝的聖諭無疑是一種奇幻的純虛構形構（fictional configuration）。卡夫卡巧妙地挪用了歷史敘事去處理實際上是奇想、神異之物，或「非真實作為真實」（the unreal as real）的敘述。[30]把奇幻灌入歷史敘事便是對熟稔性、常識性、安逸和確定性的取替。[31]因此，在興修長城的歷史敘事中，我們可以讀到一種未知體、虛幻他者與奇幻的「非真實性」效應貫穿於通篇小說。當敘述者對記憶作為一種事件（event）進行重新回憶時，敘述中便產生了兩種懸決：「最高統帥」的絕對模混性和皇帝聖諭的絕對神祕性。這兩種懸決效應一直持續到小說結束時也沒有得以消解。對讀者，也同樣對小說中的人物來講（長城的建造者與敘述的學者），「最高統帥」的法令是超自然的，是不能用「這個相同熟悉世界的法則」去理性解釋的。[32]至於信使傳遞的皇帝的「聖諭」，讀者是絕無可能得悉內容的，因為皇帝是通過耳語的方式把聖諭轉達給了信使。這種只發生在皇帝與信使之間的秘傳知識終於導致了小說中敘述者稱之為的「普天下的不穩定感」（頁167）。「希望」又「無望」，對聖諭內容的欲求不斷持續在遼闊的國土上，或許就演變成了阻擋信使穿越皇都的最終原因。

　　從這部小說的奇幻敘事性的視角來看，卡夫卡對這部小說更根本的營造還在於他創造了一個多維繁複空間（a portmanteau space），即，在小

---

[30]　C. Brooke-Rose, *A Rhetoric of the Unreal: Studies in Narrative and Structure, Especially of the Fantastic* (London, 1983, p). 51.

[31]　雅克遜，p. 179.

[32]　托多羅夫，p. 25.

說中或之後存在的多重敘述者與多重結構的連鎖套封故事，在英美文學中Henry James與Joseph Conrad等作家也創作此類小說。通過這種多維景深空間，卡夫卡便把奇幻衝動（fantastic impulse）嫁刻進模仿衝動（mimetic impulse）之中，並使奇幻效應得到了強烈的共鳴（讀者與人物之間）。正如雅克遜所說：「奇幻重構並顛轉真實，但它並不遁離真實：它與真實保持一種寄生性或象徵性的關係」。[33]

下面，我將從多重人物、多重故事以及多重（迷宮式）時空形式去簡述這種多維繁複（連鎖套封）結構。具體地講就是，這部由弗朗茲·卡夫卡寫的並帶有作者簽名的《中國長城》「實際上」是小說中敘述者「我」在旅途中撰寫的一篇研究論文（頁159／171）。這篇論文／小說至少由十個寓言（寓言／parable）應理解為終極意義的無限迂迴）構成，包括多聲部不可求證的匿名作者。第一個寓言（傳說之一）就是有關興修長城本身；第二是關於一位撰寫了一本比較修築長城與巴比塔的暢銷書的學者；第三是關於「最高統帥的法令」；第四是關於殘酷北方的游牧民族（敘述者在書中讀到的）；第五是關於敘述者對中國政治機構優點的發現；第六是關於皇帝形象及其皇宮大殿；第七是關於信使傳遞聖諭；第八是關於皇帝駕崩的消息；第九是關於乞丐帶來的造反者的「傳單」；第十個寓言則是關于村民們對皇帝及北京的忠心⋯⋯。這些層層套封的寓言是由眾多不同的人重述的（retold）：第一個製造故事者當然是作者卡夫卡本人了；第二位則是身兼學者—講述者的「我」了；第三位是製造長城傳說的匿名者，「最高統帥」以及信使；第四位是寫有關殘酷北方人的書的作者；第五位是寫巴比塔書的學者；第六位則是講述謀反者的乞丐⋯⋯這些寓言和這些杜撰者還可以不斷地細分，鋪排。總而言之，在這種多維景深中的故事始終被重新敘述（re-narrated），重新捕捉（re-captured），重新焊接（re-connected），就像田徑賽中的接力運動一樣，連續由不同的接手一個連著一個傳遞這種張力關係。這種連續傳遞和層層套封的多維景深空間便使寓義中心不斷遭到推延，偏離，最後直到意義的虛空，符碼的完全消溶以及奇幻的虛白崛現。

在雅克遜看來，現代奇幻文學標誌之一就是經典意義上的時空單位的根本消解。在空間景觀中則是視角與幻象的位移；虛無，空洞的世界景象代替了古典意義上的三維性模式。現代奇幻空間已經「內縮」（narrowed

---

[33]　雅克遜，p. 20.

down）為一種迷宮式的封閉界（a labyrinthine enclosure）了。在時間世界則表現為年代學時間的炸裂，一種以過去、現在及未來三段分式時間的懸止。日曆和鬧鐘時間已經死亡或者迷失於一種無限中止之中。時間段落之間的區間／間歇（intervals）已經代替了實體時間概念的「單元、客體與穩定性」。[34] 在卡夫卡的《中國的長城》中，人民永遠掙脫不出來的未完成的城牆圓圈，北京皇宮大殿，敘述者的村莊（「在此，我得坦白，我只能再一次為我的家鄉辨護」），甚至中國的遼闊無邊的國土皆是空間的迷宮封閉界。儘管砌塊、片段、角落、數位、部分和點面都不能合攏成一條無限的直線並毗鄰地領土化了。對信差來講，北京的皇宮大殿在他身後不斷開閉的始終閃避的迂迴式螺旋通道便是他無窮盡的囚禁。一層套著一層，無限的祕密通衢構築成了一個幽閉式建築等級秩序（a claustral-architectural hierarchy）：國土如此廣遼，「北京僅是其中一點，皇宮大殿（紫禁城）比它還小」（164）；信差需要穿越無止盡的通道：城牆、宮殿、階梯、大門、庭院、人群、大都、中心、房門、祕室、隘口、田野……這些迷宮式封閉界對於卡夫卡而言則被設置為一種「否定性超越」（a negative transcendence），展示了一種空間拯救的不可能性。[35]

在時間方面，雖然小說不時出現一些明確的時間計量標誌：現在、過去、此刻、二年、五十年以及朝代等，但是敘事形構中的時間經驗則完全是模糊的並被重新編訂成一種蒙昧的無時間性（obscure timelessness），在其中，虛構的永恆時間世界則為讀者與人物所共同體驗。長城的建築者一代接著一代死去，而「最高統帥」總是存在那兒；皇帝死了，但帝國卻是永恆的。隨著把事件性時間（eventual time）置入其非在的奇幻虛構性之中，一種致使對真理／真實透明性要求的未知不確定性（unknowable indeterminacy）便被嵌入了。「北京與其皇帝是一體的，一朵天雲，平和而寧靜地在時間的長河中在太陽之下運行」（171）。

這一獨特的多維繁複（連鎖套封）結構─人物、故事與作者的多重性─和時空的根本轉換已經全體地把卡夫卡的長城敘述推向了一種語義空虛，一種符碼剩餘和絕對他者性的純奇幻非真實的世界。「結構的混亂狀態」，雅克遜寫道，「增添了對意義追求的迂迴性，而一切訴求挫敗意義迂迴的企圖皆終為徒勞一場」。[36] 這種卡夫卡小說中的非示意衝動（non-

---

[34] 同上書，pp. 46-48.

[35] 同上書，p. 162.

[36] 同上書，p. 161.

signifying impulse）創造出了奇幻敘事的最精妙的複雜性，也同時預示著奇幻體向其現代形態的文類位移。

三、博爾赫斯：《交叉小徑的花園》

博爾赫斯一向以奇幻著稱。在這一文類方面，他對卡夫卡的感激是巨大的，尤其是卡夫卡的《中國的萬里長城》對他奇幻世界的構形是清晰可辨的。[37]他拓展了卡夫卡式奇幻敘事的許多方面並使這一獨特的文類達致其現代的成熟，即，奇幻文學作為虛構（fabulation），作為後設小說（metafiction也叫元小說），其主要特徵體現為其語言的自律和自反，非指涉的虛構性（self-reflexive，non-referential）。[38]博爾赫斯對奇幻文學的貢獻正好印證了他那句格言式的說法，「每個作者皆創造他／她自己的先驅／前輩」。[39]挑選《交叉小徑的花園》作為分析的文本，我欲前置以博爾赫斯為代表的現代奇幻文學的一些根本特徵。

「El jardin de senderos que se bifurcan」（《交叉小徑的花園》）可以讀作一部戰爭小說（講述第一次世界大戰），或者一部間諜小說（關於發生在一名德國間諜和一名英國間諜之間的追殺，決鬥），或者一部偵探小說（講述謎團、陷井、謀殺、追蹤、破案、拘捕、發現、偶然、死亡）等等。讀法可以多種多樣，理解也自然迥異。如同卡夫卡的《萬里長城》一樣，博爾赫斯的《花園》也是一種對一次記憶事件的形構（即事件之後的敘事）。小說以中國間諜兼敘述者于村博士（Yu Tsun）的一份書面聲明（援引的quoted）開始。于村出生在青島的海豐（Hai Feng）（「童年便一直在海豐的一座對稱的庭園中度過」）。[40]于村在第一次世界大戰時在英國倫敦為德國人當間諜，現在關押在獄中並將被絞死。因此，這個故事實際上是于村博士的獄中自白。

故事一開頭，于村已得知他的同夥維克多‧魯恩伯格被捕和死亡的消息。他馬上覺察到英國特工理查‧馬登（Richard Madden）上尉正火速向他撲來，他也將遭此劫難，因為他手中掌握了德軍準備轟炸的英軍炮隊確切位置的絕密情報。這個英軍炮隊就設置在法國安克裡河旁一個名叫阿爾伯特（Albert）的鎮上。在正常的聯絡管道已經中斷的情況下，怎樣才能

---

[37]　James E. Irby, "Introductions." *Labyrinths*, p. xix.

[38]　雅克遜，p. 164.

[39]　Andre Maurois, "Preface." *Labyrinths*, p. xi.

[40]　博爾赫斯：《交叉小徑的花園》，第20頁。引文皆在文中以頁碼標出，不另注。

把這個小鎮的祕密名字轉遞給他柏林的上司呢？在他逃命之前，于村在屋子裡冥思苦想，他終於從房間裡的電話簿上獲得了靈感——他可以謀殺一個與小鎮名字相同的人，這樣，這椿謀殺案連同被害者與謀殺者的名字都將同時刊登在翌日的報紙上。恰好，他的上司又是一位喜歡看報的報蟲。只要謀殺案一見報，他的名字與死者阿爾伯特便能為破譯這個祕密提供所需的聯想性線索。於是，一個精彩的計畫就制訂而成了，他將出發去殺死一位住在附近的（「在Fenton的效區」）名叫斯蒂芬·阿爾伯特的著名漢學家。當他在駛向阿爾伯特住處的火車裡剛一坐定，于村就突然瞥見馬登上尉追來的身影。頓時，于村感到一陣令他渾身顫慄的恐懼。

通過Ashgrove月臺上小孩的指點（「順著這條道轉左，一遇叉路口又左拐」），于村順利來到了「一扇高大、銹蝕的門」，一座傳出中國音樂的亭子和一隻紙燈籠懸掛的花園前——漢學家斯蒂芳·阿爾伯特的住處。好像漢學家早已預感到于村的到來，所以當于村一出現時，阿爾伯特便馬上邀請他進屋。隨後，于村便與阿爾伯特舉行了一場玄奧的長談。從中，于村得知阿爾伯特在成為著名漢學家之前曾在中國天津傳過教，回來之後便潛心研究于村的曾祖父崔鵬（Ts'ui Pen）死後遺留下來的手稿。這位曾祖父是一位博學的天文學，占星術大師，一位著名的詩人和書法家，在十三年的隱居中製造了一座矛盾重重的迷宮和撰寫了一部混亂之書，在浩大工程尚未完成之前便遭人謀殺。經過對這些「成百上千手稿」的研究，阿爾伯特不僅匡正了錯誤，重組了「原先的結構」，而且終於識破了這部偉大著作的奧秘。原來，于村先祖崔鵬所寫這書本身便是一座迷宮，它的「巨大謎團」就是以表現全部時間可能性為主題的《交叉小徑的花園》。正當阿爾伯的玄學演講快結束時，于村看見了馬登上尉出現在阿爾伯特的花園裡。于村趁漢學家阿爾伯特轉身去取信時掏出了僅裝有一粒子彈的手槍，打死了阿爾伯特。馬登闖了進來並逮捕了于村。最後，于村的柏林上司破譯了他轉遞的密碼，英軍炮隊所在的阿爾伯特鎮隨後被轟炸。這樣，于村博士的絕妙計畫得到成功實施，他的使命也圓滿完成了。在監獄中，于村正一邊等待著死亡的降臨，一邊「交待」其間諜生涯。

與卡夫卡的小說一樣，博爾赫斯的《花園》也同樣具有一個虛構／奇幻的多維繁複結構，卡爾維諾（Calvino）稱之為「超小說」（hyper-novel）。[41]博氏這部小說最顯明的特徵在於其作者對著作權的堅決拒絕。博爾赫斯

---

[41] 卡爾維諾：《未來千年備忘錄》（香港：香港社會思想出版社，1988年），第126頁。

在小說中採用了間接語調、引證、借用和挪喻等手法持續敘事終極性的迂迴，編織既相互交接又無限分叉（bifurcating）的連續衍生的故事。在小說開始時，我們讀到林德爾・哈特所著的《第一次世界大戰史》中的第二十二頁。這一頁解釋了原定在1916年7月24日的英軍進攻因為「地表上的積雨」而改在29日淩晨這一推遲的原因。但是，林德爾・哈特上尉又加注說，大雨並不是導致這次進攻推遲的最關鍵因素。除去天氣原因之外，于村博士簽名的供述「對全部事件作了確鑿無疑的解釋」。在哈特上尉的加評之後，敘事便轉至于村博士的獄中供詞，這樣道路第一次自身分叉。在第一次分叉敘事中，我們實際上讀到三種次分叉：某個名叫林德爾・哈特的人所寫的第一次世界大戰的書面歷史；林德爾・哈特對進攻推遲原因的評注以及于村博士的權威性供詞。每一次分叉便產生出另一條新的途徑，而新的交叉途徑又引向一種由語言自律性（1inguistic autonomy）構築的奇異世界的引入。如是，歷史現實便絕對地從這種無止境的分叉道路中被加以了削除。一個非指涉的純奇幻世界聳現而出，並在時間的虛構整一性中封閉自身。作為分叉的起點，小說的開端敘事揭示了臨界於歷史時間經驗與虛構時間經驗疊置邊緣處的時間混沌。進攻的推延（postponement）切出一道歷史敘事中的裂隙（gap），而這種裂隙最終只能由虛構敘事來加以補填。[42]當于村博士的簽字供詞被引征（quoted）之時，敘事便又向一個純虛構的世界（請注意檔裡面失蹤的前兩頁與于村博士的敘述以「…and I」開始又產生一種裂隙和一種剝離現實的時間記號），我們就進人一個完全複製與摹本的次生世界（secondary world）。

跟著間諜—敘述者的短程旅行圖，我們便抵達了一個新的叉路：發現與阿爾伯特這座城市同名同姓的電話簿——一個絕對虛構的語言實體。在去漢學家阿爾伯特家的途中，車站上的小孩向于村發出一個指示，告訴他始終左轉，遇叉路就左拐。這一指令是以引號的形式發出的（「你要去斯蒂芳・阿爾伯特博士家嗎？」）。又一個叉路出現在敘事中。在阿爾伯特家裡，我們從他們的談話之中遭遇了一系列的分叉，即，阿爾伯特的故事，他對崔鵬的大著《交叉小徑的花園》（與博爾赫斯的小說同名）的發現以及對迷宮和謎團的破譯。于村的柏林上司通過刊登在報紙的兇殺案而獲得了情報，導致了阿爾伯特鎮的毀滅。這一串連著一串的衍生分叉孕生出層層疊疊的故事，套封在一起，真真假假，難以分辨，這便是博爾赫斯巧妙

---

[42]　John Sturrock, *Paper Tigers* (London, 1977), p. 191.

採用「交叉原理」的結果。這種交叉原理可以無限地進行自我繁衍，每一個分叉口處便誕生一個新的故事。我們讀者就像英國特工馬登上尉一樣，不斷追蹤于村的旅行足跡，但總是遲到一步，跟著他在迷宮世界中穿行，迷失方向，反而被當作時間河流中的無限分叉的一部分引用。這種分叉敘事便是博爾赫斯給讀者擺下的「迷魂陣」，而同時也是現代奇幻後設小說的鮮明特徵。[43]

小說中分叉敘事（forking narrative）的奇幻濃度還隨著一系列謀殺的揭示而變得愈加強烈，愈加魔幻。換句話講，謀殺（murdering）事件本身便為分叉敘事提供了可能性。故事中第一個犧牲者為于村的同夥間諜化名叫Viktor Runeberg的Hans Rabener。他被馬登上尉所殺。正是維克多·魯恩伯格的死亡才使對發生在後來于村身上的所有事件的敘述成為可能。第二位死者是于村的先祖崔鵬。他在隱居中潛心撰寫比《紅樓夢》還偉大的小說和築造一座迷宮（小說／迷宮）時，某天不知為何被「一隻陌生人的手」殺害了。崔鵬的死亡使他的小說成為一部不完整和條理混亂之作，也使他的迷宮從此失蹤。但是，恰恰這種不完整性與條理混亂性才引入了後來識破書祕密的漢學家阿爾伯特上場，並為于村設置起了一個啟示空間。在向于村講述了他先祖書中的祕密和迷宮的意義之後，阿爾伯特便到了他生命的盡頭。他隨即被于村謀殺。阿爾伯特博士之死有助於于村完成他的使命—德軍對阿爾伯特鎮的轟炸和英軍進攻的延期—同時也預示了于村的命運。于村即將被外國人（英國諜報機關）之手處死則是第四個犧牲者。于村的「死亡」使他在獄中的絕筆簽名供詞作為解釋英軍進攻推延最關鍵的原因和作為小說敘述主軸成為可能。

以上所有這些「高死亡率」（high mortality rate）全是由「外來者」之手和偶然機會造成的。[44]這種死亡一之一中一的死亡（death—within—death）敘事擔當了一種生成性功能，而不是終結性的中止功能，即，死亡之中孕生新的敘事基因，展現了奇幻對不可能性的欲求。如同故事一之一中一故事分叉敘事一樣，每一死亡一發生，一個新的故事就分叉了，不斷把奇幻行為推向其意義空缺和非意義零區之中。由此觀之，引征（編者引用于村，而作為敘述者的于村又引征阿爾伯特，阿爾伯特順次又引用崔鵬）、分叉（深入迷宮的交叉小逕自生自長又繁複遞增）和死

[43] 張隆溪：《非我的神話──西方人眼裡的中國》，載史景遷：《文化類同與文化利用》（北京：北京大學出版社，1990 年），第 147-173 頁。

[44] John Sturrock，《紙老虎》，p. 190.

亡敘事這三者皆是對線性時間運動的摧毀和對終極性的拒斥。在情節化（emplotment）意義上講，引征、分叉和死亡是這部小說中的統攝性敘事力量，[45]但是這些敘事力量怎樣遞發出來的呢？在此，我們有必要扼要地討論一下故事中至關重要的奇幻構形動因：裂隙（缺場、空無、省略和片斷）概念和三組意象——迷宮、百科全書和循環（circle）。

　　《交叉小徑的花園》以英軍因「地上積水」而推延進攻開始敘事。這種原定行動的推延便在歷史敘事中引入了一道裂隙，一種意義的空無和一道連續時間的創傷，而這些裂隙，空無和創傷都得由後來的虛構敘事來加以完滿和治癒。這便是產生于村虛構經驗敘事的第一道幻象理解口。第二道裂隙發生在小說編輯的註腳裡—「文件的前兩頁已經失蹤」，這樣，于村簽名的供詞只能以「…and I hung up the receiver」（……我掛斷了電話）這種省略形式開始。從閱讀心理學上講，這丟失的兩頁和省略號「……」創造了一個回溯性想像的空間，一道使讀者懸決並卷涉其缺失現實的期待視野。它們是始終盤旋在歷史與虛構之上的真實與非真實的邊界線——一種奇幻的邊緣性（a fantastic marginality）。省略號「……」是敘事欲望追逐的缺失（lack）和他者性（otherness），而連接詞「and I」充當了聯繫自我與他者，「我」與「非我」之間的觸擊點。形式上講，這種被作為故事開頭而引用的「……而我」是一種召喚互文性干預和極限侵越的文本邀請，突顯了現代奇幻敘事的獨特性質素。[46]第三個裂隙出現在于村試圖通過電話聯絡他的同夥魯恩伯格而露出破綻之後，因為他用德文在電話中向對方講話，但接電話的卻是他的敵人馬登上尉。這一破綻導致了馬登的狂烈追蹤和于村生命的完結。由偶然性產生的這種傳通裂隙（類似佛洛伊德式「口誤」）構成了對未來事件的敘述追蹤和新的敘事分叉。于村的先祖崔鵬突然被人謀殺之後遺留下來的條理混亂和不完成性便是第四種理解裂口。這一裂口便引出了漢學家阿爾伯特的潛心修補。正是阿爾伯特發現的崔鵬的一封信的片斷才使他能夠戳破混亂之書和迷宮的玄機，這封信的片斷便成了第五種裂隙。

　　這種裂隙一之一中一裂隙敘事（gap—within—gap narrative）激發了故事中時間經驗連續性分叉的一種生成時刻，非連續的多種時間可能性便從裂隙鏈（chain of gaps）中湧現了出來。正如崔鵬的斷信所說：「我把

---

[45]　Shlomith Rimmon-Kenan, "Doubles and Counterparts: Patterns of Interchangeability in Borges's *The Garden of Forking Paths*." *Critical Inquiry* 6 (1980), p. 646.

[46]　Neil Cornwell, *The Literary Fantastic*, pp. 157-158.

多種不同的未來（並非全部）留給我的交叉小徑花園」（頁25）。不過，所有上述構成小說多維繁複結構的各種奇幻敘事樣式：故事一中一的一故事，謀殺一中一的一謀殺，分叉一中一的一分叉以及裂隙一中一的一裂隙皆同時體現於博爾赫斯總典中最重要的意象之中：迷宮，百科全書和循環（還有鏡子、羅盤和錐體）。[47]通過創造這些意象，博爾赫斯不但使現代文學讀者面對了「文本之中的迷宮」（「theabyrinths in the texts」），而且還目擊了「文本的迷宮」（「the labyrinths of the texts」），[48]也就是說，小說的迷宮恰恰對應小說之中的迷宮，從而創造一個文本的雙重寫作，一種奇幻、想像和藝術的迷宮世界。

在小說中，循環就是引導于村／馬登／我們讀者進入無限無時間的迷宮的交叉小徑。循環運動的軌跡是重複性的、非線性、非本原的：開始便是結束而結束便是開始，從而構成一個真實界不能觸入的自我封閉的世界。當于村在Ashgrove（博爾赫斯的文字遊戲「Ashgrove，」意指「ash」（灰燼）和「grove」（樹叢／園林：一種對于村命定的預召）下了火車，他「走下了幾級石階，踏上了孤僻的道路。路慢慢向山下傾斜」（頁22）；其後他便迷失在「一段未知的時間裡」，在「道路的斜坡處」，他來到了一個地方：「道路往下伸延蜿曲並在此刻混亂的草地之中分了叉」（頁25）；「潮濕的道路就像我的那些童年蜿蜒曲折」（頁24）。這種時間的循環往復也同時表現在阿爾伯特房子裡的「一座高大又圓形的鐘」（頁24）和阿爾伯特認為崔鵬不完整之書是「一部循環之書」的意象中（頁25）。一本猶如時間循環的書便不會有始有終。「一部書的最後一頁」，阿爾伯特說道，「正好與第一頁完全相同，一部具有無限連續之可能性的書」（頁24）。

對博爾赫斯來講，揭示這種時間和語言循環的理想之書便是百科全書了（encyclopedia），尤其是一部收入了全宇宙內容的偉大的中國百科全書，如他杜撰的《天朝仁學廣覽》這部包羅萬象的中國百科全書。在博爾赫斯的奇幻想像之中，一部百科全書代表了萬物最高的理想化秩序，各種可能的辭條的總匯，不管是順理的或者自相矛盾的，不管是真實的或者非

---

[47] John O. Stark, *The Literature of Exhaustion: Borges, Nabokov, and Barth* (Durham, 1974), p. 470; Henny Hussman, *Afterimages of Modernity: Structure and Indifference in Twentieth-Century Literature* (Baltimore, 1990), p. 144.

[48] Wendy B. Faris, *Labyrinths of Language: Symbolic Landscape and Narrative Design in Modern Fiction* (Baltimore, 1988), p. 48.

真實的，一概不加以拒絕地一字不漏地收入其中。一部百科全書是最虛構的絕對結構，一座最終把世界組成一個循環宇宙系統的無限巴比塔。在這部小說中，當于村到達「交叉小徑的花園」之後，他與阿爾伯特便進入了「一個東西方書籍合璧的圖書館」。在那裡，他看見一部百科全書，「幾卷黃絲精裝的《輯佚百科全書》，那是明代第三位皇帝編定而從未刊印過的」（頁24）。三層意思可以從此處剝離出來：（1）《輯佚百科全書》便是于村與阿爾伯特共同陷入的現實困境；（2）既然《輯佚百科全書》從未出版過，那麼，它便是博爾赫斯所杜撰，一種虛構非真實的結果；（3）既然該百科全書僅存幾卷，那麼，其混亂與無序必定是無限的，而對這種缺失體系的時間重秩序化將是不可能的。由此推之，《交叉小徑的花園》這部小說便是這種無限混沌的象徵，一種等同於《輯佚百科全書》的迷宮圖形，即「世界—作為—迷宮（world—as—labyrinth）。[49]世界的雜亂無序也象徵了人類對世界的理性秩序化的挫敗，詞（mots）對物（choses）的無窮欲望表徵只能是又無望又荒謬的烏托邦式投射（想一想馬拉美的名句「世界只為一本書存在」和福柯在《詞與物》中的精闢論說）。[50]所以，聰明的崔鵬相信（同樣博爾赫斯），撰寫一部書也就等於建造了一座迷宮，二者毫無差別可言（頁25）。

　　博爾赫斯的《交叉小徑的花園》在迷宮意象營造中達到奇幻的極致，制導著對時間與歷史，虛構與世界的理解。在小說中，我們可以讀到于村沿著交叉小徑的循環進入了數種不同的迷宮的情形：崔鵬的迷宮與其未競之巨作；阿爾伯特的世界以及他的發現。迷宮遊歷（比如《愛麗絲奇遊記》）給于村揭示了一個啟悟／啟蒙的世界，使他能夠獲取一種成長（bildungsroman）的知識。「我想到迷宮裡的迷宮，想到一條蜿蜒縱伸的迷宮，它將包羅過去與未來，以及空中的的星辰」（頁23）。打開迷宮的鑰匙是時間，而不是空間—「在時間中而不是在空間中分叉」（頁26）。這種作為對線性時間拒絕的迷宮時間呈現在它的所有可能性的無限分叉之中，事件同時發生。「他（指崔鵬）以這種方法創造了自我繁生自我分枝的多種未來，多種時間」（頁26）。博爾赫斯這種對歷史中事實時間的奇幻挑戰完整地總結在阿爾伯特對崔鵬的時間認知的發現中。如阿爾伯特對于村所述：

---

[49]　同上書，p. 99.

[50]　參閱 Michel Foucault, *The Order of Things* (New York, 1973), p. xv; 張隆溪：《非我的神話》，第148-152 頁。

> 他（崔鵬）虔信一種無限系列的時間，一種繁生，暈眩的分叉又交
> 合與平行時間的網路。這種時間之網路彼此毗鄰，分枝，滑離，或
> 者彼此一個世紀又一個世紀以來毫無相干，它擁抱一切時間的可能
> 性。我們並不存在於這些大多數時閒之中；在一些時間中你存在
> 著，而不是我；在另一時間中我存在，而不是你；在另一其他時
> 間，我們都在。在目前這個賦予我有利命運的時間裡，你抵達了我
> 的住處；在越過花園的另一時間，我說出這些相同的話，但是我是
> 一個錯誤，一個遊魂。（頁28）

每一個體只能面對、體驗眾多可能性中的一種時間可能性，其他
未知時間中的經驗對個體來說皆是迷宮一座。迷宮時間如此無限多維
（multicursal），任何一種終極性（finality）是不可能抵達的。

博爾赫斯發明了這種迷宮敘事（labyrinthian narrative）旨在把現代
奇幻文學的新視野構製成一個自我反射／自我指涉（self-reflexive／self-
referential）的後設世界，林達‧哈琴（Linda Hutcheon）把這種自反自涉小
說稱之為「自戀式敘事」（narcissistic narrative）。[51]作為迷宮的小說始於並
完於它自身的語言結構之中，毫無牽涉外緣性真實世界。小說敘事的動因
自生於文本的張力，故事發展轉機也自生於文本之間的稠密性，如像崔鵬
潛心構造的小說與迷宮一樣，文本自我搖擺（textual oscillation）的回復，
透過自身的共振，便構造了一個自足的虛構迷宮。閱讀就像于村的旅行路
線，分叉的敘事小徑只能導向虛無和空洞。博爾赫斯虛構世界的迷宮是一
次對死亡、啟悟、混沌和自我裂變體驗的無始無終的歷程。在奇幻敘事的
不可見的時間迷宮和繁複交叉中，所謂的「現實／真實」的觀念便澈底地
顛轉了。根據博爾赫斯的觀念，「現實」不是發現的，而是人工製造而成
的。「時間」，博爾赫斯以如此形而上的筆觸寫道，「是構造我的物質。
時間是一條把我席捲而過的河流，而我正是那條河流；時間是一隻吞噬我
的老虎，而我正是那只老虎；時間是一團毀滅我的火，而我正是那團火。
世界正好不幸是真的；而我正好不巧是博爾赫斯」。這大概是奇幻在其現
代結晶化的最典範的箴言吧。

概而言之，在上面的文章中，我僅從形式的層面（formal level）分析

---

[51]　參閱 Linda Hutcheon, *Narcissistic Narrative: the Metafictional Paradox* (Methuen,1984)。

了卡夫卡的《中國的萬里長城》和博爾赫斯的《交叉小徑的花園》內含的奇幻敘事結構，以揭示現代奇幻文學對表意終極性敘事的拒絕，擁抱非表意性和語意虛空的種種特徵。在分析的大部分過程中，我是在遵循雅克遜把現代奇幻敘事當作探索未說、未見與未知之物的構想，通過上述的文本討論，我們已經顯示了在卡夫卡和博爾赫斯小說中的這種特徵，即，奇幻對他者欲求的不可能性。接下來，我將跳出奇幻敘事的形式因素去討論隱含在這兩部小說之中的意識形態潛意識（ideological [un]consciousness）。

四、盲知：意識形態的牢籠

　　漢學家史景遷（Jonathan Spence）在談到西方二、三十年代以中國為背景的「作品驚人湧現」時，警告西方讀者說，那些為西方作者寫的作品（其中包括卡夫卡的作品）「根本不能為理解作為一個文明的中國提供任何洞見」，因為它們並非真正「關於中國」，它們在於「使用（use）」中國去表現作者們對「其他」（other）事物的看法與感受。史景遷寫道：「中國也可以當作一種手段和一種陪襯（foil）」。[52]史景遷這番話是針對西方讀者的善意忠告，作為非西方的讀者，尤其是作為中國讀者，我們是否願意在這個後殖民話語時代（postcolonial era）仍按照史教授劃出的閱讀策略去行事呢？卡夫卡和博爾赫斯以及他們那些以中國為題材的小說真的可以免受賽伊德（Edward Said）稱之為「東方中心主義」或者「認知帝國主義」的檢控嗎？[53]

　　如上述所示，現代奇幻敘事已經推向一個非示意的領域，卡夫卡與博爾赫斯的小說不過是它們虛構經驗的自涉性形構，這樣一來，虛構指涉物或敘事所指總是缺席的，換句話講，總是無限期地被延擱了。以此觀之，史景遷的建議的確很中肯，也很實用。確實，西方讀者不能從這兩部小說中獲得他們對中國的正確知識。但是，我們仍不禁要追問，何以會如此呢？何以會產生這種知識的「盲視／盲知」（unseen blindness）呢？儘管我不打算使用「控告」（accuse）這類強烈的措詞去質疑無疑已產生了對中國這一文化他者在文化／認知上的歪曲的奇幻敘事，但是，我仍將討論造成這種盲知的原因所在。我認為造成這種對中國這一文化他者「盲知／盲視」的是卡夫卡與博爾赫斯對奇幻體的錯置（misplacement），亦即，把

---

[52]　參閱 Jonathan Spence: *The Search for Modern China* (New York, 1990), p.387; *Chinese Roundabout: Essays in History and Culture* (New York, 1992), pp.89-90。

[53]　參閱 Edward Said: *Orientalism* (New York,1979)。

奇幻敘事濫用（misuse）作表徵一個文化他者的介體——一種抽離了文類有效性的意識形態挪用。

在雅克遜看來，「奇幻絕對不是在意識形態上清白的文本」。[54]它們是潛意識欲望的體現，宣示了在文化秩序主體構造的某種社會境域（context）中的一種深刻的文化危機。[55]研究奇幻文學的結構性效應、形式與主題特徵可以發掘其意識形態的功能，或者用傑姆遜（Jameson）的術語來講就是，在奇幻敘事之後面隱藏著的「政治無意識」（the political unconscious）。[56]無可置疑，中國在這兩部小說裡一直被當作一個文化的「非我」，一個潛意識的「他性」和一個認知的「你」而敘述的。[57]正是通過對異於西方的中國的虛構性構形，一個異質空間才構造了出來。現在，我們要問，卡夫卡和博爾赫斯構築了何種關於中國的敘事細節？或者，這兩部小說究竟能提供給一般西方讀者何種關一於中國的種族資訊呢？

在進入討論之前，我得重申我的閱讀策略。下面的閱讀可能是對文本「施暴」（violence），不過，我已從形式的內構性轉向語境的意識形態素的症候閱讀，也就是說，我已把這兩部小說重新置放在後殖民批評話語中進行檢查。效法德里達（Derrida）的閱讀戰術（tactics），閱讀便是對文本的位移，中止其流通的語符，重鑄文本的另類空間。閱讀是對他者性的發現，是對文本進行「搗亂」（make a disturbance）。[58]何不妨讓我們來試一試。

首先，讓我們指出關於中國的種族細節並把它們劃為兩類：「聲稱」為事實的歷史敘事與奇幻的虛構敘事。在卡夫卡的《中國的萬里長城》中，可辨識的歷史敘事的種族細節為：長城，北方的游牧民，考試科舉制，官僚制度，由河流、小溪、茅屋和村莊組成的廣闊國土，北京，皇宮大殿，皇帝，西藏高原，跪禮，皇朝，反抗，龍等；虛構的細節有：充滿洞口與裂縫的未完成的長城，修建者的數目和時間，盡職盡責的督查官員，最高統帥的法令，修築者的手足情誼，可怕的北方人，晚禱，政治機

---

[54]　雅克遜，p. 122.

[55]　同上書，pp. 62-63.

[56]　Fredric Jameson, *The Political Unconscious* (London, 1981), p. 142.

[57]　史景遷和張隆溪都認為博爾赫斯《交叉小徑的花園》中的中國並不是文化上的他性／非我；不是差異，而是自我的共同性。當我們把這部小說放在後殖民批語話語中來解讀時，以上兩位的觀點肯定會出問題。見史景遷：《文化類同與文化利用》，第 131-140 頁；張隆溪：《非我的神話》，第 152-153 頁。

[58]　Jacques Derrida, *The Truth in Painting* (Chicago, 1987), pp. 1-13.

構的簡明，慷慨又精細的皇帝，聖諭，信使胸前閃閃發光的太陽象徵，皇城迷宮，祭壇前的祭師，村莊的喜慶宴，中國有五百個省……等。這些細分並不是孤立的，而是相互交織在一起的，共同構成了卡夫卡對中國的他性奇幻。從這一粗略的展示中，我們至少可以看到中國已被用著去開啟卡夫卡的意識形態的奇幻欲望，即，在這個故事中，中國已變成卡夫卡的政治與心理上的他者了。在政治層面上，興建長城就是構造民族的團結一致，不管人民的犧牲、苦難和被壓榨有多深。皇帝雖死，人民仍對他忠心不二，因為帝國是永恆不變的。在心理層面上，人們竭力修建長城去獲得精神的完美。但是，長城本身將永不能合攏成一道完整的牆，因為每一個體皆是這座結構的一部分並具有心理的「缺口與洞隙」。同理，信使永不能穿越皇城迷宮去完成他的使命，因為對真理終極性的欲求是人類引向虛無與空洞的自欺之夢。在前者，卡夫卡歪曲了中國歷史的真實，為了他的政治道德信念把中國官僚制度寓言化了並進而神祕化了中國獨裁官僚體制的頑固性和殘酷性。在後者，卡夫卡通過聲稱未完成長城的洞口是永不能從外邊進行完善的人類的內在性缺點，排除了理解文化他者的可能性。在皇城迷宮中，真理不過是一種虛幻性的意識，因此，對中國的知識是不可能的、不可知的和非真實的。在卡夫卡的敘事中，中國（皇帝、帝國的太陽、聖龍、皇宮大殿和長城）是無時間性的、靜態的存在。因為帝國的永久性、人民的忠誠和自足感，所以變化是不可能的，而停滯則是一種善德。把中國視為一個恆久而停滯的烏托邦，卡夫卡便實現了對穩定性與秩序的異國情調式欲望的投射（「北京與其皇帝是一體的，一團天雲，寧靜而平和地在時間的長河中在太陽之下運行」）。

　　在博爾赫斯的小說裡，關涉中國的歷史／種族細節大致如下：青島，海豐，雲南，《紅樓夢》，中國音樂，紙糊的燈籠，明朝第三位皇帝，天津，天文學與占星術，書法，涼亭，道教，佛教，和尚，一座高高的中國漆的桌子……等；虛構細節為：對稱的花園，崔鵬的奇書與迷宮，絲綢裝訂的手稿，《輯佚百科全書》，《交叉小徑的花園》，崔鵬宇宙時間意象……等。在意識形態上講，博爾赫斯在這部小說中探討了一個正義（justice）主題：對于村道德叛節（traitorship）的判決。于村是一位教英文的中國人，他卻充當了德國的間諜，因此，他是一個叛國者。他幫助德國人只想證明「一個黃皮膚的人」可以挽救對中國人懷有敵意和歧視的德國軍隊（他的柏林上司），因此，他是一位種族主義者。作為一位賣國者和一位種族主義者，于村設計了一項陰險的計謀去謀殺了已經破譯他先祖

未竟之書中祕密的漢學家阿爾伯特，因此，他是一位極端民族主義者（在保護「國粹」意義上講）。最後，于村被英軍情報機關處死，這是于村應得的下場。也許，對這部小說還可以有另一種讀法：這部小說是對一次非理性行為的道德責任的探討。于村博士因他柏林上司對他成為「一個黃種人」懷有種族蔑視而深受傷害，而為了向德國人證明他作為黃種人具有的種族智慧（「我不是為德國人幹這一行的。絕對不是。我才不在乎一個把當間諜的卑鄙行徑強加於我的野蠻國家呢……我之所以幹這一行是因為我嗅到上司對我族人民懷有莫名的恐懼——害怕融合在我身上的無數先祖們」，頁21），他非理性地玩了一場詭計，從而導致漢學家和英軍之死。再次證明，他的判決是他必須付出的代價。

但是，我認為這些強加於于村身上的稱號完全根植於博爾赫斯的意識形態加工之中，完全源於博爾赫斯從一種准歐洲霸權的角度為他的奇幻他性而對中國文化的重新訂正（reenactment）。雖然博爾赫斯是一位阿根廷的作家，其祖國在歷史上也如中國一樣在文化、政治和經濟上遭受了西方帝國主義的壓迫，但是，博爾赫斯心目中認同的不是阿根廷文化傳統，而是西方文化。正如他所言：

> 我相信我們的傳統是跟西方文化一體的，我還相信我們有權分享那種傳統，一種可能比任何某個西方國家中的居民更大的權利。[59]

這便是他認識其他文化／文化他者—「中國」—的意識形態根源，並因此把敘述者于村推上了絞刑架。兩件事在此需澄清：一是關於漢學家阿爾伯特的身分；二是關於博爾赫斯對敘述話語的控制／壟斷。

首先，阿爾伯特是幹什麼的？。答案很簡單：他是一位著名英籍漢學家。在他成為漢學家之前，他幹了什麼？答案仍然簡單：他是一位在中國天津進行傳教的教士。但是他如何使自己成為著名漢學家的呢？我想如果不從文本中找出某種洞見的話，這個問題便很難回答的。在文本中，我們讀到阿爾伯特對中國文化極其入迷—當于村到達他住處時，他看見了一座典型的中國式的涼亭，鼓狀和月亮色的紙燈籠，聽見了中國音樂。此處，涼亭、中國音樂、紙糊燈籠和一座中國式花園構成了阿爾伯特對中國入迷的幻化世界。在進入了阿爾伯特房子之後，于村驚奇地發現了「一座中西

---

[59] Jorge Luis Borges, *Obras Completas* (Emece, 1956), pp, 272.

圖書合璧的書齋」。請注意書齋裡的中國「產品」──「幾卷黃絲精裝的《輯佚百科全書》，由明代第三皇帝編定但從未刊印過」；「一座青銅鳳凰鳥」；崔鵬的珍貴手稿；而更重要的是阿爾伯特從「一隻漆黑而鍍金的書桌的抽屜裡」拿出來的「一封絕跡的斷信」。當一位稍具歷史常識的中國讀者讀到阿爾伯特收藏的眾多中國文化的珍貴奇書時，他／她會對此細節作出何種情感的反應呢？在目睹這些珍奇之物的陳列之後，這位讀者一定會毫不猶豫地得出結論，就是，阿爾伯特是一位英國帝國主義對中國文化的掠奪者，一個十足的對中國古籍的強盜（既然一本書只編訂過而從未刊印過，它又怎麼能擺在阿爾伯特的私人書齋裡呢？）。從這個意義講，于村對阿爾伯特的謀殺則可以看作為殖民地人民恢復正義的英雄舉動，而于村最後被英帝國主義之手殺死則是西方帝國主義對殖民地人民犯下的又一樁罪行。博爾赫斯也就成了這樁謀殺的合謀者之一。博爾赫斯與西方帝國主義的共謀還展示在他對他者話語權／身分的剝奪上。是于村的先祖崔鵬撰寫的名為《交叉小徑的花園》這部小說，但是博爾赫斯卻粗暴地強佔了崔鵬的著作，據為己有並把它用來命名他的小說為《交叉小徑的花園》。法律上講，這是一種文化剽竊行為，一方面顯示了西方文化霸權主義對他者著作權的暴掠。在文化上，這是一種退化／墮落行為，在另一方面，暴露了西方文化原創力的耗盡。博爾赫斯正是西方文學耗盡時代的代表者之一。[60]

在意象塑造方面，卡夫卡和博爾赫斯都對中國採用了同一意象敘述：迷宮敘事。兩篇小說的核心意象都是迷宮。根據Faris的考察，「大多數象徵性迷宮通常內含中心」。[61]在這兩篇故事中，尤其以《交叉小徑的花園》更甚，這迷宮的中心就是中國、中國人、中國文化。把中國置放於迷宮的神祕中心旨在顯示中國既是一團混沌又是一個邊緣性他者。一團混沌是不可理喻／不可溝通的；一個邊緣性他者是不可觸及／不可抵達的。這二者關係在邏輯意義是互為變通的，就是說，因為中國是一團混亂，它才是邊緣性他者；反之，因為中國是一個邊緣性他者，所以它才是一團不可理喻的混沌。在這對透明（以西方理性、邏輯、實證、秩序、法律為主要特徵）──混沌（以東方[中國]文化的非理性、直悟、無序、人治為主要特徵）；中心（以西方的科技、經濟、文化、資訊為主要特徵）──邊

---

[60] 參閱 John O. Stark，《耗盡的文學：博爾赫斯、納博可夫和巴思》。

[61] Faris, p.108.

緣（以東方[中國]的落後、愚昧、貧窮、不發達為主要特徵）二元性對立
系統中，代表混沌與邊緣的中國再一次從卡夫卡與博爾赫斯的敘事理解中
被驅逐了出去，而中國的物質真實便永遠在符號上被否定了（semiotically
denied）。其結果，一切種族的景觀（人文／自然landscapes）皆被鏤空，
中國便成了一個空場、缺失、虛無以及被剝掉了時空身分／自我的絕
對他者。在博爾赫斯的奇幻敘事中，中國並不是一種積極知識（positive
knowledge）的源泉，而是一種否定生命，一次死亡遊歷的可怕之源。用這
種方式，中國便被迫躲閃地隱褪入其不可視見性，不可觸及性之中——一個
存在於文化秩序之外的無名／隱匿的空間。終於，中國作為一個陌生的、
超自然的、怪異的和未知見的他性便呈現在西方讀者的面前了。正是這種
奇幻的盲知／盲視才是我們必須毫不留情地揭露的目標。

運用奇幻敘事把中國塑雕為一個神祕而怪誕的空間意象，把中國錨定為
一個完全不能判定的語義空無（semantic void），這是奇幻敘事把中國「異
化」（reification）的結果。作為知識的敘事性（narrativity），唯有在正確調
解「實」（歷史／實義）與「虛」（奇幻／虛義）的界限的情況下，[62]唯有
通過把獨特的事件恰適地置於敘事語境性（narrative contextuality）之中，[63]
以及唯有通過敘事者對「認知動機」（cognitive motive）與「道德權威」
（moral authority）進行有意識的衡測之後，[64]才變得有可能。正如前面雅
克遜所指出的，奇幻文學作為對他者的欲求始終使真實問題化，始終把敘
事指涉之物推向一種語義的虛空以及不斷探索未見、未言與未知之境，因
此，把這一文類用於作為表徵一個文化他者的介體是不太恰當的，而它所
提供的對奇異（l'etrange）的知識也是無效的。

最後，讓我們回溯一下前面的討論。在這篇文章中，我們首先提出了
雅克遜關於奇幻作為對他者的欲求這一概念，然後分析了卡夫卡與博爾赫
斯這兩篇小說中的奇幻敘事性，最後簡要地討論了奇幻文類對表徵作為文
化他者中國的誤用以及由此產生的可能對中國的誤異性理解。雖然我對他
們的意識形態的批評顯得有點大膽，但批評本身則是字義上文本上的。縱

[62] Ying-hsiung Chou, "Between the Substantive and the Empty: the Chinese Historical Novel as Meditation," in *East—West Comparative Literature: Cross-cultural Discourse*, ed, Tak-wai Wong （HongKong, 1993）, pp. 49-81.

[63] W. Wolfgang Holdheim, *The Hermeneutic Mode: Essays on Time in Literature and Literary Theory* (Ithaca, 1984), pp. 226-270.

[64] Luis O. Mink, "Narrative Form as a Cognitive Instrument," in *The Writing of History*, eds. R. H. Canary and H. Kozicki (Madison, 1978); Hayden White, *Metahistory* (Baltimore,1973).

貫全文，我們已經看到，作為一種侵越性文類，奇幻允許創作者跨越某些極端的界域，獲得某種想像界中的真理。但是，我們也已看到，在人類對他者的潛意識欲望的靜默空間裡則始終蟄伏著一團黑暗，一種盲點，一個未知見的空缺：對他者的盲知／the Unseen Blindness。

中文原載北大《外國文學》1995年第3期
英文原載*Tamkang Review* No. 3（Spring 2006）

第二章　從海景到山景：環球意識，
帝國想像與景觀權力政治[1]

　　西方現代主義興起時「為藝術而藝術」的美學訴求，擺出了這樣一副高姿態：它拒絕啟蒙現代性敘事的世俗影響，即反對精神產品的物質化和商品化，把純藝術看作是挽救世界日益物化和退化的一種救贖性力量。顯而易見，這種現代主義的「先鋒」意識，給藝術世界帶來了創新、原創和創造的豐富源泉，也重塑了現代美學和藝術實踐的規範性和有效性訴求。然而，現代主義（無論是象徵主義、原始主義，還是後／印象派）賦予藝術本身的這種特殊「純化」，隱藏著一個未道出的天大祕密，它是如此精緻地編碼在對異域他者的想像之中。也就是說，在它的異域景觀的偽裝結構中，暗含著帝國想像以及歐洲中心論的帝國主義擴張、統治和殖民世界的意識形態。因此，藝術的這種現代主義純化經常是有問題的，受污染的。

　　本文旨在揭示嵌入在西方現代主義中的這個盲點，分析從19世紀對海景的迷戀到20世紀上半葉對山景的投入這一歷史的變遷軌跡。19世紀中葉是其形成階段，產生了與現代主義相關的一些基本景觀話語。因此，本文首先以波德賴爾對異域熱帶地區的海景想像為例，說明早期的一些現代主義者（如蘭波、凡爾納和高更等）如何通過對海洋、島嶼和山脈的原生景觀的霸權性挪用，與帝國主義稱霸世界的野心聯繫在了一起。本文還扼要分析了在湯瑪斯・曼、E・M・福斯特、海明威和詹姆斯・希爾頓的一些作品中，山景在現代主義的後期階段是如何被表徵的，以及這種表徵中所蘊含的意識形態功能。

一、想像之旅與海洋幻想：殖民海景

　　曾經在18世紀加斯帕德・普珊（Gaspard Poussin），薩爾瓦多・羅薩（Salvator Rosa）和克勞德・洛倫（Claude Lorrain）的繪畫中佔有極其重要地位的，後在19世紀初期被華茲華斯、柯勒律治等浪漫主義者進一步頌

---

[1]　本文寫於 1998 年 UC Davis 比較文學系教授 Marc Blanchard 開設的「後殖民與全球環遊」工作坊。英文題目為："From Seascape to Mountainscape: Global Consciousness, Imperial Fantasy and Ideology of Landscape in Modernism"。感謝董國俊教授的中文翻譯。

揚的獨特的鄉村景觀，隨著19世紀上半葉歐洲城市化和工業化的擴展而迅速消失了。對城鎮和鄉村的劇烈性城市擴張，改變了整個歐洲空間的景觀地貌，形成了19世紀的城市和大都會景觀。由修建巴黎奧斯曼大道而興起的大規模城市規劃，使用了新型的工業材料、透明玻璃和堅硬質鋼鐵，還有令人眼花繚亂的拱形遊廊、巨大而光亮的購物劇院以及霓虹閃爍的林蔭大道，一個現代國際化大都市出現了。[2]因此，浪漫主義者的景觀修辭所珍視的純粹自然被宣佈了死亡，一去不復返了。巴黎奧斯曼化的勝利，這種「天然的自然」（natura naturans）不僅引發了後浪漫主義者「死亡的自然」（nature morte）的景觀修辭，而且催生了一種新的空間美學，這種美學便是彌漫在法國資產階級文化中的那種人工性和幻覺主義。波德賴爾切身體驗了這種都市現代性中特有的幻覺效應，在他出版於1857年（巴黎奧斯曼化正在進行之時）的《惡之花》中對其作出了深度描寫。

在本雅明看來，波德賴爾是第一個城市詩人，其詩歌的創造靈感來源於城市街景的奇觀及對其光暈的褻瀆。[3]波德賴爾被認為是第一個在佔領城市景觀的無名大眾中發現了神話般力量的現代詩人。在這方面，馬克·布蘭卡德正確地指出，城市對於波德賴爾來說「確實是一個認識客體」。[4]然而，在我看來，城市對於波德賴爾來說卻是一個否定的認識客體，是一種城市走向黑暗的認知，它否定或消解著城市的神奇魅力。在波德賴爾的眼中，城市是一個產生不真實的、虛幻的、人工性的生活經驗的地方，也是一個充滿了犯罪、貧困、悲慘、墮落和道德腐敗的地方。由於城市景觀的標準化和鐘錶時間的單向性，城市產生了吞噬生命的厭煩、倦怠和憂鬱：

　　唉！唉！時間吞噬著生命
　　而嚙咬我心的陰險敵人
　　正靠我的鮮血生長強盛[5]

[2]　尼古拉斯·格林（Nicholas Green）：《自然的奇觀：19世紀法國的風景和資產階級文化》The Spectacle of Nature: Landscape and Bourgeois Culture in Nineteenth-century France（紐約：曼徹斯特大學出版社，1990年版）。

[3]　瓦爾特·本雅明（Walter Benjamin）：《波德賴爾：發達資本主義時代的抒情詩人》Charles Baudelaire: A Lyric Poet in the Era of High Capitalism（倫敦：沃索出版社，1973年版）。

[4]　馬克·布蘭卡德（Marc Eli Blanchard）：《尋找城市：恩格斯、波德賴爾和蘭波》In Search of the City: Engles, Baudelaire, Rimbaud（薩拉托加：安瑪利布里出版社，1985年版），第105頁。

[5]　夏爾·波德賴爾：《〈惡之花〉與〈巴黎的憂鬱〉》The Flowers of Evil and Paris Spleen，威廉·克羅斯比譯（紐約：BOA Editions，1991年版）。

導致幽閉恐怖症的城市真空扼殺了創造精神的自由，最終造成了詩意情感的癱瘓、遲鈍和毒性。在《憂鬱》這首詩中，波德賴爾描述了現代城市中這種令人痛苦的憂鬱：

> 當天空像蓋子般沉重而低垂
> 壓在久已厭倦的呻吟的心上
> 當它把整個地平線全部包圍
> 瀉下比夜更慘的黑暗的晝光
>
> 當大地變成一座潮濕的牢房
> 在那裡，希望就像是一隻蝙蝠
> 用怯懦的翅膀不斷拍打牢牆
> 又向朽爛的天花板一頭撞去[6]

為了擺脫這種吞噬生命的城市現代性所帶來的厭煩和倦怠，為了結束城市景觀所造成的令人痛苦的憂鬱和愁苦，波德賴爾採取的最好辦法是飛奔到大海和大洋。對詩人來說，離開城市走向大海不僅是逃離監獄般的城市，而最意味深長的便是去研究「家的恐怖的大病」。

　　海上旅行一直是波德賴爾詩歌中佔主導地位的主題，大海被看作是唯一的擁有無限自由和快樂的理想世界，它可以抵抗城市，用於治療「生病」的家園。因此，我們可以說波德賴爾不僅僅是一個城市詩人，而更多的是一個書寫旅行和大海的夢想型詩人。波德賴爾在年輕的時候，曾夢想到世界各地做一個「無止境的旅行者」。雖然他從未實現周遊世界的夢想，但他於1841年在毛里求斯和留尼旺島的短暫停留，使他體驗到了「神祕的優雅」和「熱帶地區的美麗與神奇」。[7]波德賴爾熱衷於閱讀18世紀的旅行寫作，這觸發了他對異國天堂、別處世界和「他國香料」的充滿熱情的「芳香之夢」。在波德賴爾有關藍色海洋的話語中，大海被想像為這樣一個地方：它擁有自然的美麗、快樂的天真、純真的愛情、道德的尊嚴、審美的崇高、廣闊的深度、多育的母性以及積極的人之超越的知識。受此

6　夏爾・波德賴爾：《〈我心赤裸〉及其他散文》My Heart Laid Bare and Other Prose Writings（倫敦：喬治・魏登費爾德出版社，1950年版），第188頁。

7　利基（F. W. Leakey）：《波德賴爾與自然》Baudelaire and Nature（曼徹斯特：曼徹斯特大學出版社，1969年版），第28頁。

強烈的海洋熱情的驅動，波德賴爾最心儀的主角漫遊者，過去經常徘徊在巴黎林蔭大道千變萬化的幻景中，最後離開城市在熱帶海洋中開始旅行。

為了闡明波德賴爾的海洋想像，我們需要對《惡之花》中典型的有關海洋和旅行的詩歌做一簡要分析。首先，在《信天翁》中，波德賴爾似乎暗示了詩人將遭遇到的危險，並被世俗社會所欺騙，就像這只大鳥——「天堂之王」——如果沒有飛離城市，在他／她身上發生的事一樣。他／她應該飛向遙遠的王國：「如飛鳥、鮮花、藍天和海洋／將在萬物之上傾注她的芬芳、歌唱和溫柔的熱情」（《我愛對赤裸的歲月冥思遐想……》）。在《從前的生活》中，波德賴爾表達了在海洋中獲得烏托邦式和平與和諧的麻醉性願景：

> 海的湧浪滾動著天上的形象
> 以隆重而神祕的方式混合著
> 它們豐富的音樂之至上和諧
> 與我眼中反射出的多彩夕陽[8]

這種對無限能量的隱秘渴望，也能夠在《人與海》中閱讀出來。此詩中，波德賴爾表達出對自我認識的垂直的、向下的尋找（「沉浸在你的形象之中」），它隱藏在大海的（無意識世界的）「未知」領域：「在波濤無盡、奔湧無限之中……海啊，無人知道你深藏的財富／你們把祕密保守得如此小心」。[9]

在《異域的芳香》中，波德賴爾想像他飛到了熱帶海洋中的一個樂園般島嶼；在那裡，有女性和男性身體的自然之美，還有讓人羨慕的快樂之景：「我看見一個港，滿是風帆桅檣／都還顛簸在大海的波浪之中……那綠色的羅望子的芬芳／在我的心中和水手的歌聲裡」。在《邀遊》中，波德賴爾生動描述了他渴望逃離巴黎的厭倦和憂鬱，並懇求他的愛人逃往一個田園詩般的、東方的理想國度，「那裡，是整齊和美／豪華、寧靜和沉醉」。在《憂鬱與漂泊》中，波德賴爾在充滿熱情的海洋遐想中，離開城市來到了擁有天真的愛和神祕的愉悅的異國天堂：

---

[8]　波德賴爾：《惡之花》，錢春綺譯（北京：人民文學出版社，1991 年），第 38 頁。
[9]　同上書，第 40 頁。

> 你說，阿加特，你的心可曾高飛
> 遠離這醜惡城市的黑色海洋
> 朝著另一個海洋，迸射著光輝
> 童貞般蔚藍、清澄、深邃的海洋
> 你說，阿加特，你的心可曾高飛
> ……
> 芬芳的天堂，你是多麼地遙遠
> 那裡藍天清明，盡是愛和歡樂
> 那裡人們之所愛都當之無憾
> 那裡心靈被純潔的快感淹沒
> 芬芳的天堂，你是多麼地遙遠

隱含在「芬芳的天堂」中的「短暫快樂」，是波德賴爾反巴黎式的景觀詩學，它是大海占主導地位的詩學意識——「海，浩瀚的海，撫慰我們的勞動」。波德賴爾探索「未知」的激進詩學，在長詩《遠行》中得到了明確的表現。這首詩從一個孩子觀看遙遠之地的地圖或圖片起筆，表明他對海上旅行的熱情夢想和征服大海的青春渴望：

> 對於喜歡地圖和畫片的孩子
> 天和地等於他那巨大的愛好
> 啊！燈光下的世界多麼廣大
> 回憶眼中的世界多麼狹小

孩子對外部世界的有限知識，激起了飛向海洋飛向樂園般天堂的夢想。在孩子對航行的無限渴望中，即使廣闊的海洋也變得有限和渺小。然而，為了尋找那未知的快樂和幸福（「新兵……夢見了巨大、多變、未知的快樂／人類的精神永遠不知其名稱」），詩人希望真正的旅行者要有一顆純潔的心靈：

> 但真正的旅人只是這些人
> 他們為走而走，心輕得像氣球
> 他們永遠不逃避自己的命運
> 他們並不管為什麼，總是說：「去旅行！」

　　帶著「遠行」的內心欲望，穿越「幻想國」、「阿美利加」、「紫色的海」之後，旅人似乎到達了反烏托邦的土地：「恐怖的綠洲在無聊的沙漠間」。這首詩以他們的老船長的死亡結束（「這地方令人厭倦，哦，死亡！開航！」），最後駛向未知的、永新世界的「深淵」：

> 倒出你的毒藥，激勵我們遠航
> 只要這火還灼著頭腦，我們必
> 深入淵底，地獄天堂又有何妨
> 到未知世界之底去發現新奇

　　在這裡，波德賴爾似乎對海上航行找到一個理想的新世界的可能性產生了疑問，因為大海可能是黑暗的死亡「深淵」。波德賴爾意在提醒人們，逃離城市借助幻想向一個海上的遙遠之地的旅行可能是危險的。然而，波德賴爾也相信，即使前面有危險和死亡，他還是願意冒險離開城市，即便是進入死亡的旅程。因為只有走向黑暗大海的死亡，那個未知的王國，一個人才能夠超越死亡，並獲得最終的生命更新和自我認識。就此而論，黑暗的海洋象徵著生命的死亡和重生，這是波德賴爾的海景倫理學，它抵制道德崩潰的城市景觀，這也是波德賴爾為治療「生病」的家園尋求到的萬能藥。

　　從上面的閱讀中，我們已能看到波德賴爾的詩歌怎樣從城市轉移到大海，以及如何在海洋上開啟的想像性旅程。現在的問題是：波德賴爾的想像之旅與海洋幻想，是他聲稱的那樣真正的旅行只為旅行本身那樣純粹嗎？與這種所謂的旅行樂趣不同，我更願說波德賴爾為認識「未知」（Inconnu）領域的想像之旅和在熱帶海洋追求「無限」的海洋幻想是大可理論的，這是由19世紀資本主義的認識論和隨之而來的帝國主義的海外擴張和殖民意識所調解的。現代主義出現在資本主義生產關係從市場經濟（原始積累和鄉村城鎮化）向19世紀下半葉壟斷經濟過渡的關鍵時期。這種壟斷經濟體系以帝國的擴張主義和全球意識為標記，它有兩個劃時代的全球事業：環球航行（環遊世界並記述對未知事物的旅行體驗）和開始於18世紀完成於19世紀中葉的世界海岸線的地圖編制。前者主要由一些探險家、自然學家和歷史語言學家引導，比如亞歷山大·馮·洪堡、詹姆斯·庫克船長、路易士安東尼·布幹維爾，J·R·福斯特和查理斯·達爾

文等，他們幫助歐洲人在全球其他地方重新定義自己。後者在一些製圖師手中得到實現，他們給崛起的現代歐洲中心主義畫出了殖民的疆域邊界線。[10]這種駛向全球的擴張主義航行，生產了關於海景的一種話語結構，我把它稱之為「海洋意識」，這個術語與瑪麗・普拉特的「環球意識」（planetary consciousness）[11]具有相同的分析功能。海洋意識是一種具有帝國主義意味的意識形態，它對海洋是一種想像性和體驗性的旅行實踐，即把海洋看作是外來目光的接觸區或帝國想像的地帶，其景觀和島嶼被理想化為可供征服的烏托邦式的、伊甸園般的天堂，或者挪用為史前的黃金時代。

19世紀帝國擴張主義的生理機能，潛在地引起或呼應了波德賴爾的海洋意識。這以發生在巴黎的兩個重要事件為證：1855和1867年的世界博覽會與新的光學儀器的發明，透視畫的出現。[12]1855年的世界博覽會，不僅使巴黎人而且讓整個歐洲人大開眼界。此次博覽會收集到了來自世界各地的奇珍異寶，隨後誘發了歐洲人對世界其他地區特別是東方世界的想像。這在波德賴爾的幾首散文詩表現了出來，像在《旅行邀請》這首詩中，詩人描寫和讚美了許多具有異國情調的物件（金器、繪畫、家具、鉛條玻璃、瓷器、烹飪器、珠寶、香料）。光學裝置的出現——1820年代初到1850年代期間在巴黎流行的透視畫、全景畫、內視圖、透明景、西洋鏡，一方面改變了人們如何通過表現景觀的幻想效果看待繪畫的真實，另一方面引發了人們對異國地理的全景想像。

這種觀看景觀的幻覺主義和對整個地理的圖片展覽式遐想，最終導致了冒險家們啟程去旅行的急迫性。在波德賴爾的散文詩《世界之外的任何地方》中這樣寫到：「終於，我的心靈爆炸了，它冷靜地對我叫道：『無論什麼地方！無論什麼地方！只要不在這個世界上！』」。根據皮埃爾・呂德的說法，想像的地理通常創造了烏托邦式的海洋和河流空間，它是「真空、無限、沒有地平線的」。[13]但在路易・馬林看來，烏托邦式地理的核心是沒有海洋的，海洋一般存在於烏托邦式島嶼的外圈，為了到達那

---

[10]　湯姆・康利（Tom Conley）：《自製的地圖：近代早起法國的製圖書寫》The self-made Map: Cartographic Writing in Early Modern France(明尼阿波里斯：明尼蘇達大學出版社，1996 年版)。

[11]　瑪麗・普拉特（Mary Louise Pratt）：《帝國之眼：旅行書寫與文化嫁接》Imperial Eyes: Travel Writing and Transculturation（倫敦、紐約：勞特利奇出版社，1992 年版）。

[12]　菲力浦・哈蒙（Philippe Hamon）：《博覽會：19 世紀法國的文學與建築》Expositions: Literature and Architecture in Nineteenth-Century France，凱蒂婭・弗蘭克、麗莎・馬奎爾譯（伯克利：加州大學出版社，1992 年版）。

[13]　皮埃爾・呂德（Pierre Jourde）：《地理想像》Geographies Imaginaires（巴黎：科爾蒂出版社，1991 年版）。

個烏托邦空間，一個人必須跨過海洋。[14]烏托邦景觀中海洋的不存在或者缺席，是波德賴爾和蘭波從城市出發熱情奔向海洋的緣由。在蘭波的《醉舟》（此詩寫於1871年，受到了儒勒·凡爾納的《海底兩萬里》、雨果的《海上勞工》和波德賴爾的《遠行》的影響[15]）中，第一次從城市沖向河流（「我踏進那條無法逾越的江河」），然後駕駛他的魔船，開始了解脫和新生的海上旅行（「半島們紛紛倉皇掙脫了纜繩／一窩蜂一樣得意洋洋著開心」）。他在海洋上想像性旅行，醉舟最終抵達了一個烏托邦景觀——「星星的群島！在那裡／天門狂亂地對航行者們開放……百萬金色鳥群是未來的方向」。[16]就此而論，蘭波延續了波德賴爾對熱帶海域中烏托邦景觀的海洋想像。這些是洪堡、庫克、福斯特、笛福、達爾文已經到達過的地方，達爾文還為此出版了他五年（從1831年到1836年）的跨洋之旅的日記《貝格爾號航行日記》，此書初版於1839年，再版於1849年，要比波德賴爾的《惡之花》（雖然《惡之花》首次出版於1857年，但它在1846年就開始計畫出版）早幾年出版。為了解碼由帝國主義意識形態構建的海洋意識，我們需要把對波德賴爾的解讀放置在達爾文對海洋探索的敘事之中。

　達爾文和波德賴爾是同時代的人。波德賴爾沒能實現他在年輕時就想周遊世界的夢想，而達爾文在他二十歲時就用五年時間實現了他的越洋航行。以此說來，波德賴爾關於海洋的書寫是想像性的，因此它僅僅是幻想的產物；而達爾文關於海洋的描述似乎就是「準確的」和「真實的」，因為這基於他在海上航行時對發生之事的親身經歷和細心的日常記錄之上。在這個意義上，如果我們按照波德賴爾在熱帶海洋旅行的夢想邏輯和他在「世界之外的任何地方」中所堅定聲稱的東西，我們就可以假定波德賴爾正是遵循了達爾文在熱帶海域的遠航路線，拜訪了那些具有異國情調的景觀——太平洋、南太平洋、南美洲、塔希提群島等海域。假如波德賴爾的夢想之旅最終實現的話，他就不會像一個浪蕩子或拾荒者那樣在城市的林蔭大道上漫遊，而可能是一個博物學和地質學的探索者，一個達爾文式的植物採集者，「只有一個收藏包、一個筆記本和一些標本瓶，只希望幾個

14　路易·馬林（Louis Marin）：《烏托邦與空間遊戲》Utopiques, Jeux d'espace（巴黎：子夜出版社，1973年版）。

15　華萊士·弗利（Wallace Fowlie）：《蘭波》Rimbaud（芝加哥：芝加哥大學出版社，1965年版），第29-30頁。

16　亞瑟·蘭波（Arthur Rimbaud）：《〈地獄的季節〉及其他詩歌》A Season in Hell and Other Poems，諾曼·卡梅倫譯（倫敦：鐵砧出版社，1994年版），第84-91頁。

安靜的鐘頭，與那些蟲子和花朵在一起」。[17]

　　據瑪麗·普拉特（Mary Pratt）的觀察，博物學作為一門知識建構在歐洲的出現開始於18世紀，而在19世紀上半葉達爾文的著述中達到頂點，它創造了一種新的分類全球博物學的「歐洲中心的環球意識」。這種全球分類工程試圖把混亂的原生自然框定在以歐洲模式為標準的秩序、慣例和統一體之中，從而生產「一種高度的支配和從屬的不對稱關係」。從這個角度來看，達爾文聲稱的在熱帶地區的無功利知識訴求，卻是大有問題的，他對物種起源的探求，隱瞞著一個迂迴的路徑，我們應該用一個新的視點來予以揭露。

　　為了尋找新大陸，「海洋是最後的機會」。[18]由於達爾文在書本上讀到了世界自然奇觀，也由於他對洪堡的《個人敘述》中描寫的在新世界的旅行充滿了特別的興趣，於是，他為了去發現一個新奇世界而加入到這種海洋探尋之中。[19]因此，達爾文的環球航行，起初並不是一個博物學家的純粹的知識探索，而是一次私有化的自我實現之旅。達爾文後來在其自傳中這樣寫道：「貝格爾號航行在我的生活中一直是迄今為止最重要的事件，他決定了我的整個職業」。[20]這種功利性視角產生了這樣一種認識論，它指引著觀看異域景觀和考察化石的方式，更重要的是影響了他的科學研究理論。正如邁克爾·布朗在《貝格爾號航行日記》的「前言」中所說：「達爾文和弗裡茨·羅伊從來不是中立的觀察者，這本書恰恰表明達爾文至少是通過英國人的眼睛看待別國社會，並認可了他自己國家的社會秩序和議會結構」。[21]達爾文給家裡回信道，雖然他一直暈船，「我憎恨每一個波浪」，[22]但他的海洋航行最終帶給他個人事業的巨大成功，在他的《物種起源》於1859年出版以後，使他成為那個時代最偉大的博物學家之一。然而，達爾文的進化論實際上是帝國意識形態的政治無意識的反

17　瑪麗·普拉特（Mary Louise Pratt）：《帝國之眼：旅行書寫與文化嫁接》，第 27 頁。

18　埃里克·佛格勒（Eric Fougere）：《旅行與錨定》（*Les Voyages et L'ancrage: Representation de L'espace insulaire a L''Age Classique et aux Lumieres, 1615-1797*）（巴黎：熱風出版社，1995），第 171 頁。

19　鄧尼斯·波特（Dennis Porter）：《歐洲旅行書寫中的欲望和越軌》（*Haunted Journeys: Desire and Transgressions in European Travel Writing*）（普林斯頓：普林斯頓大學出版社，1991），第 2 頁。

20　轉引自邁克爾·布朗（Michael Browne）：《前言》，查理斯·達爾文（Charles Darwin）：《貝格爾號航行日記》（*Voyage of the Beagle*）（紐約：企鵝圖書，1989）版，第 2 頁。

21　邁克爾·布朗：《前言》，第 10 頁。

22　查理斯·達爾文（Charles Darwin）：《貝格爾號航行日記》（*Voyage of the Beagle*）（紐約：企鵝圖書，1989）版。

映，它合法化了生物的種族分類，把它們劃分成先進與落後、文明與野蠻兩個等級，抑或歐洲優越而東方—非洲低劣的「科學」有效性。在賽義德看來，這種達爾文式的把土著種族看作是低等的、把原生景觀看作是史前的二元體系，確切地反映了19世紀帝國主義的擴張霸權。[23]達爾文的跨海航行，也許引起了波德賴爾對熱帶海洋的共鳴性遐想，但這是一次歪曲的、不純化的旅行，它與波德賴爾對無功利旅行（「真正的旅行只為旅行本身」）的欲望是一致的。

海洋想像是19世紀歐洲文化生產的力比多經濟學。除了上文論及的波德賴爾、蘭波和達爾文以外，儒勒·凡爾納（Jules Verne）也是一位對海洋特別著迷的作家。隨著凡爾納的出現，海洋想像呈現出一種新面貌，即航海的虛構化和機械化總趨勢。像波德賴爾一樣，凡爾納在年輕時懷有海上旅行的夢想，但在現實中沒能實現，卻在小說中得以變成現實。因此，我們在凡爾納的著作中能夠讀出海洋的下列象徵意義：在《海底兩萬里》（1869-1870）中，把海洋看作是「偉大的救世主，熱、光和能量的來源，無限捐贈的施與者」；[24]在《格蘭特船長的兒女》（1867-1868）和《大臣號遇難者》（1875）中，認為海洋對人類而言是強有力的危險和敵人；在《大海入侵》（1905）中，認為海洋是毀滅性和救贖性力量的結合。1866年，凡爾納寫道：「我愛上了這種成排的釘子和木板，就像愛著一個二十歲的情婦。我會更加忠實於我的船。啊，大海是多麼美麗的東西。即使是勒克羅圖瓦那樣的地方，我們一天也只能看到兩次」。[25]在凡爾納的其他著作中，他這樣表達對海洋的激情之愛：「啊，大海！多麼令人欽佩的元素！」。在凡爾納的海洋想像中，大海被視為是完美的自由、無政府狀態、健康和創造力的王國，正像《海底兩萬里》中尼摩船長這樣坦承道：

> 大海就是一切。大海的氣息純淨健康。在這浩無人煙的海洋裡，人絕非孤獨，因為他會感覺到在他的周圍處處都有生命在蠕動。大海不屬於任何獨裁者。在海面上，獨裁者們還能夠行使某些極不公正的權利，相互爭鬥，弱肉強食，把陸地上的種種暴行帶到了海上。

23　愛德華·賽義德（Edward Said）:《東方主義》Orientalism（紐約：古典書局，1979 年版）。
24　彼得·科斯特洛（Peter Costello）:《儒勒·凡爾納：科幻小說的發明者》Jules Verne: Inventor of Science Fiction（倫敦：霍德—斯托頓出版公司，1978 年版）。
25　轉引自珍·儒勒—凡爾納（Jean Jules-Verne）:《儒勒·凡爾納》Jules Verne（倫敦：麥克唐納—簡出版公司，1973 年版），第 86 頁。

> 然而，在海平面以下30英尺的海裡，他們的權力就鞭長莫及，他們的影響便銷聲匿跡，他們的威勢也蕩然無存。啊！先生，要生活，就生活在大海裡！只有在海洋裡才有名副其實的獨立。在這裡，我不需要承認什麼主宰；在這裡，我享受著充分的自由。[26]

凡爾納的航海路線與蘭波、達爾文的航海路線的不同之處，就是凡爾納的《奇異旅行》是在海底世界進行的，他的烏托邦國度也是在海底世界。由於海面已被探索和航行過了，因此它已成了被污染的水域。對於凡爾納來說，探究海水和在海底的旅行是發現原始的處女地，它是未被探險家開墾過的地方。由此看來，凡爾納垂直的、向下的海洋旅行，喚起了波德賴爾「潛入」海洋中的欲望，在那裡去尋求自我認識和無限自由，它是一種關於海洋和世界景觀的後海洋想像（post-oceanic fantasy）。

這就是為什麼我們經常會讀到凡爾納的講述剛一開始就結束了的原因，每次有一些事情發生的時候，什麼卻沒有到來。終結意識催化了凡爾納的想像力為新的冒險去重塑一個新的空間地形，這不管是乘坐氣球繞月旅行還是環球旅行。這種凡爾納式的後海洋探險想像，以19世紀下半葉孔德的實證主義和黑格爾的總體性話語為精神，給世界空間帶來了一種顛覆和新的征服。正如安德魯·馬丁所說：「凡爾納對地球上眾多國家的想像性表徵，使那些國家也被重構成想像性表徵」。[27]環繞全球的急切願望，正好吻合並反應於法國在全世界的帝國建造。因此，凡爾納的全球旅行表明的是殖民世界景觀的帝國知識，尤其是對東方和非洲景觀的殖民，這體現在《氣球上的五星期》（1863）、《巴爾薩克考察隊的驚險遭遇》（1919）和《一個中國人在中國的遭遇》（1879）和《蜜雪兒·斯特洛戈夫》（1876）等著作中。鑑於此，凡爾納式的烏托邦總是與帝國的環球意識共存共謀在一起。

凡爾納把島嶼想像為一個四面環海的自我封閉的烏托邦，這在1890年代藝術家保羅·高更（Paul Gauguin）有關塔希提島的繪畫中也可看得出來。由於對城市文明的不滿，高更分別在1891-1893年和1895-1903年期

---

[26] 珍·儒勒－凡爾納（Jean Jules-Verne）：《儒勒·凡爾納》Jules Verne（倫敦：麥克唐納－簡出版公司，1973年版），第94-95頁。

[27] 安德魯·馬丁（Andrew Martin）：《預言者的面具：儒勒·凡爾納特別的小說》The Mask of the Prophet: The Extraordinary Fictions of Juels Verne（牛津：克拉倫登出版社，1990年版），第24頁。

間，兩次前往塔希提島（Tahiti）旅行，他最終也在那裡去世。高更充滿熱情地對這塊理想化島嶼做出了繪畫性表現，於1897年創作了《諾阿，諾阿》（《芳香，芳香》），描繪了他在塔希提島的生活體驗，這本奇妙的畫冊在他去世以後得以出版，這使塔希提島這個太平洋上的小島，在世界海洋上以最後一個人間天堂的面貌出現在人們眼前。對高更而言，塔希提島是「地球上最健康的國度」，也是失落了的伊甸園般的純真天堂。[28]高更的異國情調的夢想和烏托邦式的幸福，都充分體現在他對土著塔希提人的奇妙繪畫中，他特別關注塔希提婦女裸體的、健康的和原始的身體，透露出一種「崇高的野蠻人」（noble savage）的殖民化奇幻視角。這種特殊的想像使高更對塔希提島的繪畫表徵問題重重。在格麗澤爾達・波洛克看來，高更是一個法國帝國主義者，一個「性旅遊者」，他利用了塔希提島的景觀和居民，以便服務於歐洲帝國主義的法國藝術和文化邏輯。格麗澤爾達・波洛克寫道：

> 現實情況是，歐洲人觸碰過的任何事物，已被他們的金錢所污染，已被他們的凝視所訓練，已被他們的權力所標記，已被他們的欲望所塑形。此時，旅行與殖民主義相伴，藝術環繞在殖民主義的船隻之上，我們能夠看到文化和性別差異的超定結合以及它們的交互介面：處在資本主義帝國化過程的核心地位的性別和種族。[29]

高更對塔希提島的海洋想像，表徵的是歐洲文明的症候，也是帝國主義對異域景觀的殖民。高更也許是最後一個還能在熱帶海域夢想天堂的烏托邦主義者。當19世紀行將結束的時候，或更準確地說，隨著1899年約瑟夫・康拉德的《黑暗的心》的出版，曾經彌漫在19世紀文化想像中的海洋想像最終消失了。帝國的想像已經從海景轉移到山景。20世紀上半葉從海洋到陸地的轉變，已引發了關於景觀的新的意識形態，我將在下面簡述一下這種轉變。

---

[28]　轉引自本特・丹尼爾森（Bengt Danielsson）：《高更在南太平洋》Gauguin in the South Seas（紐約：雙日出版社，1966 年版），第 34 頁。

[29]　格麗澤爾達・波洛克（Griselda Pollock）：《1888-1893 年的先鋒話題：藝術史上的性別與顏色》Avant-Garde Gambits 1888-1893: Gender and the Colour of Art History（倫敦：泰晤士－赫德森出版公司，1992 年版），第 72 頁。

二、艱難的跋涉：帝國美學與崇高的山景

在海洋被探索、征服和最終殖民以後，帝國主義的凝視目光從未感到心滿意足，而是繼續向異域大陸的內部挺進。山地景觀突然成為全球探險和旅行的中心區域。在這個意義上，康拉德的《黑暗的心》在20世紀前夕的出版，恰切地佔據了從海洋轉移到陸地的這個過渡地帶。康拉德根據自己於1890年在剛果的冒險，在《黑暗的心》中沒有對非洲景觀進行任何烏托邦式的想像性描寫，而是對歐洲帝國主義在非洲的殖民提出了尖銳的批評。然而，在康拉德的批判中潛藏著一種矛盾心理，即：一方面他揭露了歐洲帝國主義在剛果的恐怖的黑暗，另一方面他發現了剛果人心中那不可戰勝和難以接近的黑暗的恐怖。對於馬婁來說，非洲剛果內陸的原始荒野是負面知識的來源，它是死亡、恐怖、混亂和殘障之地。簡言之，康拉德從海洋到陸地的探險是一個開始，繼而通過下列一代作家的書寫，開闢了一個山景想像的時代。

下列幾個事件促成了從海景到山景的認知轉變與想像：（1）全世界海洋征服的完成；（2）征服阿爾卑斯山以後，探險家們轉向對世界其他高山的探險；（3）總的城市化和工業化以後，開始把山區的清新空氣看作是身體健康和心理治療的來源；（4）約翰・拉斯金的五卷本《現代畫家》於1854年的出版，使山脈榮光的藝術受到推崇，也就是把大山看作是道德純潔和清白美麗的場所；（5）人們發現喜馬拉雅山是地球上最高的山峰；（6）查理斯・達爾文自然選擇的進化論認為，人跡罕至的高山區是最新進化的孩童，因此它們與西方文明屬於同一家族；以及（7）第一次世界大戰之後，在對第二次世界大戰的預判中，西方在文化、精神和心理上的危機。在這種情況下，我們看到在第一次世界大戰之後、第二次世界大戰前夕和之後，關於山脈的文學在西方的出現。以下幾部重要作品尤其值得關注：E・M・福斯特的《印度之行》（1924）、詹姆斯・希爾頓的《消失的地平線》（1933）、湯瑪斯・曼的《魔山》（1924）、歐尼斯特・海明威的《乞力馬札羅的雪》（1933）和《非洲的青山》（1935）、以及加里・斯奈德的山景詩歌。這些作品要麼把山景看作是超越時空——希望與和平的烏托邦——的存在，要麼把它看作是獲得精神啟悟和精神智慧的存在。但筆者認為，這些關於大山的想像反映了西方文化本身的危機，它總是服務於自我認同的生成，從而把意識形態和政治的問題複雜地

糾纏在一起。[30]在某種意義上，英國登山隊在1953年對喜馬拉雅山脈珠穆朗瑪峰的登頂成功，意味著山景想像的結束，更重要的是意味著西方現代主義的終結。這個象徵性的結束，使景觀的文學進入後現代時代，它是一個以虛擬和模擬為特徵的時代；換言之，它是一個超真實的網路空間。

　　從海洋到陸地，從海洋想像到山脈想像，西方現代主義中的景觀表徵走過了一條扭曲的路線，即從所謂的純粹到被帝國意識和政治無意識所污染。正如詹姆遜所指出的：「那種現代主義本身就是資本主義意識形態的表達，特別是資本主義日常生活的物化，這被想當然為一種地方有效性」。[31]從這個角度看，我們能夠明白對海洋和山脈的想像，是尋求一個烏托邦式的補償，一方面是為物化的、碎片化的資本主義現實，另一方面是為設計一個祕密願望，這符合帝國主義的全球霸權意識和對異域景觀的世界殖民。

---

[30]　有關帝國凝視對異域景觀的挾制，請參閱本書後面兩章關於西藏的論述。

[31]　弗雷德里克・詹姆遜（Fredric Jameson）：《政治無意識》The Political unconscious: Narrative as a Symbolic Act（伊薩卡、紐約：康奈爾大學出版社，1981年版），第136頁。

第三章　消費西藏：帝國浪漫與高原凝視[1]

　　在1900年，創造了著名傳奇偵探夏洛克‧福爾摩斯的作家柯南‧道爾，或許因為對自己所創造的偶像人物感到厭倦，在故事《最後一案》裡，福爾摩斯與他的大敵莫里亞蒂教授進行了一場終極對決，最後以後者殺死了神探福爾摩斯而告終。根據道爾先生的原始情節，在與莫里亞蒂的決戰中，福爾摩斯墜入了萊辛巴赫瀑布並且自此消聲匿跡。夏洛克‧福爾摩斯的死亡引起了讀者的震驚。為了讓福爾摩斯復活，讀者們詢問、祈求甚至威脅道爾先生，因為此時的福爾摩斯已經成為智慧、聰明與天才的終極代表，他將不幸的人們從邪惡犯罪的襲擊中拯救出來。也許為了滿足讀者的要求，或安慰福爾摩斯迷們的心碎，道爾決定在《空屋》裡將福爾摩斯復活，此故事登載於1903年9月26日的科利爾雜誌（*Collier's Magazine*）。福爾摩斯向他的親密夥伴華生訴說自己如何在這場死亡冒險中活下來，在他消失的三年間，他將自己扮成一位名叫西格森的挪威探險家，並且去了趟西藏：「我在西藏旅行了兩年，所以常以去拉薩跟大喇嘛在一起消磨幾天為樂」。[2]道爾之所以把對福爾摩斯的復活安排在西藏，而不是世界上任何別的地方是有原因的。因為，在西方公眾的意識裡，西藏一直被視作英雄最後的避難所，一個存在於時空之外的神奇之地。同樣，福爾摩斯的轉世歸來正好契合了西方對西藏的通俗想像：奇跡、超越、期許以及靈魂的智慧之地。

一、西藏：作為帝國主義幻想中的他者

　　歷經數世紀，西藏確實在西方的想像中被描繪成一組神聖而奇特的景象，如地球上最後的阿卡迪亞（Arcadia），夢中的香格里拉，永恆聖殿，禁地等等不一而足。然而，當西藏被當作祕密聖地而加以幻想性的編織時，我認為，除去西方帝國主義不斷變換的口味之外，這種編織並未反映出西藏自身困頓的身分。換言之，西藏自身的神聖圖景成為了帝國主義幻

---

[1]　本文寫於 1998 年 UC Davis 環境與建築系教授 Heath Schenker 主持的「景觀與權力」工作坊。英文原文為："Consuming Tibet: Imperial Romance and the Wretched of the Holy Plateau"。感謝趙凡的中文翻譯。

[2]　阿瑟‧柯南道爾：《福爾摩斯探案全集》（群眾出版社，1981 年 8 月），第 250-251 頁。

想的發明。在此種帝國主義想像的建構下，西藏最終以一個異托邦的面貌示人——和平之境、簡單、自然、住著「高尚的野蠻人」，立於老於世故的前工業中國與工業化與城鎮化已然完結的西方之間的無人地帶。正如E・錢德勒的描述：「我們向下凝望偉大的河流，近一個世紀來它避免遭遇歐洲人的眼光。在西藏的中心，我們已然發現了阿卡迪亞」。[3]

　　帝國主義對西藏的幻想之內核在於對其景觀的神話化——一種文化浪漫化的進程，以及對西藏地標——喜馬拉雅山的視覺呈現，其中全然裹挾著帝國主義的意識形態。在W・J・T・蜜雪兒（Mitchell）看來，景觀是一種特別的歷史構造，反映內部政治與國家意識形態，亦反映國際間的全球趨勢，「與帝國主義話語親密裹挾」。[4]據賽義德（Said）的觀點，將東方再造為「絕對」沉默的他者之過程中，地理學扮演了一個重要的角色，它為西方的幻想提供了條理清楚的敘述：「地理學從本質上為東方知識提供著事實性的支持。所有潛藏的、不變的東方之特徵被和盤托出，這全都植根於地理學」。[5]因此，隔絕而未知的西藏景觀為歐洲帝國主義幻想提供了某種未經玷污的白板，虛無的空間內投射並刻寫上了歐洲傳統中理想而浪漫的景觀——美麗、崇高、如詩如畫。結果，關於西藏急增的文字以及喜馬拉雅之旅的記事具有如下的修辭特徵：「廣大的視野、獨一無二的莊嚴景象，如畫的場景與壯麗的景觀」。[6]喬治・懷特（George White）寫於1825年描述西藏的一篇短文闡明了此種特定的景觀修辭：

> 從一片茂密森林的迷宮中，壯麗的景觀突然浮現在我們面前，這景色使得我們的全部靈魂迷狂。我們經歷了一陣陣新鮮的風景並為此而滿足，無法向讀者傳遞關於這經歷的任何思想。[7]

然而，作為原始的自然美景與未遭玷污的天堂，對西藏景觀的浪漫讚美是最成問題的，因為在帝國的凝視下，對當地景觀圖像殖民的意識形態在其中昭然若揭。此種帝國凝視源於在對他者的同質呈現中，被暴力地抹殺了

[3]　E・錢德勒：《揭秘拉薩》（倫敦：愛德華・阿諾德，1905年），第227頁。
[4]　W・J・T・蜜雪兒：《景觀與權力》（芝加哥與倫敦：芝加哥大學出版社,1994年），第5-9頁。
[5]　愛德華・賽義德：《東方學》（紐約：古典書局，1979年），第216頁。
[6]　皮特・畢肖普：《香格里拉神話：西藏、旅行書寫與西方製造的神聖景觀》（伯克利：加利福尼亞大學出版社，1989年），第70頁。
[7]　喬治・懷特：《印度通覽——喜馬拉雅山脈之間，1825年》，H・安魯威利亞編：《永恆的喜馬拉雅》（新德里：英特普萊特，1982年），第177頁。

文化的差異性。帝國凝視導致了視覺愉悅的生產，這種愉悅極度地滿足了帝國霸權的無意識欲望。對此一景觀的幻想在帝國主義的凝視下如何被生產又如何被消費的過程進行解碼，尤其揭示出操縱帝國主義幻想的生產機制，愛德華・賽義德對東方主義的批評為此提供了最為恰切的揭示。

在賽義德的早期作品《東方學》（1979）中，他指出，東方的話語型構是一套完整的權力／知識操控之產品，此種話語型構的創造源於西方帝國主義的意識形態：滿足西方自身的興趣，確認西方的自我身分，以及呈現歐洲議程設置的明確需要。帝國主義將東方發明為「重要他者」（「significant Other」），並將其用以建立歐洲優等論以及統治權力。以賽義德的視角來看，東方學從未成為一種客觀的、公正的知識形式，而總是裏挾著統治與殖民的帝國意識形態。如此看來，對東方的描繪時常變為系統性的歪曲，這種歪曲通常用征服者歸化被征服者的方式進行。正如賽義德寫道，「東方主義……並非歐洲對東方的隨意幻想，卻創造了理論與實踐的軀幹……內含大量的資料貢獻」。[8]

歷史上，帝國主義揭開他者之謎的強烈願望支配了西方對於西藏的興趣，這種興趣始於19世紀末西方對非洲、南美以及亞洲的完全殖民，結束於對阿爾卑斯山、喀爾巴阡山、洛磯山和安第斯山等世界高峰的探索。皮特・弗萊明（Peter Fleming）評價道：「對於白人來說，西藏是世界上僅有的不可抵達的區域，現存關於西藏的少量知識毋寧說可以用於指導，不如說只是在勾引」。[9]英國皇家地理學會在對喜馬拉雅這塊僅存的處女地的探索中扮演了推動者的角色：通過強加的普世價值進行探索話語的挑選、控制與確認，地理學會為喜馬拉雅山脈的探險活動提供資金、協調、訓練與文字出版。因此在19世紀末，西藏旅行寫作的合法體裁被很好地確立起來，可以見於植物學、地理學、語文學、鳥類學、人類學、建築學、神學、民俗與旅行敘事的「資料貢獻」之膨脹。西藏突然間變成了實現帝國願望、夢想與權力的場所，不僅幫助帝國重繪了科學知識的邊界，亦幫助西方帝國主義定義其自身的真正身分。

在將西藏發明為聖地的過程中，有兩件重要的事情扭轉了西方對西藏景觀的想像：約翰・羅斯金（John Ruskin）在1854年出版了五卷《現代畫家》（*Modern Painters*）以及查理斯・達爾文則在1859年出版了劃時代的

8　愛德華・賽義德：《東方學》，第 216 頁。

9　皮特・弗萊明：《刺向西藏：首次完全解密 1904 年英國入侵西藏》（倫敦：魯珀特　哈特・大衛斯，1961 年），第 49 頁。

《物種起源》。羅斯金的作品誕生於高山探險的「黃金時代」，並激發了對山景全新的美學詮釋、美學感知與美學經驗，「系統提煉了維多利亞晚期的山景美學觀念」。[10]

達爾文的進化論中自然選擇的觀點有助於改變某種流行的態度：人跡罕至的高山乃是落後、荒涼與可怕的蠻野之地；達爾文的進化理論卻與此相反，認為這些高山與所謂的西方文明一樣，屬於同樣的進化譜系。從這個角度來看，西藏與喜馬拉雅「突然間佔據了一個軌道，被捲入了關於來歷與起源、缺少的一環、進化的方向及目標諸等幻想，以及適者生存的幻想」。[11]最終，作為神聖景觀的永恆避難所的西藏便為西方所發明。從喬治・懷特中尉對穿越喜馬拉雅山脈邊界之經驗的獨特解釋中可以看出，景觀觀看的美學經歷自否定視角到理想視角的轉變，此一轉變可以被清晰地辨別：

> 在喜馬拉雅的薩哈蘭普爾（Saharunpore）附近所看到的風景，具有夢幻般詩意的景象。雖然充滿美感，但卻虛無縹緲……金字塔形蓋雪的山頂，似乎將自己升往另一個世界，整個頂峰是令人敬畏的無上莊嚴。此地山脈綿延模糊不分，似屬仙境，讓想像沉醉於這奇妙的造物中，使這風景充滿魅力。終年積雪的區域那耀眼的純白，間或使塔狀的頂峰烏雲繚繞，激發人們相信，它們是形成賴以渴求天堂的一部分。[12]

懷特對於喜馬拉雅景觀的視角精確地反映了典型的羅斯金式的風景觀念，其特徵在於：高貴的崇高性，聖潔的美麗與高尚的完美，頌揚終極的道德與精神的純潔、尊嚴與光榮。

在帝國主義將西藏構造為神聖景觀的過程中，我們可以識別出兩種特別的呈現模式：對西藏的征服以及被西藏征服。這兩種模式可以在兩部描述西藏的書中找到。第一部是出版於1934年瑞典探險家斯文・赫定（Seven Hedin）的旅行敘事作品《西藏的征服》（*A Conquest of Tibet*）；第二部則是英國小說家詹姆斯・希爾頓（James Hilton）1933年的小說《消失的地平線》（*Lost Horizon*）。接下來我將深入分析這兩種模式，儘管具有表面上

---

[10]　皮特・畢肖普：《香格里拉神話：西藏、旅行書寫與西方製造的神聖景觀》，第100頁。
[11]　同上書，第118頁。
[12]　喬治・懷特：《印度通覽——喜馬拉雅山脈之間，1825年》，第94頁。

的不同，然而在意識形態上它們卻基於同樣的幻想：在帝國主義權力的凝視下，尋求他者差異性的同質化。

二、征服的邏輯

征服操縱於一種特定的霸權，接管對方的領土，侵佔對方擁有的財產，並且使對方臣服於自己的標準與價值。對他者的征服在全球擴張中所向披靡，並支配著西方帝國主義的意識形態。最顯著的征服形式通過武力實施，比如帝國主義者們在英國上校法蘭西斯・愛德華・揚赫斯班（Francis Edward Younghusband）的帶領下曾於1904年入侵了西藏，並征服了神祕的心臟——拉薩。然而征服的另一種形式更巧妙、也更隱蔽，因此需要細緻地考察以揭示其被掩蓋的本性。就是，征服者不是經由軍事部署而是經由意識形態、文化以及美學標準將域外的奇跡歸化為熟絡的習俗。

斯文・赫定對其西藏之旅的敘述呈現出這樣一種征服邏輯：他是數本關於中亞旅行書籍的作者，包括《穿越戈壁灘》（*Across The Gobi Desert*）、《熱河：帝都與戈壁灘之謎》（*Jehol: City of Emperors and Riddles of the Gobi Desert*），他年輕時便讀過《不朽馬可・波羅的敘述》，咀嚼著「於克（Abbe Huc）和普熱瓦利斯基（Prshevalsky）對於西藏之旅的描述」，「夢想有機會能一睹那個國度」[13]。他對於未知「禁地」西藏的探險始於一種強烈的征服意識：「我就像帖木兒一樣踏上征服新帝國的征程」（頁15）。但首先，一個征服者需要創造一個更偉大、更高貴與更莊嚴的對手：一個值得將其征服的聖地，由此一來，對征服者最後的勝利便施以無比光榮的讚美。換言之，創造一個理想景觀，一個阿卡迪亞不是用以擁抱，而是用以征服：創造是為了毀滅。所以在赫定旅行敘述的開頭，他創造了一幅非凡的理想山景，不可抵達，對在其之外的其他地方門戶緊閉。正如他寫道：

> 在亞洲的心臟，地球上最高的山區那白雪茫茫的頂峰，面對太陽與星辰升起。這便是為人所知的西藏或「雪域高原」。喜馬拉雅這「冬天的處所」，在其南方邊界上形成一道壁壘，同時固定了印度長夏的北方邊界。西藏與新疆被巨大的崑崙山系相隔離，新疆為中

---

[13] 斯文・赫定：《征服西藏》（紐約：伯頓，1934年），第12頁。以下對此書的引文均出自該版本，不另注。

亞的一部分，覆蓋著令人窒息的沙漠。西藏內部同樣佈滿了巨大的高山鏈，幾乎毫無例外的廣布於東方與西方……禁止入內的山脈給予這片土地不屈的反抗。因此，西藏即使在今天也是地球上為人所知最少，最難進入的部分。（頁11）

表面上這些描述聽起來像是一份普通的地理學報告，半科學性質的工作，但其中隱含著對幻想中的西藏的精心營構，作為存在於時空之外最為莊嚴，最難抵達的地方，赫定在稍後承認「為了人類知識研究的目的，我已經瞭解到西藏是地球上最難抵達的國度之一」（頁71）。此種幻想的製造激發了探索與征服這塊禁地的欲望：「咬緊牙關，我們現在準備克服所有障礙，自然已經在我們腳下升起」（頁72）。

　　一個理想之地一旦被建構起來，隨之而來的便是使所有符合幻想製造欲望的品質注入理想之地的景觀之中，以便將日後征服的價值置於前臺。首先，西藏被要求保持這「仙境般的美麗風景」（頁335）；或保存「地球上不存在與之匹敵的壯美」（頁333）。最重要的是西藏從未被任何一個白人踏足過：「在八月初，我們開始了邁向未知的進程。每天都延伸出白人未曾踏足過的新地方」（頁18），因此，西藏是一個處女地，以其所有的自然之美等待著探險者前來將其征服。其次，景觀是原生態的、純潔、神聖、如畫的，為帝國主義的目光喚起一種協調的視覺愉悅。赫定說道：

> 在這稀薄、乾淨的空氣中，純潔而變換的顏色裝點著山脈……在山頂上，雪原在耀眼的白色中伸展，在窪處的中心，閃爍的湖面猶如身處沙石之海中的綠松石。在盛大的周遭中，身處此等壯景所經歷的敬仰如同踏入大教堂一般，二者擁有一樣的調諧作用。（頁28）

在如此奇幻的景致中旅行，周圍被「透明如水晶的水域」以及「終年積雪的山峰」包圍，探險者的驚悚體驗使他忍不住地喊出：「站立於地球上的這一點是一種獨一無二、妙不可言的經驗！」（頁332）。再次，西藏景觀的野性釋放了一種自然美感與高貴，並生產出神祕的力量與激情。在赫定看來，「曠野有其自己的祕密。翱翔於西藏山巔之上的精神」（頁74）。而不是「裸露、荒寂與隔絕」，荒蕪與沉悶。對赫定來說「遍佈這裡的野生動物，其力與美與這裡的壯麗景色一致」（頁28）。在西藏尤其可以享受那擁有壯麗光輝的「純淨之光」。據羅斯金看來，光的純淨與自

然中的「某種聖潔」緊密相關。[14]西藏富饒的光線常常讓人如墜夢裡，甚而引發幻覺。赫定寫道：

> 山頂如金字塔般，帶著終年光亮的雪帽，在山間的峽谷中，藍綠相間的冰川向湖面延展它們的冰甲。碧空如洗；沒有一絲風攪亂湖面，其光滑的表面映射出奇妙的輪廓，連同山脈奪目的顏色……沉落的太陽如一粒泛著金光的球體。猩紅色的天空向東而去。光輝即使從內部發散，山脈仍閃爍有如紅寶石。（頁195-196）

赫定沉醉於此種強烈的純光與色彩中，他感到自己正「沿著夢中風景滑翔」（頁195）。也許可歸結為約翰・羅斯金所開啟的浪漫景觀美學的影響，赫定對光與色彩顯示出精妙的激賞。下面一段顯示出他對光之變化特別的敏感：

> 夜晚提前了。光亮越過東山之上。將白雲點亮為玫瑰色，映射在光滑的水面上，有如花園。當覆有白雪的一面山脈仍舊停留在地球的陰影中，帳篷的華冠已經在初升太陽的第一束光下閃耀。（頁335）

對美麗崇高的光線、色彩的幻想將西藏曠野的虛幻經驗呈現於讀者目前；如此，西藏被表現為透明的他者。正如畢肖普巧妙地指出：「對神奇光芒與神祕顏色的讚美加強了西藏的他者性，使得這塊地域位於現代世界的需求與重壓之上，時空之外」。[15]

　　綜上所述，赫定對西藏的呈現戴上了帝國意識形態的面具。在帝國權力的凝視下派生出的西藏景觀總是服從於征服者的自我興趣，用以滿足帝國的征服之夢。正如赫定自言：「我夢想新的征服與奇異的冒險。我的生命已然精彩無比，但未終結。這是西藏，一塊滿是神祕與困惑的土地」（頁173）。然而，征服並沒有在西藏遭遇任何反抗，因為那裡沒有什麼可供征服的東西；理想的西藏並不存在，只存在於霸權幻想的發明中。因此，征服的機制僅僅是面對自我的掙扎；歸根結底：勝利者同時也為受害者。

---

[14] 約翰・羅斯金：《現代畫家》2 卷（倫敦：J・M・登特，1906 年），第 230 頁。

[15] 皮特・畢肖普：《香格里拉神話：西藏、旅行書寫與西方製造的神聖景觀》（伯克利：加利福尼亞大學出版社，1989 年），第 163 頁。

三、香格里拉：烏托邦的輓歌

在西方探險家對西藏的初次探索中，展現於他們眼前的西藏山景那原始的壯麗與自然的崇高使他們震撼，甚至令他們驚懼。在赫定的旅行敘述中可以看到，儘管他幻想西藏是一個理想之地，一個他必須征服的絕對他者，然而當他眼望壯麗的山景時，他卻感到超然、眩暈，他的想像力為巨大的敬畏與恐懼充滿。但是，西藏一旦為西方所知，因其地理上相對的隔絕與邊緣，就變成了一個為人們無拘無束想像的自由空間，然而這也產生了另一種呈現西藏的形式：西藏作為一個沒有使西方正深陷驚懼、恐怖與矛盾的烏托邦。

這兩種征服模式昭示了西方幻想中他者景觀的根本轉變。正如蜜雪兒‧勒‧布里（Michel Le Bris）指出：「即將終結的整個時代因為恐懼而回避山脈，然而之後對峽谷與瀑布的探索，卻為了沉醉於其中的驚懼與恐怖」。[16]在此一語境中，詹姆斯‧希爾頓的小說《消失的地平線》（1933）代表了沉醉其中的模式，或曰被西藏征服。[17]

小說的情節很簡單。主人公康維從前是牛津大學的學生，曾登上阿爾卑斯山，一戰中的老兵，探索中國的著名探險家，與另外三名乘客登上從白沙瓦撤退的小型客機，在喜馬拉雅山區一個叫做卡拉卡爾的山谷著陸，在當地的方言中卡拉卡爾意為「藍月亮」。他們在那裡發現了一個神奇的喇嘛廟叫做「香格里拉」，這地方在任何一張地圖上均未標出。[18]逗留於香格里拉期間，康維與年齡過百的大喇嘛進行了好幾次長會與秘談，之後他經歷了戲劇性的精神覺醒，並被當作這位大喇嘛的轉世。因此小說清晰地敘述了康維的覺醒經驗、精神追求、朝聖之旅以及在烏托邦香格里拉的長途旅行。然而，康維在香格里拉的精神覺醒之旅中，景觀在指引這位旁觀者的想像中扮演了一個極為重要的角色。

起初，香格里拉被想像為「世界之軸」（axis mundi），世界的神祕中心——「一個不同尋常的地方——大山深處中不為人知的山谷」（頁

---

[16] 蜜雪兒‧勒‧布里：《浪漫與浪漫主義》（日內瓦：斯基拉，1981 年），第 24 頁。
[17] 據夏偉（Orville Schell），《消失的地平線》是第一部由伊恩‧巴蘭坦（Ian Ballantine）在 1939 年出版的平裝本。弗蘭克‧卡普拉以此（Frank Capra）在 1937 年攝製了一部成功的電影，並獲得了兩個學院獎（藝術設計與剪輯）。電影音樂的重新製作於 1973 年完成。關於這部電影的分析，請參閱後面的文章。
[18] 詹姆斯‧希爾頓：《消失的地平線》，胡蕊、張穎譯（昆明：雲南人民出版社，2013 年），第 80 頁。小說的引文均出自此版譯本，不另注。

168），被環繞的群山阻隔在世界之外的隱蔽空間。康維如此描述：

> 往下看，景色更是宜人，岩壁垂直的向下延伸，形成一條裂縫。這
> 可能是遠古時期一次地殼裂變後形成的。峽谷猶如深淵一般迷霧朦
> 朧，只見穀底一片翠綠，鬱鬱蔥蔥。風被阻擋在外邊，喇嘛寺高高
> 在上。在康維看來，這裡真是一個非常迷人的地方，可是即使這裡
> 有人住的話，他們肯定被遠處無法翻越的高山完全阻斷了與外界的
> 聯繫。（頁57）

「世界之軸」的特徵在於寧靜、和諧與和平：「一切都深深地沉浸在平靜
之中。天空中沒有月亮，星星顯得分外明亮。雄偉的卡拉卡爾雪峰上彌漫
著淡淡的藍色光輝」（頁102）。對於康維來說，「香格里拉總是那樣的
寧靜安詳，卻又像忙碌的蜂巢總有未盡的事可做」（頁152）。康維沉浸
在這天堂般的寧靜世界，「絕無僅有的非凡的哲理與其說是佔據不如說是
撫慰了他的心靈」（同上）。

　　在康維眼中，香格里拉的泰然可以超越所有膚色與種族偏見，同時
「包容無數奇怪而平凡的行當」（頁153）。空氣純淨無汙，「即使是沒
有陽光的時候，氣候也非常溫暖舒適」（頁89）：

> 那稀薄的空氣中有一抹淡淡的雲煙，在瓷青色天空的映襯下，好似
> 夢境一般。他的每一次呼吸，每一次掃視都處在一種深深迷醉的平
> 靜之中。（頁58）

此外，香格里拉對於生命所必需的一切均蘊藏豐富：

> 山谷簡直是一個被群山環繞的天堂，土地肥沃，物產豐富。在幾千
> 英尺的範圍內，垂直距離的溫差就跨越了溫帶和熱帶的氣候。各種
> 各樣的農作物濃密地生長著，沒有一寸荒廢的土地。（頁89）

康維在與大喇嘛會面並傾聽了他的教誨之後，他發現香格里拉事實上保存
著智慧之源，青春的靈藥與世界未來的新希望。他最終在香格里拉感到如
家一般的滿足，並獲得了大喇嘛向他顯示的「沉靜和深邃、成熟、智慧以
及清晰記憶的魅力」，以及時間的真義──「那件你們西方國家越是追求

越是失去得多的稀罕的寶貝禮物」（頁127）。康維完全被香格里拉莊嚴的力與美所征服並沉醉其中。康維的覺醒巧妙地反映出他對香格里拉景觀態度上的轉變。換言之，康維在神祕王國的長途旅行同樣使得他最終對香格里拉的真理有所覺悟。

康維的景觀經驗經歷了一種根本的轉變，用約翰・羅斯金的話來說就是從「幽暗之山」到「光輝之山」，[19]例如從對山的廣大與力量感到威脅，引發恐懼的「群山之哀」，[20]到崇高、絕美的群山淨化、創造靈魂的力量的「群山治癒」。[21]起初當飛機飛躍喜馬拉雅山上空之時，康維向外凝視下方的群山，他被綿延的雄偉所驚懼，突然感到某種不可言說的恐怖。他被廣大的荒野振動得心驚膽顫，並表現出強烈的厭惡：

> 過了一會兒，他轉頭往窗外看去。碧空如洗，在午後陽光的照耀下，夢一般的景色湧入他的眼簾，美得令人窒息，彷彿一下子把他肺裡的空氣都吸了出來。遠遠望去，在遙遠的天邊，層巒疊嶂的雪峰被冰雪裝點得銀裝素裹，看上去就像好像是漂浮在廣袤的雲海上。飛機在空中盤旋了一周，然後向西飛去，漸漸地與地平線重疊在一起。那耀眼的強光色彩斑斕，甚至有些花哨，彷彿是一些如癡如狂的印象派大師們在畫布上揮毫潑墨的作品……一般的東西很難給康維留下印象，而且他有種習慣，不太關注『風景』，尤其是那些……著名風景區……看珠穆朗瑪峰的日出景觀，他卻對世界第一高峰感到很失望。但是此時窗外令人生畏的壯麗景象卻完全不同，它沒有一點矯揉造作，那聳立的冰山雪峰和懸崖峭壁蘊藏著某種自然而奇異的力量，似乎稍靠近就會冒犯到它的莊嚴與神聖。（頁31）

當他持續凝視這壯麗的山峰，他感覺極度的孤立，「遙不可及，與世隔絕」，「遠方」，山峰向他顯示「清冷的寒光」，一副「陰沉」、「杳無人煙」以及「最不友善」的面孔（頁37）。在進入香格里拉之前，儘管他總是將注意力放在令人生畏的「壯觀的原始景象」，但他仍在琢磨耀眼的卡拉卡爾那「世界上最攝人心魄的山景」（頁57）。然而，當康維進入香格里拉之後，他觀看山景的視角逐漸支配於他的覺醒之路，並使得體驗

---

[19]　約翰・羅斯金：《現代畫家》4 卷（倫敦：J・M・登特，1906 年），第 309-74 頁。
[20]　同上書，第 327 頁。
[21]　同上書。

景觀的視角發生了戲劇性地改變。毋寧說康維從這雄偉的群峰中感到孤立，不如說有了「熟悉的親切感」（頁61）：「他凝望著那閃著銀光的金字塔狀的雪峰卡拉卡爾……確實如此，當康維繼續凝望窗外的時候，一種更深沉的寧靜在他的體內蔓延，彷彿腦海裡、眼睛裡全都是這壯美的奇觀」（頁68），「此刻的香格里拉可愛至極，在每一份可愛中都蘊藏著令人怦然心動的神祕。空氣清涼而寧靜，似乎停止了流動，而卡拉卡爾山巨大的頂峰看上去彷彿比白天更加接近」（頁83）。香格里拉不再對他顯現敵意、古怪與野蠻；相反，他有了一種歸家之感：「他從身體上和精神上都感到一種超凡的舒適和安定，這種感覺如此的真實，他實在太喜歡呆在香格里拉了。這裡的空氣使人平靜，而它的神祕又讓人興奮，所有的感覺都令人愉快而愜意」（頁102）。

康維在與大喇嘛的幾次長談過後全然轉變，最富戲劇性的一刻在於與此同時出現了一幅相對照的神奇景觀。也就是說在他完全被香格里拉的力量所征服之時，也正是他最終的覺悟之日。他嘆服於大喇嘛的力量，在這以後——「可突然之間一種由衷的衝動一把將他拽住，使他做出了從未對任何人做過的事：他跪了下來，不知緣由」（頁130）。自此以後，康維對香格里拉的臣服擁有了一個新觀點：

> 香格里拉還從未把如此濃縮的魅力展現在他眼前。山谷夢幻般安然靜臥於山崖的邊緣，彷彿就是一池幽深沉靜的水泊，切合他此時平靜的思緒。（同上）

在大喇嘛將康維認作自己的轉世時，覺醒後的幸福變得更強烈：「我的孩子，我已經等你很久了。我曾坐在這間屋裡召見過許多新到者，我觀察他們的眼神，靜聽他們的聲音，一直希望有一天能盼到你」（頁158）。他發現自己成為了景觀的一部分：「他時常會感覺被一種深層的精神力量所侵佔，彷彿香格里拉就是生命的精華，萃取自年齡的魔力之中，在與時間和死亡的角逐中奇跡般地保存了下來」（頁139）。在康維的精神追求中，香格里拉呈現出新的面貌：靈魂的聖地在他身上播撒下不可抵禦的咒語，由此便可以使他實現涅槃：

> 隨著日子一天天過去他漸漸得到一種身心合一的滿足感……他正沉迷於香格里拉的神奇魅力之中。藍月亮俘獲了他的心，無處逃脫。

> 銀裝素裏的山體在一片無法接近的純淨的包圍中泛出熠熠的光芒，
> 再轉眼看向那幽深蔥郁的山谷令他感到目眩；整個就是一幅無與倫
> 比的綺麗畫卷。（頁146）

因此，香格里拉為康維帶來了希望，並且治癒了他的身分危機，最終促使他從西方文化精神理想的破滅中獲得拯救。香格里拉「被證明是一劑良藥，解救全球對於文明世界崩潰的恐懼」。[22]自從一戰後，康維對價值的失落充滿創傷體驗，對戰後精神的空虛感到失望，而在西藏的朝聖之旅則給予他智慧的力量，將他從戰後的失落感中拯救出來。正如蜜雪兒・勒・布里對於浪漫主義時期的西方人對東方的幻想的研究中指出：

> 別處，一個或許擺脫了自身重負的男人的渴望之域，時空之外，這
> 些立即被視作流浪與家園的所在。[23]

康維在香格里拉的奇妙之旅恰切地展現了西方對東方的想像：一個安穩、永恆的烏托邦。

從這一角度來看，西藏的神聖化並沒有反映出西藏的現實，卻反映出縈繞西方的深遠的價值危機（大蕭條與納粹主義的興起）。因此，西藏在全球性的大災難中地位上升，這不僅僅與西方身分相關，同時與世界文明甚至於人類自身的生存與延續緊密相連。詹姆斯・希爾頓筆下的香格里拉是神奇西藏的主要象徵。在康維覺醒的最後一步，大喇嘛為康維揭示了世界未來的樣貌：一場被稱之為「黑暗時代」的空前大風暴將會摧毀整個世界：「每一朵文明之花」以及「人類的一切。」戰爭、權力與科學的消弭可以防止災難的發生，唯有香格里拉才能提供唯一出路：

> 可是即將來臨的「黑暗時代」將要給整個世界罩上棺蓋，沒有漏網
> 之魚，也不會有庇護所，除了那太隱秘而無法發現或太卑微而沒人
> 注意的地方才會倖免於難。而香格里拉可能是兩者兼備。（頁158）

只有香格里拉可以提供希望與精神智慧來應付這迫近的世界危機。在大喇

22　夏偉：《虛擬西藏：尋找香格里拉——從喜馬拉雅到好萊塢》（紐約：貓頭鷹，2000 年），第242 頁。

23　蜜雪兒・勒・布里：《浪漫與浪漫主義》，第 161 頁。

嘛的末日預言中，只有香格里拉才蘊藏著世界未來的種子：

> 我還預見到，在遙遠的地方，一個新的世界將從廢墟中崛起，雖然
> 艱難卻充滿希望，尋找它所失去的傳奇般的寶貴財富。一切就在這
> 裡啊，我的孩子，藏在藍月亮谷的重巒疊嶂中，奇跡般的保存下來
> 為的是一次新的「文藝復興」的誕生。（頁158-159）

　　諷刺地是，大喇嘛的預言最終被歷史證實了。緊隨而至的二戰以及原子彈在日本的爆炸便成為一場差點摧毀整個世界的黑暗風暴。然而從廢墟中誕生的並非一個新世界，而是戰後冷戰的世界秩序，這不僅給人類帶來更多災難，同時也摧毀了香格里拉，以及為未來的希望保存著最後種子的藍月亮。1959年解放軍開進西藏，進駐「世界軸心」拉薩與布達拉，活佛達賴喇嘛逃至印度。這是西方對大喇嘛與西藏的幻想的最大諷刺。佔據著西方心靈的諷刺感充滿了憂鬱、傷悼、悲痛，甚至鄉愁，但它不是真的，或大部分不是真的。

　　目前為止，我們討論了西方想像中呈現西藏的兩種形式：字面上對西藏的征服以及象徵性地被西藏征服。兩種形式都將西藏作為他者進行幻想性的建構。第一種創造了作為聖地的西藏並將其征服，而後一種則創造了作為烏托邦的西藏並被其征服。然而，在扭曲西藏的幻想中，他們均基於一個簡單的意識形態背景。依羅蘭·巴特（Roland Barthes）的看法，任意一種神話的創造不是為了掩蓋什麼，而是「將其功能扭曲，而不使其消失」。[24]從征服到被征服的奇觀幻想中，西藏的呈現發生了根本性的轉變，即西藏從某個地方（a place）變成了這個地方（the place）或者烏有之地（non-place）（正如希臘詞「烏－托邦」（U-topia）所暗示的那樣）。

　　將西藏視作一個地理上的實體來征服，特別是一個便於發現並探索其奧秘的未知之地；將西藏幻想為充滿希望、承諾與靈魂拯救的烏托邦並使人臣服於它，這些便是將西藏建構為一個僅僅存在於時空之外的地方。因此，西藏在現實世界中的文化身分與景觀身分不得不為了維持其象徵意義而遭到扭曲。正如皮特·畢肖普指出：「西藏不僅僅是某個存在於西方的全球性想像之中的地方。世紀之交的幾年間，西藏變成了這個地方……熱衷於西藏與中亞的探險者為之歡呼雀躍；西藏似乎觸碰到時代想像的某些

---

[24]　羅蘭·巴特：《神話學》，安妮特·拉維斯譯（紐約：希爾＆王，1972年），第121頁。

基本面」。[25]當然，將西藏作為僅有的聖地來幻想，一方面，觸及了西方文化自身的身分危機，另一方面，觸及了帝國主義凝視的意識形態，經由帝國主義的宏大敘事將文化差異與他者肆意抹去。

　　西藏作為西方帝國主義與中國意識形態之間的「連結地帶」，二者在較量彼此的實力與利益時消費了西藏。正如畢肖普恰切地考察，西藏已然成為一個破損的空殼：「實質上已經成為大部分西方人突出生動卻空無一物的想像性共鳴……西藏本身被遺棄了……就像一個舊夢，幾乎被遺忘」。[26]西藏的消失使之成為未知的、不可抵達的遙遠之地，一個創傷，一個不僅僅縈繞在藏人，也縈繞在整個世界之上的傷痕，一種能激起別樣的夢與幻想的失去，似乎重見於好萊塢新片中對西藏的奇觀化。作為本文的結語，我願意引用勞麗·安德森（Laurie Anderson）一段準確的文字來描述藏人怎樣繪製一幅地圖：

> 在藏人地圖中的世界是一個圓圈，在其中心是一座巨大的高山，由四扇門守衛。當他們繪製一份世界地圖時，他們用沙來完成，需要花費數月，當地圖最終完成時，他們將地圖抹去，沙子則撒到最臨近的河水中。[27]

關於西藏繪圖的烏托邦幻想可以被解讀為，西藏作為理想的他者呈現於敏銳的寓言。在整個歷史長河中，西方世界一直在試圖繪製一份西藏地圖；然而，正如藏人在地圖完成的一刻便將其抹去，由西方繪製的西藏地圖永不可能完成：西藏僅僅存在於夢幻之中，存在於那些渴望到達那裡的人的想像無意識中。令人沮喪的是，人們一旦觸碰了西藏的大地（景觀），西藏的靈光便立即消失。結果，西藏便再一次隱入一個神祕的未知世界。

中文原載《西南民族大學學報》2016年第4期

英文原載 *Tamkang Review* 42.1（December 2011）

25　皮特·畢肖普：《香格里拉神話：西藏、旅行書寫與西方製造的神聖景觀》，第143頁。
26　同上書，第244頁。
27　勞麗·安德森：《來自神經聖經的故事》，載於格雷琴·本德爾編：《邊緣中的文化：技術的意識形態》（西雅圖：海灣出版社，1994年），第229頁。

第四章　達摩異托邦：後香格里拉好萊塢中的西藏想像[1]

　　自從西藏被西方探索、熟知，西藏的圖景就不僅僅存在於詹姆斯・希爾頓的著名小說《消失的地平線》的描述中，同時還被加以視覺的呈現。西藏探險者嘗試捕捉視覺中的西藏，其視覺／圖像的呈現在建構西藏的視覺迷戀及其景觀幻想中充當了根本性的要素。然而，我們認為產生於帝國凝視下的西藏視覺話語總是問題多多，因此必須加以存疑。由於沒有任何圖像敘述可以避免價值與習俗的研判，因此文化的視覺呈現往往通過意識形態加碼化而得以傳達。

　　在帝國霸權的凝視之下，西藏（東方）被化簡成一系列的視覺二元對立：看與被看；感知的主體與被感知的客體；優等的眼光與二等／衍生的眼光；控制的觀看者與被控制的觀看者。帝國凝視總是扮演著去看、去觀察、去控制的角色，並盡力使得霸權淩駕於被觀作欲望衍生的客體身上。結果，他者所有的自然與文化差異被裁剪為帝國之眼裡的視覺愉悅。一方面，西藏景觀變成為展現帝國景觀美學而進行的視覺投射——美麗、崇高、如畫一般；另一方面，西藏景觀對帝國主義權力視覺愉悅的中斷，擾亂其視覺敘述的一致性，因此帝國主義權力的景觀美學在西藏景觀中加以重構。

　　當西方帝國主義成為一個全球現象，其征服遠不止英帝國所抵達的範圍，其文字呈現並不限於英國小說。然而暫且不論愛德華・賽義德的觀點：「唯有英格蘭擁有用以維持與保護自身的海外帝國，如此長時間的備受矚目」。[2]區別英國小說與其他帝國的小說的邊界並非那麼清晰可察。美國的帝國主義心態則源於1898年美西戰爭之後，夏威夷與菲律賓開始宗主於美國——或曰鬆散地監管。美國與西藏聯繫的建立始於1942年，1942年7月3日羅斯福・D・佛蘭克林總統開始與達賴喇嘛的通信。

　　除了雙方互派密使外，達賴喇嘛與羅斯福還通過信件討論世界時勢：

---

[1]　本文是根據我與我新澤西學院學生 Jason Tonic 於 2006 年合寫的英文論文 "Dharma Heterotopia: Post-Shangri-La Hollywood Imagining of Tibet"，感謝趙凡的中文翻譯。

[2]　愛德華・賽義德：《東方學》（紐約：古典書局，1979 年），第 697 頁。

「正如你所知，合眾國人民與其他27個國家，現在正備受戰爭的煎熬，那些意圖毀滅思想、宗教及行動自由的國家正熱衷於征服，將戰爭加諸整個世界之上」。[3]將美國－西藏的政治與戰爭的合併象徵性地被建構於二戰戰場，其中羅斯福計畫對東京進行大轟炸據傳源於詹姆斯・希爾頓《消失的地平線》中想像的烏托邦「香格里拉」。然而，當美國與「世界屋脊」西藏的政治糾葛於自1942年開始，美國政治就被象徵性地與東京大轟炸相聯繫，美國文化領域則在1937年弗蘭克・卡普拉的電影《消失的地平線》出現之後開始處理西藏議題。

在美國與西藏建立政治聯繫的五年前，電影便饒有趣味地描述了西方視野裡被視作香格里拉的西藏，電影與希爾頓的小說原著產生了相當的背離。然而，電影對西藏的建構則基於想像中的神祕景觀，夢幻世界，所謂的未知之地；電影消費了美式浪漫的畫面與旅行場面，消費了觀看者對文化本身的淺嘗輒止，最終，電影在建構世界之外的幻想空間中成為自我的一面鏡子。愛德華・賽義德陳述道：「思考遠方，殖民它，移民或滅絕它：所有這些都發生在、關乎於、起因於土地」。[4]此話與美國對西藏的「圖像」消費相呼應。美國電影對西藏的態度既未將電影根植於西藏的政治事務，亦不根植於構成西藏平面的景觀中——美國電影對西藏圖像的消費一貫地維持在長生不老、不朽或佛洛伊德稱之為，「有機體希望僅以自身的方式死去」[5]的修辭。從亞瑟・柯南・道爾對夏洛克・福爾摩斯的復活開始，西藏神話就成為名副其實的點金石或萬古不老之泉。在佛洛伊德「塔那托斯」（thanatos）[6]的驅使下，西藏被描繪為這樣的空間：存活於其中的有機體不僅回避死亡，而且通過自我選擇的方式接近死亡。西藏的視覺與觀看維度與其說受限於現代政治的實際與政治現實，不如說受限於美國電影的刻畫，視覺畫面替代了神話／精神的象徵主義。評論家桃樂西・霍爾（Dorothy Hale）就此評價道：「地理學等於沒有立場」。[7]西藏也不例外。1942年之前，美國對西藏的有限知識以及與西藏的政治關係，

---

[3] 《羅斯福與達賴喇嘛的通信》，1942年7月3日，美國國務院：《美國的對外關係》，1942年，第7卷，第113頁。
[4] 愛德華・賽義德：《東方學》，第698頁。
[5] 皮特・布魯克斯：《佛洛德的原型情節》，載於《耶魯法國研究》55/56期，1977年，第90頁。
[6] Thanatos：佛洛伊德精神分析學術語，意為「死亡本能」，指一種要摧毀秩序、回到前生命狀態的衝動。
[7] 桃樂西・霍爾：《後殖民主義與小說》，載於桃樂西・霍爾編：《小說批評與理論選：1900-2000》（倫敦：布萊克維爾出版公司，2006年），第655頁。

留給美國人眼中一個幽靈國度，要通過美國本身的圖像才得以建立。

弗蘭克・卡普拉於1937年上映的電影《消失的地平線》可以被視為大於對原作香格里拉的改編性再創造。鑒於希爾頓筆下的香格里拉不太會被讀作一個高尚社會，1937年電影版的香格里拉因此減去了小說中對藥物文化、老人政治以及輕微但必要的囚禁的影射。增澤知子（Tomoko Masuzawa）在她的書裡《從帝國到烏托邦：〈消失的地平線〉中殖民印記的抹去》中，指出了希爾頓筆下香格里拉的負面因素。她寫道：「包裹於風景中的老謀深算的小型帝國含有真正的老人政治，比起皇朝中國遠為極端，卓越的經濟基於暗中進行的黃金貿易，上流社會人口的生計依靠於無產出的職業，基本上從一開始就什麼都不做，哪裡都不去，只是練習瑜伽，並且服用未經識別的藥物」。[8]經由巧妙的語境變更，香格里拉從小說中的粗陋搭建，轉變為電影中毫不吝惜的異托邦。電影由一本翻開的故事書開始。與其說電影建基於小說原著之上，不如說電影選擇將其演義建基於神話與幻想之上。故事書的打開，昭示了作品的源頭，但同時也將其歪曲——將小說變為寓言。而且此項技巧自始至終見諸於美國好萊塢電影中對西藏的處理，貝托魯奇1994年的電影《小活佛》以及亨特2003年的的電影《防彈武僧》均可被視為對此項技巧的迴響，兩部電影都選擇可見的神話書籍／卷軸作為電影的事件環境。「長篇小說與講故事的區別（在更窄的意義上與史詩的區別）在於它對書本的依賴」。[9]美國電影在處理西藏時，致力於移除電影中實體書對景觀的預先聚焦，因為西藏本身在銀幕上的虛構或不可到達，所以西藏的神話化畫面便源於電影語境。

弗蘭克・卡普拉的《消失的地平線》在卡拉卡爾（「藍月亮」）到極樂世界的庇蔭下，改變了藥物誘發的恍惚狀態下簡陋的「烏托邦」社會，裡面漫溢著原始的歡樂與幸福，並且頗為諷刺地，註定落入主人公羅伯特（在原小說中名「休」）康維的手中。主人公相關的政治地位成為問題；在小說中，他不過是個小領事，而電影將其描述為下任外交部長。這個改變可以部分地歸結為美國人在電影中的名人欲。然而這一改變在強調香格里拉的虛幻性方面顯得異常重要。當張在電影中告訴康維「香格里拉就是神父佩勞爾特」時，在西方世界與東方烏托邦香格里拉之間便建立起一種

8　增澤知子：《從帝國到烏托邦：〈消失的地平線〉中殖民印記的抹去》（北卡羅萊納、達拉謨：杜克大學出版社，1999年），第544頁。

9　沃爾特・本雅明：《講故事的人》，載於《啟迪：本雅明文選》，漢娜・阿倫特編，張旭東等譯，北京：三聯書店，2008年，第99頁。

轉喻關係；暫且不論香格里拉的西藏景觀，香格里拉是歐洲人的建構。事實上，隱喻伸向了更遠處。在電影中，康維與一位年輕的英國姑娘桑德拉戀愛（小說中的羅珍在電影裡亦變成了俄羅斯姑娘瑪利亞）。桑德拉讀完康維的一本書後，特地要求他能來香格里拉。小說中，康維抵達香格里拉（並且與大喇嘛立即建立了關係）卻出於偶然，但在電影中，康維的抵達實際上出於桑德拉、張以及大喇嘛某種陰謀詭計的操控。桑德拉沉思著對康維說：「也許你已經成為香格里拉的一部分而毫不自知」。她將康維與香格里拉聯繫在一起不僅僅要表達建立在佩勞爾特神父與西藏（延伸至康維）之間的轉喻關係，而且通過並置二者，還建立起康維的香格里拉與康維書中的香格里拉之間的關係。如果依本雅明的看法，故事／史詩與小說之間的距離便是書本，那麼電影在故事之外對康維的定位則源於他與小說的聯繫，因為在電影中小說的能指不再是香格里拉（正如在希爾頓的版本裡中），但康維本人卻成為美國眼光的仲介。

美國視角對書本的調整以及香格里拉對故事／史詩的調整轉換了希爾頓《消失的地平線》中的典範：奇幻之地只有在小說中才為真實。在卡普拉的《消失的地平線》中，通過割斷與小說烏托邦的聯繫，香格里拉顯示了將山中避難所放到故事中的飛機上。但香格里拉不僅只是《消失的地平線》中虛構的城市——儘管存在許多錯誤的假設——它對應於卡普拉再想像中的巴斯庫爾（Baskul），香格里拉被重新放入了中國叛亂的中心。這一變化背後的政治原因多種多樣。1937年電影《消失的地平線》上映時，正處於國民黨與共產黨之間的權力爭鬥——巴斯庫爾（中國）的叛亂並不簡單地只是叛亂，而且從側面暗示了中國內戰的可怖以及尚未被遺忘的第一次紅色恐怖（first Red Scare）。如果香格里拉的確是佛洛伊德式的對死亡的回避，那麼香格里拉同樣可以被視為虛構巴斯庫爾的對立面，康維及其同伴從戰爭正在擴散的巴斯庫爾中逃了出來。

香格里拉本來就強烈地暗示了自身理應是一個「烏托邦」社會。除此此外，增澤知子在對香格里拉的閱讀中寫道：「香格里拉將十八世紀歐洲想像中的理念具體化，這種幻想包括對於東方古典文化頗具鑒賞力的、專門性的沉思……」[10]第一次世界大戰使得人們嘗試複歸十八世紀，國際共產主義的活躍及二戰的爆發要求一個並不存在於國際社會中的地方。此

---

[10] 增澤知子：《從帝國到烏托邦：〈消失的地平線〉中殖民印記的抹去》（北卡羅萊納、達拉謨：杜克大學出版社，1999 年），556 頁。

外，在張（H・B・華納）與桑德拉／瑪利亞（源自羅珍）的角色中，巴斯庫爾的方位被安排為一個飽受戰火的中國城市。香格里拉的中國領袖被白種人替代。香格里拉不僅僅是其老年囚犯對死亡的回避，而且是一座保存了一種行將消亡的文明類型的博物館。增澤知子指出：「狄奧多・阿多諾喚醒了博物館（museum）與陵墓（mausoleum）這兩個詞的聯繫，並為我們分析了當我們聽見「博物館的」（museumlike／museal）這個詞時所感到的『不悅的暗示』」。[11]在巴斯庫爾的內部混亂與香格里拉的平靜之間的二元對立，加重了美國電影中的香格里拉呈現出的異域的破敗狀態；電影《消失的地平線》為美國觀眾提供的並非模糊不清的烏托邦，而是一個當代的避難所——嘗試回避國際間的戰爭、叛亂以及宇宙混亂的到來。通過傳遞源於香格里拉的小說觀念給康維（通過康維的書），卡普拉所描繪的香格里拉回避了小說的言外之意，並將烏托邦與當代社會相分離。

　　發生在羅伯特・康維這個人物身上的某種不一致使得英國的優越性成為問題，因為羅伯特・康維之前的作用在於美國觀察香格里拉的透視鏡。然而此一陳述值得被訴諸考量，幾個確定的因素減緩了其中的爭論。弗蘭克・卡普拉選擇羅奈爾得・科爾曼（Ronald Colman）飾演羅伯特・康維，這對於本人即為英國人的科爾曼來說非常有趣，他成為了美國電影中的男主角。在美國人眼中，英／美演員在扮演英國外交大臣時的角色再分配，表達了卡普拉對康維所扮演角色的希望。康維的名字也從希爾頓書中的「休」（Hugh）變成了羅伯特這個對美國人來說更易識別的名字。使用英國主角來描寫美國視角，或許還有另一種少有人知的理由。在希爾頓的《消失的地平線》裡，休・康維在一艘開往三藩市的船上，將他的故事口述給他那位熱情的同學；然而，在意識到他剛才口述故事的清晰程度時，康維從船上逃出，並再未抵達三藩市。同樣，卡普拉電影中的羅伯特・康維亦從未抵達三藩市。然而他卻以一種相當象徵性的方式隱喻性地抵達了美國，《消失的地平線》的首映於1937年在三藩市舉行。此外，希爾頓筆下的康維到底發生了什麼，對此一直不清不楚。另一方面，卡普拉的羅伯特・康維成功地返航回到香格里拉天堂般的聖地，因此使觀眾的任何不確定得以舒緩。弗蘭克・卡普拉的香格里拉分明就是一個美國現象，它傳遞出浪漫化的景觀意象，神話般的西藏景觀作為西方保留其過往的透視視角。

---

[11]　同上，第557頁。

香格里拉小於宣傳中的烏托邦，成為了白種人的祕密保守場所，以及右翼支持者。例如，香格里拉縱向地排列出美國海外的政治狀況。《消失的地平線》以及香格里拉的演進史被總結如下：《消失的地平線》（1933年，詹姆斯・希爾頓）、《消失的地平線》（1937年，弗蘭克・卡普拉）、《香格里拉消失的地平線》（1942年再次發行卡普拉的原作）、《消失的地平線》（1952年，原作的剪輯版）、《消失的地平線》（1973年，查理斯・加洛特，音樂）以及發行1937年版的修復版（1973年）。上面提到的卡普拉的原始版本因眾多原因被編輯數次後發行。在1942年，一段康維15分鐘的演講因抗議戰爭的恐怖而被刪除，以防止對處於二戰中的公眾產生負面影響。在1952年的版本中以同樣的原因略去了許多對共產主義的影射，以及許多與中國人有關的正面鏡頭。香格里拉並非靜止的烏托邦（或許並非任何一種烏托邦），它的變化無常述說著支配者的功能，述說了這一時代美國保守的意識形態。因此香格里拉以及西藏成為了塗有美國渴求保守、僵化與淤滯之色彩的景觀，這是美國歷史與西方倫理的博物館與陵墓。一段有趣的對話發生在康維與大喇嘛之間：

> 神父佩勞爾特：
> 大喇嘛：是的，我的孩子，當強力必須吞噬彼此，基督倫理或許最終得到滿足，但弱者應繼承大地。
> 康維：我理解你，神父。
> 大喇嘛：你必須再來，我的孩子。

在香格里拉與西藏的框架內，對基督教價值的利用對於活躍的讀者來說了無新意；當然，香格里拉呈現出美國所希望佔有與保存的品質——通過被置入美國建構下的基督教語境，此種基督二次降臨人間的即興影射內含上文提到的佛洛伊德的桑塔托斯欲望。況且，神父佩勞爾特選擇性的去世，以及康維弟弟的自殺，沒有人會對這些事的重要性輕描淡寫。香格里拉建基於神話般的西藏景觀，但它並沒有自己實體的存在。在電影中定位美國的西藏態度的困難性，其原因在於土地，或不如說土地的缺乏——對於香格里拉的想像甚至早於1942年美國與西藏的政治聯繫，而與西藏的進一步接觸則中斷於二戰以後的全球冷戰地緣政治。在界定烏托邦與神聖空間之間的差異時，埃里克・愛莫斯（Eric Ames）寫道：「烏托邦從定義上來說，存在於時空之外（比如烏托邦被設計為適應未來的居所，而無法通

過現實中的朝聖來造訪它），而神聖的景觀則根源在於地理位置以及時間座標」。[12]然而美國電影無法在本國境內將西藏處理為烏托邦以及神聖景觀；最終，美國的回聲響徹西藏。西藏在國際政治語境中演變成了一個「達摩國度」（dharma nation）」。[13]

在現代地緣政治中，將西藏定位為「達摩國度」或許是西藏被精確定位的唯一方式。霍米・巴巴在《文化的位置》一書中寫道：「國家的命名即為自身的隱喻」。[14]控制香格里拉的隱喻——「藍月亮」（卡拉卡爾），所表現出的諷刺含義是獨一無二：靜止的功能在於被操控移動衛星的運行；此一隱喻與對香格里拉的閱讀相聯繫，香格里拉被讀作對於過往的保留，以及夢遊到夢幻世界恰到好處的暗示。貝納爾多・貝托魯奇（Bernardo Bertolucci）的電影《小活佛》（1994年），其精神定位於西藏文化並呈現出西藏作為「達摩國度」的明顯特徵電影承認西藏喇嘛的轉世神話，並且將羅布喇嘛（Lama Norbu）和其他喇嘛刻畫成精明的環球旅行家，為了尋找死去導師多傑喇嘛（Lama Dorje）的轉世走遍世界。這樣的尋找將他們帶至西雅圖、華盛頓，他們在那兒發現了一個年輕的美國男孩，傑西・康拉德（Jesse Conrad），多傑喇嘛可能的轉世之一。將西藏僧侶與美國城市並置相當引人注目（在一個夢中，多傑喇嘛甚至穿著藍色牛仔褲行走在西雅圖的街頭），並且相當清晰地承認了流亡者「無家可歸」的地位。僧侶的足跡遍佈美國確實使電影具有可看性，然而就電影對美國人眼中的西藏僧侶境況的描述，他們在美國的出現顯得相當「真實」。然而，在西藏僧侶的虛構畫面中，西藏的神祕景觀消失了。埃里克・愛莫斯寫道：「在媒介的範圍內追蹤西藏的獨特形象（包括旅行筆記、繪畫、地圖繪製），（皮特）畢肖普顯現出對西藏景觀畫面想像的連貫性，它貫穿了整個十九世紀和二十世紀初期——以1951年中國人民解放軍的進駐與達賴喇嘛的逃亡而告終。從那時起，景觀不再服務於安排西方對於西藏的幻想，而是服務於西藏的秘傳宗教」。[15]

《小活佛》結束於對三個不同轉世候選人的鑒別，最後他們均被視作多傑喇嘛轉世的一部分——身體、語言與思想（三大金剛）。《小活佛》

---

[12] 埃里克・愛莫斯：《赫索格、景觀與紀錄片》，載於《電影雜誌》，48 期，2009 冬季 2 號，第 62 頁。

[13] 增澤知子：《從帝國到烏托邦：〈消失的地平線〉中殖民印記的抹去》，第 541 頁。

[14] 霍米・巴巴：《文化的位置》（倫敦、紐約：勞特裡奇，1994 年），第 718 頁。

[15] 埃里克・愛莫斯：《赫索格、景觀與紀錄片》，載《電影雜誌》48 期 2009 冬季 2 號，第 63 頁。

並不限於單獨的故事。而是將傑西的故事，與穿插於傑西圖畫書中悉達多・喬達摩（佛祖）的歷史聯合起來。貝托魯奇選擇基努・裡維斯作為喬達摩的扮演者。最初被視作令人費解的選擇，這個決定建立在影片一分為二的兩個不同時空中的不同故事。然而在傑西的故事中，喇嘛們來到美國社會（並變成美國社會的一部分），美國化喬達摩的成熟與喇嘛們的出走抵美相伴相生，其作用與英國人H・B・華納扮演張（1937年《消失的地平線》），以及香格里拉被建構為美國之避難所的方式類似。《小活佛》選擇將西藏宗教文化融入進美國的框架中，而《消失的地平線》在神話化的西藏景觀中再造了美國理想。《小活佛》的電影聚焦於三大金剛，傑西的故事與喬達摩的覺醒之路的重述儘管很象徵化，卻具有特殊的關聯。在《暮光語言》（The Twilight Language）中，理論家羅德里克・巴克內爾（Roderick S. Bucknell）與馬丁・斯圖亞特—福克斯（Martin Stuart-Fox）介紹並解釋了西藏的「暮光語言」，它「主要保存在西藏教派中，一種被稱為samdhya-bhasa『暮光語言』的神祕的象徵性語言，長久以來被視作某種重要的教導」。[16]

　　這種語言（如果真能稱之為語言的話）的功能更接近於某種用於解釋某段佛教文本的古代法典。「暮光語言」要求語言、身體與思想的同時使用來傳遞真實資訊。簡單說來，書寫文本唯有依靠經過語言訓練的喇嘛的說明才能被解釋明白。泰國高僧佛使比丘（Buddhadasa）指出：「佛教教導的某些方面是非智性的，或者說至少缺乏實用的內容，除非將它們假設為一種象徵」。[17]他注意到馬拉（Mara）欺騙喬達摩的企圖——特別是通過他的三個女兒，Tanha、Arati以及Rati（她們的名字「在巴厘語中意為『渴望』、『不滿』與『欲望』」）——並注意到這些解釋即為通向覺醒的內部路徑的象徵畫面。貝托魯奇將螢幕上喬達摩／馬拉的典範作為三大金剛的替代，暗示了電影的超出書寫解釋的功能；即是說，對於西藏的表現必須呈現於螢幕，因為國家自身政治的不可映射，以及「聖地」與藏傳佛教已然被「暮光語言」編纂成典。在當代地緣政治環境中，美國電影對西藏的處理主要將「達摩國度」西藏的精神方面與美國實際中的地理設定相混合。在佛祖故事的呈現中通過利用「暮光語言」，喬達摩的故事被置於隱喻、寓言以及神祕空間的位置。與《消失的地平線》相比，再一次呈

16　羅德里克・巴克內爾、馬丁・斯圖亞特—福克斯：《暮光語言：禪修與象徵主義》（里士滿：柯曾出版社，1993年），第 vii 頁。

17　同上書，第 11 頁。

現於美國觀眾面前一個不存在的西藏，一個僅存於美國電影製作人幻想中的神奇世界。

當代美國電影以後現代的方式側面描繪的西藏，包括保羅‧亨特（Paul Hunter）的電影《防彈武僧》（Bulletproof Monk）（2003年）以及羅蘭‧艾默里奇（Roland Emmerich）的電影《2012》（2009年）。《防彈武僧》向觀眾介紹了一部古代西藏卷軸，佈滿書卷的魔力文字擁有巨大的力量足以拯救或摧毀世界。卷軸同時賦予其守護者神奇的力量，使之保持青春活力與超人戰鬥力。正如夏洛克‧福爾摩斯通過西藏重獲新生，正如香格里拉對老年居民生命的延長，《防彈武僧》維持了通過西藏治癒持續老化的修辭。老年納粹軍官對卷軸苦苦追索，無名僧人（周潤發）逃向紐約，遇見並訓練了他的繼任者卡爾（西恩‧威廉‧斯科特Seann William Scott）。《防彈武僧》在當代好萊塢式電影中，是一部無關歷史，或與西藏文化有關的有趣例子。《防彈武僧》的情節主線緊密地與中國功夫電影關聯，甚至由香港知名的動作明星周潤發出演男主角。此外，卡爾（Kar）的名字（正如他所描述的）源於粵語的「家」，他在金色宮殿裡學習武術，一部中國功夫電影卻由一個日本老人推動。在《功夫偶像》一書中，里昂‧漢特（Leon Hunt）說道：「佛教在中國是一種『外來』影響，但在印度僧侶菩提達摩的形象中卻涵蓋了『中國』武術」。[18]漢特生動地將亞洲文化混入後現代的拼盤中，並接受了其中的諷刺——然而卻毫無懸念地摒除了實在的西藏。神奇卷軸也許來自西藏，但其力量卻與西藏本身毫無聯繫；當然，卷軸作為相關的實物呈現了西藏的佛教精神及其宗教本身。暫且不論卷軸與其原在之地的錯位，在海外美國還魔力猶存，並且令邪惡的納粹軍官苦苦追蹤，僅僅簡單地在其中置入一個來自過去的暴虐魔鬼便足以勾起西藏與中國之間的回憶。不考慮其流行文化的所指及其後現代口吻，《防彈武僧》可以最終被解讀為一個關於當今西藏喇嘛的寓言，以及西藏喇嘛精神的無方位——這便是美國電影對刻畫西藏景觀的重要性進行進一步削減的潛在證據。

在《消失的地平線》（1937）中，基督教與西藏的聯繫建立於神父佩勞爾特的香格里拉。近70年後，羅蘭‧艾默里奇的《2012》再一次將基督教倫理與西藏景觀進行合併。作為聖經故事諾亞與方舟名副其實的現代版，電影《2012》通過一個建於西藏境內群山之中的安全避風港（方舟

18　里昂‧漢特：《功夫偶像》（倫敦：壁花出版社，2003年），49頁。

可以抵禦世界末日的大洪水）呈現出對西方世界的保護與求生，故事情節確實相當耳熟能詳。大量的情節集中於一個苦苦掙扎的作家傑克遜・柯帝士（約翰・庫薩克飾）帶著他全家朝著方舟逃亡，其中有幾處關鍵場景突出表現了作為方舟生產基地的西藏景觀（牢固地掌握在中華人民共和國手中）。有這麼一場戲，一個年輕喇嘛與一個老喇嘛（二人或許為師徒關係）討論著世界的終結，老喇嘛似乎摒棄了世界末日的觀念。然而，在電影的高潮部分，老喇嘛對洪水洶湧衝擊山脈的一幕視而不見，有趣的是，這副景象被選作電影的戲劇海報。然而，將這幅次要的西藏畫面置於美國大片海報的中心位置的行為或許可以得到一個清楚的答案。美國電影逐步降低了西藏景觀的重要性，轉而關注其所衍生出來的精神性，這一精神性已然得到了全世界的認同。正如《2012》的支配性畫面，西藏喇嘛目不轉睛地盯著西藏的景觀在他腳下被抹去，連同西藏景觀之影響被毫無保留地一起抹去，或許這便是美國電影自始至終所尋找的寓言。

　　無論我們是否在西方的優勢視角下討論喜馬拉雅的景觀、宗教及其神祕性，西藏已然被消費、被使用並被改變，但我們卻因此對這一範疇內的二分法之表現置之不理。也就是說，「消費」這一關鍵字既不孤立地發生，亦不在辯證法的缺失下作用：因為當西方消費西藏時，西藏同樣消費了西方。欽哲羅布（Khyentse Norbu）因在貝爾納多・貝托魯奇的電影《小活佛》中擔任顧問而為人所知，他作為導演在其處女作《高山上的世界盃》（1994）中，對被坐落在印度比爾的佛寺的內部運作機制投以非凡的一瞥。當《高山上的世界盃》（在東方則以*Phörpa*為名）的整條情節線圍繞著無憂無慮的生活，並不時地加入幾個年輕僧侶以最大的熱情嘗試獲取一台電視用以觀看世界盃足球決賽時的笑料，在拱形故事線的下半段則相當側面地提到了寺廟的角色，在於為接受傳統佛教教育的人們提供庇護。如果我們將文化放入社會購買的領域，並考慮西方如何通過幻想的轉換來消費西藏圖景，那麼在文化傳遞的根源上所受到的實際阻礙必然是某種完全的更有害的東西。

　　當這部電影用巧妙的攝影技巧忠實地拍攝使西方長久迷醉的美景畫面時，電影也只能以一種倉促、跳躍地方式來拍攝，似乎是以之前的西方消費主義對待西藏的方式來疏遠自己——而並非在《高山上的世界盃》中的僧侶消費了西方文化並且借文化的傳入融合成他們自己的文化。那麼就讓我們暫時認為年輕僧侶的幻想對象並非一場普通的足球比賽；並非歐洲比賽，亦或美國混戰，卻是地緣政治的世界盃。佛蘭克林・佛耳（Franklin

Foer）在其書《足球如何解釋世界：全球化的另類理論》中討論了沉浸於移民與技術革新的世界中，從老式的民族主義到部落文化，足球如何維持與傳播本能觀念。[19]通過世界範圍內（暫且不論他們目前所居住的國家）球迷消費世界盃的能力假設一個問題：經由政治實體（如美國）的技術是否真正有助於全球一體化，或者說世界盃是否有能力依靠光速傳遞的資訊來簡單地強化部落化的劃分。電影中有趣的一點值得注意，寺院對於世界盃的興趣具有特別的意義，因為他們的觀賽缺乏支持的國家，在全球競爭中，他們沒有經濟或政治的支撐。當向一個著名僧侶解釋作為「國家競爭」的世界盃，不僅僅是一個球，西藏對於世界盃興趣重要性便在觀眾裡引起了強烈的共鳴。這部電影不是關於一個小村莊，卻是關於西藏怎樣「看待」世界。因此我們認為，整部電影通篇描述寺院努力獲得了一個圓盤式衛星之後，組織僧侶觀看世界盃並非出於偶然——兩個目的暗示著困擾，在村莊得以觀看決賽的過程中隱藏著固有的消費主義。在電影結尾，我們意識到我們所看到的並不是簡單的足球友誼，而是緊貼世界盃光芒的地緣政治消費主義：或曰西藏消費西方。

　　總而言之，我們在本文中試圖借賽義德的東方主義批評以及蜜雪兒帝國景觀的意識形態觀念，嘗試探討對於西藏的幻想如何被當作他者加以建構，這種經由帝國主義的意識形態敘述與影像技術的建構，反過來服務於帝國主義本身的興趣。本文認為，無論是對西藏景觀的征服模式還是被其景觀征服的模式，均扭曲了西藏的本來面目，因而反映了帝國主義霸權給原住民帶來的不要可彌補的影響。

中文原載《文藝美學研究》2015年秋季卷

英文原載*Tamkang Review* 42.1（December 2011）

---

[19]　參閱佛蘭克林・佛耳：《足球如何解釋世界：全球化的另類理論》（紐約：哈珀出版社，2010年）。

第五章　測繪棲居的詭異：中國新電影中的環境災難、生態無意識與水的病理學[1]

> 這是一溝絕望的死水，
> 清風吹不起半點漪淪。
> 不如多扔些破銅爛鐵，
> 爽性潑你的剩菜殘羹。
> ……
> 這是一溝絕望的死水，
> 這裡斷不是美的所在，
> 不如讓給醜惡來開墾，
> 看他造出個什麼世界。
> 　　　　　聞一多，《死水》[2]

　　上述題記引自有名的新詩《死水》，作者是中國現代詩歌的先驅之一聞一多。這首詩寫於1925年，當時作者剛從美國留學回到因內戰而四分五裂的中國。詩中聞一多對中國的貧窮、腐敗、苦難與混亂表示了深切的憤怒與絕望。顯然，「一溝死水」象徵的是中國，詩人在這裡既找不到中國人民的希望，也覺察不出其自然環境有任何美感。原因在於：哺育和滋養中國的「水」是「死」的。

　　在此，詩人以一種非常激進的或許是反生態的方式，呼籲他的人民向這溝死水「丟棄」更多的廢品與污染物（破銅爛鐵與剩菜殘羹），使其「生態系統」（社會與政治系統）更快地惡化，從而如詩人所預期：一個

---

[1] 本文取自於筆者與魯曉鵬教授合編的文集《環境挑戰時代的中國生態電影》Chinese Ecocinema in the Age of Environmental Challenge（香港：香港大學出版社 2009），第17-38頁。英文題目為："Framing Ambient *Umheimlich*: Ecoggedon, Ecological Unconscious and Water Pathology in New Chinese Cinema"。承蒙北京大學范晶晶博士翻譯成中文，特以致謝。在該文即將收尾時，有新聞報導說：號稱中國第一部綠色生態電影的《因水之名》已經開鏡並計畫於 2009 年公映。這部電影由江小魚導演，由三個部分組成——水的復仇，危水怪談與恐怖紀錄。

[2] 聞一多，《死水》（1925），載《中華詩歌百年精華》（北京：人民文學出版社，2003），第41-42頁。

日新月異的世界會從廢墟中重生。儘管聞一多摧毀舊世界的願望是「非生態」的，但其方式並非字面理解的那樣，而是隱喻性、諷刺性的，並且很超現實主義。相比之下，當代世界水資源的現狀就決不是修辭性的或虛構的，而真正是不折不扣的「死水」。全球水危機與中國水危機表明，水，生命的一項基本資源，現在正面臨著前所未有的危機，可能會給地球上所有生物帶來大規模的災難。形勢日益嚴峻，這個世界很可能不會毀於核炸彈，而是毀於水——缺水（乾旱）、水氾濫（洪水）、水毒化（污染）或其他災變（水壩）。這些災難性現象激發了好萊塢的靈感，產生了一系列以水為主題的影片，如《水世界》、《後天》與阿爾‧戈爾的紀錄片《難以忽視的真相》。中國也已經成為世界上河流斷流最嚴重的地區。世界銀行發出了警告：如果這種非持續發展的現狀沒有得到改進，到2020年中國將會嘗到水資源短缺的最嚴重後果——約30,000,000人將會成為環境難民。

一、水作為生態敏感性的節點

根據拉康的說法，節點（縫合點）即是符指過程中的縫合點，一個連接的點，或者說建構意義的點：「『縫合點』是這樣一個詞語，作為一個單詞，在能指自身的層面上，它統一了既定的領域，構成了自身的同一性」。[3]作為節點的水能夠討論一些關鍵問題，這些問題啟發了中國新生態電影。

或許中國新電影最關注的是環境對艱難的中國身分認同的影響，超越了社會—政治的層面。短視的現代化意識形態導致了環境退化與生態破壞，造成了一種我稱之為「環境的詭異」的嚴峻狀況——錯位、反常、疏離、功能失調、萎靡不振與無家可歸。電影對這種意識形態進行了尖銳的認識論上的批評。對這些生態中心論的電影而言，至關重要的是：水的前景化作為徵兆、創傷與／或發病機理的關鍵性隱喻，顯示了對未經遏制的環境災難的生態意識。

本文無意於將水僅僅看作是其物理形態的表現（缺水／乾旱，多水／洪災），而是將其處理成動詞，從而考察水作為一項生態實踐、一個動態符號的功能，是如何協調政治、社會、文化認同的複雜關係網的形成。本文還將進一步研究水的多義形象，即文化不適、環境失調與心理焦灼的傷感結合，這在後毛澤東時代的大陸與後奇跡時代的臺灣很典型。最後，本

---

3 斯拉沃熱‧齊澤克：《意識形態的崇高客體》（倫敦：左翼出版社，1989），第95頁。

文認為：在這些表面看來反生態烏托邦的電影背後，隱藏著中國新生態電影對於彌賽亞救贖與人性昇華的烏托邦理想。以水飽受爭議的含義為焦點，本文探討了大陸與臺灣一些重要影片中的文化、心理與政治病理學。我認為：水作為一項徵兆，能夠提供關於環境棲息地與病毒政治學的新視角。

中國新浪潮的導演們從一開始便顯示出了對中國水危機的高度敏感：陳凱歌的《黃土地》不僅標誌著中國新浪潮電影的發軔，更重要的是開創了中國生態電影的先河。將水作為生態想像的關注點來描述的電影可分為三類，每一類處理中國水危機的一個關鍵方面：[4]

1. 水資源匱乏／稀缺／乾旱。陳凱歌《黃土地》（1984），吳天明《老井》（1986），蔡明亮《天邊一朵雲》（2005）。
2. 水的毒化。婁燁《蘇州河》（2000），蔡明亮《河流》（1997）、《洞》（1998）。
3. 水的殖民／錯位。章明《巫山雲雨》（1996），賈樟柯《三峽好人》（2006）。

從技術上說，不難找出造成水危機的原因。例如：水資源短缺是由於森林砍伐、土壤流失、沙漠化、過度放牧與過度用水、開墾荒地、河流改道；水的毒化是由於工業、城市與生活廢水未經處理的排放、污染洩漏與垃圾傾倒；而水的殖民則是由於大壩的修建，導致了上百萬人不得不遷徙，喪失了該地生物的多樣性，擾亂了水生態系統的平衡。然而，中國的水危機並不單純是一個物理問題，更反映了一種整合身分與現代性的病理性方式，表現為失落、焦灼、創傷與生態絕望。為了理解這種沉迷於水的病理學，我們引進佛洛德「詭異」（1919）的概念，作為生態想像與生態參與的一種理論核心。

二、熟悉──詭異（Heimlich-Unheimlich）的幽靈

根據佛洛伊德的說法，德語單詞「詭異」（unheimlich）從詞源上講是與其反義詞「熟悉」（heimlich）相關的，這樣似乎構成了一組矛盾。Heimlich一方面意味著慣常的、親密的、舊有的、家常的、舒適的、友好的、安全的、溫順的一些事物，另一方面也指稱可怕的、祕密的、

---

[4]　在這篇文章中，筆者更多地關注以水為主題的故事片，這些影片描繪了中國的水危機。此外還有許多關於河流的故事片，包括陳凱歌的《邊走邊唱》（1990）、沈刻的《怒吼吧！黃河》（1979）、滕文驥的《黃河謠》（1989）。就電視紀錄片來說，也有三部重要作品：40集《話說黃河》（1986-1987）、《話說長江》（1986-1987）、《話說運河》（1987）。

異質的、陌生的、恐懼的、神祕的、詭異的、無歸屬感的、敵對的、危險的一些事物。因此，「熟悉」（heimlich）最終與其反義詞「詭異」（unheimlich）合而為一了：「『熟悉的』就變成了『詭異的』」（the uncanny）。[5]這種矛盾暗示了詭異的事物是既熟悉又陌生的、既舒適又危險的、既溫順又異質的、既可知而又不可抵達的。

　　對佛洛伊德來說，最陌生的、怪異的、可怕的並不是那些遠離我們經驗與情感的事物（異域的、異質的、全新的或外來的），而是那些近在眼前的東西：個人化的、熟悉的事物因壓抑與扭曲而變得陌生，再重新回返。佛洛伊德寫道：「這種詭異在現實中並非全新的或陌生的事物，只是腦海中一些根深蒂固的熟悉的事物被壓抑而變得疏離。……在這種情況下，『詭異的』（unheimlich）也曾經是『熟悉的』（heimlich），家常的、習慣的；首碼un是壓抑的象徵」。[6]換句話說，詭異（unheimlich）／熟悉（heimlich）這一對詞構成了一個心理矛盾，自身內部詭異的他者性。

三、水作為「詭異」（unheimlich／unhomely）的代碼

　　首先，水作為生命之源，對人類來說是最熟悉的、習慣的、家常的事物，總是與家的感覺聯繫在一起。然而，當水開始短缺或被污染時，就突然變得陌生化、不自然，或惡魔似的，對地球造成巨大的威脅，使生命流離失所、無家可歸、詭異可怖。水資源即將枯竭的預感製造了幽靈般的「似曾相識」（déjà vu）——「陌生的熟悉」與永恆的疏離，帶來了作為陌生人或自身內的他者的體驗。[7]這種熟悉／詭異的幽靈——背井離鄉、無家可歸的放逐感——構成了中國生態無意識中有關水的病理學的核心。

　　在陳凱歌的《黃土地》中，由於缺水和乾旱，一度是中國文明搖籃的黃土高原，變成了一片廢墟，寸草不生、無法居住。電影開篇便是廣闊、貧瘠、荒涼的黃土地，排除了任何救贖的可能性。即使自稱「救星」的顧青，其革命的承諾也無法實現救贖。影片結尾，他回來了，如幽靈般的隱晦。對於水的病理學來說，最重要的是翠巧葬身黃河與結尾處在求水儀式上她以罐中聖水的形式詭異地回歸。她在泥沙滾滾的河流中結束了

5　西格蒙德・佛洛伊德：《詭異》，收入《文選》第 4 卷（倫敦：霍加斯出版社，1957），第 375 頁。

6　佛洛伊德：《詭異》，第 399 頁。

7　尼古拉斯・羅伊爾：《似曾相識》，收入馬丁・麥克奎倫等編《後理論：批評的新方向》（愛丁堡：愛丁堡大學出版社，1999），第 3-20 頁。

生命，標誌著生態崩潰的悲慘狀況。在《老井》中，祖祖輩輩都為了尋找水源而挖井。乾涸的井空空如也，變得如此詭異，支撐起了世世代代村民的夢想。儘管在影片結尾尋找水源的夢想實現了，但這種結局更多的是幻覺。[8]原因在於：孫旺泉通過液壓技術幫村民在深井裡找到的水是不可持續的，總有一天還會枯竭。

婁燁在《蘇州河》中處理的是由全球資本化、工業化與商業化帶來的日益嚴重的水毒化問題及其危害。影片開頭便是無名的攝影師—敘事者在熙熙攘攘的蘇州河上漫遊；蘇州河被描述為「上海最髒的河」，與污染、苦難、罪行、疾病、貧窮、垃圾、腐朽、賣淫、自殺相聯繫。蘇州河作為生態被破壞的上海的回水，反映了導演的焦慮意識以及對「上海奇跡」神話進行的批評。「上海奇跡」在影片中表現為生殖崇拜的地標——東方明珠電視塔。表面上看，單純的牡丹跳進蘇州河自殺，因兩岸工廠與居民排放的有毒污染物而死；在象徵的層面上，她變成了美人魚，一個西方「舶來的物種」。她化身為金髮美人魚表演者美美浮出河面，在一個透明水櫃中演出。牡丹／美美的雙重角色吸引著馬達與敘事者「我」，展現了中國後社會主義階段精神分裂的病理：空間與居所急劇變遷的時代所導致的錯位與生態失衡。[9]

蔡明亮的《河流》表現的核心觀點是：在詭異的國際都會臺北反烏托邦的環境下，水如何使人類身體致病並造成一個陌生的空間。影片開頭，小康在一家百貨商場前的雙向電梯上偶遇一位女性朋友。隨後，鏡頭切到一個電影攝製組，正在拍攝骯髒的淡水河上一具男屍的場景，女導演（香港導演許鞍華友情出演）一直在抱怨「不像」。反覆幾次把假人拉回又放下水、潑水濺水之後，屍體就被肢解了：腳沉到水裡，右手折斷。假人在又髒又黑又泥濘的淡水河上四分五裂，預示了影片中小康的命運。午飯時，導演遇到小康，希望他能幫忙扮演溺水的屍體（「你懂游泳嗎？」「你會浮水嗎？」）。小康起初表達了對水的品質的擔心（「水那

8　這部電影根據鄭義的小說改編而成，要對小說有進一步瞭解，可參考筆者的論文：米佳燕（Jiayan Mi）：《熵焦慮與消失的寓言：通向水的烏托邦主義》，收入《中國通訊》第 21 期第 1 號（2007 年 3 月），第 104-140 頁。更多關於電影改編的討論，可參考周蕾：《原初的激情：視覺、性欲、民族志與中國當代電影》（紐約：哥倫比亞大學出版社，1995），第 55-78 頁。

9　關於《蘇州河》的更多討論，參見謝柏軻（Jerome Silbergeld）：《謝柏軻中國面孔的希區柯克：電影的雙重身分，俄底浦斯的三角關係，中國的道德聲音》（西雅圖：華盛頓大學出版社，2004）；孫紹誼：《尋找消隱的另一半：〈蘇州河〉、〈月蝕〉和中國第六代導演》，收入孔海立等編《中國電影百年：兩代人的對話》（諾瓦克：東橋出版社，2006），第 183-198 頁。

麼髒」），而導演試圖安慰他（「一上來就替你洗啊，洗得很快的，很快啊」）。最終，她以出演電影的樂趣說服了他。

　　拍攝過程中，導演敦促小康「放輕鬆」。透過蔡明亮標誌性的靜態長鏡頭，我們看到小康蹚進河裡，面朝下浮在水上，模擬屍體的樣子。導演說道：「比假人好」。下一個場景，小康在賓館的浴室盥洗：看著鏡子刷牙，用牙刷清洗腿、手、胸，甚至左乳。洗完後，他背對著鏡頭坐在床沿喝水，可以看見鏡子裡他赤裸的上身。左邊電視機螢幕上，映著右邊桌上兩盞檯燈的影子（雙重與視幻的舞臺佈景）。喝水時，他聞了聞自己的左手、腋窩與右手，然後解開浴巾，又回到浴室沖洗，鏡子裡重現出他赤裸的上身。他的女性朋友來到房間，他們做愛（身體映在鏡子裡）。

　　下一個鏡頭切到小康戴著太陽鏡（不同於影片開頭），在高速路上騎摩托車回家。他開始不安地搖頭，用右手（假人弄丟的那只手）去摸脖子右側。他與父親像陌路人一樣擦肩而過。當父親聽到一聲巨響，才回過頭來發現兒子從摩托車上摔下來，頸部受傷了。影片接下來就是小康的父母帶著他在城裡四處奔走，尋醫問藥（中醫西醫，宗教與薩滿的驅邪），治療他莫名其妙的頸傷。然而，在蔡明亮的生態無意識中，小康的病是不可救藥的。

　　蔡明亮對水很癡迷，他所有的電影都以不同方式記錄著水、浸透著水。水的無所不在，對蔡明亮意味著什麼？在許多訪談中，他都聲稱水即代表著愛：「我總是把影片中的人物看作缺水的植物，因乾渴而瀕臨死亡。事實上，水對我來說就是愛，愛正是他們所缺的。我試圖表現的東西是象徵性的，就是他們對愛的渴求」。[10] 只有當水是生命有益的源泉時，才能作為愛的象徵。然而，當水被污染得有毒時，就不再是愛的源泉，而是愛的反面，一種「非水」（non-water）。非水（non-water）與詭異（unheimlich）有一個共同元素：非（un）。據佛洛伊德的說法，這是「壓抑的象徵」；[11] 而據巴巴的說法，這是「無家的時刻」。[12]

　　當小康在有毒的淡水河上扮演屍體，他的確在踐行死亡。這就是為何導演表揚他死得比死亡本身更好。換句話說，小康並非在扮演屍體的角色，而是必須親歷死亡，死亡感才會逼真。通過小康的「死」，沒有感覺的屍體重生了——「死者的回歸」。因此，小康是象徵性的行屍走肉，變

---

[10]　讓—皮埃爾・萊姆等：《蔡明亮》（巴黎：說看出版社，1999），第 34 頁。

[11]　佛洛伊德：《詭異》，第 399 頁。

[12]　霍米・巴巴：《文化的定位》（倫敦／紐約：羅特裡奇出版社，1994），第 11 頁。

得不真實，無所歸依、沒有家。這就是為何他騎摩托總是出事故，他的頸傷無法被確診、治癒或驅魔。然而，又正是這不可名狀的頸傷（「非un」的代碼）的反覆發作與糾纏，保持了他的清醒，使得他四處尋求療傷的「愛」。這種愛，他的家人要麼氾濫成災，要麼完全缺失。這確實是一種「反常的救贖」，[13]是蔡明亮的生態無意識與病毒政治學的典型特徵。[14]

四、「淹沒」的幽靈詩學

　　章明和賈樟柯的電影都描寫了世界上最大的水電站——三峽大壩給庫區甚至整個長江流域生態系統與環境帶來的災難。其中，水受到更深的創傷，也被進一步非自然化了。兩部電影按其事件發生的順序可看作是一個時間系列。《巫山雲雨》描寫了1994年大壩正式動工修建（在麥強信號台模糊的黑白電視上，可以看見李鵬總理主持了開工典禮與講話）；影片的別名「在期待中」表明了可能會有怎樣的前景。《三峽好人》展示了2009年大壩建成並儲水、水位上升到175米後的實際樣子。因此，影片的英文題目「靜物」更生動地捕獲了這片「劫後餘生的土地」[15]的殘留，如化石般的碎片、無生命的物體作為過去的證詞被陳列出來。

　　三個關鍵字——淹、拆、遷構成了一組強化的能指，表達了這兩部電影所揭示的生態滅絕的現狀。由於2009年大壩落成後水位將上升到175米（電影中反覆出現「水位175米」的標語，刷在麥強信號台旁邊的山崖上、巫山縣城的石牆與高樓上），所有眼前的房屋、農田、自然景觀與歷史遺跡都將被淹沒在水下。故而，在洪水到來之前，整個地區的所有建築都要拆除，在別處重建。在《巫山雲雨》中，打戒指的老黃不願修他的老房子；當老莫問到時，回答說「大水要淹」。在《三峽好人》裡，我們看到半裸的工人用力地敲擊高樓，將其夷為平地。由於即將到來的洪水與拆遷，庫區有一百三十多萬人被迫離鄉背井，去別處定居謀生。三峽造成了「現代中國最大規模的移民運動，所帶來的社會與政治不滿可能會爆發嚴重的後果」。[16]

---

[13]　弗蘭克・馬丁：《置放性：臺灣小說、電影及公眾文化中的同性戀表現》（香港：香港大學出版社，2003），第 178 頁。

[14]　關於蔡明亮電影的進一步閱讀，可參考《反拍》（2004 年冬）中的《蔡明亮座談》。http://www.reverseshot.com/legacy/winter04/intro.html。2007 年 3 月 27 日查閱。

[15]　克雷瑟・雪萊：《中國的荒原：賈樟柯的〈三峽好人〉》，收入《電影視角》第 29 期（2007）。http://www.cinema-scope.com/cs29/feat_kraicer_still.html。2007 年 3 月 14 日查閱。

[16]　要瞭解詳細移民資訊，參見何秀珍：《中國的環境與移民政策：三峽工程》（伯靈頓：埃詩蓋

　　表面上看，「淹―拆―遷」的過程體現了順序性的邏輯與因果性的敘事、一種行為理所當然的線性運動。然而，在這曲「淹―拆―遷」的悲歌裡，實際上發生的是對「詭異」（失落，消失，疏離，創傷與陌生）最殘酷、最激烈的體驗。[17]「非」（unheimlich的詞頭un）無所不在、無所不能，不僅標誌了庫區生態系統、生物多樣性遭破壞、許多人離鄉背井的界限，也產生了一個縈繞、幽靈與雙重的詭異空間――死者的回返，我稱其為「幽靈詩學」。也即是說：淹沒於水下的世界會悄悄地重現水面；表面上被拆除之物會在心理上重新組合，儘管是帶著傷痕的碎片；離開的人會被「似曾相識」的震驚觸動記憶。[18]

　　兩部電影處處彌漫著「詭異」的時刻，通過影像置景強烈地表現了出來。例如，沿三峽地區與巫山縣城粉刷的「水位175米」的標語，所指涉的遠不止標語本身。它不僅標誌著將要淹沒整座城市的水位，象徵著大壩的最終竣工，也暗示了城市的末日，一種末世的死亡導向家園的毀滅。它是一個觸動人心的詭異徵兆，如幽靈般縈繞在洪水前夕人們的日常生活中。因此，「175米」是一種「姿態」或「來世」，追溯性地決定和預製了當下的時刻，在巫山縣民中造成了令人煩擾的偏執與精神分裂的症狀（就好像老莫控訴麥強強姦陳青，陳青與麥強都產生幻覺，下文將會討論這一點）。一方面，最高水位的數位記號表面上頌揚了中國「人定勝天」的工程夢想與政治抱負：為防治上游洪水、水力發電解決能源緊張以及發展航運，拉動國內外的資本來建設世界上最大的水壩。另一方面，這個殘忍的標語激發了一種主體性的自我毀滅感，像拉康的「小對形」一樣在高地上行動徘徊：一個錯認的缺失的幻想客體，其中主體的力比多欲望無法

特有限出版公司，2004）；傑克遜、蘇克汗：《中國三峽大壩的移民：社會經濟影響及體制張力》，收入《共產主義與後共產主義研究》第33期第2號（2000年6月），第223-241頁。關於三峽庫區洪水與移民的電影紀錄片，可參考鄢雨、李一凡的《淹沒》（2005）。在2005年3月的真實紀錄片電影節上，這部紀錄片獲得提名，身為評委會主席的賈樟柯表示：該紀錄片啟發了《三峽好人》的創作。參見伊安‧約翰斯頓對賈樟柯《三峽好人》的評論：http://www.brightlightsfilm.com/58/58stilllife.html。2008年1月21日參閱。

[17] 更多關於城市拆遷的討論，參見魯曉鵬：《拆毀城市：在中國當代流行電影與先鋒藝術中重建城市空間》，收入張真等編：《城市的一代：二十一世紀之初的中國電影與社會》（特勒姆，北卡羅來納：杜克大學出版社，2007），第137-160頁。

[18] 關於淹沒與錯位，或許最詭異、最具幽靈色彩的片段是在張揚最近的電影《落葉歸根》（2007）裡。民工的願望是在其猝死後將屍體運回庫區的家鄉埋葬。經歷了曲折的旅程，工友一路將屍體背回了家，卻無法下葬。原因在於：他的家鄉已被水淹沒，當地居民早搬到下游去了。所以，死去的幽靈在被淹的世界裡無家可歸、漂泊無依。這種關於孤魂野鬼的主題，在另一部描寫長江三峽庫區的影片《浮生》（盛志民，2006）裡也得到了展現。

得到滿足，而是被貶低為一個從地球母親那裡放逐出去的「他者」。[19]

　　關於「175米」的淹沒水位，更反諷的是被炒作起來的告別三峽旅遊熱（「告別三峽熱」）。從1993年開工起，政府媒體與長江流域的旅遊機構都靠「水位175米」這一有力賣點推動旅遊掙錢，聲稱完工後雄偉的三峽景觀就會一去不復返了，呼籲全國人民趕緊到三峽看最後一眼。許多豪華大遊輪載著乘客在三峽上航行。那些五星級的遊輪有著西方／英國或中國的皇家名號，如「維多利亞女王」、「安妮公主」、「仙妮公主」、「茜茜公主」、「凱薩琳」、「女皇」、「世紀維京」、「總統」或「皇帝」，「東方國王」等，不勝枚舉。這使遊客們感覺到似乎航行在泰晤士河或哈德遜河上。這種陌生化使三峽變成為商業服務的異域景觀，不幸地使當地居民淪為供展覽的「高貴的野蠻人」，以滿足遊客的好奇心。

　　遊客們意識到即將摧毀整個巫山縣城（及鄰縣奉節）的生態災難，或者當地百姓不得不離鄉背井另謀生路的痛苦了嗎？答案顯然是否定的。在影片的開頭部分，麗麗──馬兵帶到信號台給麥強解悶的風塵女子，夜裡在江中游泳。她看到一艘燈火通明的遊輪經過，於是興奮地揮手並大聲喊道：「喂，你們到哪裡呀？我在這兒呢。大輪船，你們到哪裡呀？聽見了嗎？」儘管她很大聲地反覆喊（至少五次），她的聲音只是在空曠寂渺的水上漂移，在霧氣濛濛的峽谷裡回蕩，隨著鏡頭從左到右拍攝靜靜的江水，消失在遠處的黑暗中。周圍一片漆黑，掩映在峽谷裡的燈火閃爍的遊輪在移動，彷彿是不祥水面上的幽靈船。「你們到哪裡呀？」這個問題實際上是麗麗內心對未來感到困惑的呼喊。之後，當一群遊客觀看巫山縣城牆上粉刷的標語──「該城將被淹沒，水位將上升到175米」時，旅社服務員陳青催他們快走，並告訴他們「跟你沒關係」。這句諷刺性的臺詞顯示了當地居民的憤怒：公眾對遷徙的苦難漠不關心、毫無同情。

　　三峽庫區的居民受到政府霸權與狂熱商業化的雙重迫害，這在麥強與陳青兩次反常的殺魚場景中表現得淋漓盡致。開始的一個場景在信號台，電視正在播放三峽工程的開工典禮與李鵬總理的講話。對新聞漠不關心的麥強面無表情，開始練習書法並為客人馬兵與麗麗準備晚餐。他從一個桔紅色的塑膠桶裡輪流撈出兩條活魚，最終選了一條。他首先在魚頭敲了一刀，然後（魚的特寫鏡頭，重擊與手）無動於衷地盯著鏡頭，最後將魚剖

---

[19]　路易士・克什內爾：《對欲望的再思考：拉康理論中的"小對形"》，參見 http://www.apsa.org/Portals/1/docs/JAPA/531/Kirshner-post-p.83-102.pdf，2007年3月19日查閱。關於拉康「小對形」的更多討論，參見斯拉沃熱・齊澤克：《詢問真實》（倫敦／紐約：康提努出版社，2005）。

開。他帶著血淋淋的手走出房間，然後回來再殺另一條。當馬兵與麗麗調情時，鏡頭切到了一個特寫：兩條死魚躺在砧板上，鮮血淋漓，腹部被剖開，內臟放在碗裡。電影後半部分又出現了一個平行場景，陳青在巫山縣城的住所裡幾乎是重複了相同的殺兩條魚的過程。

為何導演章明如此生動地聚焦一男一女兩人在不同地點殺兩條魚（而非一條）的視覺細節？在這一片段裡，一定隱含了某些重要資訊。表面上看，正如魚常常與性和生殖聯繫在一起，這個平行場景建立了麥強與陳青之間象徵性的聯繫。同樣地，正如男屬陽女屬陰，魚象徵了陰陽。在中國的宇宙觀裡，陰陽二元構成了「氣」，氣是操控宇宙和諧的原初力量。故而從寓意上說，導演可能想暗示：殺兩條魚預言了巫山未來不祥的命運。也即是說，人類生殖力與宇宙和諧的雙重毀滅。這種解讀在生態學上是真實的：當三峽大壩竣工時，一百三十萬人會被迫遷移，珍稀物種如長江豚、中華鱘、揚子鱷會滅絕，生物多樣性遭破壞，庫區的水會被數十億噸工業廢水、下水道汙物與化學物質污染，變成一個「巨大的、滯流的、腐臭的池塘」，[20]地震、滑坡、泥石流、泥沙淤積與土壤流失等自然災害會頻發。在此意義上說，殺死的第一條魚或許象徵著庫區的居民，他們是無能為力的下層民眾，任人宰割剝削；而殺死的第二條魚可能象徵著三峽整個生態系統與自然環境無可挽回的毀滅。殺魚也暗示了統領人與自然和諧的「氣」的失衡，三峽的未來已經註定。正是通過對魚的影片置景的含蓄運用，章明傳達了他對環境政策的批評。

五、「雲雨」的水緣政治

《巫山雲雨》還嵌入了另一平行結構，對展示影片的生態想像、導演重寫事件的生態關懷極為關鍵。影片的題目具有文學、文化與神話的多重含義。首先，「巫」在漢語裡代表了巫覡、方士與薩滿祭司；魔法即是「巫術」。故而，巫山是巫師們居住並使用其黑魔法創造奇蹟（如雲和雨）的地方。這種字面上的聯繫是否意味著：建設全球最大的水電大壩的技術運用像是一種現代的巫術——產生發電、控制洪水、發展航運等魔術？巫山是三峽地區的一個縣，位於瞿塘峽與巫峽之間，有著兩千年的歷史與豐富的文化遺跡。如有名的「巫山人」，是大約兩百萬年前該地區最

---

[20] 魏明：《三峽大壩會把奔騰的長江變成滯流的、被污染的庫區》，收入《三峽探索》（1999年11月）。http://www.threegorgesprobe.org/probeint/threegorges/tgp/tgp12.html。2007年6月4日查閱。

早的人類化石之一。大壩落成後，整個巫山地區都會被淹沒在水下。

影片題目「雲雨」，在中國文化中已變成交媾或色情的一個詩性隱喻，起因於詩人宋玉（約西元前290-238）具政治與色情雙重意味的《高唐賦》——「中國文學史上對於山嶽景觀的第一次詳盡描寫」。[21]這首散文詩塑造了一個田園牧歌式的神話世界，大的溪流、魚、奇怪的動物、繁花滿樹、含苞待放的蓓蕾、鳥以及超自然的精靈在巫山和諧共處。最有趣的是賦中談到的故事：楚頃襄王與宋玉遊雲夢台時，襄王夢見與一個從巫山來的絕色女子浪漫邂逅。與神女歡好後（「雲雨之歡未絕」），楚王問其身分。女子回答說：「妾在巫山之陽，高丘之阻。且為朝雲，暮為行雨。朝朝暮暮，陽臺之下」。[22]醒來後，楚王發現女子已經離去。為了紀念她，楚王下令修建了「朝雲廟」。

影片中的兩個人物麥強與陳青，在許多方面都被神祕地聯繫在一起。除了殺魚的鏡像場景外，開頭部分麥強在信號台告訴馬兵與麗麗：「我夢見一個人」。在警察局，當警員吳剛詢問麥強為何單選陳青時，麥強結結巴巴地說：「我覺得，我覺得，我覺得我一看到她我就……我覺得我見過她」。鏡頭切到了晚間陳青的住所，陷入沉思的她問兒子是否聽見有人在喊她（第二次問這個問題），但兒子的回答是否定的（沒有）。另一條線索是陳青工作的旅社的名字：「仙客來」字面上是指「歡迎天上的客人」。顯然，導演試圖在影片中戲仿古代的浪漫邂逅。將這個神話文本重新寫進當代的語境，並不是為了激起對已逝美好田園時光的懷想，如西方文學或環境文學那樣[23]，而是通過反諷性的扭曲打碎其幻想。如果說楚王與迷人的巫山神女短暫的歡好是浪漫、親密而快樂的，麥強與陳青的性關係則充滿了暴力、恐懼、痛苦與侮蔑。老莫控訴麥強強姦陳青也是反諷性的：首先，他無法提供任何證據；其次，陳青本人否認了這種控訴；最後，實際上是老莫自己運用旅社老闆的權力「強姦」了她。

此外，通過將「強姦」的概念引入電影，毫無疑問導演不僅顛覆了充滿浪漫情緒的古代神話，而且發出了他對生態政治的批評。具生態毀滅性的大壩的肆意建設，給自然帶來了無法癒合的傷口，是對生態系統的一種

---

[21]　曾珍珍：《作為修辭的神話：六朝詩歌中對神女的追尋》，收入《國立中正大學學報：人文版》第 6 卷第 1 期（1995），第 235-278 頁。

[22]　宋玉：《高唐賦》，收入約翰‧閔佛德與約瑟夫‧劉編《翻譯選集：從遠古到唐代》（紐約：哥倫比亞大學出版社，2000），第 272-278 頁。

[23]　關於這一點，參見葛列格‧加拉德：《生態批評》（倫敦／紐約：羅特裡奇出版社，2004），第 33-58 頁。

強姦。如果陳青是當代的瑤姬，她就是一個被現代進步殘暴地剝奪了權力的女神。影片結尾的一個鏡頭是陳青站在陽臺上，帶著焦慮與恐懼的表情看著長江：星星點點的小遊輪，遠處霧氣繚繞的群山上響著驚雷。如果陳青是一個當代的性女神，有著興雲致雨的魔力，由於大壩粗暴地阻擋了「陰」能量的流動並毀滅性地淹沒了她的天宮「仙客來」，其性能力也已經癱瘓了。這種帶來「生態災難」的工程是進步嗎？這正是警員吳剛所提出的最具反諷性的問題。聽到馬兵調侃麥強說他最終與女人發生關係是「進步」時，吳剛生氣地向馬兵吼道：「是不是強姦就是進步啊？」。將這句話置於我們討論的語境，就是在問：對生態系統的粗暴破壞與對地球母親的「強姦」是一種進步嗎？這或許就是導演章明在電影中通過對古代神話的顛覆性敘事與反諷所試圖提出的根本問題。

六、生態定（失）位的地形學

　　後毛澤東時代的中國新電影經常被批評為「民族化」或「自動民族化」[24]，即自動策略地消弭、重建甚至扭曲中國文化的「真實性」，包裝中國的民族化景觀，從而贏得西方評論家的承認、滿足西方觀眾對異域中國的東方想像。在張英進的範疇中，將中國同時作為病態凝視的主體與客體陳列的魔法性因素包括：「原始的地貌及其純粹的視覺美（包括未開發的河流、高山、森林、荒漠）；被壓抑的性欲及其在性衝動越界時刻的爆發（eroticism與heroism讀音相近）；在異域歌劇、宗教儀式或其他類型鄉村習俗中常見的性別表演與性展覽（包括同性戀、異裝癖、通姦、亂倫）；一種神祕或輪回的時間結構，其中主人公的命運是註定的」。[25]雖然這種批評確實精確地描述了中國電影的一些方面，但也陷入了概念普世化與理論抽象化的窠臼，沒有關注中國新電影中流行的生態特殊境遇。

　　與其不公正地將所有中國新電影統統貶為「民族化的」，我寧可認為那些以水為主題的電影主要是「地形學的」：以在地性為導向，關注某一特定的地區、地點、空間與社區。它們代表了對中國生態與環境地理的一種詹姆遜式的「認知測繪」，一種影像導航：生態是如何介入身分的？不

---

[24] 關於這個問題的更多討論，參見周蕾：《原初的激情：視覺、性欲、民族志與中國當代電影》（紐約：哥倫比亞大學出版社，1995）。

[25] 張英進：《影像中國：當代中國電影的批評重構及跨國想像》（安阿伯：密歇根大學，2002），第32頁。

僅通過主要地區間的聯繫或隔絕，也通過地區間相互的觸覺輻射。[26]中國電影人的生態想像有力地捕獲了那些界定中國地形學身分的地區：黃土高原、太行山、三峽、上海與臺北的城市景觀；並測繪了中國主要的水域：黃河、汾河、長江、蘇州河與淡水河。換句話說，這些地區並不是被發明出來供觀眾消費的視覺大餐，而是具地理真實性與生態惡化的客觀存在，更會讓觀眾的眼睛大倒胃口／大煞風景：《黃土地》與《老井》裡的乾旱與貧窮，《蘇州河》與《河流》裡的污染與骯髒，《巫山雲雨》、《洞》與《三峽好人》裡的衰敗與錯位。這種影像地形學關注人與環境之間的情緒與感情紐帶，[27]通過溺水（字面義或象徵義）將死亡與生態崩潰聯繫起來——翠巧死於黃河，巧英與旺泉在塌方的井底發生性關係，小康在淡水河上扮演死屍，牡丹死於蘇州河，陳青的「強姦」案與夕徒死於長江，甚至三明和沈紅與各自伴侶的分離。因此，這些電影變成了關於死亡、受難、哀傷與生存的死亡學陳述。

影像地形學不僅描繪了生態錯位導致的「徵兆」，而且找出了造成生態災難的根本「緣由」。以《黃土地》中的黃土高原為例。黃土高原綿延640,000平方公里，位於黃河上中游，跨越中國的7個省份。這是中國文明的搖籃，但由於生態退化已變成了「中國之痛」。研究表明：黃土高原形成的部分原因可歸於自然因素，如氣候變暖、乾旱、沙質土壤、容易被侵蝕的地表與頻繁的強風；但主要原因還是人類活動，如森林砍伐、過度放牧、過度開墾、水源濫用及植被破壞。[28]特別是由於大量砍伐與植被破壞，土壤流失「在黃河中游的黃土高原是毀滅性的，比重約占70%」。[29]影片向我們展示了：生態破壞給黃土地上的居民帶來了貧窮與苦難。要修復被破壞的生態系統，最有效的方法之一是重新植樹造林，使這一地區恢

---

[26] 勞倫斯・布依爾：《為一個危機中的世界寫作：美國及國外的文學、文化與環境》（劍橋：哈佛大學出版社，2001），第 66 頁。

[27] 關於人類與空間／地點的情感關係，更多的討論可參見加斯東・巴什拉：《空間的詩學》（波士頓：烽火出版社，1994）與段義孚：《戀地情結：環境感知、態度和價值研究》（紐約：哥倫比亞大學出版社，1989）。

[28] 關於黃土高原的生態退化及修復工程，參見王濤等《中國北方的沙漠化》，收入克裡斯汀・阿代編《中國的環境與可持續發展的挑戰》（紐約／倫敦：夏普出版社，2005），第 233-256 頁；約翰・劉《中國修復黃土高原所面臨的環境挑戰》（2005）。http://unep.org/pcmu/project_reference/docs/BB_170707Large_scale_ecosystem_restoration_JPMorgan_Essay_2005.pdf。2007 年 12 月 3 日查閱。

[29] 劉建國、加里德・戴蒙德：《全球化背景下的中國環境：中國與世界如何相互影響》，收入《自然》第 435 期（2005 年 6 月），第 1179 至 1186 頁。

復鬱鬱蔥蔥（輔以對砍伐樹木、開墾斜坡、無限放牧的禁令與可持續的水資源管理）。在《黃土地》裡，一棵神祕而孤獨的野生梨樹矗立在山頂，這是貧瘠的黃土地「披上綠裝」的關鍵，顯示了陳凱歌的生態敏感性。

關於《黃土地》裡一些壯觀的場景，如黃土地、黃河、腰鼓舞和祈雨儀式，已經有很多討論了，但很少有人提及這棵「孤獨的野生梨樹」。這棵孤獨的梨樹之所以被忽視，可能是因為它總是曇花一現地出現在螢幕上：在遙遠的山頂，顯得渺小而邊緣化。由於它在螢幕上總是一晃而過，粗心的觀眾可能根本意識不到其存在。這棵樹在電影中總是以一秒鐘的遠景鏡頭出現。然而，這棵平凡的樹不論看起來多麼不起眼，對陳凱歌及其開創性的處女作來說，承載著重要的生態資訊。這棵樹並不是電影佈景，而是一棵活生生的樹。當陳凱歌與張藝謀、何群一起到黃土高原尋找影片外景時，發現了它。「冬日」，陳凱歌後來回憶道，「土地裸露著，又給人們以開朗渾厚的感覺。貧脊而又內熱，這大概就是它的性格。漸漸地，我們可以看見遠方的峁頂停立著一棵脫盡了殘葉的杜梨樹，那默默的身影在冬日的蕭瑟的莽原上，彷彿在暗示著生命的存在」。[30]在《黃土地》裡，這棵樹其實有著很高的出鏡率，一共7次。在影片開頭，七次將人與廣闊貧瘠的黃土高原的廣角全景鏡頭迭合以後，八路軍文藝工作者顧青出現在螢幕中間。聽到遠處傳來的信天遊，他將頭轉到左側，看到了如下的景象：

1.（定位鏡頭16）山頂光禿禿的，很荒涼。沒有人類居住的跡象，除了一條在褐色土地映襯下的白色羊腸小徑，消失在遠處。一棵孤獨的野生梨樹矗立在山頂。[31]

2.（定位鏡頭18）山頂上孤獨的野生梨樹。

3.（定位鏡頭20）野生梨樹靜默地站在山頂上，最後的葉子也脫落了。（影片隨後可以看到如下的樹的鏡頭）

4.（定位鏡頭322。聽到顧青第二天要走的消息，又得知她即將下嫁）……一棵孤獨的野生梨樹站在山頂。

5.（定位鏡頭390。翠巧為顧青送行，唱起山歌）顧青正走向遠處的樹。

30　倪震：《北京電影學院故事——第五代電影前史》，克裡斯・貝利譯（特勒姆：杜克大學出版社，2002），第 177 頁。

31　以下所有的用例都來自杜博妮對影片劇本的翻譯，參見杜博妮：《黃土地：一部陳凱歌的電影及其劇本全譯》（香港：中文大學出版社，1991），第 177、231、241、245 頁。

6.（遠景鏡頭391。唱完「幹石板栽蔥就柒不下根」）翠巧看到遠處山崗上矗立的梨樹。

7.（定位鏡頭416。翠巧的迎親隊伍離開後，她父親倚靠著門）山頂上，一片葉子也不剩的野生梨樹靜靜地矗立著。

類似地，針對影片中另一微不足道的「神祕形象」水罐，謝柏軻（Jerome Silbergeld）提出了如下問題：「為何製片人會在這麼細小的事物上注入這麼多意義？或更明確地說，他們如何能從乍看之下毫不起眼的事物中發現深意？……這樣一個簡單、短暫的形象，更像畫家筆下的場景而非電影蒙太奇，是如何能既囊括了其微妙的意義、又傳達了其電影藝術的性質？」[32]我認為：這棵樹儘管沒有單獨的特寫鏡頭，卻是一個內蘊豐富的能指；在解讀電影的生態無意識方面，有著與水罐同等的重要性。

在影片的每個關鍵時刻，這棵樹都會現身。影片開始三個定場鏡頭建立了顧青與背景黃土地之間的空間關係。然而，這種空間身分也是很主觀、不確定的。原因就在於：這是顧青尋找歌聲來源時的個人視角。接下來樹的三個鏡頭體現了顧青與翠巧之間的關係，及其從戀慕到絕望分離的不幸轉變。翠巧被迫出嫁後，樹的最後一個鏡頭暗示了翠巧與黃土地即將到來的死亡：儘管還在初春，樹葉已全部凋謝。[33]此外，樹的形象還出現在影片結尾祈雨儀式中農民頭上戴的綠葉花環中。

簡而言之，這棵孤獨的野生梨樹象徵著顧青。他到村子裡來似乎代表著希望，要傳達救世的承諾，最終改變村民們、特別是少女翠巧衰落的現狀。顧青自己就是這棵梨樹。這一點，可以從他名字的含義辨認出來：「顧」表示看、注意、照顧、留心，而「青」則代表著綠色或青年人。所以，這個名字意指「照看綠色／青年人」。誰是「綠色」？就是翠巧，因為「翠」也表示「綠色」。故而，顧青應當照顧的是這個少女。最重要的，顧青與翠巧被神祕地聯繫在一起，如同陰陽這不可分離的一對。其原因是：「青」與「翠」組成複合詞「青翠」，也指綠色（或更好的「清新或生機勃勃的綠色」）。他們象徵性的融合為「青翠」也可從另一觀點來看。正如謝柏軻指出的：「對於天來說，地是陰。對於人來說，地是

---

[32] 謝柏軻：《電影裡的中國：當代中國電影的參照格》（倫敦：李克遜，1999），第 15-16 頁。根據他的說法，在影片結尾的祈雨儀式中出現的水罐，是溺水的翠巧的化身。

[33] 杜博妮：《黃土地》，第 34 頁。

母親。但對於水來說，地卻是陽」。[34]一方面，象徵生殖的樹，即顧青，其生存與成長依賴於沃土的滋養，而少女翠巧就是後者的象徵。他們的分離預示了悲劇：翠巧的死及初春時節梨樹的迅速枯萎。另一方面，黃土地的繁盛要靠水的哺育，而打水的翠巧就是水的化身。隨著翠巧在黃河裡淹死，乾旱開始肆虐，人們在乾燥的黃土高原上活不下去了。因此，「翠巧與顧青的結合是夢想的淨化婚禮」。[35]然而，在貧瘠的黃土地上，這個「青翠」或「綠意盎然」的夢或許反映了新一代電影人對「綠色中國」的生態無意識願望。[36]

七、從視像無意識到生態無意識

相對於肉眼，相機具有攝影表現的超能力，即放大、特寫、慢鏡頭與瞬間曝光等優越性。正因如此，本雅明在1931年的論文《攝影小史》裡創造了一個隱喻「視像無意識」（*Optisch Unbewusste*）。對本雅明來說，肉眼洞察社會現實的能力是有限的，因為「我們根本無法知道一個人出門的剎那發生了什麼」。然而，攝影「以慢鏡頭與放大的方法，將謎底揭開。通過攝影，我們第一次發現了這種視像無意識的存在。正如通過心理分析，我們發現了本能的無意識」。攝影「在這一材料中揭示了視覺世界的外觀特徵，這些特徵藏身於秋毫之末，蘊涵深意而又具隱蔽性，容易被心不在焉的我們所忽視」。[37]在1936年的論文《機械複製時代的藝術作品》中，本雅明進一步討論了作為視像無意識「暗箱」的攝影技術，稱「攝影機把我們帶入無意識的視覺，猶如精神分析把我們領進無意識的衝動」。[38]

---

[34] 謝柏軒：《電影裡的中國》，第30頁。

[35] 同上書，第34頁。

[36] 中國 1949 年以後的生態退化，最重要的原因之一是大規模的砍伐森林，主要是把森林變成可耕地以養活增長的人口。「開荒種地」（墾荒）是最受詬病的毛澤東時代的口號，不僅反映了人類中心論的功利主義與毛澤東的農業擴張主義，還反映了毛澤東對土地盲目的政治經濟意識形態。利害攸關的不是開荒的實際辦法——如對森林毀滅性的揮砍與放火、伐木與清除，而是處於生態轉化核心的權力、勞力、資本與社會公正的運作。有許多「綠色影片」或小說討論了森林砍伐的問題，如《原野》（凌子，1979）、《孩子王》（陳凱歌，1988）、《美人草》（呂樂，2004）、《天狗》（戚健，2006），以及阿城的中篇小說《樹王》（1984）。尤其是與《黃土地》寫於同時的阿城的《樹王》，突出了古老的神樹被砍及其帶來的對自然與人類共存的悲劇性影響。古代神話中對樹的仁慈能量的崇拜，參見詹姆斯・弗雷澤影響深遠的著作《金枝：巫術與宗教之研究》（紐約：麥克米蘭出版社，1922），特別是第九章〈樹神崇拜〉，第109至135頁。

[37] 瓦爾特・本雅明：《攝影小史》，收入艾德蒙・約夫科特與金斯裡・肖特爾譯《單向街》（倫敦：左翼出版社，1992），第243頁。

[38] 瓦爾特・本雅明：《機械複製時代的藝術作品》，收入漢娜・阿倫特編介、哈里・佐恩譯《啟迪》（紐約：舍肯出版社，1968），第236至237頁。

　　更重要的，借助視覺無意識的概念，本雅明為相機的攝影表現賦予了一種歷史感，一種被稱為「全然的歷史變數」的魔術與技術之間的差異。[39]在這種被歷史化的視像無意識中，對現代生活的個人體驗被轉化成關於夢想、記憶、幻想、烏托邦式的願望與彌賽亞式的救贖承諾的集體序列。正是在視像無意識的層次，觀者被敦促去尋求「關於偶然性、關於此時此地的細微火花」，從而找到「不易察覺的那一點」。在這一點上，一個被遺忘的將來或許能被重新發現。正如本雅明所說：「相對於肉眼，攝影機看到的是另一個自然：一個有人類意識參與的空間讓位給了由無意識參與的空間」。[40]這裡，本雅明賦予攝影機的這些新模仿技術以一種全新的能力，即重構已被新的視覺表現儀器粉碎了的經驗。在這方面，攝影與電影可以用來治癒潛能。其方式是拯救觀眾重構新的時空秩序的能力，這種秩序即他們自身集體無意識的過去。

　　中國新電影中的視覺景觀恰切地反映了本雅明「視像無意識」的重要性：以一種強烈的記錄性與直觀性的電影拍攝，採用強化的攝影技術，去探索關於中國生態與環境現狀的「被無意識地穿透的空間」。這種真實電影創造了真實的「生態形象」[41]的有力畫面：從被異化的黃土地到惡魔般的黃河，從被壓抑的太行山到被肢解的三峽，從無所適從的蘇州河到致癌性的淡水河，激發了對令人震驚的中國嚴峻的生態現實的尖銳意識。這些生態形象儘管是以片段的、零星的視角來表現，但還是傳達了關鍵性的瞬間：傷痕累累而依然承載著「生態無意識」的夢想，渴望一個綠色清新的世界。例如，《黃土地》中對綠化的嚮往，《蘇州河》結尾敘事者盼望有一條乾淨的河流，「清澈，有魚在遊」。

　　對勞倫斯・布依爾來說，生態無意識——他稱之為「環境無意識」，融合了弗雷德里克・詹姆遜的「政治無意識」、段義孚的「戀地情結」、希歐多爾・羅斯紮克的「生態無意識」與米切爾・托馬肖的「生態身分」——能夠提供一種特殊「想像力」，使環境敏感性能揭露迄今為止看不見的心理感知現實與雜亂的環境。[42]生態無意識產生了一種反權威的藝術實踐，關注主流的環境邏輯，在具有歷史效力的形象中發人深省。總之，生

---

[39]　本雅明：《攝影小史》，第 244 頁。

[40]　同上書，第 243 頁。

[41]　安德魯・羅斯：《芝加哥黑幫的生命理論：自然對社會的債務》（倫敦：左翼出版社，1994），第 171 頁。

[42]　布依爾：《為一個危機中的世界寫作》，第 18-26 頁。

態無意識將我們與親切而熟悉的家園重新聯繫起來，即一個有著純淨、充足而安全的水源的世界——山青水秀。

八、從黃屏到綠屏

《黃土地》以其鋪天蓋地的黃色，製造了一個被陌生化的「疏離、遙遠、他者性」的景觀，震驚了世界。[43]如果說「黃屏」標誌著一個生態惡化的地球，起因是對生態系統人類中心論式的濫用與對自然資源竭澤而漁式的開發；那麼「綠屏」不僅帶代表著生態中心主義、可持續發展、生物多樣性與生物區位主義，還代表著影片關注生態不公、生態全景敞視[44]與物種主義的環境與生態行動主義。「綠屏」宣揚了「水流域意識」（watershed consciousness）與「毒性意識」（toxic consciousness），亦即武裝當代環境與生態運動的兩項基本觀念。

已成為「當代生物區位主義最流行的定義性格式塔」的「水流域意識」，[45]提倡一種以地域為基礎、對生物群落與非生物環境之間相互關聯的生態理解，鼓勵對資源豐富的地球採取一種跨區視野。作為家園意識的一種強化形式，它涉及平民的「生態社會性」參與，即保護土地、土壤、植被與水資源。正如我們在這些影片裡看到的，中國的水域正在經受後毛澤東經濟騰飛時代最嚴重的危機。胡勘平與餘曉鋼觀察到：

> 中國的江河流域正處於危機之中——缺水，嚴重污染，水生態系統受到鼠目寸光的大壩及其他建設工程的威脅。在中國，危及江河健康的因素不僅有快速的經濟增長，還有分散而各行其是的政府官僚機構，以及加大環境法實施力度的公眾參與的有限管道。中國對江河流域缺乏可持續的管理，不僅危及水生態系統的健康，也對整個國家的社會經濟發展與環境保護構成了威脅。[46]

---

[43] 汪悅進：《電影他者與文化自我？對電影文化身份的去中心化》，收入《廣角》第 11 期第 2 號（1989），第 35 頁。

[44] 黃承旭：《生態全景敞視主義；使生態危機問題化》，收入《大學文學》第 26 期第 1 號（1999 年冬），第 137-149 頁。黃承旭融合了福柯「權力與統治的全景敞視主義」的概念，將「生態全景敞視主義」界定為一種權力的不道德遊戲、對綠化話語的利用，從而「建構一套生態語法，將生態問題概念化、符碼化，以拯救危機中的資本主義」。換句話說，按黃承旭的說法，生態全景敞視主義「通過偽造主體自身、捏造他們的利益，為維持當下的權力關係服務」，第 140 頁。

[45] 布依爾：《為一個危機中的世界寫作》，第 246 頁。

[46] 胡勘平、餘曉鋼：《憂愁之水上的橋：新聞媒體在推動中國江河管理與環境保護的公眾參與方面的作用》，第 125-139 頁。http://www.ide.go.jp/English/Publish/Spot/pdf/28_08.pdf。2007 年 12

雲南省大眾流域管理研究和推廣中心（綠色流域）呼籲對中國江河流域有更多的公眾參與、個人責任與可持續管理。獨立紀錄片製作人與環保主義者胡傑的《沉默的怒江》，即是熱情參與的一例。在這部紀錄片中，胡傑就正在建設的大壩對怒江流域的居民進行了採訪，從而轉達了民間對生態不公的強烈反應。

「毒性意識」使我們對自然資源的有限性與化學、人造污染物的危險性產生警覺。大自然不應被看作是一個隻為人類發展服務的「持續的倉庫」。自然資源實際上是可能被用完的，而非取之不竭，其富饒不過是一種幻象。「當生態崩潰的緊迫性成為公眾意識與個人想像的一部分，毒性意識」能提供「對文化與自然、文化與環境已經變化的關係的洞察」。[47]

九、作為淨化的水

在戴思傑的影片《巴爾扎克與小裁縫》（2002）的結尾一幕裡，小提琴家馬劍鈴多年後從法國返回到中國尋找其迷人的「女神」，一位在他當年下鄉到山區時邂逅並點燃了他浪漫激情之旅的小裁縫，觀看關於三峽地區將被淹沒的新聞錄影。水激起了馬劍鈴的回憶，開啟了一扇通往洪水前的純真世界的神祕之門。在那個被淹沒的水下世界裡，他動情地拉著小提琴，而他的朋友羅明則為他們美麗的「女神」小裁縫朗讀巴爾扎克的小說。水下的世界縫合了錯位的時間裂隙，故而馬劍鈴能夢見與他青年時代的「女神」在水下攝人心魄的重逢。這個結尾是如此地美妙，我們甚至覺得：水下的生活比水上的生活更真實、更快樂。實際上，水下的世界是一個充滿了個人、集體的歷史與回憶的寶庫。對那些被生態錯置及無所歸屬的人來說，它往往具有恢復與療治的能力。回歸於水是一種被壓抑者的回歸，一種回歸原初生態系統的恢復旅程。在此過程中，生命的重生成為可能。

在布魯斯・斯特靈（Bruce Sterling）的經典網路朋克小說《分裂矩陣》（Schismatrix）裡，為了從新的深淵生態歐羅巴里得到生命樣本，亞伯拉爾德・林德塞與維拉・康斯坦丁從外星殖民地回到因環境枯竭而被遺

月 10 日查閱。

[47]　辛西婭・迪特英：《後自然小說：1980 年代小說中的毒性意識》，收入切瑞爾・格羅特菲爾蒂、哈樂德・弗洛姆編《生態批評讀本》（雅典／倫敦：喬治亞大學出版社，1996），第 246 頁。

棄的地球。他們下到海洋界，發現「生命之水從峽谷深處噴湧而出」。[48]
他們後來發明了「水生後人類」，[49]一種類似天使的新生命，沒有內臟、
原罪、嫉妒與追求權力的欲望，故而不會消耗自然資源、污染這個星球。
這個新的天使般的存在，其「密佈神經的條狀上有一種新的水生感官，能
感覺到水的顫動，如同遠處的觸摸一般」；是「自足的，從水中吸取生
命、溫暖及一切」。[50]這種烏托邦式的水生後人類的生命形態不以傳統的
人類語言來交流，而是通過輻射，像水一樣。這預示了林德塞最終被一個
超越的、全知的「顯靈」轉化為一個無形的新生命。這即是將水最終神聖
化為一種生命宗教。

中文原載《揚子江評論》2010年第6期
英文原載*Chinese Ecocinema in the Age of Environmental Challenge.*
Eds. Sheldon Lu and Jiayan Mi. Hong Kong: Hong Kong University Press, 2009.

---

[48] 布魯斯・斯特靈：《分裂矩陣》（紐約：愛司出版社，1996），第226頁。
[49] 同上書，第232頁。
[50] 同上書。

第六章　重返原鄉：張承志，莫言 與韓少功小說中的道德救贖[1]

　　在魯迅和沈從文的鄉土小說中，儘管主人公都曾從「異鄉」千里迢迢返回過他們生於斯長於斯的「原鄉」，但他們對「家」與「鄉土」的認知卻絕然不同——面對故鄉，一位是轉身離去，另一位是心嚮往之。他們在返鄉之旅中所扮演的角色並非不同，他們都是置身事外的看客。這樣的立場可以很好地解釋為何魯迅毫無悔意地將故鄉拋之腦後，為何沈從文僅是站在遠方將故鄉想像成一片風景優美的田園風光。對於真實的故鄉，這些超然的知識份子都選擇避而遠之。但這似乎並未讓他們對故鄉心生負罪感或背叛感，因為他們都是在城市謀生，因此他們在道德上沒有任何義務來改變他們鄉村故鄉的殘酷現實。然而不同的是，後毛澤東時代（特別是從70年代末到80年代中期）新時期盛行的社會精神是道德責任感和負罪感。城市的知識份子感受到一種精神上的創傷，萌發了贖罪意識。他們這一代人在文革期間曾被下放到農村，後來回到城市。在後文革時期，湧現出了關於「傷痕，」「反省」和「尋根」等主題的作品，旨在尋求道德或精神上的治癒、恢復和救贖。因此，鄉土再一次成為了知識份子的良知經受考驗、審問、否定或肯定的地方。他們的筆下開始講述如何觀察、爭論和重新審視深受歷史災難洗禮的自我與靈魂。

　　這些下鄉知青自白的特點在於他們對鄉土之「家」持兩種完全相反的意見：即浪漫英雄主義和悲情理想主義。對於前者，他們將鄉村看作是一片神祕奇境，他們在這裡怡情養性。因此，他們在鄉村的經歷昇華為了一段成長教育小說的初始之旅。在道德純潔的鄉村社會，他們的靈魂得到洗禮，他們變得愈加成熟。這些年輕人回到城市後，一方面，他們沉溺在強烈的幻想破滅、混亂不堪之中（他們感到流離失所，與自己、與社會漸行漸遠），沉溺在嚴重的精神貧瘠之中；另一方面，他們背叛了故鄉，深感愧疚。他們置故鄉於不顧，尤其在回憶起故鄉親人為養育他們而受苦受難時，他們覺得自己欠故鄉一筆道德債。在這種情境下，他們再次

---

[1]　本文寫於 1999 年 UC Davis，英文題目為："Moral Redemption in the Post-Mao Novels of Zhang Chengzhi, Mo Yan and Han Shaogong"，由原蓉潔女士翻譯成中文，特此謝忱。

回到故鄉，試圖尋求道德救世，還債於鄉土。我們可以看到這樣的浪漫英雄主義作品包括張承志的《黑駿馬》（1982）、梁曉聲的《這是一片神奇的土地》（1983）、史鐵生的《我的遙遠的清平灣》（1984）。[2]而對於「家鄉」持另一種意見的人來說，他們感到的是自己被政治理想主義所欺騙、背叛和傷害。因此他們對鄉村懷有著強烈的仇視。對他們來說，鄉土象徵著困難與恐懼、醜陋與悲愴、深深的失落與悔恨。作為那場空前歷史災難的受害者和見證者，對所受的欺騙，他們充滿了義憤填膺的斥責。他們為自己的青春與愛湮沒在落後的鄉村而感到遺憾。與此同時，他們也坦言了自己在鄉村因不公與殘忍所深切體會的痛苦和創傷。他們在作品中表達的是滿懷的的怨憤與受傷感，表達的是希望控訴與坦言。這些作品包括葉辛的《蹉跎歲月》（1983）；王安憶的《雨，沙沙沙》（1984），孔捷生的《在小河那邊》（1984）。在本文中，筆者將考察三篇具有代表性的小說。通過描述返鄉之旅的敘事想像，作者表達了後文革時期追尋精神復甦與心靈治癒的社會幻想和道德願景。通過分析張承志的《黑駿馬》（1982），莫言的《白狗秋千架》（1985）以及韓少功的《歸去來》（1985）三篇作品，我們可以看出創傷與負罪感是如何引起與治癒的，道德危機是如何產生、協調以至最後解決或擱置的。

一、創傷與烏托邦：張承志的還鄉救贖

張承志的小說《黑駿馬》創作於後文革時期國家經歷創傷和反省的時期，因此作品充分展示了歸鄉之旅中與家鄉決裂的痛苦以及對救贖與療治的追求。故事發生在內蒙古大草原，作者在文革期間作為知青被下放到那裡八年。14歲的蒙古男孩白音寶力格在母親死後被父親託付給奶奶收養。他和奶奶的小孫女、與他同歲的索米婭一起長大。他們在大草原上一同勞動、學習和玩耍，度過了「美好、輕鬆而且純真」的童年時光——「草原那麼大、那麼美、那麼使人玩兒得痛快。它擁抱著我，融化著我，使我習慣了它並且離不開它」。[3]經過多年草原上的共同生活，他們之間互生愛意。他們成為了戀人，發誓永不分離。索米婭對白音寶力格炙熱的愛讓他

---

[2]　賀仲明將文革後文學作品中出現的歸鄉之潮描述為鄉村的「詩意化傾向與田園化傾向」。參見賀仲明：《「歸去來」的困惑與彷徨——論八十年代知青作家的情感與文化困境》，載《文學評論》1999 年，第 6 期，第 114-123 頁。

[3]　張承志：《黑駿馬》（1982），收入《張承志作品選》（福州：海峽文藝出版社，1986 年），第 7 頁。文中引文皆出自該版本，不另注。

第一次感受到了生命的美好意義和對未來的偉大夢想。這也啟蒙他進入了成熟的男性陽剛世界，正如他日後回憶，「熊熊燃燒的，那紅顏醉人的一道霞火，正在坦蕩無垠的大地盡頭蔓延和跳躍，勢不可擋地在那遙遠的東方截斷了草原漫長的夜」（同上）。索米亞給予他的愛情成為了白音寶力格生活的新起點──「最美好最壯麗的一次黎明」。他們得到的祝福讓這對年輕的戀人幸福不已，他們「心裡由衷地感激著太陽和大地、感激著我們的草原母親、感激著他們對我們的祝福」。

不幸的是，殘暴的行徑摧毀了他們的幸福時光──在白音寶力格去蘇木參加六個月的獸醫培訓期間，「黎明般的」索米亞遭到了草原上的惡棍黃毛希拉的強暴。回來後當他得知索米亞已經懷上了黃毛希拉五、六個月的孩子，他被驚得目瞪口呆。他滿腔怒火，和惡棍黃毛希拉狠狠地打了一架。但最讓他受傷的是，索米亞和奶奶竟然對這種恥辱的經歷忍氣吞聲。她們竟然認為這是草原上一代又一代的牧民都經歷的「自然法律」。他拒絕接受這種草原上的「自然法律」。帶著滿腔的憤怒、苦楚、絕望和傷痛，白音寶力格決定離開草原，去找尋「更純潔、更文明、更尊重人的美好，也更富有事業魅力的人生」。在這點上，他逃離原始落後的草原故鄉與魯迅作別故鄉完全相同。但是，小說卻明顯地話鋒一轉，將重點轉移到了敘述者經歷創傷後的回歸，尤其著重描述了在故事發展後期主人公如何看待之前他對草原故鄉的觀點。

離開草原九年之後，白音大學畢業成為了畜牧方面的技術專家。他找到「新生活」了嗎？他在擺脫曾在他看來原始、落後、無知的草原之後實現了他的「富有魅力的人生」了嗎？文中的敘述「我」給自己提出了這樣的問題：「而你呢，白音寶力格你得到了什麼？是事業的建樹，還是人生的真諦？在喧囂的氣浪中擁擠；刻板枯燥的公文；無止無休的會議；數不清的人與人的摩擦；一步步逼人就範的關係門路。或者，在伯勒根草原的語言無法翻譯的沙龍裡，看看真正文明的生活？」（頁12）顯然，從草原的脫離並未讓他過上更好的生活，反而與自己的本性和社會漸行漸遠。更糟糕的是，他在離開草原的那些年裡經受的是「缺憾、內疚和內心的創痛」（頁1）。就是在承受著「滿心的痛苦，難言的委屈和悔恨」之刻（頁39），文中的「我」，也就是白音寶力格踏上了返回草原之旅，希望能和初戀團聚。在回鄉的路上，他得知在他不在期間他慈愛的奶奶離開了人世，戀人索米亞已經遠嫁異鄉。奶奶的離世與索米亞的結婚讓白音產生了強烈的負罪感。他覺得自己是一個很不孝順的兒子，背叛了草原和自己

的愛人（頁14）。出於懺悔的良知，文中敘述者的他祈求奶奶的原諒，後來索米亞代替奶奶原諒了他。他的直覺告訴自己，在他歸來之後，草原上將上演一場對他靈魂的「嚴酷審判」（頁54）。

鋼嘎哈拉是白音寶力格和索米亞曾在雪地裡收養的一匹失去母親的黑駿馬。這次跟著鋼嘎哈拉，白音來到了索米亞生活的村莊。這次的重逢並未產生什麼戲劇性的畫面。白音想著索米亞一定很需要他的解救，結果卻出乎意料。索米亞甚至對「她絲毫沒有流露出對往事的傷感和對勞苦生涯的委屈」（頁50）。白音注意到，索米亞並沒有被她過去遭受的恥辱打倒，相反，她的身心都發生了巨大的變化。作為一個四個孩子的母親，她已經磨礪成一個堅強的女人在草原上努力地生活著。白音目睹了他們的日常生活，和她的孩子玩耍，和她的丈夫交談。在他們獨處的那夜，當索米亞在她的小木屋裡向白音講述完她經歷的一切——奶奶的去世、產下私生女以及她的婚姻和家庭生活後——他們之間終於迎來了相互的諒解：

> 爐膛裡的牛糞火完全熄滅了。灶口那兒早已沒有了那種桔黃的或是暗紅的火光。可是，這間小泥屋裡已經不再那麼黑暗，木窗框裡烏濛濛的玻璃上泛出了一層白亮。不覺之間，我們的周圍已經流進了晨曦。天亮了。這又是一個難忘的、我們倆的黎明。（頁57）

經過那夜的坦誠相見，他們之間冰釋前嫌。他們卸下了遺憾，治癒了創傷。「從那天黎明以後，我們再也沒有回顧那些不堪回首的往事」（頁58）。索米亞發生了澈底的轉變：她不再痛苦，在陽光下她的臉上「滿是興奮，甚至是喜氣洋洋的光彩」；她流露著「安詳、自信而平靜」（頁59）；她的目光裡充滿了「憐愛和慈祥」，讓我感到新奇——「復活的美麗神采」（頁60-61）。對於白音來說，她「朝霞般的姑娘」雖然已經永遠不存在了，但是「草原上又成熟了一個新的女人」（頁61）。成熟的索米亞成為了白音寶力格的一面鏡子，所以他敦促自己快點走向成熟——「快點成熟吧，我暗暗呼喚著自己」（頁63）。

看到白音行將離開鄉村，索米亞向他提出了最後的請求。因為她不能再生育了，所以她請求像當年奶奶撫養白音一樣撫養白音的孩子。聽到這個突如其來的請求，白音驚訝地說不出來話。從索米亞的請求中，白音看到了「一個震撼人心的人生和人性的故事」（同上）。就在那一刻，作為敘述者的白音寶力格聽到了「宇宙深處輕輕飄來的一絲音樂」，它以排山

倒海之勢飛揚而至，掀起一陣壯美的風暴，好似在「訴說著草原古老的生活」（同上）。這曲壯麗的旋律是古代蒙古歌曲「黑駿馬」。這是一首愛之歌，蒙古牧民至今已經吟唱了幾百年，白音在幼年時也曾經聽過。聽著這曲神奇的旋律，白音被深深震撼了。他沉浸在了這首古曲的餘音中。他滾鞍下馬，猛然撲進了青青的茂密草叢之中：

> 我悄悄地親吻著這苦澀的草地，親吻著這片留下了我和索米婭的斑斑足跡和熾熱愛情，這出現過我永志不忘的美麗紅霞和伸展著我的親人們生路的大草原。我悄悄地哭了，青綠的草莖和嫩葉上，沾掛著我飽含豐富的、告別昔日的淚珠。我想把已成過去的一切都傾灑於此，然後懷著一顆更豐富、更濕潤的心去迎接明天，就像古歌中那個騎著黑駿馬的牧人一樣。（頁64）

最後一刻的頓悟象徵著敘述者白音寶力格回鄉之旅的結束和一段新征程的開始。從那一刻起，他放下了創傷和歉疚，修復了自己分裂的人格，找到了新的自我。

從以上的概述來看，張承志的《黑駿馬》不是關於講述創傷的負面倫理的故事，也並非在對受害者發出道義上的忿忿不平，而是一個講述受害者的生存以及在寬恕中重新開始生活的故事。正如凱西・卡魯斯（Cathy Caruth）指出的那樣，「悲劇不單單是一種毀壞性的效果，而是從根本上講的一個生存的謎題」。[4] 此類創傷後的敘事表明倖存與救贖是可能的。一個人要想從曾經遭受的暴行創傷中復原，必須要經歷痛苦的吶喊，而不是躍過不談。一方面，這代表了一種呼召，以喚起歷史的記憶；另一方面，主人公如同受難者一般，通過向自然界、原生態的、女性的與母性的形象尋求幫助來獲得救贖的力量，來恢復敘述者破碎的主觀意識。在周蕾（Rey Chow）看來，轉向或回歸到「對原生態生活的熱情」常常會產生「對最初的美好幻想」。這種「對最初的幻想」常常涉及動物、未開化的人、鄉村、淳樸的人、大眾等等，這些意象代表著最初的樣子，是現在所失落的」。[5]

---

[4]　Cathy Caruth, *Unclaimed Experience: Trauma, Narrative and History* (Baltimore: Johns Hopkins University Press, 1996), P. 58.

[5]　Rey Chow, *Primitive Passions: Visuality, Sexuality, Ethnography, and Contemporary Chinese Cinema* (NY: Columbia University Press, 1995), P. 22.

張承志的小說中原始的形象包括那匹黑駿馬、神奇的蒙古民歌《黑駿馬》，遼闊的草原、代表母性關懷的奶奶和她形象的繼承者索米婭、家鄉的場景以及大自然。這些意象保存並孕育出一股原始的力量，來救贖受到傷害折磨以及悔悟的人。在如此的浪漫主義中，張承志創造的不僅僅是彌合創傷的願景。這種創傷是一種悲愴性的分裂，因白音寶力格與草原故鄉，與奶奶以及索米婭的緊張分歧而產生。最為重要的是，他以烏托邦式的敘述彌合了歷史與主觀認識、神話與自然、過去與現在、國家層面上的政治暴力與道德承諾之間的裂痕。這種精神願景展示出通過坦白與原諒來撫平民族的創傷、實現民族的和諧是可能的，也是必要的。要實現這一點，我們需要認識到故鄉風景的神聖與靈性——「故鄉，我默默地對自己說。故鄉，我的搖籃，我的愛，我的母親！」（第12頁）白音獨自呼喊著。他回到了草原的故鄉，重新看到了故鄉的景色。從意識形態上講，張承志在小說中通過再現悲愴性的故事實現精神復活與後毛澤東時代80年代初來復興因歷史的荒謬與殘酷而深受創傷的中國的文化幻想不謀而合。從這個意義上講，張承志的敘述想像其實創造了一個現代神話，正好體現了「用於建設社會人文『主體性』的意識形態的合法性……尋求一個迷失的、單純的社會價值觀的政治幻想」。[6]

二、莫言：負債與尷尬的政治

張承志小說中主人公的失落可以經過懺悔和寬恕得以彌補，民族的精神創傷可以通過英雄主義式的敘事想像得到撫平，而莫言短篇小說《白狗秋千架》（1985）中的道德危機是難以解決的。不同於張承志透明的敘述結尾以及潛意識中對精神康復的確信，莫言對歸鄉的敘述展現的是深層次的精神危機以及久久縈繞的模棱兩可。小說講述了一位大學老師在十年之後的一個暑假重新回到他的鄉村故鄉的經歷。主人公「我」在歸鄉途中遇到了一隻白狗。這只白狗帶著他見到了他的初戀情人暖，而當時暖正背著一大捆高粱葉子。如此的不期而遇（重逢）讓敘述者「我」的心中產生了強烈的不安和愧疚感。十年前，當他們倆個在一起蕩秋千時，繩子斷了，一根槐針刺進了暖的右眼。暖覺得自己年紀輕輕就破了相，所以主動中斷了和當時被大學錄取的「我」的關係。她後來別無選擇，嫁給了一

---

[6]　Zhang Xudong（張旭東）, *Chinese Modernism in the Era of Reforms: Cultural Fever, Avant-Garde Fiction, and the New Chinese Cinema* (Durham: Duke University Press, 1997), P. 122.

個啞巴，生了三個又聾又啞的孩子。見到暖的那一刻，「我」驚呆了。暖完全變了，不再是那個年輕漂亮的姑娘，而變成了一個邋遢的婦人。這一令人驚訝的發現正和魯迅在小說《故鄉》中所描繪的閏土從童年向成年的蛻變相似，唯一不同的僅是性別。[7]歸鄉之後，「我」雖然心懷愧疚，但還是去了「暖」的家裡。結果發現暖過得非常悲慘，她嫁了一個粗魯的丈夫，生了三個又聾又啞的孩子。小說的情節突然發生了戲劇性的變化。在「我」要離開暖居住的村子時，「我」在高粱地裡遇到了暖。她祈求敘述者「我」能和她生個孩子，一個能說話的孩子。她這樣祈求「我」：「我要個會說話的孩子……你答應了就是救了我了……你不答應就是害死我了」。[8]故事僅在暖在提出這個絕望的請求處戛然而止。至於「我」是如何回答的，讀者並不得而知。但故事的開頭描述了作者以及主人公「我」的老家高密東北鄉，那裡白色溫馴的大狗很難再見到一匹純種，現在多是一些雜狗（比如領著「我」見到暖的那只「白狗」），此處看似預示「我」答應了暖的請求。

　　如同小說開放的結局一樣，故事的敘事動機並不明確。這可能也反映了作者本人在道德立場方面的猶豫不定。對小說的解讀，可以有幾種版本：這是否是莫言所做的一個政治比喻？通過塑造後文革時期農民「醜陋、畸形、身體殘疾、精神智障、喪失性能力」的怪誕形象，作者旨在解構過去在黨派意識形態控制下製造出來的所謂出身純正、帶有光環的革命者的農民形象。[9]因此，暖又聾又啞的家庭正是活生生的見證，體現了這種殘酷的意識形態。它讓農民變得言語麻痹，緘默不語。因此，暖懇求作為知識份子的「我」能和她生一個言語健全的孩子，這可以理解為中國農民的絕望而垂死的呼籲，希望有一個代表他們發言的聲音，在80年代中期的中國社會可以將他們願望和夢想變成興起的政治自由主義。或者說，這僅僅是對中國知識份子的道德審判？他們逃離農村，他們應該為農村的貧困、愚昧與落後負責。知識份子們身負背叛感和愧疚感，因此存在情感上的糾結，莫言將其稱為「帶著鄉土夢想的難以動搖的原罪命運」。[10]這

---

[7]　Yi-tsi Mei Feuerwerker (梅儀慈), *Ideology, Power, Text: Self-Representation and the Peasant "Other" in Modern Chinese Literature* (Stanford: Stanford University Press, 1998).

[8]　莫言：《白狗秋千架》(1985)，收入《莫言作品選》第一卷（北京：作家出版社，1995 年），第 332 頁。

[9]　同上 Yi-tsi Mei Feuerwerker，P. 212.

[10]　莫言：見《對談錄：面對當代大陸文學心靈》，施叔青編（臺北：時報文化出版公司，1989年），第 80 頁，

位疏離的知識份子還鄉者盡力防止自己陷入道德尷尬的境地。在這個意義上，文中性的交媾可以看作是對貧瘠鄉土地孕育後代的力比多投入與回報（家鄉已退化，衰落，所以只能為家鄉的根播「種」）。另一方面，也可看作是知識份子本人的脫胎換骨（主人公通過讓自己虧欠的人懷上一個健康的孩子）。此處，我們可以看到欠債和報償貫穿故事，成為了故事創傷的話語。它激起的鄉愁，在歸鄉中救贖了作為「知識份子」的「我」。從另一個角度看，莫言小說在道德描述方面的模棱兩可反映了理想與現實的衝突。莫言理想中的鄉土是純潔乾淨的，而現實生活中的鄉土卻是混雜而又腐朽。換言之，這代表了理想的家園和現實的鄉村無法調和的矛盾。莫言洞察到了這種認知上的道德失範。

在情節設置方面，張承志和莫言小說非常明顯的一個相似點在於小說中都存在動物的形象，故事結尾都含有一個略顯荒謬的人道主義請求。在張承志的小說中，動物形象是那匹黑駿馬，索米婭最後祈求能夠收養「我」的孩子；在莫言的小說中，動物形象是那條白狗，暖的最後祈求是希望「我」能和她生一個會說話的孩子。這些動物形象都與主人公的生活直接相關：黑駿馬是我和索米婭收養的，它的母馬在暴風雪中死去了；而白狗是「我」的爸爸帶回家的，陪伴了我和暖的成長。兩隻動物都是在男主人公離家上大學期間陪伴著女主人公。因此，對於如此驚人如相似的情節，我們不能棄之不理。我們需要仔細地思考為何動物形象總是頻繁出現在小說中。它們在小說中出現的寓意是什麼？

兩部小說中，主人公第一次見到動物都是返鄉途中的家門口，發生在見到他們的初戀情人之前。是動物領著故事中的「我」見到了他們昔日的戀人。在張承志的小說中，當得知奶奶死了、索米婭嫁人了，「我」陷入了絕望的恐懼中，因為維繫主人公和這片育育草原之間最後的紐帶被割斷了。是黑駿馬給予了「我」勇氣和自信，讓主人公去找索米婭：「黑駿馬，我來了。黑駿馬像箭一樣筆直地向白音烏拉山飛馳。寧靜的夜激動了⋯⋯」（頁14）。在莫言的小說中，白狗認出了「我」，把「我」帶去見暖，後來又拖著「我」到了高粱地裡。在那裡，暖希望能夠和「我」生個孩子。從敘述學的角度看，小說中的動物屬於推動敘事發展的動因，最終將故事引向結局。然而從符號學的角度看，它象徵著一種潛意識的欲望。它屬於創傷前的「他者」游離於時間和歷史之外，它代表了充滿天真、純潔、和諧，沒有暴力、欺疚和傷痛的烏托邦式幻想。「我」和「動物」的相互體認為重建失落的根、分裂的歷史提供了可能。見到這些動

物，「我」似乎獲得了重返故鄉的自由通行證，也最終撫平了主人公受傷的主體意識。因此，危機在進入人類社會之前，在動物世界已經基本得到了解決。換句話說，動物象徵了原生態的大自然，而這種自然之力賦予了毀滅與崩潰邊緣的主人公以救贖的力量。

> 哦，鋼嘎哈拉……我注視著這匹骨架高大、腳踝細直、寬寬的前胸凸隆著塊塊肌鍵的黑馬。陽光下，它的毛皮像黑緞子一樣閃閃發光。我的小黑馬駒，我的黑駿馬！我默默地呼喚著它。我怎麼認不出你了呢？（頁5）

同樣，莫言小說中白狗的出現使人回憶起了那段失去的、缺位的過去，象徵著情感壓抑的「我」的回歸：

> 那條黑爪子白狗走到橋頭，停住腳，回頭望望土路，又抬起下巴望望我，用那兩隻渾濁的狗眼。狗眼裡的神色遙遠荒涼，含有一種模糊的暗示，這遙遠荒涼的暗示喚起內心深處一種迷蒙的感受……我恍然覺得白狗和她之間有一條看不見的線，白狗緊一步慢一步快地顛著，這條線也松松緊緊地牽著。走到我面前時，它又瞥著我，用那雙遙遠的狗眼，狗眼裡那種模糊的暗示在一瞬間變得異常清晰，它那兩隻黑爪子一下子撕破了我心頭的迷霧，讓我馬上想到她。（頁313-315）

在白狗質問的眼神中，這位故鄉的兒子重新找回了自己的權利，而使他與自己的原鄉重逢。他離開故鄉十年之久，狗眼中的「遙遠荒涼」與那「遙遠的狗眼」體現的是一種詭異的似曾相識之感。同時，也象徵著遊子歸鄉的些許憂慮與不安，因為他擔心現實的故鄉難以讓他找到他的本源。

基於上述理解，動物的形象決定了小說的敘事身分。塑造動物的目的在於體現自然、本源、鄉土，體現的是所受創傷前的原本世界。它所構成的真相是對自然、對創傷後理想中的鄉土特徵所做的精神性闡釋。更重要的是，這些動物都是由曾經受到這樣或那樣摧殘的女人所扶養。（這裡體現的是性別問題：小說中的女性將動物視為愛的高尚象徵，她們只有等到男主角的歸來才能得以重生）。因此，歸鄉旅途的「動物化」代表了作者希望重建破損的家園，重新尋找失去的根。從歷史的角度來看，家園重建

的敘事想像恰恰體現了在文化中尋求民族之根的吶喊。只有這樣，才能在政治氛圍中建立國家的和諧，治癒後毛澤東時代國家因無法滿足心理需求而遭受的創傷。然而，雖然希望回到曾經的故鄉，但是原生態的自然之景或民族之根一旦失去或破碎便很難得以恢復。

三、韓少功：詭異的歷史幽魂

韓少功的短篇小說《歸去來》（1985）最有力地表明回歸鄉土去尋找失落身分的願望並不能喚起最終相認的欣喜，而恰恰相反，這種願望使歸鄉的經歷變得詭異而恐怖，使歸鄉遊子的身分變得越加模糊而不確定。在前兩篇小說中，「我」作為敘述者以全知全能的線性視角將眼前的一切盡收眼底。與此不同的是，韓小說中的敘述者「我」似乎患有精神分裂症，說不清楚他是誰，他在哪兒，他在做什麼。黃治先是下放的知青，回到了他或許十年前住過的山村。村民們把他當成了另外一個曾是老師且備受尊重的知青「馬眼鏡」。雖然他多次否定他姓黃不姓馬，但他還是擺脫不了這個錯誤的身分。他呆在這個「熟悉又陌生」的村莊，也瞭解了那個人不光彩的過去：比如因為殺了村裡的無賴而坐了牢，引誘村裡的小姑娘結果導致小姑娘自殺。隨著他越來越深入這個「黑暗的心臟」，眼前可怕的景象讓他惶恐。所以，他沒有和村民告別，像逃犯一般離開了那個充滿噩夢的村莊。

他能夠真正逃出這個身分誤認之謎嗎？當他在縣城的酒店從夢中醒來時，電話那頭仍稱呼他為「黃治先」。在絕望中，他問到：「世界上還有個叫黃治先的？而這個黃治先就是我麼？我累了，媽媽」。[11]如果說通過返鄉，救贖在張承志的小說中得到了實現，在莫言的小說中有所暗示，而韓少功的小說以追溯的方式赤裸裸地瓦解了治癒傷痛這一烏托邦式的幻想。韓小說中的主人公並沒有在這次歸鄉中得到解脫，反而是在兩個世界（過去和現實）以及分裂的兩個自我（過去的我和現在的我）中掙扎。歷史的災難、創傷以及痛苦所導致的雙重身分總是存在於一種溝通調和之中。或者用梅儀慈的話來講，它在「兩個自我的頻繁對話中、在敘事過程中展開的自我觀察與自我質問中得以渲染。在敘事過程中，主人公在一段時間內肯定又在另一段時間內否定自己對周遭一切的瞭解和責任」。[12]

---

[11] 韓少功，《歸去來》，收入《韓少功作品自選集》，（南寧：灕江出版社，1998年）。
[12] 同上梅儀慈，第209頁。

在這部小說中,鄉土不再是一片精神聖土,而是夢魘之地,是時刻纏繞主人公的不散陰魂。韓少功的關鍵立場和態度在小說的題目中就顯露無疑。「歸去來」一詞含義模糊。它其實是模仿陶潛的抒情小賦《歸去來兮辭》,清晰地反映了那種希望擺脫過去但又無法做到的精神困境與矛盾。它類似於佛洛伊德式的雙重衝動遊戲「Fort-da」(去-來/聚-散/遠-近),即不斷地強迫自己離開或回歸某迷戀的客體來修復情感的創傷。[13]

而正是這種難以割捨或者無法定位困擾著知青一代。因此,即便他們回到了故鄉,他們仍然生活在夢幻、不現實的世界中。在那裡,過去和現在的界限、夢想和現實的界限、城市和鄉村的界限變得模糊。在這片幻象中,到處充斥的是陌生而又熟悉的情景、記憶以及曾經經歷或紛擾的碎片畫面。韓小說中的主人公就深切經歷著這種人格分裂:「我望著這個淡藍色的我,突然有一種異樣的感覺,好像這具身體很陌生,與我沒有關係。他是誰?或者說我是誰?」[14]這種無法解決的身分分裂與無法修復的創傷產生了「彼時成為此時」與「此時創造彼時」的矛盾衝突。在韓少功看來,這種衝突將永遠縈繞在知青一代的(潛)意識之中。在這個意義上,韓在挑戰社會對故鄉的懷舊思潮。這種思潮渴望民族創傷的癒合,希望在後毛澤東時代的民族反省與尋根之旅中最終實現國家道德或身分的重建。

中文原載《當代文壇》2017年第4期

---

[13] 參見佛洛伊德(S. Freud):《超越快樂原則》Beyond the Pleasure Principle and Other Writing, trans. John Reddick (NY: Penguin Adult, 2003)。

[14] 韓少功:《歸去來》,第 12 頁。

第七章　默舌：中國新浪潮電影中的詭異聲帶與聲線危機[1]

　　後毛澤東時代的中國新浪潮電影以其華麗的視覺畫面展示了中國的自然和人文景觀。其創作與製作極具風格，雖帶有異國情調與對東方自我奇觀化之嫌，但自上世紀80年代中期開始，這些電影就一直吸引著國際觀眾的驚奇目光。雖然很多評論大都關注這些電影的視覺建制（scopic regime），但有一種同樣界定電影視聽特徵的建制——聽覺／聲音建制（acoustic and invocatory regime）——卻意外地受到學者與批評家的忽視。由於電影中的「聲音」對於定義和表達後毛澤東時代的中國文化、政治以及社會身分至關重要，因此電影研究應該及時轉向研究電影中的講話、聲音和樂感。最有趣的是，中國新電影聽覺建制的非同尋常之處在於它並非聲音流暢、「高亢嘹亮」，而是主人公在大多數情況下默語或者不發聲。在數十幾部新浪潮電影中，我們可以看到一種聲音／話語缺失，看到沉默和無言。這點令人憂慮，反映出的是一種聲音病症，我將稱之為「發聲危機」（articulative crisis）。這是一種病態學衝動，希望表達卻無法說出「我們是誰？」，無法確定「我們在哪裡？」。本文的目的在於追溯這種「發聲危機」是何種呈現新時期的中國身分與後毛澤東時代的身分焦慮。

　　評論家通常認為，沉默與無言是一種被動、無能與微不足道的表現。但是在我看來，沉默與無言其實是一種有力、尖銳的聲音。它其實是「有聲」，最終在發聲後顛覆、逆轉了主流聲音，讓觀眾看到了主流聲音的問題所在。儘管電影中大部分啞角屬於社會邊緣群體，出鏡率也很低，但他們卻擔當著「神祕守護者」的角色。法國電影聲音理論家蜜雪兒・希翁（Michel Chion）形容他們其實「全見、全知、全能，及全在——總而言之，他們是潛在地無所不知、無所不能、無所不在」。[2]那麼，在有聲電影中，這種無聲是怎樣發揮其關鍵作用呢？為了更好地理解這一獨特

---

[1]　本文曾在美國亞洲研究協會2008亞特蘭大年會上宣讀，英文題目為："The Inarticulate Tongue: Disembodied Vocality and Invocatory Discontent of Chinese New Wave Cinema"。感謝原蓉潔女士的中文翻譯。

[2]　蜜雪兒・希翁（Michel Chion），《電影中的聲音》The Voice in Cinema (NY: Columbia University Press, 1999)，第96-97頁。

的「聲音性」，我從下述電影中，辨識出三種緘默的形式，分別是完全啞聲、無言、無聲（muteness，speechlessness and voicelessness）：

1. 陳凱歌的電影《黃土地》（1984）中憨憨和《孩子王》中牛童所選擇的自願性沉默（1987）；
2. 張藝謀的電影《活著》（1994）中鳳霞以及侯孝賢的電影《悲情城市》（1989）中的李文清所患有的失語症；
3. 霍建起的電影《暖》（2003）中井河的啞聲以及孫周的電影《漂亮媽媽》（2000）中鄭大的口吃。

　　我將這類沉默稱作「異聲性」（heteroglossy）的動態表現，它在政治、社會以及文化身分的複雜網路形成過程中起到了調節作用。這種無聲勝有聲的顛覆行為（invocatory reversal）對於重新思考中國新電影「發聲危機」症狀至關重要。

　　簡而言之，「異音性」就是「言之不同，」它拒斥聲音的單腔單調，即單音獨鳴與單義獨尊；它是從獨尊音調的絕對同質性中脫離出來的一種批判性言語行為。「異音性」激發眾聲喧嘩，產生一種不同的，異質的，不和諧的與複調式的對位發聲（contrapuntal utterance），旨在打亂也同時改變聲音政體。因此，我們可以從上述發聲危機中辨識出三種批判音粒：憨憨和牛童自願沉默中的「對抗的異音性」；鳳霞和文清失語中的「見證的異音性」；井河和鄭大口吃中的「情感的異音性」。為了揭示這種異音行為的具體表現，我認為應從一個更加引人入勝的問題入手，那就是：「什麼構成了電影有聲世界中的沉默與無聲？」限於篇幅，本文只討論陳凱歌早期兩部電影中的「對抗的異音性」，今後再撰文討論另兩種「聲線危機」。

一、《黃土地》：抗爭的異音性與幽靈性放逐

　　在電影《黃土地》中，憨憨是個放羊的牧童，就如同他名字的字面意思表示「愚蠢、遲鈍、幼稚、溫厚、呆滯、沉默」一樣，所以，在整部電影中，憨憨很少說話。事實上，不能說憨憨完全沒有說話，而是跟誰說話。他只和姐姐翠巧說話，而且連跟爸爸也不怎麼說話。他也確實唱過一曲內容挺不雅的信天遊小調《尿床歌》。儘管顧青說了兩次讓憨憨唱革命歌曲，但他從來沒有直接和革命戰士顧青說過話。他們第一次見面的時候，顧青問他「你叫什麼名字？」。憨憨一直避而不答，只是「半張著

嘴，盯著顧青，好像沒聽到一樣」。可他在姐姐過黃河去追求革命道路時卻建議姐姐走另一條道去延安，這裡他又顯得聰明且反應靈快。憨憨似乎完全符合希翁（Chion）定義的電影中啞角所具備的四種能力：全見、全知、全能，及全在。[3] 既然如此，問題是：為何在電影的大部分時間內，憨憨在貧瘠的黃土高原上一直沉默寡言、可有可無？表面上看，憨憨的沉默或許有幾種可能：他可能不好意思和陌生人說話，或者因為他孤立的生活環境導致他聲線不發達。但是，我認為憨憨的無言是通過自願沉默來暗示一種抗爭姿態。他的沉默是一種抗拒行為，旨在拒絕被馴化成同質性的群體，拒絕只接受一種權威聲音的單音獨鳴。

從電影開頭得知，八路軍文藝工作者顧青來到陝北的農村是為了採集民歌。他要用革命意識形態加工／重編這些民歌用於黨的宣傳。也就是說，他是要在當地人的聽覺與聲線習慣中植入一種外來的、陌生的「聲音」。這種手術般的嫁接就好似將一個外來器官直接移植入所謂「墮落，低級與落後」的當地群眾身體裡面。結果，這並未使當地百姓變得善於言表，反而讓他們變得張口結舌、言辭混亂甚至最後無聲無息。聽完憨憨粗魯、滑稽、「落後」的歌曲後，顧青沒有把它記錄下來，而是被逗得譏諷式的哈哈大笑。他立即將這首令人絕望的「酸曲」改頭換面重譜成了一曲高昂的革命頌歌：「鐮刀、斧頭／老钁頭，／砍開大路工農走。蘆花子公雞飛上場，救萬民靠共產黨」。[4] 他敦促憨憨跟著他唱（「學我唱」）；但憨憨卻一聲不吭。顧青勸說了兩次，憨憨才接受了顧青的話，跟著他唱這首新歌。但他唱這首歌顯然不是為了討好顧青，而是為了遠處山坡上一直盯著他們看的姐姐。翠巧從遠處偷聽到的「革命之聲」改變了她，激起了她對美好未來的嚮往和憧憬。過黃河時，奄奄一息的翠巧唱到關鍵字「共產……」的時候，突然戛然而止了，最後那個「……黨救中國」沒有唱出來。這表明如此聲音移植的結果是多麼糟糕，不真實，歌曲傳達的意思是多麼空洞無力。在電影結尾，翠巧的聲音重新迴蕩起來，終於唱完了那句唱了一半的詞「……黨救中國」。這樣的表現形式的諷刺意義在於她的聲音已經脫離了有血有肉的軀體，或者用希翁（Chion）的話來說，就是「acousmêtre」（聽覺存有），即脫離了身體後無所屬的聲音。或者更準確地說，就是尋求附著之體的幽靈般的聲音。[5]

---

[3] 同上希翁，第 24 頁。

[4] 歌詞據陳凱歌的電影《黃土地》DVD 眷寫。

[5] 希翁，第 17-30 頁。

　　如果我們將憨憨的沉默視為一種自願的選擇，其目的就是拒絕被一種異己的強制性聲音呼喚成意識形態主體，那麼他的自我沉默就屬於通過對抗的方式來呼籲異音性，具體體現在以下三個方面：當顧青高聲許下會解放和拯救受苦受難群眾的空頭許諾後，憨憨選擇與他保持距離；儘管憨憨與姐姐關係親密，只和姐姐說話，但當他看到姐姐翠巧積極回應顧青的號召努力實現他的承諾之時（顧青建議她選擇不同的時間走另一條路線），他甚至主動與姐姐疏遠。最終，他在狂熱的祈雨儀式中不顧一切地背離了村民和父親。如上所述，憨憨並非全然不語。儘管在影片的大部分時間內，他都沒有和顧青說話。但到了影片的結尾，他開口向顧青呼喊。換言之，他呼喊顧青的聲音被推延到了最後的關鍵時刻。

　　在影片最後的祈雨儀式中，憨憨奮不顧身地從盲從的大眾中撕裂出來，並聲嘶力竭的一聲吶喊「顧大哥」創造了一種聲音反轉：在影片開始當顧青問憨憨叫什麼名字時（身分問題），憨憨沒有回答他，「似乎沒聽見」。但他姐姐的不幸殉難激發了他希望從革命戰士顧大哥那裡獲得最後的幫助，因為顧青曾經向村民許諾共產黨會「拯救我們所有人」。憨憨幾乎要淹沒在祈雨的農民中，他逆著人群奔跑，不斷揮動著小手，大聲喊著「顧大哥」。這一次，他的聲音又高又亮。顧大哥突然出現在遠處的山丘上，似乎回應著憨憨的喊聲。但是，他並未出現在憨憨眼前。其實他根本就不在那裡，而只是呈現為一個幻影消逝在了憨憨盼望的地平線盡頭。這一聲音顛轉畫面進一步揭示了召喚式意識形態的瓦解：雖然曾經被召喚的人的確發出了自己的聲音，但是黨卻沒有聽到吶喊的聲音，也沒有對這呼喚作出積極的回應。在這裡，聽覺器官與視覺器官發生了根本性的分裂，即，器官依附的主體性被放逐，並未得以重塑。正如影片結尾，翠巧脫離了軀體的聲音一直縈繞並侵襲著現代中國的聲音空間。

二、《孩子王》：異聲性與救贖性呼召

　　陳凱歌的電影《黃土地》中這種聲音與軀體的分離表明創傷已經沒有縫合的可能。但是，在陳凱歌的另一部電影《孩子王》中，故事卻呈現出不同的情節。影片主人公，教師老杆恰時地聽到了沉默的牛童內心的呼喚，而最終老杆也作出了回應。像憨憨一樣，不怎麼說話的牛童在螢幕上出現的次數也不多，只有四次，而且每次都圍繞著老杆。但是，每次牛童出場都是針對老杆、針對他要求的制度提出挑戰甚至是威脅。他的出場意味著通過抗拒來獲得「異音性」。這些制度包括：書寫制度、教育制度、

教學法體系以及意識形態的單一話語體系。當老杆每次看到沉默的牛童，他作為知識傳授者的話語權威就會受到挑戰進而被消音。雖然牛童在整部電影中沒說一句話，但他似乎具備一種魔力能夠讓老杆免受精神分裂的焦慮。有一次牛童的確說了話，但不是通過語言，而是通過肢體的表現行為。也就是說，他在現場的體態動作讓觀眾對其能夠見其人而聞其聲。沉默的牛童與健談的老杆之間這種神祕的共存創造了一種極端政治——構成了新的聲音身分和聲音主體的音意空間。下面我將逐一分析這四個場景的特殊功能及意義。

碰面場景#1：在影片開頭，老杆和老黑從生產隊往學校走。他們行走在自然風景中，周圍是霧靄濛濛的大山、河流和高樹。聽到幾聲牛脖子上的鈴鐺聲，他們吃驚了一下。只見一群牛從迷霧中走來。在牛群後面跟著一個牛童。他揮著竹鞭，戴著的草帽遮住了臉。老杆只是在路另一邊遠遠地看著牛童，他們並沒有眼神交流。牛童若隱若現的形象在牛群中很快消失了，螢幕上只留下左顧右盼的老杆似乎在尋找什麼。我們可以從兩方面解讀他們的第一次會面：因為當時老杆的教師生涯剛剛開始，因此他們在路上的相遇象徵著老杆要成為一名教師所要跨越的門檻或進入一個臨界的空間（a liminal space）。而沉默的牛童從霧氣彌漫的大自然中神祕地走來，或許象徵著帶老杆走入「黑暗中心」的引導者。或者從另一方面來講，由於大路上沉默的牛童是出現在老杆的眼中，影片是借老杆的目光將牛童引入螢幕，因此牛童的形象可被看作是老杆的雙重幻影，一個他者。他一次又一次地出現，糾纏著老杆，擾亂著他的內心世界。

碰面場景#2：這一次發生在老杆來到學校後。當老杆正把一篇關於「階級鬥爭」的文章抄在黑板上教學生時，他聽到了牛鈴聲，注意到牛童正在另一間教室的黑板上「塗寫」著什麼。老杆停下筆，走出了教室，走進另一間教室。他看到黑板上畫著一幅歪歪扭扭的同心圓，畫圓的中心周圍黏滿了牛糞、泥巴、樹葉，草和花。走出院子，他只看到牛童的背影，消失在了遠處視野所及的柵欄之外。這一次見面，他們同樣沒有說話。但是對於老杆來說，第二次碰面卻至關重要。它不僅標誌著

「老杆作為一名教師心靈開放的開始」，[6]比如他開始改變學校的規章制度（課堂上學生不用再站起來，不用再把手背到後面），允許學生有更多的自由（課堂上學生可以自由講話或離開），同時也激發他發明了一個新的神奇漢字「牛＋水」。中文裡根本就沒有這樣一個字。對這次見面同樣有兩種解讀：一方面，在老杆與沉默的牛童第二次見面的前一晚上，老杆經受了極度的心裡掙扎和崩潰。那天夜裡，他看到自己的面孔在鏡子中分為了兩半（精神分裂狀態下，他眼中的另一個自己的幻影）。白天與牛童的見面賦予了老杆以力量，讓他活力四射反抗教條。另一方面，牛童用自然界的原料甚至人們禁忌的東西如牛糞來畫畫，這象徵著對老杆在黑板上為學生們所抄寫的課文的顛覆和諷刺。這是對神聖化的教室空間的玷污，侵越與褻瀆。

碰面場景#3：這次見面是在老杆成長為一個有經驗的老師之後。他創新了教學方法，讓學生自由地書寫他們腦中想表達的內容。他們第一次在教室外的草場上面對面碰了頭。老杆和牛童說話，老杆問：「你是誰家的孩子？你上學了嗎？還是沒有？為什麼不上學呢？我會讀書，你想讓我教你嗎？」，並主動提出可以教他。然而，牛童繼續對老杆提出的問題置之不理，而且還很輕蔑地對他吐沫。這一突如其來的舉動讓老杆「目瞪口呆」。牛童迎著落日走去。他回過頭來盯著老杆，然後再一次消失在了視野之外。

　　接下來的鏡頭顯示老杆令人驚訝的舉動：他幾乎在山坡上跪了下來，好似在向牛童鞠躬。這一幕在多個層次對於老杆的轉變至關重要：這是老杆第一次正面與沉默的牛童說話，但是卻遭到冷漠的拒絕甚至是粗暴的輕蔑。這表明牛童拒絕被謊言，虛偽和正統呼喚成意識形態的主體。這一姿態確實與憨憨殊途同歸。牛童第一次回頭盯著老杆，表明他清楚地聽到了老杆兒的話，但是他要通過自己的肢體表現來挑戰老杆的召喚。如此大膽的挑釁讓老杆感到恐懼，使他變得

6　謝柏軻（Jerome Silbergeld）：《電影裡的中國：當代中國電影的參照格》（倫敦：李克遜，1999年），第 275 頁。

啞口無言，澈底屈服在了一個沉默不語的牛童面前。這又是一次無聲勝有聲的音態顛轉。正是在這次頓悟之後，老杆最終向學生揭示了他造的神祕漢字「水＋牛」的意思，即「牛＋尿」。他又告訴最好的學生王福「今後什麼都不要抄，字典也不要抄」。

碰面場景#4：他們的第四次見面是在老杆被學校領導解聘並下放到山裡的時候。在去山裡的路上，老杆來到了一個詭異的山坡，那裡火燒過後，只林立著大大小小的枯椿。老杆聽到了牛鈴聲，看到牛童對著樹椿根處撒尿。他們再次面對面，一句話也沒有說。然後，牛童就消失了，老杆的臉上浮現出了笑容。隨後，他也從螢幕上消失了。

最後一幕的見面宣告了老杆向沉默的牛童的澈底轉變。這裡有兩點有趣之處值得注意：老杆發明的漢字「牛＋尿」實際上在現實中出現了——這個詞變得有血有肉起來：「詞」確實可以尿尿。只要這個詞找到了附著的靈魂，它便有了生命。牛童的臉不再被草帽遮擋，這表明了被壓抑的「他者」在解除了權力的魔咒後愉悅的回歸。通過身體的戲劇性表現行為將「沉默不語，無人聽之」變成了讓讀者「見其人而聽其聲」。這最後的昇華表徵了中國新電影中聲線和音粒對壓抑性生物權力的異常反轉與重構。

第八章　超級連結：王小帥《十七歲的單車》中的跨國性，引用倫理與代際政治[1]

　　在全球虛擬革命的時代，探討單車這麼一件普通交通工具似乎顯得有些過時。儘管在發達國家單車的價值已無足輕重，僅僅不過是茶餘飯後的消遣工具而已，但是電影界卻仍然無法抗拒它的魅力，而且越來越對其鍾愛有加。由中國第六代導演王小帥指導的電影《十七歲的單車》便是一首對單車的悲歌，該影片在2000年榮獲柏林國際電影節銀熊獎。

一、電影劇情

　　該電影以現代北京為背景。當時，中國正在經歷巨大的社會經濟變革，城市景觀拔地而起。電影講述的故事看似簡單，在一份當地報紙上可能占不了兩行文字，但事實並非如此。貴是一個17歲的「農民工」，來到北京希望能找到一份城市的工作。他幸運地成為了飛達快遞公司的快遞員。公司給每個快遞員配了一輛嶄新的高檔山地車，而且還許諾說只要從他們的工資裡扣80%，扣夠600塊錢付了單車的成本價，單車就屬於員工。但是，就在快扣完錢的最後一天，當貴去一個豪華的澡堂找一個叫「張先生」的人拿快件，出來時發現單車丟了。有單車，他才能工作。沒了單車，公司便要解聘他。但是，貴向經理保證他能把單車找回來，因為他在車上刻了一個印跡。

　　貴用盡一切辦法尋找丟失的單車。在北京密密麻麻的單車叢林中，他竟然奇跡般地在堅的手裡找到了他的單車。堅是一個和貴年齡相仿的北京本地高中生，他稱單車是他在舊貨市場買的。而買單車的錢，其實是他偷的父親的積蓄。後來，貴和堅之間展開一場爭奪單車的拉鋸戰。貴說單車是他的，堅又把單車搶回。每個人都說他才是單車的合法主人。看到堅因為偷了父親的積蓄而被父親痛揍，同時也意識到這場僵局沒人能贏，堅最

---

[1] 本文曾在美國現代語言學（MLA）2003 年聖地牙哥年會上宣讀，英文題目為："Hyperlinks: Transnationality, Metacinema and Generational Poltics in Wang Xiaoshui's *Beijing Bicycle*," 感謝原蓉潔女士的中文翻譯。

後同意了貴的提議，兩人輪流騎單車。這種哭笑不得的合作讓兩人從開始的敵人逐漸成為了互惠互利的朋友。然而就在這時，他們碰到了一群染著頭髮、帶著太陽鏡、穿著酷酷西式T恤的小流氓。這群流氓在彎曲的胡同和北京老街巷追打他倆，最後還毀了貴和堅都喜歡、而且說好了一起騎的單車。在影片結尾，貴把壞了的單車抗在肩膀上，一幅悲情英雄的氣勢橫穿在北京長安街熙熙攘攘的車流中。

二、超級連結

王小帥的影片《十七歲的單車》與東西方電影的關聯之深、所展示的文學傳統之廣，是中國新電影中見所未見的。下面是我初步辨識的超級連結，有些關聯顯而易見是直接的，而有些則可能是平行相似的。

1. 利德西卡（Vittorio De Sica）1948年的《偷自行車的人》：王小帥的這部電影最容易讓人想起義大利新現實主義人物德西卡的代表作《偷自行車的人》，該電影代表了義大利二戰後電影的黃金時代，「僅這麼一部電影就證明了整個電影運動對國家文化生活的影響」。[2] 兩部電影中都有丟失單車的橋段（一部是在上班第一天丟失單車，另一部是在即將成為單車法定主人的前一天丟失單車）；兩部電影都講述了主人公在各自的首都拼命地尋找單車，其中一個是在二戰後的羅馬，另一個是新千禧年的北京。兩部電影都把城市描述為一個支離破碎、失重的、錯綜複雜的空間，其中充滿了壓抑、絕望、失落和混亂。從電影製作的角度看，它們都具備義大利新現實主義的共同特徵，包括「實景拍攝、長鏡頭、不誇張剪輯、自然光線、遠景拍攝、遵從時空延續性、採用當代貼近生活的題材、開放式的結局、生活化的對話、能引起觀眾共鳴以及暗含社會批評」（同上）。而不同之處在於，在《十七歲的單車》中單車找到了，兩個爭執的人最後共同擁有這輛單車，而不是原來的主人再把單車偷回來。兩個導演在這兩部有關單車的電影中都提出核心問題是：誰才是真正偷單車的賊？難道是這部義大利電影標題中通過名詞複數所暗示的多個人嗎？這點將在後文中繼續探討。

2. 老舍的《駱駝祥子》（1937）：《十七歲的單車》引發的文學作品

---

2   Millicent Marcus, *Italian Film in the Light of Neorealism* (Princeton: Princeton University Press, 1986), P. 391.

聯想便是老舍的社會現實主義代表作品《駱駝祥子》。祥子的目標是努力工作，攢夠錢買一輛自己的人力車。結果最後不是遭受了其他損失、就是沒有實現夢想。王導《十七歲的單車》中的貴，可以說是老舍筆下「駱駝祥子」的再生，正如影片中經理告訴貴，「你就是現代版的駱駝祥子」。如果說祥子對金錢的追逐和崇拜正如傑姆遜（F. Jameson）所指出的，是一種「財富之輪」的「舊式前資本主義敘述範式」，[3]那麼貴在爭取得到單車以及尋找和奪回單車過程中表現出的鋼鐵般意志展現的是國家主體的無產階級化——所謂主體，即指處在後社會主義時代中國新興資本和全球化市場的人民。這部電影是導演對這一時期中國財富重新分配、社會重新分層、政治階級重新定義的諷刺性評論。然而，王導在情節上有新的改造。祥子的不懈努力與付出讓欲望災難性地愈演愈烈，最終導致了他在道德與精神上的崩潰和墮落。但是，貴必勝的決心和意志力最終讓他變得愈加強大。

3. 馬吉德‧馬基迪的《天堂的孩子》（1997）：與《十七歲的單車》中輪流騎單車類似，在伊朗新現實主義電影傑作《天堂的孩子》中，生活在德黑蘭貧困區的哥哥阿裡把妹妹鞋子弄丟了，於是決定和妹妹輪流穿一雙僅有的網球鞋去上學。在電影中，阿裡和父親騎車在富人區希望能找到一份工作，給薩拉買雙新鞋。在這部電影中，導演表達了對當時伊朗社會階級差異和城市商業化的微妙評論。

4. 黑澤明的《野良犬》（1949）：電影《野良犬》講述的是在戰後的日本，一個新員警在擁擠的公車上不慎被小偷偷了槍。他在又幹又熱的東京拼命地尋找丟失的槍。黑澤明在電影中展示了戰後日本國家重建的全景，並表達了他對於日本社會城市化和商品化的批評。

5. 王家衛的《重慶森林》（1995）和《花樣年華》（2000）：兩部電影與《十七歲的單車》的相似之處在於其影片配樂。電影採用的是爵士樂和Michael Galasson創作的攝人心魄的弦樂。另一個相似點是《花樣年華》中的主題也是關於愛的背叛。

6. 張藝謀的電影《秋菊打官司》（1992）和《一個都不能少》（1999）：兩部電影都表現了主角在實現自己目標過程中的鋼鐵般的意志和不

3　F. Jameson, "Literary Innovation and Modes of Production: A Commentary." *Modern Chinese Literature and Culture*, Volume 1, Number 1 (September 1984): 67-77

屈服的執著。前一部電影講述的是爭取正義，後一部電影講述的是讓迷失的學生重返課堂。在《十七歲的單車》中，當貴把單車找回來時，經理很吃驚，稱讚他是「為正義而戰的現代版秋菊」。

7. 最後，這部電影的拍攝靈感以及電影中有關失竊的情節，其實是王小帥從他的第六代導演同仁的三部禁播作品中獲得的。它們分別是何建軍的《郵差》（1995）、賈樟柯的《小武》（英文譯名《小偷》：Pickpocket，1997）以及滕華濤的《一百個⋯⋯》。

三、《十七歲的單車》：重新界定中國電影的新身分

電影《十七歲的單車》與中外電影大作的如此廣泛的超級連結，從黑白電影到後現代的媚俗戲仿，從第一世界國家的電影到第三世界國家的電影，因此這部貌似敘事結構簡單的電影並不僅限於單車的丟失與找回，它的情節實際上更加複雜而引人入勝。為何導演王小帥會創造一部如此輻射廣、互文性強且具有元電影特質的大雜燴作品？透過影片表面簡單的情節，我認為《十七歲的單車》其實是一部關於中國電影新身分、文化政治以及新一代導演抗爭策略的作品。這部電影所折射的是1989年後的中國年輕電影人的一系列厚重編碼抗爭話語：第六代導演的成長儀式，對他們上一代的權威老大哥提出的不同電影美學觀以及對張藝謀、陳凱歌等第五代導演壟斷「電影資本」的挑戰。在下文中，筆者將嘗試對這部電影進行初步個人解讀。

1. 第五代和第六代導演的代際矛盾與競爭：第六代電影人在89風波之後嶄露頭角，他們因前一代導演的巨大影響力而深感焦慮，因此他們有一種謀殺張藝謀、陳凱歌等前輩導演權威的衝動。他們充滿決心，渴望擺脫第五代導演創造的規則，拍出與眾不同的作品。他們抵觸第五代導演作品所體現的情節要浪漫、明星要大牌、視覺衝擊感要強、神祕的鄉土題材等特點。他們另闢蹊徑，採用新現實主義的視角，關注生活在城市社會底層的邊緣人物。他們的電影刻意表現真實的日常生活，不加任何粉飾。正如張元所稱，「我們的口號是：『不同於過去』，這讓我們創造自己的電影；『和第五代導演不一樣』（2002）」。[4]

著名媒體*IndieWire*的Jean Tang在採訪王小帥時，問他拍攝這部電影是

---

[4] Jean Tang, "Interview: Paradise Lost; Wang Xiaoshuai's Nostalgic 'Beijing Bicycle' ". *Indiewire* (January 25, 2002).

從哪裡得到的靈感？為什麼要關注一輛單車？王這樣回答道：

> 我的靈感並非源於具體某一處，而是在不斷演變和完善中形成的。目前在中國，電影製作者都流行追隨西方的步伐，製作規模宏大的動作電影、或者是為了高票房的商業電影，這是當前的潮流。但是，中國無論從社會發展還是經濟發展來說，電影暫時還無法和好萊塢抗衡。當我在思考下一部拍什麼時，我想，「為什麼不採用中國本土的素材？我真的很想在電影中保留中國的本質，創造出一種獨特的中國式電影表達。而單車在中國是最具代表性的。好萊塢關注的是豪車，而我們的電影不拍豪車，我們可以拍自行車」。[5]

2.王小帥稱他的電影抓住的是最現實、最典型的中國元素。其言下之意是第五代中國導演呈現的中國特色不過是電影奇觀鏡頭下的虛幻。另一位年輕導演胡小釘在他的「反第五代導演原則」中稱：「我來了」。他拍攝的一部電影的名字正是《來了》。在第六代導演挑戰他們的前輩的同時，前輩們也反過來指責這些年輕人缺乏對中國現實的歷史解讀。他們的電影內涵太淺薄、風格過於個人主義、電影技巧過於花哨、而且他們不按規則行事。

3.第六代導演、地下電影、國家機器：人們將第六代導演稱為受審查的一代、遭禁令的一代、搞破壞一代、被禁播的一代。迄今為止，第六代導演的大部分作品在國內都遭到禁播，如張元的《北京雜種》（1993）、《東宮西宮》（1995）；特別是王小帥，他的大部分電影遭此待遇，如《冬春的日子》（1992）、《極度寒冷》（1995）、《扁擔·姑娘》（1996）以及《十七歲的單車》（被禁原因在於基調灰暗、主題有爭議、在未被批准的情況下參加柏林電影節的評選活動，因此嚴重違反了廣電總局的規定）。他在拍攝《極度寒冷》時，採用化名「吳鳴」（取諧音「無名」）。這是他向第五代導演以及國家機器發出的一聲勇敢的吶喊，希望爭得一個平等的電影創作的機會與名分。

賈樟柯在同年拍出了另一部類似的電影，叫做《站臺》（2000），借用火車開動和停靠的地方形成一個很強烈的借喻。然而讓人哭笑不得的是，雖然國家審查機構出臺了一系列電影違規製作的條例，但如此的禁令

---

[5]　同上文。

卻激發起越來越多違規電影的拍攝，這些電影為了生存和名分而爭鬥。所以說，王小帥這部電影中的迷宮似的北京胡同成了電影遊擊戰的戰場。電影人為了生存、發展和獲得身分認同而苦苦掙扎。在這個意義上，無論是公開播放的電影，還是禁播的電影，它們的製作成為了跨域地界、跨國界的對傳統的顛覆，合法化地位的爭取。

下面電影中的一小段是王小帥對張藝謀電影發出的最具諷刺性的一段嘲諷言論：首先，因為身處中國電影界的邊緣下層社會，所以王小帥自己非常認同電影中快遞員「貴」這個角色。（貴的寓意是有價值、寶貴、高貴和高尚）。

正如他自己所說：「這點我只是半開玩笑，但我是可以說我和貴是相似的。因為作為一個導演，我也要學會如何對待沉默。如果我的電影被禁播或因為審查被更改了，而我卻希望表達很多內容，那麼我也只能保持沉默」。[6] 王小帥和貴的相似之處在於他籌錢製作電影就和貴送快遞一樣艱辛；此外，像是快遞員運送快件，在中國製作電影的使命便是向中國觀眾傳達重要的資訊。下麵我將列舉一些導演王小帥如何通過攝像機（類似單車）來創造和傳遞貴的曲折遭遇：

1. 影片以高俯拍角度拍攝高樓大廈，然後鏡頭向下俯拍貴以展示人物的弱小無力。只見他騎著自行車進入幽閉恐懼的地方，等待他的是重重危機。拍攝出如此壓抑性空間的目的是預示著貴不可避免的厄運。

2. 鑼鼓聲喧天。鏡頭展示一群老人家在人行道上扭秧歌。秧歌是一種祈求豐收的鄉村民間舞蹈，現在成為了城市的媚俗娛樂活動。這反映了延安時期占主導地位的鄉村流行文化席捲了北京的城市文化生活。這種舞蹈所表現出的喜慶快樂正好與貴所將要經歷的遭遇形成鮮明的對比，具有諷刺意義。值得一提的是，秧歌以及扭秧歌的人身穿的紅色傳統服裝讓人想起了第五代導演電影中的畫面，尤其是張藝謀以及陳凱歌的以鄉土為背景的奇觀電影。

3. 貴走進了裝飾華麗的澡堂，紅色的燈籠高高懸在屋頂。顯然，紅燈籠這一置景隱射的是張藝謀最著名的電影作品《大紅燈籠高高掛》，這部電影還被改編成了現代芭蕾舞劇、話劇和傳統戲曲。我們不妨將它稱作「紅燈籠公館」，就好像是陳老爺居住的城堡般的

6　同上文。

府宅一樣。

4. 一走進掛著燈籠的澡堂，貴就和一個穿著紅色旗袍的前臺服務員說他是來找「張先生」的，因為張先生有快件讓他送去。

5. 在沒有得到貴同意的情況下，服務員便把貴領到了洗澡間，讓他換了衣服並洗了澡。「洗澡」在中文中帶有很強的意識形態色彩。它指在加入某個神祕組織之前的洗腦或淨身。這裡的神祕組織指第五代導演一派。洗澡是一種入會行為，希望得到江湖大哥的認可，並向江湖大哥表示尊重。

6. 洗完澡後，貴披著浴巾出來要見「張先生」。此時，我們看到一個袒胸露背、肥胖禿頂的中年男子操著濃厚的當地口音和貴說話。這個男子的身體被向前推，似乎在做著什麼不同尋常的按摩。「姓張的成千上萬，找張藝謀吧」。這個男子的形象可以是張藝謀電影中任何一個乖張的反面男性形象，包括我爺爺、楊金山大叔、陳老爺子、李大頭以及老村長。影片中按摩的畫面讓人想起了陳老爺最寵愛的姨太太在做足底按摩的情景，這一幕是張藝謀電影中的發明。

7. 貴來到前臺，服務員要求他付洗澡錢，但是貴拒絕交錢。他說：「我不是來這兒洗澡的，而是來拿張先生的快遞。是你帶我來洗澡的，又不是我自己來的。我進去後是你脫了我的衣服」。貴說完就想跑，結果被保安抓了回來。澡堂的張經理過來解救了貴，但張先生不讓貴給他送快件了。

8. 貴走出了紅燈籠公館，人們還在跳著秧歌。貴走到他的單車之前，鏡頭裡出現了一個路標，上面只有兩個字「北京……」，後面幾個字被農村風格的藍色夾克遮住了。這一鏡頭向觀眾暗示貴的單車會丟失，因為這部影片的英文譯名是Beijing Bicycle《北京單車》，而此處只有「北京」二字，卻沒有了「單車」。貴四處張望卻找不到單車的下落。而就在他丟了單車這一刻，秧歌似乎扭得更歡快了。

9. 夜幕降臨。貴坐在門口低垂著頭，絕望而難過地快要哭出來。正如德西卡的作品，主人公安東尼奧正是在張貼完好萊塢「愛情女神」麗塔・海華絲（Rita Hayworth）的愛情片《吉爾達》的第一張海報之後開始遭遇了麻煩和危機。單車的失竊正是表現了德西卡對好萊塢商業電影以及專門針對中產階級家庭消費的矯揉造作的劇情的反感與拒絕。同樣，王小帥和他同時代的導演兄弟們因拒絕循規蹈矩地追隨前輩導演們的奇觀行規而丟失了單車（寓指電影拍攝的工

具，如攝像機、攝影車或者拍攝軌道車）。

10. 影片中還有一幕是關於貴和兄弟們通過牆上的縫隙和小孔偷窺小保姆，這是王小帥對號稱是「中國嘉寶」的鞏俐的揶揄。通過張藝謀電影中的視覺奇觀塑造，鞏俐在西方影迷中則代表著東方女性的性感與美麗。這一幕其實是模仿張藝謀的國際巨作《菊豆》中天青在房中通過一個小孔偷窺受盡虐待和折磨的菊豆。如今這個影片中扮演窮困農村女孩菊豆的女演員成為了當紅明星，是時尚雜誌Elle的封面女郎。小保姆穿著性感的紅色高跟鞋蕩起的足音上下起伏，深深地撩撥起了貴青春期的欲望。在《十七歲的單車》中，具有諷刺意味的是，這個農村小保姆空有一副外表，她的美是虛假、淺薄、做作的，因為她是靠偷了主人的漂亮裙子來裝扮的。當小保姆的真相暴露以後，她先前誘人之美也就隨之消散了，貴和他的朋友對此感到的是極度的悲傷和空虛。

11. 貴找到了他的單車，但和堅大打一場。堅取「賤」的諧音（寓意卑鄙、下作、低賤、不道德和低俗）。當貴得知堅是用偷來的錢買單車時，他決定妥協。他不再執意爭執，而是同意與堅輪流騎單車。可以看出，這體現了第六代導演為復興中國電影願意做出的妥協。但是，一夥小流氓破壞了這個輪流騎車的約定。他們把兩人堵在了胡同裡暴打，還摧毀了他們賴以生存工具—單車（也暗指拍電影的攝影機）。

12. 其中一個小流氓是最後砸毀單車的人。他身穿T恤衫，上面印著「UFO The Secret」幾個英語單詞。在他砸單車的時候，我們聽到了貴的哭喊：「給我我的單車，求求你了。我什麼也沒做。把單車還給我，別破壞它」。隨後，我們看到貴拿起一塊磚頭從後面把這個穿T恤的小流氓砸倒在地。貴要回單車的吶喊就是導演捍衛禁播電影的吶喊，聲音有力但無助，就像是魯迅在《狂人日記》中發出的「救救孩子們」的吶喊一樣絕望。

13. 隨後，我們看到貴站起來，提起已經毀壞變形了的的單車，並把它抗在自己肩上。單車象徵著新一代的中國電影，象徵著電影製作者肩上的攝像機，也象徵著中國（王導說過，「自行車是中國的象徵」）。他蔑視權威，敢於挑戰，充滿英雄氣概。他一幅不服輸的架勢走在車輛行駛的長安街大道上。此時，攝像機緩慢移動，以大俯拍的角度、大全景鏡頭拍攝車輛擁擠的長安大街。影片的結尾展

示了王小帥有志於拍攝出獨特的中國電影。就像是背扛十字架，他時刻準備好了要接受磨難與殉道。當然，這一幕也表徵象貴一樣成千上萬的農民工在後社會主義資本積累與財富分享上的巨大失落，深深的創傷與屈辱。

四、偷竊、欺騙、剽竊、搶劫、抄襲、生搬硬套、模仿

這部影片的母題是關於偷竊和背叛，具體表現如下：

1. 貴的公司欺騙員工，剝削員工（20％／80％；50％／50％）。即便是公司的辦事員也要欺騙貴，偷了他60元錢。為此，貴不得不多工作一天才能掙到。
2. 洗浴中心：貴自己並沒有要洗澡，卻被迫付給澡堂洗澡的錢。
3. 小保姆偷了主人的衣服。她性感的外表騙取了貴和他的朋友對他的好感。
4. 小堅為了虛榮，為了贏得女朋友與同夥的好感偷了父親的錢來買單車；他的父親也沒有履行給兒子買單車的諾言。
5. 染頭髮的痞子頭目大歡奪走了小堅的女朋友瀟瀟。瀟瀟背叛了小堅對她的愛。
6. 「是誰偷了貴的單車？」，真相不得而知。那個穿「不明飛行物祕密」體恤衫的傢伙，那麼他又是誰？
7. 如果說單車喻指拍攝電影的工具如攝像頭、攝影車、放映機，那麼顯然審查、禁播和懲罰電影的國家意識形態和國家機器就是竊取電影拍攝自由的真正盜賊。
8. 由於王小帥的電影從國外多部電影中獲得靈感，尤其是西方最經典的電影《偷自行車的人》。因此也可以說王自己也是一個行竊者，盜取、借鑒以及模仿了大師之作。對於王小帥來說，這種在文化盜竊和智慧財產權方面的自嘲口吻意味著什麼呢？他是在全球化的時代挑戰民族電影的現實存在嗎？單車，或者說電影的拍攝工具是中西方的結合，那麼最重要的取決於「誰騎上單車？」「朝哪個方向騎？」關於版權（copyright）問題，如果是合理有效的模仿（to copy right），那麼便是明智的模仿；那麼關於權利的問題：誰又有權模仿（the right to copy）呢？這似乎牽涉一個全球化時代智慧財產權的問題。是合理借鑒還是粗暴剽竊？
9. 張藝謀和陳凱歌的作品常常受到的詬病是，他們為了迎合西方觀眾

的口味兒而展現一個充滿性愛、奇風異俗的東方中國；他們通過展示中國的「糟粕」來獲取自身利益和聲望。他們有將中國的「土特產」包裝呈現給西方嗎？如果有的話，他們也是行竊者或走私販。不但是第五代導演大哥在西方通過此舉獲得了成功，第六代導演小弟們也追隨著他們前輩的步伐，通過此舉在西方獲得了認可和獎勵。他們包括張元、王小帥、婁燁、賈樟柯、何建軍等。

10. 最近，網友呼籲迪士尼公司、米拉麥克斯影業公司、帝門電影公司對待亞洲電影應保持尊重。這裡反映了一個有意思的話題，即關於文化盜竊和文化侵權。當大的電影公司購買了亞洲電影的播放權和發行權，他們經常為了盈利而對電影隨意改動。日益加速的全球化創造了一個跨越國界的「超空間」，促進了全球商品、資本、圖像和媒體的流動和消費。有趣的是，一方面，第一世界的商品（文化商品和物質商品）主要流向第三世界市場（世界到處是麥當勞、可口可樂、矽谷的產品以及好萊塢大片）。這迫使第三世界的群眾成為了被動消費者或受害消費者；另一方面，第三世界拿著微薄工資的勞動力為第一世界的消費市場創造了低成本的商品（「中國製造」或「印度製造」等），為全球大公司的血汗工廠創造了豐厚的利潤。其中，代表商品便是「亞洲製作」（中國大陸、香港、日本、韓國、臺灣、印度和伊朗）的低預算電影，展示了第三世界的「寶萊塢」血汗工廠是如何為第一世界的跨國傳媒企業創造利潤的。

11. 過去，很多「亞洲製作的電影」在北美受到了國際媒體公司在以下幾方面的摧殘：（1）配音、字幕、改片名、直接投資或重新將影片包裝宣傳；（2）將「亞洲製作」的電影集體隔離，對電影肆意篡改（重新剪輯，改變影片的名字、故事情節、電影敘事角度、放映時長、影片速度、影片歌曲等，推遲上映日期或抹殺影片的文化獨特性）；（3）憑藉獲獎電影、票房以及走紅毯的明星培植一批「大牌／名牌」亞洲電影導演冠以「血汗精英」來獲利。

面臨的關鍵問題是，亞洲的電影製作者應該如何在全球化和本土化的時代，戰略性地調和文化「信任／trust」（對亞洲身分的自信和真實表現）與霸權「托拉斯／trust」（壟斷、控制和同質化）之間的衝突。

《十七歲的單車》這一中文名準確地代表了自張軍釗導演的《一個和八個》（1983）以及陳凱歌導演的《黃土地》（1984）兩部電影以來中國

新電影十七年來的發展特點。這部先在中國被禁映，之後在2004年1月改名為《單車》之後得以上映。正如貴為了辨認自己的單車而在車子上刻上的印跡，在中國電影這17年的短短旅程中，兩代電影製作者都經歷了痛苦和創傷，都留下了疤痕和印跡。也許，猶如成人式的歷程一樣，童真的失落恰恰是走向成熟的前提。

第九章　撕裂的邊界：雷蒙德・威廉斯《邊鄉》中的雙重視鏡與菌毒跨越[1]

> 只有現在，才感到放逐的終結。不是
> 回到從前，而是漂泊感的結束。距離
> 須經丈量，此乃關鍵所在。
> 唯經丈量距離，你我返回家園。
>
> 雷蒙德・威廉斯，《邊鄉》[2]

在其力作《鄉村與城市》（The Country and the City）中，雷蒙德・威廉斯（Raymond Williams）頗富洞察力地將湯瑪斯・哈代小說之鄉描繪成「邊鄉邊城」（border country），遠在邊境，處於「鄉俗與教養、勞作與思想、眷戀鄉土與經歷世變」之間，[3]體現著哈代的鄉土情結，愛恨糾纏、衝突連綿。確實，哈代1878年的名著《赤子還鄉》（The Return of the Native）所關注的是19世紀下半頁農耕社會漸行漸遠的困頓現實，凸顯了懷鄉的種種危機和時代的分化劇變對歸鄉的最終消解。然而，哈代的態度卻搖擺不定：一方面，他批評了小說中主人公克林姆・葉布賴特（Clym Yeobright）的階級烏托邦主義，也不滿他於鄉村田園生活已然消逝之際懷鄉歸來；另一方面，哈代筆下作為小說背景的鄉村景象恰恰反映了新興都市中產階級的思想觀念，即把鄉村視作一種理想景觀、一個代表他們價值觀、所有權和「如畫美學」（the picturesque／畫境，畫意／詩情畫意）的標誌性意象。[4]

---

[1]　本文是筆者於 2000 年在 UC Davis 寫的論文 "Schizophrenic Border and Viral Optics in Raymond Williams's *Border Country*," 後由我新澤西學院學生 Jason Tonic 於 2012 加以補充更新。感謝江承志與倪菲菲二位老師翻譯成中文。

[2]　Raymond Williams, *Border Country* (London: Chatto and Windus, 1960/Rpt. 1978), p. 436. 以下正文中的引文皆出自該版本，不另注。

[3]　Raymond Williams, *The Country and the City* (New York: Oxford University Press, 1973), p. 197.

[4]　關於鄉村作為田園生活與「如畫美學」的興起，可參閱以下著作：威廉斯的《鄉村與城市》、維納（Martin J. Wiener）的《英國文化與工業精神之衰落》（*English Culture and the Decline*

　　換言之，哈代不是在作品中摒棄了對鄉村田園牧歌式神話的寫作，而是為了迎合大部分都市資產階級讀者的懷舊情緒，重新創造了一個如畫的鄉野情調。將鄉村加以理想化，是十八世紀後半葉英國後圈地運動（post-Enclosure）幻想的產物，這一期間，社區文化實踐在日漸消逝的鄉村場景中提取了某些精華元素，以體現英國的民族性。鄉村景物諸如村莊鄉舍、農莊田野等「作為英國社區原型，獲得近乎神話般的地位……村莊也是構成地方小說裡恒久不變鄉野世界最基本的元素」；[5]茅草屋頂、村莊草坪和籬笆圍牆等意象也成為「純潔、正直、善良、誠實」等品質的代碼。[6]在威廉斯看來，重新發現鄉村代表著一種特別的民族文化表像（national eidos，亦即「理念／形象」），產生了「一個關於英倫古老田園理想的新隱喻……[但]安靜、天真、單純而又富饒的鄉村——那靜養之所，是隱喻亦是現實」。[7]

　　雷蒙德・威廉斯在其文學及學術作品中所審視並著手拆解的恰恰就是英國鄉村這一神化意象。他把自己的批評角度稱之為「文化唯物論（cultural materialism）」——既是一種理論姿態，也是一種闡釋實踐，拒斥任何關於普通歷史和文化自治的概念，而是轉向了關於文化產品所產出的社會－歷史環境的研究。在其雄心勃勃的自傳體小說「威爾士三部曲」首部《邊鄉》（1960）中，[8]威廉斯試圖解決懸而未決之題：生物區域（bio-regional place）或原鄉（native place）如何在歷經變化的環境中塑造多重身分，以及如何度量生命旅途之中來來往往的界線。在本文中，我將考察威廉斯洞悉這種生命場所（life place）時所徵用的讀解策略和敘事技術。

---

　　　of the Industrial Spirit, 1981）、馬奇（Jan March）的《回到故土：1880-1914 年間英國的田園衝動》（Back to the Land: The Pastoral Impulse in England from 1880 to 1914, 1982）、赫爾辛格（Elizabeth K. Helsinger）的《不列顛 1815-1850：鄉村景象與民族再現》（Rural Scenes and National Representation: Britain, 1815-1850）、豪金斯（Alun Howkins）的「發現鄉土英格蘭（The Discovery of Rural England）」（1986）、洛溫索（David Lowenthal）的「不列顛民族認同與英國風景（British National Identity and the English Landscape）」（1991）、坡茨（Alex Potts）的「戰爭夾縫中的『康斯特勃之鄉』（'Constable Country' between the Wars）」（1989）和必肖普（Peter Bishop）的《康斯特勃原型：民族認同與鄉愁地理》（An Archetypal Constable: National Identity and the Geography of Nostalgia）。

[5]　Michael Bunce, The Countryside Ideal: Anglo-American Images of Landscape (London/New York: Routledge. 1994), p. 55.

[6]　Alun Howkins,"The Discovery of Rural England." Englishness: Culture and Politics, 1880-1920. Eds. Philip Dodd and Robert Colls (Kent: Croom Helm, 1986), pp. 62-63.

[7]　Raymond Williams, The Country and the City, p. 23.

[8]　該三部曲的另兩部小說是《第二代》（Second Generation, 1964）和《為曼諾德而戰》（The Fight for Manod, 1979）。

生命場所是一個生態系統，在敘述的重新界定和轉譯（描述生態學）之中，協定了各不相同的種種身分之間的邊界。在全球散居語境下，本文進而對威廉斯把「越界（border-crossing）」內在化的比喻提出質疑，並將其身分認同政治（identity politics）視為因不列顛後殖民國家引起的精神分裂問題。

一、情感倒敘：威廉斯的雙筒觀視光學

　　威爾士與英格蘭接壤的鄉間小村格林馬瓦（Glynmawr）是威廉斯成長的地方，《邊鄉》就發生在這裡，和哈代小說一樣，講述關於赤子還鄉的故事。講授經濟史的劍橋教師馬修・普萊斯（Matthew Price）正從事「19世紀中葉前後幾十年間人口流入威爾士礦穀」的研究，[9] 其父哈里（Harry）是個鐵路信號員，工會積極分子，因中了風，緊急召兒子還鄉。因自己遷離威爾士，馬修在家鄉逗留期間深感疏離、背叛、罪過、陌生。這促使他跨越重重身分界線，全面思考身分認同、歷史、時間和空間等宏大問題。雖說小說情節本身簡單得令人難以置信，但小說的「情感結構（structure of feeling）」卻頗為複雜。威廉斯用「情感結構」來描述各種（個體和普遍的）經驗的動態結構，旨在協調社會－歷史與文化－意識形態之間的張力關係。[10]

　　從一方面來看，由於緊扣馬修的返鄉之旅，《邊鄉》明顯屬於自我探索型敘事，引出主人公的身分重構。馬修與威廉斯的人生經歷如出一轍（生於鐵路信號員的工人家庭，後遷出威爾士，獲劍橋學位，在倫敦的大學任教），所以馬修無疑是威廉斯的化身，他的自我探索之旅也反映著作者的自我探索。另一個方面，馬修是一位研究代際遷移及其對威爾士農村社會影響的學者／經濟史家，小說故事也探究威爾士的歷史、變遷和階級差異的形成。這樣說來，威廉斯實際上在繼續「重新評估哈代和威爾士小說傳統中『有機的』農村社會」。[11] 也可以說，威廉斯在哈代小說止步處起步，追尋消逝鄉村的餘韻，恰如哈代在《赤子還鄉》小說裡描述的：「在農夫眼裡，荒原是貧瘠的；在歷史學家眼裡，它卻是豐饒的」。[12] 這

---

[9]　Raymond Williams, *Border Country*, p. 9.

[10]　參閱 Raymond Williams, *Marxism and Literature* (Oxford: Oxford University Press, 1977)。

[11]　Laura Di Michele, "Autobiography and the 'Structure of Feeling' in *Border Country*." *Views Beyond the Border Country: Raymond Williams and Cultural Politics*. Eds. Dennis L. Dworkin and Leslie G. Roman (New York/London: Routledge, 1993), p. 22.

[12]　Thomas Hardy, *The Return of the Native* (London: Bantam Books, 1878/1981), p. 13.

兩條線彼此交織、互相纏繞，互為映照，你中有我、我中有你：從個人到歷史、從個體到公眾、從文化到政治，也反映了威廉斯的座右銘：「個人的即是政治的」。這一思路在其經典作品《鄉村與城市》中得以在理論上更加提升和明晰。

《邊鄉》之名點明全書要害，即邊界意識，甚或，邊緣視野的體認決定了馬修和威廉斯的感知方式。從地理上說，馬修的故鄉威爾士小村格林馬瓦與英格蘭接壤，但這樣的領土邊界具有更為深廣的蘊含。一般而言，邊界意味著國家主權的空間劃定，或政治霸權的勢力邊緣，通常象徵中心與邊緣的對立張力。[13]另一方面，邊界就是分界線，使兩個實體既分開又聯結，成為差異的匯聚之所：內與外、始與終、此與彼。用霍米・巴巴（Homi Bhabha）的話說，是文化異質、文化雜揉和文化間性的間隙區。[14]由是，邊界作為空間閾限暗示著話語和闡釋的不確定性、視覺感知的流動循環和對立文化之間廣泛無限的溝通。

正是以此為著眼點，威廉斯設定了馬修跨越威爾士和英格蘭邊界之後觀看的方式——「車輪過橋，節奏突然變了」（12）。對於馬修而言，這並非單純的跨越威爾士與英格蘭之間的分界線，更是過去與現在（歷史）、威爾（出生時的名字）與馬修（個體身分）、工人群體與大學教師（階級），父與子，城與鄉（生產方式與生活方式）以及威爾士與英國（種族／國籍）之間的跨越。一旦穿越這些界線，馬修就走向了威爾士的黑暗之心，他要從那裡找到出路，不是懷舊感的漸趨消逝，而是關於歷史的再發現，一種被戴・史密斯（Dai Smith）稱作「迂迴但不循環」的辯證途徑。[15]也就是說，離開威爾士的格林馬瓦去英國倫敦，又從倫敦歸來，但絕不是原路返回，其路途業已被改寫與重繪。

這種雙重路徑／運動讓觀看者既置身於邊界又超離於邊界，於是對兩個世界產生了一種持久的認知敏感性：從英格蘭看威爾士，再從威爾士看英格蘭。[16]由前者，他看到變化與延續；由後者，看到疏離與斷裂。這種

---

[13]　參閱 Anthony Giddens, *The Nation-State and Violence* (Berkeley: Univ. of California Press, 1987).

[14]　參閱 Homi K. Bhabha, *The Location of Culture* (London/New York: Routledge, 1994).

[15]　Dai Smith, "Relating to Wales." *Raymond Williams: Critical Perspectives*. Ed. Terry Eagleton. (London: Polity Press, 1989), p. 34.

[16]　文化批評家周蕾（Rey Chow）在其《寫在家國之外》（*Writing Diaspora*）中戲用術語「寄生物（parasite）」，稱雙重運動這一特殊策略為「寄生干預（a para-sitical intervention）」；也就是說，邊界策略的實踐一直以來都是在歷史中特定的「場域（site）」裡為文化定位，可同時又跨過並穿越（即「超（para）」）邊界，同時評判性地觀察兩個世界。參見 Rey Chow, *Writing Diaspora: Tactics of Intervention in Contemporary Cultural Studies* (Bloomington: Indiana UP, 1993)。

迂迴運動有助於重新發現兩個社會之間的相互聯繫和交互關係，正如馬修所體察的，「實體及其根源，似乎久已如此。這個邊界，經界定又被跨越」（254）。蘿拉・迪・米契爾（Laura Di Michele）對威廉斯小說中的邊界視角有過精彩的評論：

> 邊界作為觀察角度有其優越性，可以把威爾士和英格蘭聯繫起來，把威爾士和自身的歷史和神話聯繫起來，把威爾士和各種「想像共同體」聯繫起來。正是這種「想像共同體」構成了「威爾士」民族的概念，成為不同時期各樣人物的共同體驗。從這一點來說，也是在威廉斯的小說中，『威爾士』成為一個有益的隱喻，在對抗那個永恆神祕的威爾士形象的同時，反過來也有助於理解黑色的英格蘭。[17]

這種雙筒視角（binocular vision）讓馬修／威爾跨過歷史的門檻，洞察現實，並最終「度量」（「這關乎度量，關乎度量的方法」[9]）兩種身分之間的距離：依附／分離的程度。用愛德華・薩義德（Edward Said）的話說，即「原屬（filiation）」與「附屬（affiliation）」之間的互相作用。[18] 就連馬修／威爾之名也有講究：「儘管命名（naming）首先預設了知道（knowing），接著需要在某處生根。但也存在不知而命名，尤其是更名（renaming）」。[19] 主人公一人雙名，對其身分的質問，並非指向單純自我，而是指向反思的自我；或者說，必須自我命名的自我。馬修／威爾之名不只是哈里和艾倫（Ellen）所起，而是作者雷蒙德・威廉斯的分派，最終成為度量的工具——不是馬修／威爾涉世之地，而是他獲得對家庭、家園、社會環境認識的地方。

両種光學儀器對馬修的視覺測量提供了便利。少年時代，在格林馬瓦，馬修曾在教區牧師亞瑟・皮尤（Arthur Pugh）那兒看到過望遠鏡和顯微鏡（telescope／microscope）。他日後的視覺測量頗受益於這兩種光學儀器。[20] 它們以完全不同的方式擴大了他的視野。望遠鏡延長目之所及，導

---

[17]　Laura Di Michele, "Autobiography and the 'Structure of Feeling' in *Border Country*," p. 30.

[18]　參閱 Edward Said, *The World, the Text and the Critic* (Cambridge, Mass: Harvard UP,1983)。

[19]　H. Gustav Klaus, "Williams and Ecology." *About Raymond Williams*. Eds. Monika Seidl, Roman Horak, Lawrence Grossberg (New York, NY: Routledge, 2010), pp. 142-152.

[20]　關於威廉斯小說中這兩種獨特的視野或「雙重光學（double optics）」，筆者受託尼・平克尼（Tony Pinkney）有關威廉斯觀點的啟發，請參閱 Tony Pinkney, *Raymond Williams* (London: Seren Books, 1991)。然而，本文未將它們僅僅視為兩種視覺儀器而已，而是將其在小說中的重

引視線由近及遠、由低向高。顯微鏡放大目之所見，指引視線由外往內、由宏至微。就此而論，馬修的視野因望遠鏡而獲得了超越意識，不斷地越過當下看過去、越過個體看社會、越過個人看政治、越過本地看世界。望遠鏡的視線為馬修打開了新的天地，使他對家鄉和威爾士有了新的認識，也對他的逐漸成熟有了新體會：

> 起初，山谷的品質得以提升。冬日天空下，行於達倫嶺上，放眼看去，形如巨大的獵戶星，也就進入了另一番天地。夜復一夜，仰望滿天星光，外表不一、類別各異，從未見過，是始料未及的成長。（221）

看得遠有時也會忽視眼前與當下。而經由顯微鏡能感知到生命的內在結構和現實的細節，恰好彌補了這一不足。顯微觀物賦予馬修強烈的奉獻精神與使命感，使他要參透置身其中的動盪現實。

　　小說中，兩種觀看方式辯證相關、互為補充，卻又彼此質疑：望遠之眼把神話重新篡入歷史不斷變化的軌跡，使之不再不證自明；顯微之眼卻把歷史性定位在一個具體的時空和社會現實中。換言之，一個讓通常合法或自發之事獲得語境或重入歷史；另一個讓普遍之事歸入一地一域。所以，遠觀遙望（望遠式）實為細查歷史（顯微式），每一個細節均放大為人生和歷史的親歷現實——這是一種積極形態，「通過最初幾周繁雜的印象，形態是威爾能捕捉到的詞彙」（221）。來自於內在、外在經驗的形態體現於威廉斯的「情感結構」之中：互聯、社群、情誼、鄰里、聚落和威爾士性（Welshness），這些價值觀念都是馬修在格林馬瓦遺風餘韻中重新發現的。[21]

　　關於這兩種觀看方式，對邊境地區生活的認知狀況，小說中有兩個很好的例子：信號房（signal box）和折疊桌（flaptable）的理想空間和山谷風景的反空間。父親中風之後，有人叫馬修去收取父親留在信號房裡的遺物，哈里在那裡工作了36年（「他三分之一的生命」），馬修小時候也常到那裡玩耍——「孩提時代，這裡使人著迷」（139）。過兩道門，就到了房前：一道外門、一道內門。打開外門，馬修發現自己「在兩道門之間

要性當作故事主人公重獲新認同的一個至關重要的隱喻。

[21]　關於威廉斯的文化三重性結構（主流、殘餘和突發）的詳細討論，參見威廉斯的《馬克思主義與文學（Marxism and Literature）》（Oxford: Oxford UP, 1977），第 122-126 頁。

的小小中庭，舊地重現」（同上）。一步步往裡走，打開內門；他立刻感到了「屋子的氣氛由此散開：一種塵土、油煙、燈油、食物的淡淡甜味」（同上）。內門通向一個禁區，裡面有哈里內心深處的祕密：他的鎖，以及這片禁區，只向他的兒子敞開：

> 馬修從口袋裡掏出哈里的鑰匙，彎腰開了小櫃。櫃底塞滿了廢棉和一卷棕色瓦楞紙。架子上擺著些尋常之物：黃色梳柄、裝著茶葉和糖的玻璃瓶、藍色杯子、規則手冊、舊骨柄剃刀、鉛筆盒和信號墊、備用眼鏡盒、一捆留下來的繩子。他盯著這些東西，不知該怎麼辦。（139-40）

乍一看，詳細列舉哈里之物，似平淡無奇，實則呈現了馬修走入父親私人世界的微觀過程。起先，由於馬修並不熟悉父親的世界，他對這些細瑣之物毫無感覺，然而，這樁樁件件都是一塊自足的體驗空間，反映著哈里的「整個生活方式」。每一個物件，都有待歸鄉之子來細究、歸類，最終將這些物件重新串成連貫有序的人生及歷史敘事。一個內在的聲音驅動他「去注視，去闡釋，去盡力弄清楚。令你睜不開眼的只有風，活在你身上的卻那麼多，決定了你將看到什麼，以及你如何看到這一切。並非凌駕其上，而是注視。你會發現，所注視的正是你自己」（293）。所以，馬修發現，他正注視著小時候信號房中的自己，這種自我認識／誤識的鏡像經驗類似於拉康式（Lacanian）「頓悟（aha-Erlebnis）」：[22]

> 馬修環顧信號房四周，認出小窗下的折疊桌，若是父親逼他說查票員來了，或是母親下火車聽到他不見了，他就躲進那兒去。（140）

從折疊桌下的躲藏地，馬修看到了讓信號員擁有家一般私人空間的東西：「佈滿灰塵的破舊紅藍旗，沉重的黑色擴音器」；四部電話、佈告牌和寄存器；圓形尺和白色筆；有26格的杠杆和閃亮的把手與夾子；模型指示信號，木鐘上的鈴和中央萬能鑰匙。折疊桌這個奇妙的空間讓馬修重回

---

[22] 關於認同形成的「三重結構」的詳細討論，參見拉康 Jacques Lacan, *Écrits: A Selection* (New York: Norton, 1977)。

自己的過去，重溫他和山谷的關係。正如托尼‧品克尼（Tony Pinkney）指出：「作為一個舒心隱蔽和童樂之地，折疊桌神奇地把公共的勞動空間變成了『家的延續』」。[23]在他頗為珍視的折疊桌和信號房的空間裡，馬修體驗到一種普魯斯特式的「追憶逝水年華」，即往昔的重現（temps perdu）。信號房雖然是個人化的，卻體現了哈里的整個生活方式，也體現了格林馬瓦和威爾士的生活與歷史；折疊桌雖然是一個內在空間，卻反照出馬修與父親在格溫頓（Gwenton）火車站的快樂記憶，以及整個社區的生活。以這種方式，內在的和個人的就轉變成了外在的和歷史的；而公共的和外在的也轉變成了個人的和內在的。兩者之間的界線最終在微觀－望遠的觀看方式中消融。一個人真正要做的，就是撲捉住鑲入兩者之間內部的聯繫，正如哈里在病床上催促馬修：「把那些你不知道在那兒的事物放到一起」並「找到它們的聯繫」（318）。

　　折疊桌和信號房的形象之所以能喚起馬修的歡樂記憶，是因為他視這些空間為鮮活的空間。一般而言，當一個空間失去現實性、變得抽象化和被對象化為一個奇觀，[24]或一個意象、一個迷戀的物件時，它就不在鮮活，而是被動而無生機的，或者是一個「反－空間」。[25]空間作為意象被創造出來，頗具戀物色彩。在這個過程之中，人們重新發現英國鄉村就是一首田園詩，而風景如畫的鄉村場景則變成了一種可攜帶、可消耗的圖像製品。[26]在討論威廉斯如何將威爾士景觀地形重構為一個生活－場所之前，先看一看湯瑪斯‧哈代《赤子還鄉》裡鄉村風景——愛敦荒原（Egdon Heath）——的奇觀化或許會對我們下面的討論提供些許啟示。

二、重標邊界上的成長旅程

　　哈代小說中的愛敦荒原具有多種意義，代表不同意象：熟悉、母性、壯麗、神話；既野性又馴服，既毀滅又生成，既現實又超現實。正如G‧沃頓（G.Wotton）指出：「愛敦不但是勞動者和更有知識階層生活勞動之『地』，而且還是觀察主體反觀自我的思考對象。所以，愛敦代表了居住

---

[23]　Tony Pinkney, *Raymond Williams*, p. 28.

[24]　如彼得‧沃倫（Peter Wollen）所指，「奇觀世界是一個想像的世界，提供短暫而虛幻的滿足，但同時它通過能指否定對療治或真理的抵達。」參閱 Peter Wollen, "Introduction." *Visual Display: Culture beyond Appearances*. Peter Wollen 編（Seattle: Bay Press, 1995）, p. 9。

[25]　同上 Pinkney，p. 37.

[26]　關於鄉景表徵為消費品，參閱 E. K. Helsinger, *Rural Scenes and National Representation, Britain, 1815-1850* (New Jersey: Princeton University Press, 1997)。

此地之人的物質與思想世界……」。[27]換言之，愛敦不僅是地志學意義上的鄉村空間，更被視為一個承載著某種意識形態利益和美學嗜好的意象。勞動空間與畫面意象，地理學上的地形與造型上的器官之間的種種張力由此而生。於張力中，又存在著參與者與旁觀者、勞動者與旁觀者之間的裂縫。我們不竟會問：誰在觀察或描述愛敦？為了什麼目的？寫給誰看？

克林姆在石南荒原（heathland）上土生土長，愛敦是他的「夢鄉」，一直魂牽夢繞。但他身陷巴黎，此次重返愛敦，追尋更單純的生活以期療治其思鄉之情。對他來說，愛敦絕非鄉野耕種之地，就算他失明後最終被荒原吸收。受思鄉之情驅使，他一次次跨越荒原，以期追贖已然失去的那個淳樸自我。他不再身處其中，而是閒步其外，充當一名觀看者，搜尋荒原之外的某種神祕元素。深信鄉村風光所具有的療效，可以治癒他身上的現代性苦惱，也代表著一種業已消逝的理想。最後，這個旁觀者把荒原重塑成永恆、美麗、閒適、宜人之處。但克林姆歸來，不僅僅要重溫愛敦這個標誌性意象，還要改變它。他既是旁觀者，又是參與者：一個渴望成為參與者的觀望者、一個希望成為觀望者的參與者。與馬修／威爾以學者身分回到鄉土威爾士一樣，克林姆希望成為一名教師──兩人起初都擁有城市受教育者的視角。威廉斯突出了「那些從普通家庭接受大學教育」的個體，[28]把他們視為鄉村框架下「現代」經歷的顯現。

在克林姆的這種雙重身分之間產生了一種不可調和的裂縫。一個鄉村的觀光客在某種意義上跟這片土地互不相連、彼此分開、兩相疏離。在一個預設的觀察點、根據視覺的審美常規，他一直高高位居自然景色之上，望著實際的風景，任何不愉快的場景都可以視而不見；[29]而一個參與者卻在鄉村工作，始終親近鄉土。威廉斯寫道：「同時，還鄉赤子的分裂，不只是與受教育者和『外面』富足社會各種標準的分裂，而且在一定程度上還必然與未曾踏上這一歸途者的分裂」。[30]克林姆和馬修／威爾都離家而去，不僅僅因為他們之所學，也因為旅途本身（引得年紀輕輕的尤斯塔西

[27] George Wotton, *Thomas Hardy: Towards a Materialist Criticism* (New Jersey: Barnes & Noble Books. 1985), p. 65.

[28] Raymond Williams, "Thomas Hardy and the English Novel." *The Raymond Williams Reader* (Oxford: Blackwell Publishers，197), pp. 19-140.

[29] 關於鄉村景觀化的話語，參閱 John Barrell, *The Idea of Landscape in the Eighteenth Century* (Cambridge: Cambridge UP, 1972); Ann Bermingham, *Landscape and Ideology: The English Rustic Tradition, 1740-1860* (Berkeley: University of California Press, 1986); Peter Bishop, *An Archetypal Constable: National Identity and the Geography of Nostalgia* (New Jersey: Associated UP, 1995)。

[30] 同上 Williams，p. 119.

亞・維亞（Eustachia Vye）浮想聯翩）。相比之下，一個勞動者卻生活在這個空間之下，與自然融為一體。一位旁觀者因為有能力觀察自然，居於土地之上，則無法融入其中。前者視鄉村為生產之地，後者視鄉村為一片景色，仿似某些普遍社會理想的一個象徵。或者，用威廉斯的話說：「一個勞作之鄉並非一片風景」。[31]

克林姆是一個絕佳的例子，夾在懷鄉觀光與熱情參與的兩難之間，經歷著從前者（理想主義）到後者（現實主義）的劇變。歸家的克林姆，成為一個敏銳的觀察者，徘徊荒野，遠望鄉景，景色盡收眼底。他看到：

> 他一面漫步，一面凝望遼闊的景象，心曠神怡。對許多人來說，愛敦像是從幾世幾代之前悄悄溜了下來，如一個粗笨之物闖入到當下。它成了一件老古董，鮮少有人再去理它……。可是對葉布萊特來說，一路上從高處眺望，看到有些人幾番嘗試開荒之後，不過一兩年，耕地再陷絕境，蕨草和荊豆叢又頑固地生長起來，他不禁沉浸在一種野性的滿足之中。（157）

出現在觀看主體眼裡的這些場景都不是鄉村勞作的場景，而是空曠、永恆而又美麗如畫。在荒原上晃蕩，克林姆沒有留意實實在在的勞作場所，而是瞭瞰風光。這種夢幻般的嚮往由懷鄉的衝動打開，他失明及砍荊豆時對現實的「顯微式」觀看卻把這種嚮往打碎。從這個意義來說，愛敦荒原對克林姆而言，既是子宮也是墳墓。

儘管克林姆最終摒棄了以觀光客的視角去看他的故鄉，但哈代再造的愛敦荒原卻成了讀者心中一道標誌性風景、一個神話般的鄉村，一個鄉村景觀，滿足著不斷增長的民族懷鄉情緒。[32]這個奇觀最重要之處，不在意象本身，而在作為觀看主體的症候。這個觀看主體，就是消費產品的讀者大眾。雖然哈代創造了傳奇般的威賽克斯鄉村（包括他小說中的大多數人物都是鄉下人），但他從不向鄉村觀眾說話，更不為他們說話。他的寫作對象是城市受教育階級。威廉斯注意到：「『哈代』不是為他們『勞動者』而寫，而是寫關於他們的一切，讀者對象主要是都市里不相關的文學

---

[31]　Raymond Williams, *The Country and the City*，p. 120.

[32]　參見彼得・畢肖普（Peter Bishop）在《一個康斯特勃原型》（An Archetypal Constable, 1995）中有關民族懷鄉的詳論。

大眾」。[33]具體地說，城市閱讀大眾指日益上升的中產階級，其財富過去依賴土地財產，如今靠城市工業。但他們情感上仍與過去鄉村生活有著千絲萬縷的聯繫。要之，「威廉斯把哈代小說裡隱示之意變為明示：恰恰在呈現兩地間狀態（place-between）之中，個體行動和抽象歷史過程的連結點……才得以用語言清晰表述並獲得其意義」。[34]

首先，第一章開篇即描繪愛敦風光，野性、原始、神祕、險惡——「龐大無垠、赤黑單調」（5），「滄海桑田，河流、村莊、世人皆已改變，只有愛敦依然如故」（6）。然而，在講述完這片蠻荒動盪的大地所發生的生死故事之後，敘述結尾，愛敦景貌歷經改變，與以往截然不同：荒野不再、溫良馴服；敵意消失、舒適愜意；粗野褪盡，文明開化；荒蕪改變，豐沃多產；單調已逝，歡樂愉快。簡言之，原始的愛敦已被資產階級文明的進步馴化征服。費希爾（Fisher）指出：「資產階級寓言的結局，是以死亡懲罰逾越，產權與禮儀得以結合」。[35]如此說來，愛敦從落後蠻荒到鄉村田園的轉變也恰恰反映了資產階級獲勝與獲取創業霸權的歷史過程，圈地運動即一例。

因此，把「哈代筆下的真實鄉村」描述成「我們大家一直生活其中的邊界鄉村：在習俗與教育、勞作與理想、愛鄉與曆變之間」，[36]是令人信服的。這番話，也應和了威廉斯在構建自己心中的威爾士時，將威賽克斯（Wessex）設定為邊境之鄉。然而，現代性的角色並不在於無個體性，而在於生活過、經歷過的天地。勞倫斯・格羅斯伯格（Lawrence Grossberg）對威廉斯的分析頗有見地：「一方面，『威廉斯』聲稱一切經歷都經過調和；另一方面，他區分了一貫視為某種原初的經歷和那種受意識形態影響下的經歷」。[37]兩者之間的差異可以這樣解釋：威廉斯在哈代的威賽克斯中（也是他自己作品）最終獲得的是經主體的階級地位干預過的經歷，而另一種是脫離語境的地位，寓於其中或關於這一地位的經歷確是形成性的。在《邊鄉》中，經驗框架下現代性的建構影響了馬修／威爾對周遭一切的看法。威廉斯寫道：「那些房子每一幢都與路相聯繫，而不是彼此相

33　Raymond Williams, *The Country and the City*, p. 200.

34　Timothy Oakes, "Place and the Paradox of Modernity." *Annals of the Association of American Geographers,* Vol. 87, No. 3 (1997), pp. 509-531.

35　Joe Fisher, *The Hidden Hardy* (New York: St. Martin's Press, 1992), p. 85.

36　Raymond Williams, "Thomas Hardy and the English Novel," p. 25.

37　Lawrence Grossberg, "Raymond Williams and the absent modernity." *About Raymond Williams*. Eds. Monika Seidl, Roman Horak, Lawrence Grossberg (NY: Routledge, 2010), p. 142.

連。這裡不再是與世隔絕的山村，而是一個走向另外某處的地方，不列顛幾乎每一處都是這樣」（307）。馬修／威爾對建築的觀點暗示一個時空意義的邊鄉；不是英格蘭和威爾士的簡單二分對立，而關乎到由主人公個人成長史調和了的此時／彼時、自我／現代。同理，哈代的愛敦荒野也存在於主人公克林姆（讀者對荒野的直觀之眼）心中的時空建構之中，受到他「個人」邊（界）──鄉（村）經驗的培植。通過形成性的與調合性的經驗，邊鄉這樣一個夢想之地建構了荒原的文本意象。

　　從另一個角度來說，愛敦荒野從未經開墾的自然狀態轉變為豐饒之地反映了出現於18世紀晚期英格蘭風光如畫美學的悖論：一種被浪漫化了的「對原始、野性、神祕之自然的推崇，但同時在一套規定規範中提高、遏制自然的需求」。[38]開篇第一章就把視線導向愛敦這片廣袤淳樸的荒野──「一大片開放的曠野」（3），在粗烈、參差和荒蕪的風景中發現它的快樂。急於從鄉村溫馴景色中解脫出來的觀看主體之眼，被「愛敦一直以來所具有的難以馴服、以實瑪利式被社會摒棄」（5）卻未遭破壞的天然特質所吸引。沒有農場、沒有幹活的勞動者，因此，瞭瞰愛敦不會受到遮擋或分擾；相反，進入眼簾的是割荊豆枝的人們，並沒幹活，而是在荒原上晃蕩，其身體化簡成重重剪影，點綴在自然之中。哈代操縱了自己觀看風景的眼睛，想像或濾除那些勞作之人，以便對風景的欣賞令人更加印象深刻：

> 收完蘋果，湯姆森下樓來，他們一起出了白柵欄，走向荒野。小山連綿闊朗，清爽乾淨。遠處氳氳浮動。這景象在晴好的冬日常常能見到。看上去，層次分明、色調各異。光線照亮近處景物，流量漸及遠方。一層橘光覆在藍光之上，再往後的一切，就裹在了冷冷灰白的遠景之中。（100-1）

　　入眼之景勻整、寧靜、明亮；色調純淨、明豔、透明。可是，誰在看呢？是誰的眼睛快速瞭瞰荒野全景，彷彿直望向遠方地平線之外的某物？是湯姆森，還是本地人？兩者都不是，因為他們從來沒有跨過荒野的邊界。他們沒法觀察這片自己置身其中的風景。正是外來之人，遠眺景觀，

---

[38]　Raimonda Modicino, "The Legacy of the Picturesque: Landscape, Property and the Ruin." In *The Politics of the Picturesque: Literature, Landscape and Aesthetics since 1770*. Eds. Stephen Copley and Peter Garside (Cambridge: Cambridge University Press,1994), P. 209.

展現他們自己的美學理想。於是，愛敦的原始質樸一開始就重構成了「快樂英格蘭（Merry England）」的田園風光。到了故事結尾，它被淨化，繼而被贊許——與馬修試圖影響《邊鄉》裡漸漸滲入的現代性，如出一轍：

> 正如哈代筆下威塞克斯和威廉斯筆下威爾士風景所展示，如若不是被城市工業凝視所殖民的傳統、封閉之地，那就只能是一個中間地帶，一個張力、茅盾、當下動力之所。對威廉斯而言，這意味著在更為廣闊的當代資本主義的重重作用力之下，讓某處——在他的小說中就是勞作的鄉村——獲得自己的位置，而不是在一個理想化的過去，或是某個遙遠的地方。所仰仗的也不是反對傳統的力量，而是現代性本身具有的自相矛盾而又富有創造力的各種可能性。[39]

　　雷蒙德・威廉斯在《為曼諾德而戰》（小說延續了馬修・普萊斯的故事）中虛構了一個烏托邦式的城市，將都市化進程與鄉村生活融為一爐，幾乎完全不再需要來回往返，也通過拆解城市／鄉村的二元對立消除了成為邊（界）－鄉（村）的恐懼。[40]在個體語境之中，威廉斯仍然與此相關：「這部作品關注生態，刻劃鄉村人群並未包括觀光客或週末客，他們眼裡的鄉村是美麗休閒的，但小說描寫了小生產者，在這土壤上謀生，沒有借助工業化的農場」。[41]《邊鄉》出版19年之後（亦即「湯瑪斯・哈代與英國小說」發表9年之後）才發行的《為曼諾德而戰》強調了威廉斯的態度：在城市精英眼中，山谷即牢不可破的商企。

三、倒敘的觀照與重拯失落的歷史真實

　　哈代筆下的鄉民不懂欣賞他們周圍環境的神祕與優美，但威廉斯在《邊鄉》中卻揭示了把威爾士山村及其風景作為欲望對象加以觀看的危險。摩根・羅瑟（Morgan Rosser），一位當地企業家，把聖山（Holy Mountain）用作他的商業圖示：「那些罐子，一如摩根提供的所有容器，貼著特別的標識：*摩根・羅瑟——鄉村食品*。字樣是鑲有金邊的白底紅字。字後是線勾的村莊和聖山」（174）。摩根・羅瑟可看成哈里・普萊

[39]　Timothy Oakes, "Place and the Paradox of Modernity, " p. 510.
[40]　Ramond Williams, *The Fight for Manod* (London: Chatto & Windus, 1979).
[41]　H. Gustav Klaus, "Williams and Ecology." *About Raymond Williams*. Eds. Monika Seidl, Roman Horak, Lawrence Grossberg (New York, NY: Routledge, 2010), p. 142.

144

斯（Harry Price）的影子。他的現代主義傾向常與哈里對待變化的猶疑並提。這種商業性把鄉村威爾士清晰的時空隔開，物化成為一件可出售的商品—遊客／觀者明顯的心理顯現。山村經歷轉型，被外面世界消費：「除了牛津，新的重點十分明顯……從窗邊小路、居民區、工廠；廣告牆上明亮的三原色和加油站。格林馬瓦如今已成記憶，一個意象」（347）。

　　馬修有時也不免會用這種物化方式觀物，但他不同於克林姆，因為他很快意識到意象與現實、意識形態再現與它的社會條件之間的種種張力。兩種觀點各不相讓，他在兩者間思來想去，輾轉難決，這些成就了小說最為生動有力的段落，也成為威廉斯後期作品批判鄉村神話之形成的一個縮影。馬修結束旅行，回到昆屯（Gwenton）：

> 他感覺又空又累，可村莊和山巒熟悉的輪廓抓住他、取代他。他記住了它的形象，無論置身何處，不曾一日遺忘，閉上眼就浮現出來，這是他唯一的風景。不過，站在它面前、目睹此景，又是另一番情境。還是那麼美麗；這片土地的一草一木，都跟過去一樣興致盎然。它卻跟從前形象不一樣，不是靜止的。這裡不再是一處風景，或一個景觀，而是人們正利用著的山谷。觀看中，他意識到什麼在悄然逝去。作為風景的山谷仍保留著，它的功用卻被遺忘。遊客看到美；在當地居民眼裡，他們卻在這裡勞作交友。遠遠地，閉上雙眼，他過去看過這片山谷，而今以一名遊客身分去看它，依照旅遊指南去看它：這片山谷，他在這裡住了大半輩子。（75）

山谷被一個無聲的形象「替代」，其歷史被壓制，占主導地位的意識形態騰空了它鮮活的實質。簡言之，威爾士山谷被物化成一個旅遊和田園幻想的靜止空間。平克尼（Pinkney）繼續觀察道：「作為意象的山谷取決於眼、而不取決於手，看到而不是做到；它的勞作一旦抹除，也就被吊出了歷史、不受人的意識和活動支配，進入奇思幻想之中。顯然，作為風景的山谷是個『糟糕』的空間，遮蔽而非反思、塑造社會關係，亦即空間即意識形態」。[42] 居於邊緣視角又擁有望遠鏡和顯微鏡兩種儀器，馬修決定「重－設（re-place）」這物化的空間，讓它回到活生生的現實，把它抽空的形象融化成歷史真實：「他在這裡，不僅僅要呆在房子裡，而是重新定

---

[42] Tony Pinkney, *Raymond Williams*, p. 38.

位，繼往開來」（73）。

重新安置業已被特權之眼固化、同質化、奇幻化的鄉村景色就是重新振作鄉村土地的生產力、復活農業勞作，並最終將差別性、多價性和歷史性重新植入那片空間。在這種望遠式倒敘之間，馬修記憶中的格林馬瓦曾是個「農耕之鄉」：

> 行走在十月夜晚的鄉路上，他們[哈里和艾倫]臉上能感覺到自己的鄉土：農莊擁擠院子髒兮兮、牆上雜草牆下村狗、穿果園下斜坡的牲畜、山谷裡牧羊的狹長地帶、一小塊紅土厚蕪的耕田、小溪赤楊曲合交錯、山巒上蕨草叢生的連綿草地，樹蔭牲口棚之下羊群三三兩兩、偶有向陽的白牆，高高佇立，其窗口迎接從山谷照射來的陽光、黑黝黝的山影高聳，還有圈圈的羊牆。（33-4）

這裡顯然是一塊勞動之地，居住著「人群」——平凡、顧家、隨便，毫無迷人華麗之處，就像「擁擠」、「雜草」、「髒兮兮」等字眼所傳達出來的泥土氣息一樣。

最重要的是，這些鄉村場景不僅僅可以感知，更加可以經歷。也就是說，既是因眼觀而在，也因感知而在，又深植其中。這些場景空間上彼此相連，傳達出居民的歸屬感、認同感。「行走」並親歷這片鄉村沃土，讓哈里和艾倫獲得認同，安居樂業：「住入這幢屋子特別舒適」（35），以及「[他]看起來依舊非常自我，彷彿他心裡有什麼吸走了他的精力。但他和艾倫一起住在山谷裡，開開心心」（37）。無獨有偶，馬修日後也和他父母一樣，「行走」於這條鄉路。他勘察了家鄉的地界，把導遊圖變成了一次「觀光」。這樣，他又一次發現：「在勘察空間之中，觀光與地圖之間有一個麻煩的裂隙或界線，就如同發生在『威廉』與『馬修』之間，既生活過又系統全面」。[43]

重新發現邊界，或重新標注邊緣，就是打破先入為主的界線，以「認知測繪（cognitive mapping）」[44]的方式重新劃定它們。這種認知重構打破

---

[43] Tony Pinkney, *Raymond Williams*, p. 45.

[44] 據傑姆遜（Jameson），「認知測繪（cognitive mapping）」是一種空間感知。它有助於某人通過「創制新的局部地圖」和超越個人極限，在不斷變化的地理政治景觀中掌握社會——文化的整體性，為自我定位或重新定位。參閱 Fredric Jameson, *Postmodernism or, the Cultural Logic of Late Capitalism* (Durham: Duke UP, 1991), p. 418.

框架卻又重建框架，德里達稱其為「越界／拆界（*debordement*）」，也就是「溢出或蔓延」，從文本到世界，從意象到物質。[45]這樣，雙筒視角使馬修能夠打破注入在威爾士鄉村景觀中的那些圖符、意象、奇觀的迷戀，重獲其原真性。換言之，馬修擁有超越界限的視野，使他再度跨越不同邊界，從他所在英語文化的霸權到伴隨他成長的威爾士被壓迫史。更準確地說，他回到格林馬瓦，成功跨過話語（discursive）到穿越（traversive）之間假定的邊界，即從神話符咒到鮮活威爾士的身分認同。這種跨越掃視最為明顯的例子出現在第十章對威爾／馬修「坐在紅隼（Kestrel）之上，俯瞰整個村莊」（290）的描寫中。他首先用微觀的方式看到一個鮮活的村莊和實實在在的鄉村——田野和果園、房屋農舍和冒著煙的列車：

> 他清清楚楚地看到了綠色籬笆裡的橡樹和榆樹。那邊，果園裡一邊又一架老舊的翻曬機，一堆已吃了一半的土豆，旁邊散落著稻草。他看到農舍的又長又白的牆，漸隱的紫羅蘭色影子從一個意想不到的角度穿過了側壁。這邊，路的兩側高高隆起，一輛運貨馬車駛過。哪裡又連續傳來犬吠，並不是太遠。這看上去近在咫尺的，就是他真真切切的鄉村。（292）

　　用「近在咫尺」、「這邊」所感知的山谷是一個具體的鄉村：村裡的土地、平凡人間和勞作期的人們。但若以望遠鏡的方式「放眼望去」，這個山谷也是一個被歷史和記憶造就的國家：古羅馬的征服、廢墟的教堂、勳爵和傳奇：

> 如今，它不僅僅是山谷和村莊，而是眾山谷與遠方英國藍的交匯之地。歷史上，這個國家另有一番面貌。高地外的東部，每隔幾英里，就立著羅馬古堡，跨過寬闊的山谷，直對山川。格林馬瓦位於其下，乃必爭之地，不屬於任何一方，又受雙方轄制。那邊的南方，是昆頓堡，是鏈條的終端……關於邊境沿線古來爭鬥的一切就這樣突現於這些城堡和道路的錯落之中。高地上是瑪律凱、費茨・奧斯本、伯納德、德・鮑瑟等領主的地界。他們的塔樓如今人去樓

---

[45] Jacques Derrida, "Living on/Borderlines." *Deconstruction and Criticism*. Eds. Harold Bloom et al (New York: Continuum, 1979), pp. 75-176.

> 空，空對著他們權力所達的片片祥和山谷。關於那個世界，除了記
> 憶，還殘留了暴力的形跡，在傳說中與聖山崩石混雜在了一起，那
> 兒，魔鬼朝西撲向我們山村時後腳摔了一跤。（同上）

所以，這種跨越式掃視（traversive glance）不但超越個人情感和「此時此
處」，而且也延伸並深入滲透到「彼時彼處」的威爾士：它的歷史與過
去。這樣一來，馬修可以找回威爾士那被壓迫、被邊緣化或被抹除的歷
史，並可以分析它的歷史遺產，最終「薪火相傳」。用他自己的話說，
重尋威爾士歷史，以便「給這種變動的歷史賦予意義（give meaning to this
moving history）」（307）。只要重新找到過去，就能獲得一種在地感。
也就是說，從種種時間突變中復原威爾士的過去將給予馬修一種方向感，
讓其知道如今身處何地──亦即關於空間位置中完整的自我認同。這種自
我意識就是為何當他步入這「已知之鄉」時，他強烈感覺「再獲安定感」
（同上）。

　　威廉斯借用馬修，有效使用雙筒視角重構兩種身分（威爾／馬修）和
兩代人（哈里／馬修）之間的分裂，使過去浸潤在當下的症候中。由此，
個人故事被歷史照亮。為使這一視角行之有效，威廉斯採用了一個貫穿於
整個故事的手法──倒敘（閃回／flashback）。整篇故事建構在一連串馬修
的倒敘之上：他在鄉村的兒童時代、他父母的第一間小屋、1926年大罷工
以及早年和摩根（Morgan）之女艾娜（Eira）的一段情。馬修的倒敘實際
反映了一個行之有效的歷史視野，穿越個人史、社會史和威爾士的政治
史。凡是致使溝通線路破裂的症候一旦出現，也就是，過去、現在、未來
三種連續時間感遭到中斷，倒敘就出現了，導致了歷史敘事的斷裂和意義
象徵秩序的位移。

　　這種情況下，倒敘有助於融合被擾亂的時間意識，最終解決父與子、
過去與現在以及個體與集體之間的危機、矛盾。約翰・艾爾德里奇（John
Eldridge）與麗茲・艾爾德里奇（Lizzie Eldridge）曾觀察到：「倒敘的運
用使他[威廉斯]特別著力於時態，他認為時態在創作過程中至關重要，與
此同時，也對延續他筆下虛構人物的現實性至關重要」。[46]馬修情不自禁
的回憶把他帶向過去，一個被霸權壓制／抑制的過去，滿懷對當下的希

---

[46] John Eldridge and Lizzie Eldridge (eds.), *Raymond Williams: Making Connections* (London/New
York: Routledge, 1994), p. 142

冀，向未來敞開的新眼界——期待受壓迫者的回歸。因此，所謂「前（the pre）」——原初的——在「後（the post）」的時代獲得重建。

　　這一經由「後」而再造之「前」是在成長（Bildung／即自我認同的發展形成）的時間進程中得以清晰的表述。就主題而言，《邊鄉》就是馬修個人成長並獲得自我認同的故事。然而，這種自我成熟的意識並非在線性的發展形成中完成，而是在反發展的追溯與重組中完成。從這個角度來說，這部小說實際上是顛倒過來的成長小說（Bildungsroman）。換言之，傳統成長小說通常「刻畫年輕人因追尋自我和相應社會地位所經歷的一系列事件步入成熟、或啟蒙被視為成長（Entwicklung，發展、演變）或……再生、新生的起始」。[47]但這部小說不是集中在線性推動上，而是集中在倒置反轉，從人生成熟階段回到青年再到兒童時期。危機、裂變、症候出現，威脅到個人人生的成長和延續性，激起了這一回溯運動。

　　這種「逆－成長」（counter-bildungsroman）小說質問自然成長的真實性，亦即由兒童到成年的時間發展過程，因為成年與成熟世界的起始、線性發展的終端實際也是生命危機之所在。[48]所以這種啟悟是不真實的、虛幻的和誤導性的。因此，反思成長受教過程中所發生的各種事件便油然而生。這種返顧正是馬修所做的，他人到中年，無論從個人角度還是專業角度，均遭遇認同危機。

　　就個人而言，他父親象徵著道德品質，老威爾士的過去正悄然逝去。瀕臨死亡的父親可以看成一個時代、一代人的終結，馬修不得不承繼一種與他分離良久卻又感覺疏離的遺產。就事業而言，馬修已經擔任倫敦一所大學的講席，但他關於工業革命期間人口流入威爾士礦穀的研究卻停滯不前。他的研究「開始很順，可過去三年裡卻鮮有實際性進展」（9）。關於這項研究，他可以「感受卻無力操作，觸及但並未抓住」（10）。然而，追溯性的倒敘（Retroactive flashbacks）使他得以運用內省式／究查式（introspective／investigative）視野探索其焦慮和危機在心理和歷史上的根源。回到威爾士恰是這種追溯運動，跨越了從成熟到青年再到孩提的界線，最終重獲自己與父親、自己與威爾士之間的認同感，解決了過去與現

---

[47]　Wulf Koepke, "Bildung and the Transformation of Society: Jean Paul's *Titan and Flegeljahre*." *Reflection and Action: Essays on the Bildungsroman*. (Chapel Hill: Univ. of South Carolina Press, 1991), p. 229.

[48]　參閱 Marc Redfield, *Phantom Formations: Aesthetic Ideology and the Bildungsroman* (Ithaca: Cornell University Press, 1996).

在之間的矛盾，頓悟到自己不再無家可歸、流落他鄉（351）：

> 不再是一群他看到的人，是匆忙而真實的人。他慢慢走下臺階，看
> 著人們來來往往。仿似生平第一次，他能夠瞭解這些人，如同他瞭
> 解自己。這就像他自己體重的變化，能量深深回流。他感覺重返童
> 年，但那一刹，不再是兒童的經歷，而是記憶與實質之間鮮活的聯
> 繫。（317）

這種成熟不是經線性過程發展形成，而是經回顧反思而得。擊碎歷史
的線性，跨越意識形態間的障礙，頓悟即產生於時間之「後」與記憶之
餘。在這個意義上，頓悟（epiphany）從不偶因神聖顯現而生，反因褻瀆
神聖而發生。也就是，時間與歷史的罪與傷：頓悟因瀆神（blasphemy）而
突然爆發——一種激進的去神祕化實踐行為。

倒敘的縫合力量不僅僅體現在恢復了碎片化的時間，不但在歷史的橫
向敘事中運行，還在自我顯現在邊界、地理和生態的空間測繪之中，縱向
地挖入到受壓迫、邊緣化及裂隙之間的潛意識深處。倒敘不但有助於闡釋
時間之後存在什麼，也有助於看見空間之下存在什麼——或者，既同時看見
又同時闡釋，誠如馬修的座右銘所示：「觀看、闡釋、盡力弄得個明白」
（293）。對於馬修，威爾士和格林馬瓦的歷史深深地嵌入到其地標和景
觀空間構建的各個頁層中。因此，尋求實實在在的安頓、獲得歸屬感，就
能像考古學家一樣挖掘地下沉積之物，逐層檢視，並最終使紛亂重獲秩序。
馬修將時間的反向回溯與空間的向下內省並置一處，最特別的一段是：

> 整個山谷都很可愛，他感覺到自己眯起雙眼，模糊了那些房子周圍醜
> 陋扭曲的碎片。可正當他這麼做的時候，某種品質消失了：它既非意
> 象，又非實際的山谷。轉過身，他抬頭向群山望去。低處地平線上一
> 輛拖拉機正行駛著，他記憶中那裡曾是一片樹林，現在卻變成了空
> 地，圍上了籬笆。在更北端，高高的穀倉之下，幾條狗在陡峭的斜坡
> 上跑來跑去……更低的一些地方，一片天地已被拖拉機犁過，邊上撒
> 了些石灰，那白色醒目地襯出翻過的土地。他再往下看，直看到飽經
> 風霜的木門。任何人都不擁有山谷，把它變成一種景觀。勞動改變過
> 它，並還在繼續改變它，但它的基本外貌不曾改變。（76）

　　諸如「抬頭看」、「低處地平線」、「低一些」和「再往下看」等視覺標記表現了視角在由高向低、由外向內俯瞰風景的漸進過程。表面上，肉眼似乎在縱向觀景，可最重要的是觀察之眼恰恰在想像與現實的邊界完全消融之際開始往下移動。這雙眼顯然穿透了空間無意識的世界。所以，視線每一次向下，觀看的主體就深入到內在的空間，它所及的空間的每一個層次，都有時間之傷：記憶和歷史的痕跡、變化，以及錯位。從這個歷史－地理的角度，馬修／威爾可以摒絕神話的幻覺，從而在空間中為歷史定位、在歷史裡為一個空間定位。

四、重繪帝國圖景與人類學凝視

　　為探望病中的父親，馬修穿越時間和空間，從行李中拿出一張兒時的鐵道路線圖；雖已水漬斑斑，這張圖卻清楚地告訴他，威爾士－英格蘭地志學意義上的地緣政治形態與兒時記憶中幾乎一模一樣。但是，他不遺餘力而又細緻入微描述地圖的特點，在請求讀者用敏銳的眼光細察這張羊皮紙，去解讀馬修在跨越邊界、返回出生地威爾士的旅途中重新凝視這張舊地圖時想像著（而不是看到了）什麼。

　　在《萎縮的島嶼：英國的現代主義與民族文化》（*A Shrinking Island: Modernism and National Culture in England*）中，傑德・艾斯蒂（Jed Esty）探討了威廉斯的「都市視角（metropolitan perspective）」，[49] 他如何將「現代主義的都市帝國基礎和豐富的文化上層建築相結合起來」。然而，這種有關內在和外在的描述無法觸及英格蘭之外的領域。愛德華・薩義德（Edward Said）在《文化和帝國主義》（*Culture and Imperialism*）中就提出過這樣的質疑：「威廉斯是一個偉大的批評家，我十分欣賞他的作品，從中收穫良多。但他認為英語文學主要關於英格蘭，這種想法佔據了其作品的核心位置，大部分學者和批評家也大抵如此。在我看來這是一種局限」。[50] 值得關注的是，這個後殖民時代，也恰是英格蘭放棄此前自稱超級霸主的名號之際，殖民地國家開始紛紛質疑自己的民族身分認同，並試圖重寫那些殖民時期曾被迫疏離的種種歷史。關於這一點，威廉斯幾乎未曾提及。

　　儘管我們對薩義德指出威廉斯沒論及殖民確認（colonial acknowledgement）

49　Jed Esty, *A Shrinking Island: Modernism and National Culture in England* (Princeton: Princeton UP, 2003).

50　Edward Said, *Culture and Imperialism* (New York: Alfred A. Knopf, 1993), p. 14.

表示同意，但馬修從他行李箱中取出的那張地圖上的鄰接性也許能說明這一缺失的問題。也就是說，只要地志特徵跟不列顛中心相近並與他希望造成區別的城市各區存在對位關係，威廉斯會選擇描繪大不列顛帝國的地理特徵。艾斯蒂承認威廉姆斯在作品中操縱著「都市視角」，這不僅僅包括內在／外在二元對立的抽象概念，而是這個「都市視角」也包含了「觀看」的實際過程，看到兩片土地之間實際聯繫。既然要找出海外文化差異十分簡單，那麼，在一個空間上和政治上均飽受鄰國霸權折磨的社會，要這麼做就不那麼容易。

姑且不論威廉斯在《邊鄉》中的構想，讀者還會發現，二戰結束後不久，殖民作家在文化意識上經歷了類似過渡，也都對此敬而遠之。正如西蒙・吉坎迪（Simon Gikandi）指出：「一種回歸故土的呼聲定義了民族主義時期的敘述，這種回歸與當初創造出民族主義作家的殖民文化澈底決裂」。[51]我們認為，這種預設中心的拆解催生了對於新核心的渴望。這個新核心可能是最純淨無瑕的，由記憶而非在地性所塑造，關注的是個人而非政治。這種需要激起了比鄰於帝國他者的強烈民族認同，與後殖民到來之前的歲月形成了鮮明的對比。當「新興的愛爾蘭、威爾士和蘇格蘭認同成為反抗不列顛政體的積極形式」時，「這個中心就會製造一個能滿足需要的邊緣化他者來顛覆」這一切。[52]代之而來的，是殖民地將自己置於小說中心框架，以拆解從前的帝國中心。

對神典化英國／殖民小說的這一變更，可以清晰無疑地展現在馬修對那張地圖的描述中。倫敦不再是地圖（英國性的地圖）的實際中心，中心變成了威爾士。審視這張羊皮紙（整個英國的地理位置沒有詳細勾畫，但地圖上突出的火車軌道卻給予了暗示），我們看到為了殖民地的英國作家，『地圖』重繪、中心遷移。既然列車軌道地圖被進一步描述成「幾乎跟他一樣的年紀」，擁有「動脈」，重繪的地圖和馬修帶到威爾士的自我／記憶，顯然已彼此糅合。馬修返鄉，也是在向內接近他自我的中心。

因此，儘管威廉斯沒有明確提及移居海外的殖民作家，但他卻以一種視覺隱喻來支援他們的事業。通過這種視覺隱喻，可以類推出內在／外在二元對立和（往新中心）遷移，二戰後其他後殖民作家也都對此進行過抗

---

[51]　Simon Gikandi, *Maps of Englishness: Writing Identity in the Culture of Colonialism* (New York: Columbia University Press, 1996), pp. 194-195.

[52]　Wendy Joy Darby, *Landscape and Identity: Geographies of Nation & Class in England.* (New York: Oxford International Publishers Ltd, 2000), p. 79.

爭。就閱讀後殖民作家（或以後殖民方式進行閱讀）而言，吉坎迪曾表示：「後殖民主義必須認識到帝國是一股整體性力量」。[53]本文解讀威廉姆斯的格林馬瓦，也是將其構想成一個整體，而不僅僅是個中心——無論這個中心在哪裡。在這樣的語境中，馬修的鐵道路線圖暗示著帝國和殖民地這兩個中心間來來回回的運動和傳輸。鐵路既是旅途（內在／外在）的要素，又是政治的束縛（因為鐵路要津取決於社會經濟和社會政治因素，不可移動）。

　　欲讓這種解讀前景化，我們必須回到在不列顛帝國背景下威爾士他者身分的建立。威廉斯自己的解釋將注意力首先導向19世紀40年代，那時候，不列顛齊心協力要將威爾士語從學校系統中罷黜。19世紀80年代，英格蘭曾試圖通過兩個原型意象將自己打造成「家」的形象：一個是倫敦；另一個是無人居住的田園風景。對於兩者的任何一個，意象的消費群體均將它們視作互相聯繫的兩部分，基本與次要、帝國與殖民地、自我與自我反思。通過將倫敦包裝成家的形象加以「推銷」，帝國凝視還將無人居住的景觀放置在參與者之外——使之成為一個被觀賞的意象，原始而未加雕飾。記憶不可改變，同樣不可改變的還有那些無法觸及的風景意象，讓不列顛帝國自我反思顯得駁雜。溫蒂・J・達比（Wendy Joy Darby）這樣寫道：「英國鄉村成了永久穩定的中心」。[54]但是，這個鄉村移除了威爾士文化中的外來元素，同時，拉開了威爾士與它自己語言之間的距離並收納了上文提及的田園風景中的靜止意象。只有在風景意象之外的空間裡，觀看者才能發出自己的聲音。

　　這種失聲雖也存在於《邊鄉》裡，但僅僅一筆帶過。威廉斯簡要地提及威爾的祖父，傑克・普萊斯（Jack Price），以及他「如何用他小時候知道的但已經過時了的方言嘲笑威爾和哈里」（192）。雖然作者對這樣的交流著墨不多，其欠缺卻恰恰耐人尋味。因為威爾不懂威爾士語，在面對自己母語時的緘默無語頗具象徵性；尤其當威廉斯一心要通過建立新中心來重新審視自己的文化和過去時，母語的缺席在一部用殖民者語言寫就的小說中造成了一種響亮得驚人的沉默。吉坎迪（Gikandi）寫道，「要瞭解威爾士和威爾士對他（威廉斯）的意義，要真正認識邊緣地帶的位置和力量，威廉斯必須要穿過英國性之眼」。[55]也許這就是為什麼哈代的克林

---

[53]　同上 Gikandi, p. 191.

[54]　同上 Darby, p. 53.

[55]　同上 Gikandi, p. 43.

姆（Clym）最後以失明收場，這種嬗變也許是一個人為逃離帝國凝視所必須承受的代價。威廉斯使用的顯微鏡／望遠鏡雙筒視角正好印證了這一觀點。但頗具諷刺意味的是，這種二元對立是由眼睛而非舌頭「說」出來的（憑藉倫敦這一「家」的形象和田園鄉村這一文化遺產的意象，將同樣的產品推銷給英國人）。

重新把威爾士想像成中心，威廉斯就必須回歸個人而非歷史。達比（Darby）指出，「威爾士獨特的生活方式已逐漸消失，它的法律系統被壓制，威爾士語言在行政層面被禁用，在十三世紀幾乎消失的吟遊詩系統仍然處於一個萎靡不振的狀態」。[56]她對吟遊詩系統的指涉是獨特的。在再造一個供英國消費的威爾士身分之時，吟遊詩是「『督伊德教』的遺產（Druidical relics），威爾士語言在某種程度上與希伯來語相關，風景傳說是被美化或編造出來的」。[57]簡言之，創造被局外人消費的威爾士文化就是創造一個虛構的歷史：英國凝視希望看到的是一個在由自己創造的意象中被控制和被重造的他者。將這些成分從小說中完全移除，威廉斯強化了威爾士的形象，從而也就消除了帝國對威爾士的幻想。威廉斯將威爾士置於中心，賦予了格林馬瓦的個人和居住空間以影響力和真實性。

此外，馬修從他的行李箱中拿出的鐵道路線圖上除了鐵路圖外還印有兩張年代久遠的照片。兩張照片都值得我們認真審視。第一張是一個「位於特勞斯瓦尼茲（Trawsfynydd）的荒廢的修道院」，讓人想起風景如畫的景觀運動，因為受制於消費者的審美視角，鄉村無人居住，已然廢棄。它把有人居住的鄉村從視線中移除。第二張是「滕比（Tenby）的正面照」，它位於濱海小鎮，有中世紀的城堡，上面還有兩個頭戴鐘形帽（cloche hats／在二十世紀年代風行的時尚）的年輕女孩，旁邊是一個奧斯丁的散熱器，照片中同時展現了沿岸和邊緣、當地和商業、古老和現代。與荒廢的修道院相比，第二張照片展示的是一個有人居住的空間，如果地圖沒有30年那麼久遠的話，那它上面就會標識出有人居住。但是，在回到威爾士時，馬修／威爾必須重畫一個地圖，將他之前認為極其「頑固不化」的威爾士畫成一幅勤勞之圖（working map），一張隱形的地圖，如果不移除自我意識的話就無法描繪的地圖——一張既是內在也是外在的地圖，既是自我也是他者的地圖。

---

[56] 同上 Darby, p. 80.
[57] 同上 Darby, p. 81.

也許這個觀點在小說的結尾得到了最好的概括。威廉斯這樣寫道：「車站離開視線，隱藏於路塹中。工作照常進行，但是從這裡看來，車站也許從來沒有存在過，火車也許是自己行駛著，每個人都從山谷消失了」（291）。如果沒有清晰地說明沒有看到的是「什麼」，那麼這次回歸荒無人煙處的旅程表面上看來就像是回到了帝國凝視之中。或者，「閱讀」空無的方式已經改變，正如馬修／威爾對故鄉的觀察方式也發生了變化一樣。他透過靜止的「英國性之眼」去觀察。但這是一次諷刺性的回歸，在這次回歸中，鄉村最終得到一個聲音，馬修／威爾的聲音，它確鑿無疑地將威爾士放到一個看不見的地圖上，一張被有人居住的世界重新創造的個人地圖，威廉斯就是用這張有著30年歷史亟待更新的鐵道路線圖開場。

五、懼怕的他者：邊界的菌毒性侵越

要探討人類學時代的病毒政治，我們需要稍稍蕩開一筆。1888年，英國人詹姆斯・安東尼・弗勞德（James Anthony Froude）進行了一次旅程，旨在探索和評價西印度群島中存在的英國性。這次體驗之旅，由不列顛帝國所在地、管理中心所策動，其欲望就是將整個帝國納入其存在；或者說，通過從中心向邊緣的旅程，弗勞德想要在時間和空間上確定存在於殖民地中的各種英國性。此次行動出於一種自中心而向外擴散的恐懼，但公報的發佈卻掩蓋了恐懼。弗勞德自己提出的符號政治也體現了地區之間的斷裂，如英國和西印度群島雖在名字上不同，卻屬於同一個民族——儘管兩者存在地貌、文化和地理的差異，也許這就不足為奇了。然而，既然做出了這種不切實際的斷言，弗勞德理當展示他的觀點，通過第一手的經歷、採訪和檔來分析和驗證它。

從西印度群島周遊回來之後，弗勞德頗有自信地詳細闡述了國外高漲的英國情懷，將遊記命名為《西印度群島的英國人或尤利西斯的弓》（*The English in the West Indies or the Bow of Ulysses*）。[58]將英國／西印度群島範式混為一談，起到了多個作用：首先，在不列顛帝國和其殖民地之間建立神祕的聯繫；其次，再通過尤利西斯之弓影射潘娜洛普的策略隱約地宣誓了主權（因為只有弓的合法繼承人才能有效地使用它）；最後，通過傾聽神話和在美學上將當地和異國並置，英國制度的宏大敘事在時間

---

[58] James Anthony Froude, *The English in the West Indies or the Bow of Ulysses* (New York: TheClassics. us, 2013).

和空間上都得到了延伸。西蒙・吉坎迪（Simon Gikandi）將旅遊的最後這種作用視為「整體化機制（mechanism of totalization）」。[59]通過用文本情節連接兩個在空間和地理上相互分離的地方，弗勞德得以將海外的異國氛圍和國內熟悉的舒適感結合起來——或者，「旅行是一種元評論形式，允許帝國旅行者反思、質疑、妖魔化並時而同化『其他時間和地點的紀念碑』」。[60]

弗勞德從英國大都會到西印度群島的旅程基於一個偏執狂的思維框架：對「他者」的恐懼、對帝國凝聚力的不安、對殖民地可能影響英國同胞的擔憂。吉肯迪認為，旅行「是一種理性和道德的工具，而非簡單的冒險情緒」。[61]也許這就是為什麼年輕的馬修・普萊斯在《邊鄉》的開篇登上開往格林馬瓦的火車時，他馬上就遇到了來自西印度群島的女售票員，女售票員彷彿打破了他在倫敦經歷到的冷漠與無聊。由此，威廉斯立即將帝國凝視的兩個關鍵方面碰撞在了一起：西印度群島（已有弗勞德的作品做鋪墊）和（火車上的）旅行。當馬修審視那張與他差不多一樣年齡的鐵道路線圖時，我們馬上就能看到，他的個人經歷傳遞給這張羊皮紙的多種含義，馬修的鐵道路線圖充滿了「生活過」的經歷，將個人的凝視放在自己身上，而不是從外吸引凝視。但這對於馬修來說並不完全正確，因為在倫敦接受的八年教育還給他自己帶來了一個從屬性的視角。要將這兩個分離的視角結合起來，我們必須更深入地去探索不列顛帝國視角的變化過程；以及，與之相反地，殖民地視線如何既依隨又獨立於不列顛凝視。

弗勞德之後，傑德・艾斯蒂（Jed Esty）將帝國寫作的下一步定義為人類學凝視的「回轉」（swiveling back），將焦點從殖民地轉向大都市。他寫道：「喬治・奧威爾（George Orwell）十年間的小說路線就是一個很好的例子：由《緬甸歲月》（*Burmese Days*，1934）中對亞洲腐敗的殖民主義的描寫開始，到《通往威根碼頭之路》（*The Road to Wigan Pier*，1937）等作品中對於他認為的英格蘭生活未知領域的探索」。[62]如此，當返回大都市的時候，我們必然會考慮「帝國給予英格蘭以力量和殊榮，但是對於其國民性並未染指」[63]這一命題是否站得住腳。毫無疑問，大都

---

[59] 同上 Gikandi, p. 87.

[60] 同上 Gikandi, p. 89.

[61] 同上 Gikandi, p. 99.

[62] 同上 Esty, p. 43.

[63] 同上 Gikandi, p. 86.

市和殖民地之間存在雙向互惠關係。吉坎迪具體地提到了板球賽的「激進變革」——變革中殖民地不僅僅在他們自己的比賽中打敗了英國，同時也迫使英國採用了新的比賽方法。上述提到的這種英國凝視朝向自己的「回轉」預示了一種恐懼，即他者已經以某種方式成為自我；或者，如詹森在《魔鬼地圖》（The Ghost Map）中所說，「野蠻人不是來攻打城門，野蠻行為正從內部滋生」。[64]

　　因此，曾有一段時間，英格蘭開始凝視自我，諸如雷蒙德‧威廉斯和西蒙‧吉坎迪之類來自殖民地的人們，到大都市尋求認同、歷史和真理。有一點不得不提到，威廉斯十分清楚地意識到英國對於威爾士的影響；通過語言的替代，威爾士的教育和宗教都受到英國視角的調度。這就導致威廉斯所說的「我一直拒絕我的威爾士性，直到30歲開外，當我閱讀威爾士的歷史並理解它的時候，才停止這種拒絕」。[65]這也許可以解釋為什麼當馬修‧普萊斯到倫敦遊學時他會重新回顧關於他自己的過去和他家鄉歷史的重要參考點——南威爾士的煤炭開採榖。在這一方面，穿越邊界邊緣的旅行經歷重新定位了大都市——當馬修‧普萊斯旅行到倫敦時，他並沒有突然開始審視倫敦的歷史和地理。相反，在空間位置上的這種改變只會導致自我和認同的模糊性，馬修必須通過對「生活過」地圖的地貌重建來解構這種模糊性。實質上，馬修從來沒有都離開過南威爾士，至少在認知上沒有離開過，但是他穿過了邊界，從一個全新的角度來「看」它。

　　威廉斯通過介紹1926年的大罷工進一步闡釋了邊界的互相作用。從馬修父親哈里的講述中，讀者可以發現在鐵路工人和殖民地的口號之間存在一種平行關係。當公司用撤銷職務來威脅罷工的人們時，摩根‧羅瑟（Morgan Rosser）這樣回應，「我們是為了自己的事業站在一起，沒有任何公司的所有者，無論國有還是私營的雇主，可以阻止我們。我們不是公司的僕人；這是一個自由的國度。站在一起，並忠誠於你們的工會，就是忠誠於你們自己」（93）。值得一提的是，格林馬瓦的鐵路工人參與大罷工是由馬修‧普萊斯的研究中以及A‧J‧克羅寧（A‧J‧Cronin）的小說《衛城記》（The Citadel）中均曾提及的同一批煤礦工人發起的。通過將鐵路視為存在於自身之中並屬於自己的王國，羅瑟將大都市遷移至格林馬瓦，並要求公司也給予互惠。

---

[64]　Steven Johnson, *The Ghost Map: The Story of London's Most Terrifying Epidemic and How It Changed Science, Cities, and the Modern World* (New York: Riverhead, 2006), p. 45.

[65]　Raymond Williams, "Wales and England." *What I Came to Say* (London: Radius, 1989), p. 68.

　　這種行為具有符號學涵義，因為它強調了鐵路作為穿越邊界的樞紐的重要性；吉坎迪注意到旅行（從英國的角度來看）被設定在不列顛的家園（oikos）周圍（特權點），它們是任何旅行的起點與終點。假如這種關於旅行的世俗假設與其目的地斷開，或者說，假如這種可能性受到威脅，那麼，正如殖民制度下產生的文本（如《邊鄉》之類）「將其〔王朝〕存在解構和世俗化」並強迫「英國人更進一步反思他們的認同和主體性」，[66]燒灼的旅行所帶來的威脅也會一樣激發人類學凝視的回轉。不列顛帝國凝視在時光推移中產生的變化可能會立即同時導致殖民地及其文本反抗和攻擊統治權（如《西印度語言》／Froudacity）

　　但是，旅行的神話並沒有在殖民主義後期從不列顛文學中消失；反而可以說，旅行的神話特徵克服了二十世紀30年代後期旅行所帶來的「理性和道德」。當我們看到在英國照片中展示出的威爾士的奇妙面貌，把它置於純真、未被觸碰過的鄉村位置，受吟游詩人的詩歌中督伊德教遺產所渲染，我們看到了走向奇幻創作的傾向以及在後期殖民文學中沒有消失的「他者」。也許第一次世界大戰在重置英國殖民寫作的神話核心中起到了重要作用，因為它是「穿過手腕的一顆子彈」，深受毒氣傷害的經歷讓馬修的父親哈里回到格林馬瓦這個從小長大的地方，重新開始他的生活。

　　通過這些迥然不同的透視鏡，我們試圖在馬修・普萊斯回到格林馬瓦的旅程和運用後殖民解讀重建認同之間，找到它們之間的連接。首先，不得不看到，雖然受到倫敦經歷的影響，但是通過關注威爾士採礦山谷中人口移動的經濟體制，馬修牢牢對準了格林馬瓦和威爾士。雖然他穿梭於都市之間的物理邊界，但那被鐵道路線圖所定義的「生活過的」地圖卻在威爾士境內。確實，只有離開倫敦，他才能離開困擾了他這麼多年的冷漠。雖然吉坎迪質疑「注視那個注視著你的英國性」[67]這一命題，我們也許會認為：在威廉斯的小說《邊鄉》問世時，這種有導向性的凝視已經回轉到英格蘭自身，殖民旅行母題已被奇幻文學中探索虛構想像之地所替代。或許，它寓言性地起到了在沒有殖民「他者（們）」的框架中重振他者視角的作用。在這方面，《邊鄉》就成了一部關於可變軌跡的小說，這個軌跡不再是地理上的空間點，而是時間和心理意義上的運動，既是政治性軌跡，也是個人化軌跡，由代表著經歷的實用地圖的「鮮活」空間所標

---

[66]　同上 Gikandi, p. 28.

[67]　同上 Gikandi, p. 19.

識，令人想起因約翰・斯諾（John Snow）的霍亂研究而普及的沃羅諾伊圖（Voronoi diagram）。

「當（馬修）走下樓梯，去往廚房時，他感覺到自己的過去在隨著他移動：這種生活，這套房子，以及穿過山谷的火車」（24）。馬修／威爾在威爾士境外以及在故鄉的旅程依舊遵從了旅行作為（通過他者的透鏡）自我發現的傳統。然而，對於被殖民者而言，自我和他者就像同一枚硬幣的兩面，同時共存並相互融合。認同不列顛不是要抹去馬修到底是誰的事實，而這只是他通過旅行選擇將自己同時看作自我與他者的一個手段。正如雷蒙德・威廉斯所總結，當他返回家鄉，「突然間英格蘭，資本主義的英格蘭，不再是我的參考點。我是一個威爾士的歐洲人，兩個層面都感覺截然不同了」。[68]

中文原載《國外文學》2016年第四期

---

[68]　Raymond Williams, *Politics and Letters: Interviews with New Left Review* (London 1979), p. 295.

卷二

迷幻凝視：
虛擬的後人類想像

第一章　視覺的想像社群：論《河殤》中的媒介政體，虛擬公民身分與海洋烏托邦[1]

在其影響深遠的《想像的共同體：民族主義的起源與散佈》一書中，本尼迪克特・安德森（Benedict Anderson）認為現代民族國家的出現是印刷文化——諸如小說和報紙——想像機制的結果。[2]雖然安德森對現代民族主義之謎的洞察贏得了普遍讚譽，但在現代民族國家的創建過程中，需要重新思考印刷文化的特權地位。在現代民族國家的塑造和想像中，安德森尤其是忽視了視覺／媒介文化的作用。在後福特主義、全球化和後社會主義時代，不同的批評家都認為電視、電影、廣播和互聯網等電子媒體，對想像和構建民族認同起到了至關重要的作用。[3]

本文把著名的電視紀錄片《河殤》作為一個電視超文字的例證，闡釋視覺／媒介文化在引起一種新的民族認同的願望和想像方面的意義。我認為這種「電視政論片」的震驚效果，不僅標誌著一種認知性知識的範式轉換，即從五四時期印刷文化占主導地位向一個新的視覺文化時代的轉變，而且重塑了一個由媒介／視覺圖像主導的社會—文化想像的視界。正是在「視覺想像共同體」的創造過程中，一種新的地方—民族—世界的身分得以協商達成。通過粘合、混音、重編等電視技術，也通過紀實和新聞鏡頭、旅行速寫、古董收藏、明信片、電影片段、地理公報、旅遊手冊、文化推廣圖像，以及中西方媒體工作者的攝影，《河殤》在後毛澤東時代為國民消費中西方形象創造了一種富有爭議的電視拼貼。總體而論，這種「作為視覺的觀念」，反映了對（後）現代性的無意識欲望，也體現出西方「視界政體」中「羅格斯－語音中心」（logo-phono-centrist）目的論的悠久

---

[1] 本文於 2001 年寫於 UC Davis 並在在美國亞洲研究協會 2002 年 Skidmore College 分會上宣讀。英文題目為："The Visually Imagined Communities: Media State, Virtual Citizenship and Oceanotopia in *River Elegy*"。感謝董國俊教授的中文翻譯。

[2] 本尼迪克特・安德森（Benedict Anderson）：《想像的共同體：民族主義的起源與散佈》Imagined Communities: Reflections on the Origin and Spread of Nationalism（倫敦：沃索出版社，1983 年）。

[3] 參閱克裡斯・貝克：《全球電視導論》Global Television: An Introduction（牛津：布萊克威爾出版社，1997 年）；Mike Chinoy, *China Alive: People Power and the Television Revolution* (NY: Roman & Littlefield, 1999)。

傳統，這一傳統無疑重新塑造了中國如何看待自己和其「他者」—西方。

一、電視公民身分：《河殤》與後毛澤東時代媒體域的興起

　　在中國現代社會文化史上，1988年將因為這一事件可能被銘記：六集電視紀錄片《河殤》在全國播出而引起的「《河殤》現象」。《河殤》的主要撰稿人之一蘇曉康，把它稱為「電視政論片」；[4]它是一種新的文字—視覺相拼貼的類型，講述的是中國當代社會普遍關注而頗有爭議的話題。[5]《河殤》由電視記者夏駿導演，協同五個其他方面的年輕人才製作完成，如報告文學作家蘇曉康、美學家王魯湘、社會科學家和記者張鋼、文化人類學家謝選駿和倫理思想家遠志明。《河殤》在中國中央電視臺的兩次播出（分別自1988年6月11日和8月16日起），不僅「引起了中國電視業歷史上也許是最大的國民轟動」，[6]而且也在數百萬觀眾中激發了最驚人和最有爭議的反應。在1989年6月天安門廣場事件以後，《河殤》在中國受到官方的譴責、禁播和銷毀，其拍攝作者要麼被迫逃離中國（蘇曉康、遠志明和張鋼）或投入監獄（王魯湘），要麼不允許出版作品（謝選駿）。正如王瑾所說，《河殤》「是1980年代思想史上的最後一塊里程碑，標誌著文化精英的啟蒙想像，不僅能夠與國家的現代化工程攜手並進，而且能夠引導使其行進在正確的道路上」。[7]

　　雖然《河殤》的視覺敘事性似乎是隨機排序和編輯的（以意識形態或邏輯的順序可以重排如下：《憂患》[第5集]，《命運》[第2集]，《尋夢》[第1集]，《靈光》[第3集]，《新紀元》[第4集]，《蔚藍色》[第6集]），但它圍繞著幾個突出的中國文化符號展開，如黃河、龍、長城和黃土高原。然而，作為整個紀錄片母題的黃河，把看似獨立的各集串連成一個雄辯的整體。第1集《尋夢》，通過對盛行在中國文化中的水文潮神話的祛魅，展示黃河既培育又破壞中華文明的兩種相反的自然力，表明水龍崇拜導致了亞細亞式的專制，這種專制該為中國文化內在的退化和衰落負責。本集宣稱黃河文明已死，呼籲創造「一種全新的文明」（這也是尋夢的內

---

[4]　蘇曉康等：《河殤》，崔文華編（北京：文化藝術出版社，1988 年）。文中引文皆出自該書，不另注。

[5]　王瑾：《高雅文化熱：鄧小平時代中國的政治、美學和意識形態》High Culture Fever: Politics, Aesthetics, and Ideology in Deng's China（伯克利：加州大學出版社，1996 年）。

[6]　陳小眉：《西方主義：後毛澤東時代抗衡話語理論》Occidentalism: A Theory of Counter-Discourse in Post-Mao China（紐約：牛津大學出版社，1995 年），第 29 頁。

[7]　王瑾：《高雅文化熱：鄧小平時代中國的政治、美學和意識形態》，第 2 頁。

容），一種只能在尊崇海洋和工業文明的西方找到。第2集《命運》，探索中國文明怎樣被鎖定在黃土高原的範圍內，並撫育出一種農耕的靜止文化；更進一步，把長城看作是一個偉大的「悲劇紀念碑」，代表著「一種孤立主義的、保守的、無能的防禦和缺乏進取的怯懦」，它也是一種自我封閉的心態，拒絕流動性、貿易以及最重要的海洋文化具有的開放性、攻擊性和主動精神。

第3集《靈光》，解釋在中國歷史上對知識份子的迫害和壓制，如何導致了中國科技（兩者都曾遠遠領先於西方）的停滯，因此呼籲更大的創造自由和不受限制的空間，為知識份子重新點燃中國科學、技術和文化的「神奇的光」（「靈光」的另一層含義）。第4集《新紀元》，分析中國為什麼錯失了發展自己的現代工業資本主義以及推行商品、貿易的自由市場經濟的機會（即由黃河流域培育的內陸的土地價值觀、田園的生活方式和小型的生產方式所致），並宣佈「一個新時代」已經到來，中國可發展自己的工業文明和商品經濟。

第5集《憂患》，描述黃河如何成為「中國傷痛」的象徵，以及黃河的週期性氾濫如何與王朝和社會的循環動盪同步發生。本集呼籲一次緊迫的政治改革，以便清除災難性的極權制度的「淤泥」和「突破週期性的歷史循環」。第6集《蔚藍色》，闡明以陸地、黃色、河流為象徵的中華文化如何在世界現代歷史上被航海、藍色、海洋文明所征服。本集特別呼籲中國人應該放棄令人窒息的黃土和黃河，以便擁抱和進入浩瀚的蔚藍海洋。這部紀錄片多次暗示給觀眾的是，轉向藍色海洋就是遠離內陸中國。為了確定觀眾轉向那個夢境的目光，這部紀錄片以一個戲劇性的尾聲結束，從空中鳥瞰下去，渾濁的黃河向前鋪展開去，彷彿突然頓悟似的，以熱情和狂喜的姿勢混合進一片廣闊的藍色太平洋的波浪之中。

顯而易見，《河殤》試圖提供這樣一種宏大敘事，即東方文明特別是中國文明的衰敗而西方文明的勃興。通過對中國文化的宏觀歷史式和比較性的批判，人們聽到了一種尼采式「上帝死了」的終極判決：黃河文明死了。《河殤》中最顯著的事件，也許是對標誌性的中國文化符號總體上呈妖魔化的處理，這些文化符號主要包括黃河、長城、黃土地和龍，它們被看作是該對中華文明的衰落負責。在這種打破舊習的運動中，正如張隆溪指出的那樣設立了兩組對比元素：「中西方之間的戲劇性對比，古老的、衰敗的黃河文化和嶄新的、蓬勃的藍色海洋文明之間的對比」，以及「古代中國特別是漢唐帝國時期的輝煌，與過去百年中國多次遭受日本和西方

列強侵略的虛弱和屈辱進行對比」。[8]最意味深長的是，這種比照和兩分法的對抗空間是由表面上的對比配置出來的。例如，過去／傳統不是被設想為基礎而是作為現在／現代的對立面，代表中國的河流和代表西方的海洋被看作是二元對立的。兩種直接對立的意義像下列這樣被建構出來：

河流／中國	海洋／西方
靜態	動態
內陸農業	遠洋工業
黃色土地	藍色海洋
保守／防禦	侵略／開放
專制	民主
孤立主義	擴張主義
傳統	現代
退縮	進取
循環	線性
地方主義	世界主義
專制主義	人文主義
迷信	科學
定居	冒險
特殊主義	普世主義

如果我們遵循《河殤》的邏輯或意識形態，可以無窮地列出這些兩分項（即「我們／他們」二元論）。問題是對於《河殤》的合作者而言，河流所滋養和代表的一項，對於中國文化而言已證明是繁重的和災難性的，因此是需要取消的，這樣才能被另一項即遠洋航行的西方所取代。為想像中國和西方而建構的這種對立情境，電視媒介展現出一種不可抗拒的電視戲劇性，這表明在後毛澤東時代民族工程的話語複雜性。

在漢語中，電視與其他以電為驅動的物件（如電影、電報、電燈、電腦等）一起，是構成以視覺中心的中國現代性啟蒙的奇觀標記。在字面意義上，不只是在其功能性上（也就是它的「電視覺／可見性」），它創造

8　張隆溪：《強力的對峙：從兩分法到差異性的中國比較研究》Mighty Opposites: From Dichotomies to Differences in the Comparative Study of China（斯坦福：斯坦福大學出版社，2000 年版），第196-197 頁。

了一個電視領域。在這個領域中，一系列的凝視，觀看、想像和奇觀便在在意識形態上被設置了起來。更顯著的是，這種視覺認識論不僅引起了中國現代文學「向內轉」的「視覺無意識」，[9]而且在中國現代政治經濟學和話語解釋學（「在場的視覺政體」）領域激發了一種「視覺狂熱」的烏托邦式目的論。然而，這種「視覺／可見性」崇拜從來沒有在1949年以後的「視覺快感」（optical jouissance）中實現，相反卻諷刺性地受到了壓抑（通過對任何視覺文本——如電影、電視劇、視覺藝術、視頻和互聯網等——的國家審查和監控）。這種對視覺政體的壓制，一方面表明視覺工具對黨文化的意識形態的潛在破壞力，另一方面暴露了對領導人格的狂熱崇拜比媒介圖像更加強大。換句話說，作為一個透明的、發光畫面的個性自我展示，奇跡般地放大了數百萬狂熱的受困觀眾的目光。正是在這一聚焦點上，電視幻影和意識形態想像聚集在了一起。鑒於此，「視覺性」創造了現代民族國家的崇高主體性，其真相已經是可疑的、懸浮的和詆毀的。這一點尤其在1970年代末1980年代初由鄧小平推動的把中國經濟融入全球市場的改革政策中體現了出來，也在媒體或電訊革命中表現了出來。電視取代了一度在毛澤東時代占主導媒介地位的收音機和高音喇叭，已成為家庭和國家用於娛樂、傳播大眾文化和實施政治競爭的主要媒體。[10]

　　不可否認的是，電視「圖文並茂的講演」形式，並不是一個全新的、而是在大眾媒體中最古老的交流方式之一。在《河殤》以前，電視也是中國官方電視紀錄片製作的基本格式。然而，大眾媒體中電視廣播功能的根本差異在毛澤東時代和後毛澤東時代可以看出端倪。在毛主義盛行的時代，電視作為媒介僅服務於一黨的意識形態、政治宣傳和統一輿論的喉舌，最終導致國民在思想上的洗腦和教化。在這個意義上，電視廣播不是激發而是規範了公眾輿論，使觀眾變得相當被動，且被剝奪了一定的權利；因此，觀眾被具有同一性的資訊所迷惑，變成了沉默的受害者。而在後毛澤東時代，由於黨的政策的巨大變革（權力分散和放鬆管制），通訊技術的大力發展（如增加電視臺、頻道、播放時間和報導範圍），電視所有權的增長，電視機生產能力的提高以及電視通信衛星的發射，電視文化

---

[9]　周蕾：《婦女與中國現代性：東西方之間閱讀記》Woman and Chinese modernity: The Politics of Reading between West and East（明尼阿波利斯：明尼蘇達大學出版社，1991 年）。

[10]　詹姆斯・勒爾：《打開中國：電視、改革與抵抗》China Turned on: Television, Reform, and Resistance（倫敦：勞特利奇出版社，1991 年版）。

有了一個全新的面貌。[11]這樣使電視廣播變得更加普及並以觀眾為導向，逐漸顯現為一個更加流動易變的空間，在闡釋國家議程的輿論方面表現出競爭的多樣性和複雜性。

因此，對於被授予了更多生產主動權的觀眾來說，「看電視」成為一種對話行為；他們以一種創造性和批判性的方式，回應、交互並參與到電視超文字之中，這是一種「視域融合」，其中的敘事空隙被「填寫」，混合身分認同和意義的社群被「跨域性」生產出來。[12]《河殤》的播出引起了社會各方（自由主義、強硬派、新儒家、文化精英、普通市民及全球華人社區）的激烈爭論，已有力地說明在建構國家身分的過程中影視文化的意義和公共空間的出現。社會各界對《河殤》的不同觀點，表明一種多聲音的、參與性的、民主的空間的出現，它是一種「超地域」（即跨區位）的氛圍，哈特利稱之為「媒體域」（mediasphere）。[13]哈特利認為，「媒體域」是「媒體的整個宇宙，它既是事實的也是虛構的，包括所有語言所有國家中的各種形式（印刷、電子、螢屏），各種類型（新聞、戲劇），以及各種品味層次（從藝術到娛樂）」。[14]這是由哈貝馬斯式的「公共領域」（話語生產中的知識等級）和洛特曼式的「符號域」（基於對話多聲性的意義構建言語）組成的。在哈特利看來，電視是「媒體域的一個重要場域，也是一般的文化意義建構系統（符號域）和公共領域中社會意義建構的專業要素之間的一個重要調解者」，[15]它容納了一個多層次的空間領域，包括反文化的、對抗的、少數派的、本土主義的或女權主義的公共領域之間的競爭。《河殤》的播出在全國各地引起的多樣化和差異性反應，確切地說明了電視螢屏怎樣把私人和公眾、個人和政治、地方國家和全球世界盡可能地連接起來，以及電視頻道怎樣把欲望、渴求和焦慮的多種複雜意義納入到國劇的電視劇場。這在印刷媒體上是從來沒有發生過的事情。

二、多義焦慮與身分／他異性／閾限的詭異空間

《河殤》看待中國文化傳統和其象徵景觀的不同尋常的方式，明顯是

---

[11]　洪浚浩：《中國電視的國際化》The Internationalization of Television in China: The Evolution of Ideology, Society, and Media Since the Reform（韋斯特波特：普雷格出版社，1998年版）。

[12]　大衛・莫利：《家庭電視：電視與日常生活》Family Television: Television and Everyday Life（倫敦：科米迪出版集團，1986年版）。

[13]　約翰・哈特利：《電視的用途》（Uses of Television）（倫敦：勞特利奇出版社，1999年版）。

[14]　同上書，第217-218頁。

[15]　同上書。

從一個失敗者的角度出發的，但這個失敗者拒絕臣服於勝利者。要說明這種異常的自我貶低和自我僵屍化，這兩種歷史衝動是必不可少的：一是始於1919年五四運動的激進化衝動，二是主導了1980年代文化景象的重寫歷史的衝動。根據余英時的說法，前者直接脫胎於兩個相互關聯的歷史條件，即中國（「中央王國」）在現代世界的「邊緣化」和知識份子在中國社會的「邊緣化」。[16]因此，這種激進主義反動表現為對中國傳統文化的全盤否定，並努力通過社會、文化、政治和經濟結構的現代化推動中國從邊緣回到中心。重寫歷史的衝動，大體上由1980年代流行的各種文化「熱潮」、「辯論」或「狂熱」而激發出來，在重寫嚴格限定在黨的意識形態中的官方歷史（文學史、世界史、革命史和政治經濟史）的普遍訴求中形成。鑒於此，重寫歷史不僅是在挑戰官方的經典也是在分散意識形態的壓制力，以最終從思想枷鎖和僵化的意識形態中解放中國人的精神。[17]

也許最引人注目的是，《河殤》中把典型的中國文化符號的僵化與對文化他者（動態的西方）的讚美或偶像化並置起來。換句話說，重寫中國歷史和世界歷史的最終目的，就是重塑一個異質的他者，即一個神祕和進步的西方。批評家把這種話語實踐稱作是「西方中心主義」（Occidentalism）——一種東方對西方的想像性構造。[18]這種東方的西方中心主義，以「中國文化的特殊性和西方文化的普世性」為特色，[19]也以壓制的、自我殖民化的「官方西方主義」和自由的、超越的「反官方西方主義」為特徵。[20]因此，中國的黃河文明被看作是「科技上落後，永遠農耕的、非工業化的文明」，[21]而海洋性的西方他者被簡單地理想化為進步、力量、科學和現代性的象徵。在這裡，《河殤》完全反轉了官方一直把西方界定為可怕的、邪惡的和威脅性的負面形象的宣傳。《河殤》一再

---

[16] 余英時：《20世紀中國的激進化》The Radicalization of China in the 20th Century，參見杜維明編：《轉型中的中國》China in Transformation（麻省劍橋：哈佛大學出版社，1994年版），第125-150頁。

[17] 張旭東：《改革時代的中國現代主義》Chinese Modernism in the Era of Reform（特勒姆：杜克大學出版社，1997年版）。

[18] 參閱陳小眉：《西方主義：後毛澤東時代抗衡話語理論》；史書美：《現代的誘惑：書寫半殖民地中國的現代主義（1917-1937）》The Lure of the Modern: Writing Modernism in Semi-colonial China, 1917-1937（伯克利：加州大學出版社，2001年版）；Couze Venn，《西方主義：現代性與主體性》Occidentalism: Modernity and Subjectivity（London: SAGE Publications, 2000）。

[19] 同上史書美，第131頁。

[20] 同上陳小眉，第29頁。

[21] 弗雷德里克‧韋克曼：《中國怒吼》All the Rage in China，見於《紐約書評》1989年3月2日。

告訴觀眾：如果中國想要復興，她不應該疏遠藍色的海洋文明（「黃河必須消除對海洋的恐懼，」頁222），而恰恰是成為西方（「黃河最終流入蔚藍色的大海，」頁221），因為走向西方（西方化）就意味著走向現代（現代化）。這種等式邏輯，源於文化和政治上產生的想像機制，這顯然是過於簡單和缺乏說服力的，在理論上也是有缺陷的。正如威恩所說，這種歐洲中心的、技術化的、普遍化的西方主義，是「一種特定的想像機制，建立在具體的表述和修辭之上，在圖像、隱喻、象徵和符號層面，建構的是西方世界的清晰框架。……成為西方，意味著歐洲把自己定位為世界的智力、精神、道德和經濟中心，它是帶領全人類走向成熟的原動力和發光源」。[22]這種分析可以部分地解釋中國對西方世界的社會—文化想像。然而，我們還應該想一想，為什麼西方世界在中國文化和政治語境中被想像為藍色海洋文明的勝利性標記。

　　如同一些批評者所指出的那樣，《河殤》通過喚起西方的優越形象，真實表達了讓一個黃河中國服從於一個海洋西方的自願嗎？如果是這樣，筆者認為它是一個誤導性的批評。《河殤》中表現強大西方的目的，不是給中國提供一個可效仿的、恰當的模式，也不是作為在「他者」中發現中國自我的一種手段；與此相反，它是作為探索中國自己的自我的一種手段，也就是說，它試圖回答困擾人們的這些問題：黃河文明為什麼衰落並落後於西方文明？並且遭遇到了「我們現在是誰，過去是誰，未來是誰」的身分危機？關注到《河殤》的產生語境是一個重要的問題，那就是鄧小平的改革政策推進到一個十字路口的關鍵時期，以城市改革（價格改革）的失敗、高通脹、猖獗的官員腐敗，以及政治和公共言論的相對自由為標記。經濟和政治的雙重危機幾乎澆滅了公眾特別是精英知識份子樂觀的烏托邦願景，它是把中國變成強大和富裕國家的一種願望，一個八十年代上半葉興起的中國進入「新時代」的夢想。鑒於此，一個開放的、無限的藍色海洋和一個富有的、動態的西方形象被覆寫出來。「一個反向的、補充性的他者」也被表述出來，以此對壓制性的、蒙昧主義的、孤立的官方意識形態發起了批判，認為這種意識形態應該對中國的貧窮和落後負責，[23]為政治自由暴露「完全統一的、一黨體系的劣勢」，[24]並強烈呼籲「輝煌

[22]　考斯・威恩：《西方主義：現代性與主體性》Occidentalism: Modernity and Subjectivity（倫敦：塞奇出版公司，2000年版），第147頁。

[23]　同上陳小眉，第28-29頁。

[24]　同上書，第41頁。

的過去在未來的復興」，[25]而這個過去一直是現代中國堅決予以拒絕的。因此，突顯西方並不是把它作為一個崇拜對象，而是作為中國能在多大程度上提升自己的一面鏡子，如果那不能好於也至少是同等於西方。因此，《河殤》看起來似乎是自取滅亡的一種姿態，其結果悖論性地表現為一種振興中國的自救行為，也就是「在其深層次上是民族主義的」。[26]

在這個意義上，轉向藍色海洋／西方的熱情呼籲中的全球中心的、跨國際的、資本中心的意識，顯現為對地方的、國家的東西的強調，在意識形態上也是反資本主義的（即西方帝國主義的侵略是中華帝國衰落的直接原因）。具有悖論意味的是，《河殤》認為必須從海洋西方中接納的東西，是創造了資本、商品、金融的技術，以及西方在崛起中不可或缺的媒體（因此是一個物質主義、世俗主義和「現世的」西方）。然而，《河殤》就是借用了這樣一種西方觀念，以實現一個更高的目標，即為中國尋求擺脫衰弱的精神和文化轉型。這個崇高的目標，能夠在五四時期的「新文化運動」和「國民性批判」中看到，也能夠在八十年代的「精神文明建設」中看到。就此而論，《河殤》的創作者僅僅重複了精神東方與物質西方的兩分法觀念，這一觀念已主導了五四運動以來20世紀中國的知識界。同理，這種精神的、文化的東方與物質的、精神上墮落的西方之間的基本二分法，是對西方的西方主義想像的產物。這是失敗者的一種特殊心態，這個失敗者在遭到羞辱時也同時渴望保持一份尊嚴，魯迅曾把它叫做「阿Q精神」或簡稱為「阿Q主義」。更吊詭的是，《河殤》中對西方歐洲中心論的看法，即西方歷史「從古希臘、古羅馬、封建基督教歐洲到資本主義歐洲的前進——一種被廣泛接受的觀念」，[27]是一種由線性的、進步的終極目的而推動的進化式西方。然而，《河殤》中真正蘊含的無意識夢想，是帝制中國的循環複歸，這正是《河殤》所指責的導致中國最終衰落的一種思維方式或精神心態。這一點尤其在這種表述中被體現出來，即中國龍先前被認定為兇猛的、邪惡的圖騰，而在「新時代」被重新配置為權力、力量、希望和現代的象徵。「如果海南成功，它將與十四個沿海城市連成一體，成為太平洋西岸的一條經濟巨龍。這一歷史壯舉，必將刷新中國文化的顏色」（215頁）。不過，這個「巨龍」不再是一條河龍，而是一條海龍。

---

[25] 王瑾：《高雅文化熱：鄧小平時代中國的政治、美學和意識形態》，第 123 頁。

[26] 弗雷德里克・韋克曼：《中國怒吼》，第 21 頁。

[27] Samir Amin,《歐洲中心主義》Eurocentrism, *Monthly Review Press*, 1989 年 , 第 93 頁。

三、激進政治學與色碼詩學

　　那麼，我們如何解釋《河殤》中明確體現出的悖論、矛盾和意圖謬誤呢？正如許多批評家指出的，《河殤》不能被理解為是一種「學術著作」、「學術論文」或「歷史文本」。雖然《河殤》中充滿了鐵證般的歷史事實、理論著作的引用和紀實鏡頭，但它可以更準確地被解讀為是一種「詩學文本」、「散文隨筆」或「虛構作品」；在這裡，詩意的真理和力量強烈地控制著一切。陳小眉深刻地指出：「事實上，《河殤》通過從事實到象徵的掩飾性一跳，在國家情感上打了一個結。正是《河殤》的修辭力量和情感訴求，以他們自己的想像鼓勵其觀眾去忽視歷史和象徵之間的缺少環節和彌合差距……這種想像在歷史、詩學和政治之間相互作用」。[28]我以為，這種象徵性的想像，最有力地表現在《河殤》中對色碼的策略性應用，即黃色和藍色之間的激端對比。因此，在光譜的一端，黃色被編碼成一種「黃色」的文明：黃色文化、黃色中國、黃土地、黃帝、黃龍和黃河，都代表著中國文化在時空上的否定性品格：落後、腐朽、貧瘠、停滯以及孤立，封閉和內陸的狹隘性／有限性。而在光譜的另一端，藍色意味著「藍色」文明，它在時空上擁有一切的積極品質：進步、青春、繁榮、活力、開放、擴展、無限以及遠洋冒險精神。在這個意義上，黃色和藍色這兩種顏色，已被賦予了超負荷的象徵意義，顯現在一個富有爭論的符號空間之中。在這裡，政治的、文化的、美學的和心理的驅力都相互對抗起來。

　　顯然，色碼符號的相互作用，引起了對不同文化的想像性編纂，而這決不是隨意而為，恰恰是在強烈的政治無意識驅動下的一種意識形態建構。顏色反映出人們在認知、行為和心理上的現實感，它經常是被嚴格編碼的，體現出一種象徵性的價值觀。例如，在中國正統文化中，「黃色」代表統治者（黃帝），「紅色」代表革命，「黑色」代表反革命行為。然而，在蓋奇（Gage）看來，顏色具有顛覆和破壞象徵性秩序的潛力；它的顛覆性力量在藝術、電影和電視等視覺文化中最有力地體現出來。[29]因此，解構性的色視症（chromatic vision）便被嵌入於《河殤》的敘事之中，即象徵著退化和衰敗的黃色，誘發了對官方紅色的消解（紅色是意識形態上被認可

---

[28]　同上陳小眉，第38頁。
[29]　約翰・蓋奇（John Gage）：《顏色與意義：藝術、科學及象徵主義》Color and Meaning: Art, Science, and Symbolism（伯克利：加州大學出版社，1999年版）。

的革命和進步的顏色，但也是野蠻暴力和苦難的歷史化標記），所以需要由藍色來否定或置換（藍色象徵著青春、活力和繁榮的現代性）。

就此而論，在八十年代末中國的政治和文化語境中，從黃色到消除紅色再到藍色的「變色」，其本身就是一種激進的政治行為，表明了一種普遍的失落與幻滅，並夾雜著對共產主義思想和社會主義制度的極度失望。在中國共產主義歷史上，「變色」是一個極其敏感的詞，飽含著豐富的政治含義。它可能意味著反動統治的復位，因此與「變天」（天命的改變）聯繫在一起。但在更多情況下，它被政黨用於批評或指責國民對「本色」（正色，即社會主義和共產主義思想）的背離；因此，它與「變質」（對實質的拒絕或蛻化）、「變種」（物種、品種或種子的突變，身分的改變）、「變節」（政治認同的改變或背叛）聯繫在一起。但對於《河殤》的創作者而言，變色也是一個重新「著色」（recoloring）的過程；也就是說，河流文化的黃色準備由海洋文化的藍色重新著色。這樣一來，中國文化將重拾在黃河文化中丟失的榮耀、力量和活力，也就是「刷新中國文化的顏色」（75頁）。正如《河殤》中敘述者張家勝用男性化的高亢聲音宣佈：

> 只有當蔚藍色的海風終於化為雨水，重新滋潤這片乾旱的黃土地時，這些只在春節喜慶日子裡才迸發出來的令人驚異的活力，才有可能使巨大的黃土高原重新獲得生機。（頁213）

雅克‧德里達把柏拉圖著作中的多義詞「pharmarkon」解讀為「良藥」和「毒藥」兩層含義；[30]借用這一思路，我們認為「變色」既是一個賦權的過程，也是一個去權的過程。也就是說，它在賦權（把具有恥辱、蒙羞和自卑情結的「黃色」症候與海洋蔚藍色的重新著色固化起來）於中國的同時，通過打破（「毒藥」）空間上的封閉、孤立和壓制而否定紅色的合法統治。

四、視覺——文字——聲音——螢幕：電視與虛擬介面

最為關鍵的是，所有變色／重新著色、賦權／去權、治療良藥／破壞性毒藥的政治無意識，是借助於電視這個媒介實現的。在這種特別西

---

[30] 轉引自查理斯‧賴利：《色碼學》Color Codes: Modern Theories of Color in Philosophy, Painting and Architecture, Literature, Music, and Psychology（漢諾威：新英格蘭大學出版社，1995年版）。

方式的媒介中，圖像（視覺）、聲音（聽覺）和言語（文字）是共存交流的。[31] 換言之，《河殤》試圖發出的承諾是可拆分的、光譜性的電視播放，它在一個「圖片廣播」（picture radio）的盒子中進行，抑或說通過「電視」（漢語中電視的字面意義）運行。因此，在電視螢幕上，我們看到了這樣的航空拍攝，即黑暗的黃河蜿蜒穿過貧瘠的黃土高原最後融入藍色海洋的波濤之中。對中國文明的這種全景式俯視，快速撿取了幾個標誌性符號，但它無法捕捉到中國文明的本質，而只是有助於「具體化」中國文明。[32] 因為中國歷史的複雜網路是不能被凝固在可以量化的幾個意象性景觀中；為了展示《河殤》想要它的觀眾看到的象徵價值，其錯綜複雜的現實是無法被迅速繞過的。這樣看來，為了展示包裹在「魔術盒」螢幕上視覺影像中的思想和觀念，中國的歷史和現實都被犧牲掉了，而只是向公眾提供了某種大眾消費。像希臘語中的「eido」這個詞一樣，「idea」的意思是「看見」，即在圖像中思考，這也正是《河殤》的創作者努力想實現的東西。1988年6月，《河殤》的主要編劇蘇曉康在其腳本中這樣寫道：

> 它（影片）應該放棄時空上僵硬的框架，每集的內容該圍繞一個特定主題的沉思的邏輯線索展開，從而使畫面成為思想的娛樂和表達，不再像從前那樣成為敘事解釋畫面的被動形式，這樣有助於充分展示和說出黃河的深層內涵。在技術方面，它打破了河道（空間）和歷史（時間）的限制，通過自由邁進、從河的一端到另一端以及從過去到現在的跳躍進行場景拍攝，編輯在視角和方向上多層次、多元化的版本，從而使思想的語言轉化為螢幕上的語言，給觀眾一種活潑的、生動的、豐富的、令人振奮的藝術體驗。（頁95）

因此，「畫面」、「視角」（「perspectiva」在拉丁語中意指「看穿」）、「思想」、「螢幕」不僅是互相纏繞的，而且也是可以等同的。「思想」是螢幕上出現的東西；因此，「思想」變成了簡單的「外觀」。這樣一來，觀看電視上圖像的流動似乎變成了一面鏡子；其中，想像的深度被取消，而只是變成了一個自我想像的自戀凝視的空間，這類似於拉康所說的

---

[31] 雷蒙‧威廉斯（Raymond Williams）：《電視：科技與文化形式》Television: Technology and Cultural Form（倫敦：梅休因出版公司，1974 年版）。

[32] 克雷爾‧‧霍特（Claire Huot）：《中國的新文化場景》China's New Cultural Scene: A Handbook of Changes（特勒姆：杜克大學出版社，2000 年版），第 97 頁。

「鏡像階段」的某些幻象。

正如視覺批評家指出的那樣，作為視覺的思想在西方現代性的「視覺政體」中是占主導地位的視覺範式，其在意識形態上是視覺中心論。[33] 視覺霸權的興起與西方啟蒙運動（笛卡爾的透視論、達爾文的進化論、工具理性、建築上的透明度、現代藝術的色彩學等）的宏大敘事密切相關。因此，看見（voir）就是知識／權力（savoir／pouvoir）。也就是說，預言家被授予高於觀眾的權力和權威。這也正是《河殤》的情況：作為擁有「靈光」的先知的知識份子，被賦予了啟蒙沉睡大眾的崇高使命。此外，這種視覺中心主義與文字—聲音中心主義（電視既涉及聲音又關乎文字）緊密聯繫。從另一角度講，啟蒙知識不僅通過視覺傳遞出來，還通過聽覺／文字即通過音樂和講述發佈出來。《河殤》不同於五四時期（主要是印刷文化時代）的啟蒙話語，它的成功不僅使資訊成為可見的東西，而且成為可說的（通過講述）東西；更重要的是，《河殤》通過電視廣播立刻成為可聽的東西。從而使啟蒙知識份子能夠站出來「直接」面對公眾講話，並使公眾聽到他們的聲音，這恰似精心排練過的舞臺表演一樣。

《河殤》中最明顯的文字—聲音中心性，表現在對蔚藍色海洋特別是太平洋的想像性虛構之中，我把它叫做「海洋烏托邦」（oceanotopia）。蔚藍色海洋代表著自明的、透明的一切以及普遍存在，那是西方現代性的普世主義；而黃河文化意味著所有的貧乏、缺席、遲鈍以及地方有效性，它是東方的特殊主義（「我們正在從混濁走向透明，」221頁）。藍色海洋是未來的說明書和終極的地平線。但是，當這樣一種目的論視野由電視（在希臘語中，「tele」還有「teleo／telos」的意思：終極、最終目的或目標）播放的時候，這種海洋烏托邦不會像《河殤》給觀眾一再地許諾——「千年孤獨之後的黃河，終於看到了蔚藍色的大海」（頁222）——的那樣得以實現，反而悖論性地既不在眼前也不是很快就可抵達，相反變得更加遙遠、疏遠和難以接近（「tele」在希臘語中還有「遠處、遠離、疏遠、遙遠」之義）。因為無限的藍色海洋，它被設想為黃河文化症候的替代或答案，但最後證明僅僅是一種自我想像的外觀、表面和螢屏；更確切

33　參閱 W・蜜雪兒：《圖像理論》Picture Theory（芝加哥：芝加哥大學出版社，1994 年）；Martin Jay, *Downcast Eyes: The Denigration of Vision in Twentieth-Century French Thought* (Berkeley: Univ. of California Press, 1993); Jonathan Crary, *Techniques of the Observer: On Vision and Modernity in the Nineteenth Century*, (Cambridge, MA: MIT Press, 1992); David M. Levin, *Modernity and the Hegemony of Vision* (Berkeley: Univ. of California Press, 1993).

地講，也只是一種擬像（simulacra），一種可見而不可得的東西。知識份子作為中國復興的荷光者和救贖者，創造了海洋烏托邦，但這更多的是一種實現象徵性權力的戰略方式：「然而，歷史卻給中國人造就了一個十分獨特的群體：知識份子。……摧毀愚昧和迷信的武器操在他們手裡；能夠與海洋文明直接對話的是他們；把科學與民主的蔚藍色文明甘泉澆灑在黃土地上的是他們！」（218頁）。正如耿德華（Edward Gunn）所言：「它（視覺蒙太奇）最大化了知識份子作為講述者的地位，他們能夠喚起一個廣闊的世界，這個世界裡蘊含者經驗的總體性，並幾乎完全依賴知識份子去指定和規劃，使觀眾朝一個既定的目的做出反應」。[34]

五、後毛澤東新時代的海洋烏托邦與河流熱

　　或許值得注意的是，這種海洋烏托邦話語所呼喚的融入藍色海洋特別是太平洋的熱潮，是對與日俱增的全球化特別是環太平洋幾個東亞島嶼國家（所謂的「四小龍」：香港、新加坡、臺灣和韓國）的經濟成就的一個直接反應。當時，未來學家阿爾文·托夫勒的《第三次浪潮》在中國出版，迅速激起了熱烈的討論。1983年，托夫勒受到時任總理趙紫陽和中國社科院的邀請訪問中國，他在北京和上海做了兩次演講，觀眾「把他看作是一個預言家來傾聽」。《第三次浪潮》立即在中國獲得巨大成功，成為當時中國最熱銷的書之一。「泛太平洋」或「亞太」地區的經濟神話，刺激了國內外華人社區對經濟奇跡的普遍渴望，也激起了八十年代中國經濟與全球市場一體化的集體願望。[35]正像托夫勒的書中所描述的那樣，高科技革命給後工業社會帶來的願景，恰好在這些走向海洋的國家和地區得到了令人信服的說明。因此，托夫勒的書中所說的「浪潮」，無非是預言了在所謂的資訊時代「數位波／電信革命」的奇跡，卻被中國讀者誤解或誤讀為源於藍色海洋的「浪潮」。所以，來自於泛太平洋地區的「浪潮」，是作為（後）現代性的最強動力源而出現的，這應和了中國復興和融入全球文化的時代要求。

　　對這種海洋烏托邦和全球化的渴望，在詩人駱一禾的《大海》中得到

---

[34] 耿德華（Edward Gunn）：《〈河殤〉的修辭學：從文化評判到社會行為》（The Rhetoric of *River Elegy*: From Cultural Criticism to Social Act），見於戴福士等編：《中國式民主與1989危機》Chinese Democracy and the Crisis of 1989（奧爾巴尼：紐約州立大學出版社，1993年版），第257頁。

[35] 阿裡夫·德里克（Arif Dirlik）編：《太平洋區觀念的評判視角》What Is in a Rim?: Critical Perspectives on the Pacific Region Idea（蘭厄姆：勞曼和利特費爾德出版社，1998年版）。

了最集中的概括。這部史詩涵蓋整個八十年代，由於作者在1989年的早逝而未能全部完成。《大海》以一種廣闊的、普遍主義的、百科全書式的方式以及全球性的地理幅度，描述了詩意的「我」（代表「河流中國」）的英勇旅程。像但丁的朝聖之旅一樣，《大海》環繞廣闊海洋做了一次冒險性的旅行，以追求一種自我認識、自我啟示和自我更新：「澎湃吧，大海／我所迷失的／乃是命運的道路」。[36]這種長久以來困擾中國的「命運的道路」，必須得以發現和獲得新生：「農牧文明，在海王村落我最後的歌聲是／──當代的恐龍／你們正經歷著絕代的史詩／在每一首曠古的史詩裡／都有著一次消失或一次新生」（頁820）。在這裡，「農牧文明」和「恐龍」顯然指的是所謂的古老農耕的黃河文化，它已衰落但正處在重生的過程中。這多虧了藍色海洋的力量「傾覆」在了黃土地上：

> 我正站在你的面前
> 注視著寬闊的河口把水流注入海面
> 那水流是要歸海的
> 而這驕傲的海洋是從水裡來
> 我在這裡
> 傾聽你後背傳來的濤聲
> 我周身的顫慄是濤聲的顫慄
>
> 那大海原是傾覆的（頁184）

這是駱一禾的「水」系列中的詩句，表達了洶湧海浪的不可抗拒的影響力。這種對大海具有「傾覆」特性的看法，一方面扭轉了傳統上對海洋的審美迷思，即把海洋看作是獨白的、線性的、順流的意象，並經常是一個靜態的凝視客體；另一方面銘寫出一種海洋的離心視角，從而打破了時間的線性敘事，開拓出一個自由、動態和無限可能性的新空間。然而，這部史詩或「大詩」（作者本人這樣命名這首詩）的不完整性，以及作者在1989年的早逝，也許暗示了「河殤」（輓歌）這個影片標題的寓言力量；但更意味深長的是，這部史詩揭示了海洋烏托邦的困境，表明了一個只有開始（或一系列開端）而沒有結局──或許更準確地說，是一個結局，一

---

[36]　駱一禾：《駱一禾詩全編》（上海：三聯書店 1997 年版），第 649 頁。

個永遠延遲的目的——的中國現代性的夢工作（dream work）。

　　從上面的討論中，我們能夠明白《河殤》是彌漫在八十年代的「河流熱」的巔峰之作，它以激進的反河流話語崇拜為特徵。《河殤》在宣告了黃河的死亡的同時，也以特定的夢工作強烈表達了一種啟示錄式的聲音；我把它稱之為「海洋烏托邦」，也就是渴望一種有希望的、蔚藍色的、海洋性的文化的到來。這種末世的終結論與啟示錄式的、海洋性的美好未來的想像共存。一方面，它使這種含水的現代性話語形構顯得更加複雜和含混；另一方面，它揭示了銘刻在八十年代後半期症候性虛構敘事中的政治無意識。構成這種夢工作的東西，是重塑自我認同的真實內容，它引起了想像機制的一種新形式，為後毛澤東時代新的主體形式重構了一個可供選擇的可能性條件。因此，可以肯定地說，《河殤》是對主導了整個八十年代知識份子的浪漫主義、文化理想主義和精神救世主義的一個總結。隨之而來的1990年代，世俗物質主義、大眾消費主義和世俗企業文化則走上了歷史舞臺（「下海」一詞反映了這種歷史趨勢，其字面意思是「奔向大海」，而實際意思是「做生意」）。《河殤》的海洋烏托邦所呼喚的東西，反諷性地走向了其對立面。

　　有趣的是，真正支配了八十年代大眾文學中有關河流的敘事的東西，是一種根本上喪失或缺乏水的創傷性焦慮。鄭義《老井》中的水，張煒《古船》中的河，以及《河殤》中的海洋，都是對水的渴望與希望的烏托邦實現，即水和河流的歸來或藍色海洋的到來。正是這種夢想或烏托邦願景，回溯性地創造了一切，起初是缺乏或缺席的，而後期望在一個被升化的真值或理想的社會文化形態（即後毛澤東時代美學和政治學的政治無意識）中實現自身。在結束本文以前，有必要簡略地提及創作於八十年代的兩部關於河流的史詩性小說。確切而言，這兩部小說描寫了關於烏托邦式河流原型——陶潛的《桃花源記》——的兩種不同觀點。一部是賈平凹出版於1986年的著名小說《浮躁》，它通過對陶潛的烏托邦原型的模擬性重構，描述了鄧小平時代的一個改革者（像陶潛作品中的漁夫），如何從反抗自己悲慘的社會狀況起步，最後走向州河仙遊川村的主要領導崗位。此小說以小水（改革者金狗的妻子）夢見州河在午夜發生了大洪水結束。最有意味的是，「仙遊川」這個地名，可解讀為「向天河的旅行」。因此，賈平凹想展示一種烏托邦式反歷史性的歷史性：「仙遊川」或者天河不僅僅是一個虛構形象，也能夠在現實世界即鄧小平改革開放的新時代得以實現。此小說在午夜（「子時」）的結束，高度暗示了一個烏托邦社會可以

在歷史中實現，也就是一個強大而富裕的中國能夠在歷史中復興。[37]

　　如果一個烏托邦式夢境在賈平凹的小說中可以歷史性地實現的話，那麼高行健的史詩小說《靈山》試圖展示的正好是與賈平凹的願景相反的東西。這部獲得了2000年諾貝爾文學獎的小說，描述了人類社會特別是中國當代社會歷史進程中的烏托邦式反歷史性。《靈山》出版於1990年，但其寫作過程貫穿於八十年代，即從1982年到1989年。以同樣的方式，《靈山》的敘述者通過戲仿陶潛經由河流詩意地發現了一個烏托邦夢境，開始尋找一個神祕而神聖的「靈山」，據說它位於長江（而非黃河）的上游河段。《靈山》的主人公逆流而上，來到喜馬拉雅山脈的長江源頭，遊蕩在原始森林之中，進入了擁有與漢族文明完全不同的亞文化的羌族、苗族、彝族等少數民族的邊疆，再一路順流而下漫遊到大海，卻並未發現像「靈山」那樣的聖山。

　　尋找一個像「靈山」這樣的崇高客體，但最終發現它只是一個虛無、空洞和虛空（這趟史詩般的旅程以這樣的文字結束：「我其實什麼也不明白，什麼也不懂。就是這樣。」[38]）。高行健這樣的描寫，不僅顛覆了八十年代神話—水—詩學的河流熱的本質，而且戳穿了上文提及的那些作家對現代性、啟蒙、救贖的自我錯覺的和烏托邦式願景的宏大敘事。正如趙毅衡所說，《靈山》針對壓抑的黃河文化和剛性的政黨意識創造了一種反話語，其主題是「抵制由黃河、中原、儒家、理性、教訓構成的官方文化；同時，它表現了由長江以及巴蜀、楚、吳越、佛教／道教／薩滿教、反理性和本真存在等文化構成的反體制／反主流文化」。[39]然而，對於高行健來說，抵抗本身在這種創傷歷史條件下也許就是一種烏托邦行為。當《靈山》的敘述者站在烏伊鎮（字面意思即烏托邦鎮）河邊思索哪邊才是去往靈山之路時，他想起了「有也回，無也回，莫在江邊冷風吹」（531頁）的古謠諺。毫無疑問，這樣的禪或道家姿態，給「文學是什麼？」這樣的問題留下了爭論空間，特別是在後社會主義中國的社會文化條件下更是如此。

　　總之，《河殤》借助於電視媒介在全社會引起了巨大爭議，創造了一個超文字的媒體域，它給晚期社會主義民族國家提供了一種渴望和想像，

---

[37]　賈平凹：《浮躁》（北京：人民文學出版社，1986年版）。

[38]　高行健：《靈山》（臺北：聯經出版社，1990年版），第563頁。

[39]　趙毅衡：《建立一種現代禪劇：高行健與中國實驗戲劇》Towards a Modern Zen Theater: Gao Xingjian and Chinese Theater Experimentalism（倫敦：倫敦大學出版社 2000年版），第114頁。

並使從國內空間觀看它的觀眾擁有了相當虛擬化的公民身分；在「螢屏」上「打開」去凝視的同時，在資本和圖像全球合流的電子拼裝中想像一種合意的後社會主義電視共同體。

中文原載《中國現代文中學半年刊》2016年第三十期

英文原載 *The Quarterly Review of Film and Video* 22.4

（October-December 2005）

第二章　病毒政治與後人類主體性：
對賽博烏托邦的批判[1]

> 突如其來而又勢不可擋地，這一事件
> 不期而至，人們甚至還來不及談史論憶。
> 病毒不分時代。
> ——德里達《毒品修辭》[2]

　　近年來，數碼通訊技術的革命促成了人類歷史上一派全面的樂觀修辭，亦即解放敘事，稱頌人類歷史有望取得前所未有的輝煌「進步」。智慧生命（artificial life）、賽博空間（cyberspace）、數碼模擬（digital simulation）、資訊公路（information superhighways）、網路世界（cyberias）和虛擬實境（virtual reality）已成為非凡的隱喻，在種種技術烏托邦幻想（techno-utopian fantasies）之中，勾起大眾的歡欣鼓舞。這些嶄新觀念包括：第三自然（「a third nature」，Mckenzie Wark）、超真實的事物（「things more real than real」，Jaron Lanier）、虛擬城市（「virtual cities」，Simon Briggs）、浸入式社區（「immersed communities」，Erkki Huhtamo）、時空共存電子托邦（「simultaneous here-and-now teletopia」，Paul Virilio）、電子食物（「telefood」，Langdon Winner）、無血戰（「bloodless war」，Frances Dyson）、自由與解放的身體（「freeing and liberated body」，Donna Haraway）和仿生機械主體（「bioapparatus subject」，Nell Tenhaaf）。在這麼多新技術革命的眾聲喧嘩中，虛擬實境的升級換代一方面為晚期資本主義提供了一個後現代天堂，另一方面也為之提供了澈底非物質化的當代時空。如文化理論家斯拉沃熱・齊澤克（Slavoj Žižek）所言：「虛擬實境最為根本的內容就是對十分『真實』的現實加以虛擬化。通過虛擬真實的幻想，『真實』的現實被設定為它自身

---

[1]　本文寫於 UC Davis 藝術系 Lynn Leeson Hershman 教授 1998 年開設的「數碼化藝術實踐」工作坊，曾在 2002 年 UCLA 舉行的「數碼烏托邦」國際大會上宣讀。英文題目為："Digi-topia in the Age of Viruses: Intervening the Virtu/ality"。感謝江承志教授的中文翻譯。

[2]　雅克・德里達（Jacques Derrida）：《毒品修辭》The Rhetoric of Drugs，載 Points...Interviews, 1974-1994, eds. Werner Hamacher & David E (Wellbery. Stanford: Stanford UP, 1995)，第 254 頁。

的類像，成為一個純粹象徵性的產物」。[3]

對虛擬實境的非物質化至關重要的是解放修辭，人們為完全從物質限制中解放出來的有機體而歡呼。通過虛擬離體（virtual disembodiment）或浸入賽博空間（immersion in cyberspace），個人可以拋開其軀體，蛻化成一個後人類（post-human）、後身體（post-body）和後主體（post-subject）——一個賽博主體（cybersubjectivity）。這篇短文試圖：（1）論述虛擬離體如何塑造賽博主體的主體性；（2）批評這種獨特的技術烏托邦所表現的意識形態；（3）根據主體性在虛擬實境中的形成，重新為藝術實踐定位。

一、賽博空間的虛擬飛翔

在有關主體形成的話語中，身體（即有機體）是界定心靈與身體、內在與外在、精神與肉體、自我與他者的重要界點，通常充當身分認同和主體性的寄主。然而，作為界域（boundary domain），身體也是心靈與肉體、主體與客體衝突的場所，是心靈盡力摒棄之所。勒內・笛卡爾（Rene Descartes）就為自己的肉體性所困，夢想超越他認為束縛了心靈的有機體。然而，新近發明的虛擬實境技術卻最終能使笛卡爾夢想成真：即「下載」純粹意識而不受身體阻礙。

帶有技術性的第二皮膚（second skin）——頭盔式顯示器（head-mounted displays，及視聽屏（eyephones）和耳機（earphones））等虛擬實境儀器、數據手套（datagloves）和緊身服（body suits）——主體或心靈可以「突破」螢幕，進入別處的虛擬世界，把實實在在的「外在軀殼」（如某人肉身）拋諸身後。所以，虛擬實境製造了一種體外經驗，通過它，心靈直接連接真實世界並自由漫遊，不受身體限制。[4]在虛擬世界中，身體擬充圖像，或一個代理身體（實際是脫離本體、非物質化了的「幻肢」（「phantom limb」））。[5]在賽博空間，可以區分出兩種形式的離體：滲透虛擬性的物質性與滲透物質性的虛擬性。前者指身體完全浸入到由不同資訊模式造成的虛擬環境之中。也就是說，身體在生物學意義上被理解成一種基因資訊的指示物（indicator），通過外在和內在資訊環路跟環境溝

---

[3]　斯拉沃熱・齊澤克（Slavoj Žižek）："From Virtual Reality to the Virtualization of Reality." *On Judging the Hypothetical Nature of Art and the Non-Identity within the Object World* (Cologne: Galerie Tanja, 1992)，第 135 頁。

[4]　Simon Penny (ed.), *Critical Issues in Electronic Media* (New York: State Univ. of NY Press, 1995), p. 62.

[5]　Lynn Leeson Hershman (ed.), *Clicking in: Hot Links to a Digital culture* (Seattle: Bay Press, 1996).

通，可心靈或意識卻被一成不變地下載到它那以數字元碼形式存在的「化身」之中。[6]這樣理解「離體」，將身體和心靈的完全分離放在了首位。這種觀念，充分體現在威廉‧吉布森（William Gibson）「賽博空間無身體歡悅（「bodiless exultation of cyberspace」）」的幻想和漢斯‧莫拉維克（Hans Moravec）賽博空間的矽態生命（silicon-based life）代替人類世界中的朊態生命（protein-based life）以使永生的憧憬變成可能。

後者專注於真實生命的虛擬化，或現實生命中已讓身體變為虛擬的虛擬性——本體感官意識的失去。藝術家凱薩琳‧理查茲（Catherine Richards）的視頻藝術《幽靈身體》（Spectral Bodies，1991）就是一個典型的表演，闡明了「虛擬經歷與重組身體表面本體感覺之間的關係」。[7]她的作品顯示了身體的幻像和真實之間的界限漸趨模糊，這導致「資訊的身體和真實的身體形成協同合作」（同上）。細思這種離體場景，堂娜‧哈拉維（Donna Haraway）寫道：

> 迄至20世紀後期，這是我們的時代，一個神話的時代，我們全都是吐火女怪（chimera），是理論上虛構的機器和生物體的混合物；簡言之，我們是賽柏格（cyborgs）。賽柏格是我們的本體論，它賦予我們政見。賽博是凝縮著想像和物質現實的形象，是兩個結合在一起構成所有歷史轉變之可能性的中心。[8]

擺在我們面前的問題是：什麼類型的賽柏格？或者，什麼類型的離體主體性會通過虛擬沉浸構建起來？

某種程度上，浸入虛擬實境的非物質性就是構建新的賽博身分和主體性，削弱了傳統上身體和自我的觀念，尤其是笛卡兒式的身體和心靈二元觀。戴安娜‧戈羅馬拉（Diana Gromala）認為，虛擬實境的經歷「對主體／客體、內在／外在、心靈／身體和虛擬實境／『真實』世界的對立是不可簡約的」。[9]當某人（互動者（interactor）／使用者（user））「進入」虛擬實境的模擬體，身體界線隨即模糊。某人離開他／她的環境和身體，

---

[6] Mary Anne Moser and Douglas Macleod (eds.), *Immersed Technology: Art and Virtual Environments*. Cambridge (Mass.: The MIT Press, 1996).

[7] N. Katherine Hayles in *Immersed Technology: Art and Virtual Environments*, p. 22.

[8] Donna Haraway, *Simians, Cyborgs and Women: The Reinvention of Nature* (NY: Routledge, 1991), p. 150.

[9] Diana Gromala in *Clicking in*, p. 222.

僅隨感官輸入的動向，與虛擬人自由地交互作用並「飛」入別處──一個「想像狀態的賽博空間」。[10]

主體浸入虛擬實境之後最先打破的是單一的、一元的、一致的、自主的、獨立的主體概念，而這套主體觀念是根植於傳統主體性話語中的穩定身分和本真始源。隨著以自我為中心的主體概念崩塌，一個擁有不同身分或多重身分的新型的、或者說後人類的、後性別化的主體應運而生。在虛擬實境中，與拉康的誤識鏡像相反，主體可以「步入」另一個鏡像階段──賽柏格鏡像；這樣，他／她能和其他各種「電子存在」的身分互動，同時存在於此處和別處。[11]一個社群，或一個虛擬空間由此建立。這個虛擬空間以動態共用性、交流無限性和無結構多重主體性為特徵。謝爾登‧勒南（Sheldon Renan）曾形象地描述過這種經歷：「我突然和其他人連在一起，我們所有人聚在千堆電子火旁，在電子洞裡，黑黑魆魆的。我們一起編織種種新的社會網路，也是種種新的虛擬方式」。[12]

在這種非物質社區裡，由於跟各類身分交互作用的非確定性，主體便被賦予了某種能動的權力，即一種選擇的權力，亦即在不受物質及社會諸條件決定的特殊情景中產生作用並積極反作用的能力。在交互作用中的每一方被賦予參與交流的「平等進入（equal access）」和各種參與。他／她可以開始、選擇、顛倒、突顯和結束與任何人的交往。賽博主體基本上是浸入到虛擬世界中參與探險，在其中，「交互往來的每一個參與者獲得擔負責任的知覺，每一位都有能力作出反應」。[13]與他者互動的欲望是重構女性身分和主體性的一個有效策略。社會霸權總是抹去其存在、使之缺席，隨著這種情境發生根本改變，女性的主體性由此而生。但對於既在此處又在別處的電子存在，傳統的權力結構不起作用，女性主體可以掌握一種隨時浮現的能動性，賦予自己與多重身分交互連接的權力。就此而論，一種後性別化的主體性也許就能成形。琳恩‧赫斯曼‧李森（Lynn Hershman Leeson）的視頻藝術《珞娜》（Lorna，1984）和《深聯》（Deep Contact，1987）闡述了賦予女性主體性並啟動後性別化身分的能動過程。

簡而言之，虛擬實境已為建構新的賽博主體性和身分認同創造了一個

---

[10]　Tenhaaf in *Immersed Technology*, p.51.

[11]　Paul Virilio in *Rethinking Technologies.* Ed.Verena Andermatt Conley (Minneapolis: Univ. of Minnesota Press, 1993).

[12]　Sheldon Renan in *Clicking in*, p. 67.

[13]　David Rokeby in *Clicking in*, p.15.

異質空間，使再思和重塑身體與心靈、自我與他者等傳統觀念成為可能。在某些方面，經由浸入虛擬實境的非物質空間，主體性可暫時獲得能動性權力以達到特定的交互往來與介入。然而，這種獲得授權的賽博主體性並不牢靠／保險，卻是問題重重。

二、難堪的賽博烏托邦

如上所述，把心靈／意識「下載」到數碼輔助電腦（digitally-assisted computer）拆解了心靈－身體二分法，而人類超越這種狀況的夢想又令虛擬實境或賽博空間得以出現。浸入（immersion）虛擬實境取決於對有機體的否定。若細察虛擬實境的運作，就會發現虛擬實境遠未超越心靈－身體二元性，反倒恰恰成了過去的延續。在虛擬實境中，浸入永遠不會變成脫離軀體之後的解放。一直以來，都存在兩個分離的身體：一個在肉身的世界，另一個在虛擬的世界。一個人並不能把身體帶入虛擬世界：他／她將身體留在介面、螢幕之前。[14]以技術干預形式把有機體從賽博空間和虛擬實境中抹除的意識形態已使一系列的二元對立出現。K・N・海爾斯（K・N・Hayles）中肯地指出：「心靈優於身體；矽技術優於肮髒機體；男人優於女人。具有優先地位的詞語（心靈、電腦、男性）有可能抹去那些帶貶辱色彩的詞語（身體、機體、女性）」。[15]因此，虛擬實境或賽博空間產生於帶有軍國主義特徵的價值觀和以男性為中心的高科技文化。它實際是「清晰地延續了脫離心靈的理性主義夢想，這是西方歷史久遠的反身體傳統的一部分，重申了笛卡爾的二元性，使其在符碼與硬體中具體化」。[16]在彭妮（Penny）看來，抹除身體之後，虛擬實境歡欣鼓舞地慶祝一種柏拉圖式理想式的空間，一個「乾淨、純淨、透明、連貫、獨立」的空間，那裡沒有「令人討厭的人、灰塵和不潔淨的體液」（同上）。為滲透這些權力關係構成的虛擬實境的等級秩序，我們需要從性別、性、階級和種族四個方面進行批判。

大致而言，只要關涉虛擬實境中的性／性別，離體不僅跟身體和心靈的二元性有關，更顯著地跟男性和女性、男子氣和女子氣之間的二元對立有關。這種性別政治是在霸權思想下建構起來的。如K・N・海爾斯所言：

---

[14] Penny in Gretchen Bender and Timothy Druckrey (eds.), *Culture on the Brink: Ideologies of Technology* (Seattle: Bay Press, 1994).

[15] N. Katherine Hayles in *Immersed Technology*, p. 4.

[16] Penny in *Rethinking Technologies*, p. 62.

把女性生殖的權力刻入（男性）單性生殖（parthenogenesis）的技術場景，它把主體性認定為理性心靈，這在傳統上歸為男子氣，把曾被認定為女子氣的身體的物質性拋諸身後。男性是形式、女性是材料；男性是種子，女性是大地。[17]

在再思虛擬實境的肉體性時，一些女性主義者漸漸意識到權威的純粹表徵中隱存的危險，因為，構建權威基礎之上的基本粒子諸如「在與不在、開與關、一與零」始終置觀者於指令之位。用彭妮的話說，觀看的範式本質上是父權式的、男根崇拜性的、殖民化的和全景式監控的：「在虛擬實境中，眼之所想便能有所得……虛擬實境為眼睛提供裝備，給予眼睛其自由之手，由凝視本身驅動……整個身體由視覺的欲望驅動」。[18]很明顯，儘管虛擬實境的話語有時起到讓單一主體去中心化的作用，但它卻仍然牢牢根植於以男性為中心的性別意識形態之中，這種意識形態不可能聲稱自己能從身體－心靈二元性中解放出來。

　　至於虛擬性之中的種族，一方面，虛擬實境體現了各種族打破阻隔而進行交流的全球化趨勢，而另一方面，它也構建了一個「去膚色」的種族化界域（racialized domain）。因此，就種族性而言，虛擬實境裡去膚色後的主體性便成了最大的問題，因為種族認同在本質上是由身體和種族之間彼此不同的身體特性來決定的。由於登陸電腦時最先創立的就是身分，展現身分（性屬與種屬的）是最重要的。用卡梅倫・貝利（Cameron Bailey）的話來說：「我怎麼在種種網路行為中實現自我呈現？在哪裡可以尋找到我的數碼庫（digitalia），那種親密性（陰部／genitalia）和邊緣性（邊注／marginalia）的奇怪結合？我該不該宣稱自己的種族，給自己一個安全的種族身分呢？」[19]擺脫軀體與人交流是虛擬世界許諾的理想模式，但進入交流之後，膚色必須抹除。由此，賽博空間成為一個「純」種世界（pure race），第一世界高科技國家的白種人繼續貶抑第三世界為生存奮鬥的混合人種。因此，那個反抗帶有霸權特徵的賽博主體性的絕對他者既屬虛構，又脫離軀體，亦即隱身。在虛擬性中抹除種族特徵最為真切地體現在海灣戰爭中。期間，智慧炸彈（smart bombs）的電子存在瞄

---

[17]　N. Katherine Hayles in *Immersed Technology*, p. 3.

[18]　Penny in *Rethinking Technologies*, pp. 238-239。

[19]　Cameron Bailey in *Immersed Technology*, p. 42.

準巴格達的目標，而死屍卻被虛擬前錐攝像機（nosecone cameras）「非軀體化」（刪除），形同隱身——一場看起來又酷又無血的戰爭，類似任天堂（Nintendo）戰爭遊戲，把屠殺模擬成光榮的戰鬥。[20]

最後，在階級領域中，數碼技術的發明就是一個新階級的創始。這個階級代表著自己的價值觀和利益——虛擬精英階級（virtual elite class）。依克瑞克（Kroker）的說法，虛擬階級代表一種新型權力精英，由電子王國的統領組成，他們佔有政府政策的最高決策權，以謀求人類普遍利益為名，利用那些沒有工作、無選擇權、政治上無權以及不能上網者和多餘階級為自己謀利。虛擬階級的統領理念是由這樣一種信念驅動的：「一個深受控制論影響的社會……與人類命運最高貴的願望是同一時代的——技術烏托邦的信條是虛擬自由言論者的聖經」。[21]虛擬階級認為，身體無用，會妨礙虛擬實境技術輝煌的實現；於是，進入虛擬實境的奇境之前，必脫離軀體，身體必予以棄絕。通過讓無選舉權利者脫離他們的軀體並將其編成空洞的資料流程（類似祭血之身），虛擬階級成功控制和征服了他們。因此，克瑞克質疑這種虛擬的新興權力精英所許諾的技術烏托邦（technotopia），聲稱「讓世界陷入重大歷史危機」（249）；虛擬化正讓「我們消失於虛無」（254）；敏銳者應既對「虛擬實境說『不』」又對「反思人類命運說『是』」（255）；最後，為解救世界於虛擬階級而搏鬥「是我們時代的生死搏鬥」（256）。

從以上對虛擬實境和虛擬性離體的評論，我們可以看到，虛擬實境／賽博空間決不會是政治中立的世界，也不會是無階級、無性別、無種族的世界。虛擬實境造就了自己關於階級、性別和種族的意識形態，它根植於西方本體神學（ontotheology）的基礎結構。[22]簡言之，在虛擬世界中為已脫離了軀體的身分和主體性營造一個「自由空間」的夢想恰恰表達了從正困擾著20世紀晚期的文化、政治、社會和種族危機的現實中解脫出來的幻想。生活在這個虛擬的年代，藝術何為？藝術如何回應、參與並介入到虛擬性或虛擬化的當下現實？

三、病毒複製時代的藝術政治

大約50年前，德國哲學家海德格爾從「技藝（techne）」和「構架（或

---

[20]　參閱 Mary Anne Moser in *Immersed Technology*; Dyson in *Critical Issues in Electronic Culture* (1995)。

[21]　Kroker in *Clicking in*, pp. 251-252.

[22]　Dyson in *Critical Issues in Electronic Culture*.

聚構，enframing）」方面對現代技術發起了著名的批評。他談技藝，是用該詞在希臘語中意思，即展現（bringing forth）、產生（producing）、顯露（disclosing）、讓物自在（letting-things-to-be）、在場（presencing）——一種「去蔽（「a-letheia」，unconcealment）」狀態的「生產（「poiesis」，authentic making）」過程。他用構架（「Ge-stell」）指存在即「存持物（「standing-reserve」）」的一種顯現方式，「存持物」轉化、具化並誘陷被遺忘的真理。[23]依海德格爾之見，技藝是科學本體的本質，這種本質在藝術中自我顯現。構架代表著征服人類並使本真的存在失去人性特徵的現代技術的本質。對海德格爾來說，只有作為最高技藝形式的藝術可以把人類從現代技術的束縛中解放出來，同時令世界免於最終毀滅。同理，阿多諾（Adorno）沿用馬克思關於機器導致物化（reification）和異化（alienation）的思想，描述了西方啟蒙作為人類主體非人化（dehumanization）和物質化（materialization）的後果。對他來說，只有藝術具有救贖的作用，使人類的主體性免於單面化（one-dimensionalization）。儘管海德格爾、馬克思或阿多諾對現代技術的批評根植於以人類主體的物質化為特徵的機械時代（mechanical age），他們認為，藝術擁有使世界免於非人性化的救贖功能，在數位時代對當代藝術實踐依然實用。很明顯，對象變了：問題的關鍵不再是非人化的概念，而是身體和種種主體性的完全轉變和非物質化。

　　為使身體免於非物質化，為使主體性從十足的虛擬化中恢復，並抵制虛擬精英階級的整一性意識形態（totalizing ideology），當代藝術一方面可以促進實踐並挑戰技術烏烏托邦的修辭，另一方面，深度理解高科技革命。為實現這一點，作為藝術的病毒，或作為病毒的魔法（black art），應運出現。「病毒」（virus）一詞既可從隱喻的層面理解，也可從技術的層面理解。技術上說，一種電腦病毒就如同生命的生物單位，是「自我複製的自動體」。[24]和有一個有生命的機體一樣，一種電腦病毒的目的是「存活並複製」（同上）。換言之，就是攻擊任何資料系統、成功逃生並複製自己的生命。可是，和一個有機體不同的是，電腦病毒是人為編碼、創制、程式設計而完成的。電腦病毒的另一個能力是，它不僅試圖摧毀資料，還控制電腦並無限地自我複製。電腦病毒是寄生物，生於電腦內部，伺機攻擊電腦裡最薄弱之處。隱喻地講，一種擁有電腦對應物所有特徵的

---

[23]　參閱 Martin Heidegger, *The Question Concerning Technology and Other Essays*. Trans. and Ed. William Lovitt (London: Harper Colophon Books, 1977)。

[24]　Ludwig in *Clicking in*, p. 29.

病毒指任何不會被占主導地位的意識形態、權力爭鬥的任何策略或政治手段同化或戰勝的基本力量（電腦病毒總會進攻某一特定的領域）。換言之，在虛擬化條件下，作為病毒的藝術，或作為藝術的病毒，可對電子／技術－烏托邦（tele／techno-topia）的意識形態進行激烈介入。病毒化就是有傳染性的病毒對虛擬世界的突然入侵，能激發強力，使技術烏烏托邦不可實現。

從德里達的角度來看，一個病毒就如同毒品或愛滋病（AIDS），可以起到令社會紐帶「解構」、「非政治化」、「非社會化」的作用。如他所寫：「病毒（既非生也非死）也許一直就在闖進任何『主體之間』的軌道（251）……另外，電腦病毒，和它『平直的』對應物，在電子技術的意義上攻擊電腦之中類似『遺傳密碼』之物……這種所謂電腦病毒傳染，拼接到在毒品中自我嫁接的愛滋病毒，不僅僅是一個現代的、廣泛的災害；我們知道它調動了整個美國安全部門，包括美國聯邦調查局（FBI）——以及資料傳輸系統（DST）和對外安全總局（DGSE）」。[25]德里達的論點在於，沒有一個不受電腦病毒感染和攻擊的純粹領地。病毒不再是一個隱喻，而成了寄生物，既在象徵、法律和本體神學中游走，又把病毒感染其中。將德里達的病毒概念用到虛擬實境的藝術實踐之中，要解構的神話，即將虛擬實境中純淨質樸的柏拉圖理想解構。這是因為病毒既能感染虛擬體，也能感染肉體。如墨西哥藝術家圭勒默‧高姆茲－派納（Guillermo Gomez-Pena）的自畫像所示：「我成了一種墨西哥病毒，墨西哥蒼蠅的賽博版：細小的、令人惱怒的、不可逃避的，傳染迅速」。[26]正是這種藝術如病毒的傳染性能力破壞並解構了性別、種族和階級的政治。

作為病毒的藝術是一種精神分裂，在主體性的「邊界狀態（boundary states）」運作，這種「邊界狀態」不可歸入心靈／身體、自我／他者、內／外等任何一種二元對立之中。為同虛擬化對抗，它掌握遊擊戰術，在虛擬城市的邊緣戰鬥，從未被技術烏托邦式意識形態的工具所發起的反病毒攻擊擊中；它不斷變換自己的領地，整合自身基本資源，總能在「反象徵」戰鬥中存活。這樣，它不僅喚醒大眾，令其不再迷戀那具有擬真效果的虛擬性；它還質詢了種種可能的力量，是否可以抵制虛擬實境中那種逃避現實的幻想。這種情況下，J‧G‧巴拉德（J. G.Ballard）寫於1973年的

---

[25] Derrida, *Points...Interviews, 1974-1994,* pp. 472-473.

[26] Guillermo Gomez-Pena in *Clicking in*, p. 173.

技術惡托邦小說《撞車》（Crash）可算是個病毒進攻的隱喻，撞開並瓦解了人類與機器、欲望與死亡之間最後的縫合，致使在這個技術烏托邦式的圖景中對身體情色的純粹歡愉那烏托邦式的欲望不再可能。大衛・林奇（David Lynch）的影片《迷失的高速路》（Lost Highway，1997）又是一個顯現了藝術如病毒，具有破壞力。影片中，那神祕的、魂靈般的老頭可看成一個病毒，一直侵害逃避現實的幻想，致使超高速癱瘓，最終擊碎在虛擬景觀的「非場所（沙漠場景）」中實現回歸原始場景（即理想純粹的身體）的夢想。

　　總之，在當代虛擬情境中作為病毒的藝術可以演示政治、拆解意識形態壕溝並擁有主體的反思能力。作為抵制虛擬文化的最後力量，根據大衛・洛克比（David Rokeby）的說法，藝術和藝術家所扮演的角色是「探索，但同時又質問、挑戰和改變他們所使用的技術」。[27]

---

[27]　David Rokeby in *Clicking in*, p. 156.

第三章　撕裂凝視：數碼化時代的色情迷幻[1]

> 剝奪是色情的本質……
>
> 愉悅是悖論。
>
> 巴塔耶《色情：死亡與縱欲》[2]

我們生活在一個色情化的時代，這一點沒有人否認。環視周圍，色情滲透社會的各個層面，性特徵充斥了各種文化類別。色情化的出現，「是當代資本主義文化的一個普遍特徵」。[3]通過斯尼托（Snitow）所謂20世紀60年代以來西方社會的「性徵外顯閃電」（a blitz of the sexually explicit），[4]性——或者說得更確切一些——性表徵不僅成為大眾／流行文化的焦點元素，而且擴展到快速發展並導致性消費文化出現的性產業。如米斯（Meese）所指：「實際上任何[美國]媒介，從書本到雜誌到報紙、音樂、廣播、電視廣播網、有線電視，有關性的方方面面被討論、敘述、描述，細節明白清晰，在相對較短時間內急增」。[5]除了20世紀60年代性解放運動的影響和婦女運動的勃興（尤其是女性主義的持續成功），技術革命、新光學儀器的發明和視覺圖像生成的技術創新對西方文化的色情化產生了決定性的影響。[6]

隨著新光學器械的發明，先是19世紀早期的攝影術和19世紀晚期的

---

[1] 本文寫於芝加哥大學 Arnold Davidson 教授於 1998 年在 UC Davis 開設的「西方性學史研究」工作坊。英文題目為："Split the Gaze: Pornography in the Age of Digital Reproduction"。感謝江承志教授的中文翻譯。

[2] Georges Bataille, *Erotism: Death & Sensuality* (San Francisco: City Lights Books, 1986), p. 73.

[3] Brian McNair, *Mediated Sex*: *Pornography and Postmodern Culture* (New York: Arnold, 1996), p. 7.

[4] A. Snitow, *Desire: the Politics of Sexuality*, eds. Stansell C. and Thompson S (London: Virago, 1983), p. 1.

[5] E. Meese, *Report of the U.S. Attorney General's Commission on Pornography* (Washington: U.S. Department of Justice, 1986), p. 277.

[6] 參閱 Linda Williams, *Hard Core*: *Power, Pleasure, and the "Frenzy of the Visible"* (Berkeley/Los Angeles: University of California Press, 1989); Lynn Hunt, *The Invention of Pornography*: *Obscenity and the Origins of Modernity, 1500-1800* (New York: Zone Books, 1993); Brian McNair, *Mediated Sex*: *Pornography and Postmodern Culture*。

電影，接下來是20世紀60年代的電視、70年代的影帶／盒式磁帶錄影機（video／VCR）、80年代的電腦和90年代的唯讀光碟驅動器／網際網路（CD-ROM／Internet），批量複製、流通和消費不但成為可能，而且數量突增。[7]如麥克奈爾（McNair）所指出的：「色情產業的發展已經……跟各種圖像生成的發明同步向前，不放過任何機會，對每一項新發明所呈現的、表現了人類持久興趣的性徵外顯描繪加以利用，開發商業」。[8]新媒體技術塑就了現代色情產業的景況。然而，不同形式的新媒體再現引出不同形式的視覺景象，顯著地改變了觀看、理解和思考色情的方式。由於色情是西方現代性的新近發明，每一個新的視覺器械都是在「視覺驅力（scopic drive）」或對於女性祕密、身體和性特徵的「可視的狂熱（frenzy of the visible）」激勵下發明出來的，[9]所以本文將依次考察：（1）新發明的視覺器具如何生產、展示及再現各種表露性特徵的視覺圖像；（2）圖像複製系統如何對筆者所謂「數碼時代」之中重新劃定色情技術邊界產生影響，「數碼時代」不同於以印刷、攝影和電影為代表的機械時代，而是以電視、視頻、電腦、影印機和網際網路為標誌。凸顯機械時代和數位／電子時代在圖像製作上的差別實際上就是在現代和後現代色情技術美學的視野下觀察「認知轉變（epistemic shifts）」的軌跡。

一、新技術時代的色情轉變

新視覺儀器的發明曾是西方工業／科學革命中機械時代的標誌。人類視覺史上最具革命性的突破是19世紀早期攝影術和照相器械或暗箱（camera obscura）的發明。攝影術的出現完全改變了視覺再現的本質、瓦解了現實性的視覺經驗和藝術的社會意義。這種圖像生成的新技術，加上電影膠片隨即誕生，實現了文化再現從經典模式（印刷中的文字性和繪畫中的原創性）到現代性的合法性（文字與視覺的融合與可複製性）。

在沃爾特・本雅明1936年那篇頗有遠見的論文《機械複製時代的藝術作品》（The Work of Art in the Age of Mechanical Reproduction）中，他總結了攝影和電影的發明對藝術界帶來的影響和變化。依本雅明之見，隨著這些視覺再現的新器械出現，包含在傳統藝術作品中的原創性、本真性、作

---

[7]　Margot Lovejoy, *Postmodernism Currents*: *Art and Artists in the Age of Electronic Media* (Ann Arbor/London: U.M.I Research Press, 1989).

[8]　同上 Brian McNair, *Mediated Sex*，第 108 頁。

[9]　Linda Williams, *Hard Core*: *Power, Pleasure, and the "Frenzy of the Visible,"* p. 271.

者身分、特殊性和獨一性都不復存在；藝術的氣息／靈韻（aura）——獨一性、不可仿性、距離和不可及性——從此消失，「在機械複製時代萎縮的，是藝術作品的氣息」。[10]這種新的視覺再現藝術導致了圖像的可複製性、人造性、可傳性、瞬間性和平庸性。本雅明指出：「世界史上第一次，機械複製解放了藝術作品，它們不再寄生於儀式中。在更大的程度上，複製的藝術作品成了為複製而藝術。例如，用底片可以製造任意數量的照片；尋找『源初』照片變得毫無意義。但在本真性標準不再適用於藝術創造的那一刻，藝術的整個功能都翻轉過來了」。[11]

正是這種隨照相機和電影等機械出現的可複製性，使色情複製出現暴增。同時，沉迷於色情圖像的大眾消費者也被這種技術催生出來。此外，機械時代的標誌是一種新的圖像再現形式的出現，通過新的視覺儀器，它塑造並規定觀眾的視野。攝影術通過過程再現可以把原物那些不為肉眼所見卻能被鏡頭攝下的部分捕捉到。如本雅明所寫：「攝影複製，憑放大或慢鏡頭等技術，可以捉住那些肉眼看不到的圖像」。[12]運用攝像機調整基本次序的功能，編輯出來的圖像會會更細緻、微觀。攝像機的特寫、移動、升降、距離、放慢和加速功能，使一種全新的時空觀和多視點得以再現。「攝像機可以借助無限小的特寫（infinitesimal close-ups）進入以前看不見的身體內部的世界或銀河系裡那些遙不可及的空間。它可以打開並模擬迄今為止僅存在於想像之中的世界」。[13]本雅明也確認了這種新的圖像知識（pictorial literacy）：「拍一部電影，特別是有聲電影，提供一個此前任何時候任何地方都不可想像的場景」。[14]然而，一種更加壯麗輝煌、難以想像的視覺文化隨著20世紀後半期電視、錄影、盒式磁帶錄影機、電腦、網際網路的出現在技術進步中脫胎而出。隨著這些視覺高科技的誕生、大眾媒體的視覺爆炸，「圖像轉向（pictorial turn）」和「視覺文化（visual culture）」在西方社會興起。[15]一個被稱為「數碼時代」、「電子時代」或「資訊時代」的新時代應運而生。

---

[10]　Walter Benjamin, *Illuminations* (New York; Harcourt, Brace & World. 1968), p. 223.

[11]　同上 Walter Benjamin, *Illuminations*，第 226 頁。

[12]　同上書，第 222 頁。

[13]　Margot Lovejoy, *Postmodernism Currents: Art and Artists in the Age of Electronic Media* (Ann Arbor/London: U.M.I Research Press, 1989), p. 13.

[14]　同上 Walter Benjamin, *Illuminations*，第 234 頁。

[15]　參閱 W.J.T. Mitchell, *Picture Theory: Essays on Verbal and Visual* Representation (Chicago: The University of Chicago Press, 1994)；Chris Jenks (ed.), *Visual Culture* (London/New York: Routledge, 1995)。

　　這也是一個視覺儀器和圖像感知出現澈底改變的時代，與以前的時代有明顯不同。在機械時代，光學器械賴於「模仿動物或工業生產肌力的剛性部件」，[16]正如照相機的機械原理是基於眼／視網膜對光的敏感，電子器械「運用無形無影的電荷模擬大腦和神經系統的暫態過程，形成即時通訊（simultaneous communication）的直接性」（同上）。以電子技術為基礎的媒介不再根據物理感知結構（即攝影中的光波）而運作，而是以信號、圖碼、數學推算法和數碼化資訊為基礎。經電腦處理過的電子圖像儲存了有關主體的所有空間電子信號（頂、邊、底），還能從資料庫中調出來在顯示器上觀看，或複製成有聲音、文本和圖像的錄影帶。電子影像處理系統最為精彩之處在於，視覺圖像的形成是由內而外，而不是由外而內。一旦某圖像的資訊或光結構由電腦分析並數碼化之後變成數值資料空間，諸如明暗等構成圖像的元素（即一列圖元）可以一一處理——修改、調整、加重、偏差或重置，既可以攝影成像，又可以生成仿造的或合成的現實。因此，在數碼化世界裡，真實消失了，或變成了鮑德里亞（Baudrillard）所謂的「超級真實（the hyperreal）」。[17]其中的一切作為副件、副本、想像中的類像和相似物被使用。洛夫喬伊（Lovejoy）曾頗有預見地表示：「最終，在世紀之交，經電腦處理的電子圖像將替代傳統的攝影成像」。[18]

　　隨著這種電子技術的創新，色情作品的視覺表徵出現了許多基本變化。簡單地說，盒式磁帶錄影機（video／VCR）出現並進入家庭，與電視結合，完全改變了色情作品的本質、內容、形式和觀眾。一方面，錄影獨一無二的電子記錄功能通過讓攝下的色情圖像出現在電視機螢幕而給予觀者即時「現場」之感；另一方面，通過視覺圖像可以被抹去、不斷重用、自由編輯拼接。把西洋鏡的情色片搬到客廳，錄影技術改變了觀看的空間和消費者的身分。視頻革命之後，20世紀80年代以來錄影帶、網際網路和數碼港進入家庭，資訊公路充斥著色情圖像和向審查機制提出新問題的性外顯文本。[19]由於觀者與錄影帶、網際網路互動方式的轉變，觀眾可以在被選的編碼版的基礎上創造多面視覺圖像。所以，複製不同視點可以展現被看物的諸多全新部位。這被稱為「整體觀看」，遠遠超出了傳統攝影的

---

[16]　同上 Margot Lovejoy, *Postmodernism Currents*，第 3 頁。

[17]　Jean Baudrillard, *Simulations* (New York: Columbia University Press, 1983), p. 2.

[18]　同上 Margot Lovejoy, *Postmodernism Currents*，第 22 頁。

[19]　同上 Brian McNair, *Mediated Sex*，第 116 頁。

範疇，帶來了色情視覺冒險的新歡愉。著名錄影／網路藝術家比爾・維奧拉（Bill Viola）這樣描述他的經歷：「『讓我著迷的』，他說，『是整個進程並非簡單的放大。也不是說四個鏡頭造就四張相片。所有特寫建築已經以資訊形式存在，所以圖像不會遺漏細節，也不會因放大而變模糊，因為經過了電腦清晰度增強處理。這不是攝影的放大。通過處理已經存在的資訊，個人決定所見之物的尺寸。任何事物由編碼而系統化，觀者或製作者僅僅決定哪一部分是想要展現出來的』」。[20]然而，觀看色情圖像所獲得的更加新鮮的快感是被先進高科技的激發（類比）出來的，可新技術的出現又帶來了色情產品全球化這一新問題。

我在上面簡要討論了機械時代和電子時代由新視覺儀器的創新所導致的視覺再現的變化。在機械時代，攝影和電影的興起瓦解了以真實為標準的經典視覺經驗，以及講究再現深度模式的美學特徵。在電子時代，電視、錄影、電腦、網際網路將真實轉為平面、副本和人工，視覺圖像的類像成為這個時代的美學標誌。接下來，我將一一細述本雅明所說的「生產[即複製]現狀下藝術[即色情藝術]的發展趨勢」（第220頁）。換言之，下文將歸納一些出現在當代西方色情圖景中明顯的認知轉變以及性別政治。

二、撕裂凝視與女性主義的解構策略

數碼時代意味著後現代主義的到來。後現代主義中止了在機械時代占主導的現代主義宏大敘事。在機械時代，人們認為機器和技術的合理化造就自由、幸福、民主、正義和平等。相反，數碼時代推崇小敘事，其表現就是大眾電子交流興起於大眾／流行消費文化。後現代主義標誌著西方社會文化主流進入了一個完全色情化的時代。舊式種種性和性行為普遍受到挑戰並被賦予新的含義。在這種文化氛圍中，色情產品本身正經歷著體式上的重構和再定位。於是，色情產品這一體裁步入一個新階段，色情表演－攝影藝術家安妮・斯普林克爾（Annie Sprinkle）把它叫做「後色情現代主義（者）」（post porn modernist）。[21]這個後色情或後後色情所表達的根本欲求就是超越有關性、性別、人種、階級和視覺本質的色情產品的各種傳統。

1.後現代主義電子時代的色情產品有一個基本特徵，即再現的深度模式的拆解和戲仿在表演中出現。在本體意義上，人們總在想為什麼很

---

[20] Bill Viola, "A Medium Matures: Video and the Cinematic Enterprise." In *The Second Link*: *Viewpoints on Video in the Eighties* (Banff: Water Phillips, 1983), p. 12.

[21] Annie Sprinkle, *Post Porn Modernist* (Amsterdam: Torch Books, 1991).

多人喜歡注視女性，尤其是女性器官，以及這種癡迷（即「性補償（the sexual fix）」）由何而來。歷史上，對這種失常症狀的闡釋產生過兩種追問。一種是晚期的佛洛伊德（Freud），另一種是密契爾・福柯（Michel Foucault）與琳達・威廉姆斯（Linda Williams）。依佛洛伊德所見，第一次看到女性性器官的男孩震驚於女體上沒有陰莖。受此影響，他想像著女性性器官被閹割了，或女性把她的陰莖藏入身體某處。出於害怕有朝一日也會像女性一樣被閹割，他不懈地尋找著女性身上看不見的陰莖。正出於這種閹割情結，男性持久不倦地偷窺女性性器官，不斷盡可能地看清楚些，為了揭示女性身上隱形陰莖之謎。通過持續而深入的觀看，男性可以得到確實的愉悅，最終克服對閹割的恐懼。佛洛伊德把這種獲得視覺愉悅的願望描述為「窺陰癖（scopophilia）」。[22]色情文化是西方現代性的新近發明，是父權或「厭女」（misogynical）敘事所特許的啟蒙產物。[23]這種男性化敘事不壓制性，也不禁止性暴露，但卻刺激著人們無休止地談論性、以圖揭開所有關於性的祕密，並揭示有關性的真相。[24]這種尋求性真相的願望構成了西方現代性的視覺想像，被捕琳達・威廉姆斯確認為「可視的狂熱（frenzy of the visible）」。[25]在威廉姆斯看來，在「可見的是什麼」和「不可見之物不可說」的邏輯之下，每一個視覺儀器的發明（從攝影到電影膠片到電視、電腦到錄影機、唯讀光碟再到網際網路和通訊衛星）都有效地用於將女性身體及女性性愉悅不可視、不可知之處最大可程度視覺化。用威廉姆斯的話說，所有新視覺器械的發明都是為了不停歇地追求「真實」的性、看到更多「未見世界的奇跡」。[26]由上可見，色情圖像中表現了西方視覺再現的利比多經濟（libidinal economy）；其中，占主導的是深度模式，或「深層結構，亦即敘事的生成力量」：[27]窺陰的意願、追尋性真相和「真實」女性性愉悅的意願。

　　然而，在數碼／電子後現代世界，諸事諸物總在被複製、回收、轉發和重複。「真實」的與「原本」的已然消失；深度變為平坦。弗雷德里

---

[22]　Sigmund Freud, *Three Essays on the Theory of Sexuality*, *The Standard Edition of the Complete Psychological Works of Sigmund Freud*. 24 vols (London: The Hogarth Press), 1953-1974.

[23]　參閱 Lynn Hunt, *The Invention of Pornography*。

[24]　Michel Focault, *The History of Sexuality*: *Volume I: An Introduction* (New York: Vintage Books, 1990).

[25]　參閱 Linda Williams, *Hard Core*。

[26]　同上書，第 92 頁。

[27]　Teresa De Lauretis, *Alice Doesn't: Feminism, Semiotics, Cinema* (Bloomington: Indiana University Press, 1984), p. 84.

克·傑姆遜區分了五種後現代世界所摒棄的深度模式：「內部與外部的闡釋學模式」、「本質與表面的辯證模式」、「潛在與明顯的佛洛伊德模式」、「本真與非本真的存在主義模式」與「能指與所指的符號學對立」。[28]因此，所有的事物都成了無深度、膚淺的圖像，一種「現實與自身之間虛幻相似」的、模擬化的超級真實。男性凝視的視覺欲望驅動視覺儀器穿透女性身體「看到」內部未顯現的深處，讓愉悅的經歷在深度敘事中得以重現；可這種欲望在電子類比的平面化中不復存在，由於電子世界中「真實」的再現一直被加工、錯位、歪曲和模擬，再現自身成為類像——自身的純粹意象。讓·鮑德里亞寫道：「也許色情圖像只是重新啟動了這種消失的所指，為的是通過它奇怪的超現實性證明事實恰恰相反，總會有真實之性存在於某處」。[29]因此，由「性器本能（genital instinct）」擬真（激發）[30]而看到清晰「可視」之物，男性凝視創造了不存在之物的相似物，或只能想像的女性性特徵。在後現代色情圖像中，消費者／窺淫者通過批量複製的色情產品市場傳播的視覺圖像，創造了他們自己對各種新模式的拼貼。

深度模式／深層敘事消解之後，出現了後現代主義文化中一些女性主義者推行的表演思想。相對再現的深度模式，表演表現了流動性、機動性、遊戲、行動、即時性、情境性、反覆性和可逆性。表演中一種有效的實踐是仿擬：對原本、真實、深度、正常和自然等概念的戲仿。為了嘲諷男性對看不見的女性性器官的不懈追尋，女性主義藝術家金妮曼（Carolee Schneeman）用一面鏡子（如變焦的照相機）接上一條通向陰道的電線，這就可以讀到從陰道裡抽離出來的滾軸日記。安妮·斯普林克爾提供了另一種仿擬男性窺淫意願的表演。斯普林克爾的表演讓觀眾借助反射鏡和閃光燈看到她的子宮頸。以這種極端的表演方式，金妮曼和斯普林克爾欲求打碎男性對性愉悅的幻想，也凸顯了「性別即角色表演（gender as the performance of roles）」以及角色即代理。[31]斯普林克爾作出了最為壯觀的

---

[28] Fredric Jameson, *Postmodernism, Or, the Cultural Logic of Late Capitalism* (Durham: Duke University Press, 1991), p. 29.

[29] Jean Baudrillard, "Forgetting Foucault." In *Humanities in Society* 3: 1 (1980), p. 89.

[30] Arnold Davidson, "How to Do the History of Psychoanalysis: A Reading of Freud's *Three Essays on the Theory of Sexuality*." *The Trials of Psychoanalysis* (Chicago: University of Chicago Press, 1987-1988).

[31] Chris Straayer, "The Seduction of Boundaries: Feminist Fluidity in Annie Sprinkle's Art/Education/Sex." *Dirty Looks: Women, Pornography, Power*, eds. Pamela Church Gibson and Roma Gibson (London: BFI, 1993), p. 157.

戲仿，直面了電子時代色情圖像的各種主題。在這個表演的攝像中，人們見證了最滑稽的、戲仿的、奇怪而又具有顛覆性的場景：斯普林克，半裸的身體，黑色花邊靴，頭戴金冠，黑髮垂至豐乳，她超自然的七隻手各持一「物」——前面三隻手分持錄影機、有燭燃燒的燭臺和檢查子宮的反射鏡；中間兩手上有照相機和手銬；後面兩隻手分別握有一隻假陰莖和心－愛玩具。她身著緊身內衣，雙乳變大，一條塑膠做的蛇纏繞雙腳。右邊大腿旁，坐著一隻貓，雙眼敏銳。這完全是一幅模仿、複製的圖畫，是後現代拼接粘貼的傑作。它總結了機械（照相機）時代和電子（錄影機）時代拼接藝術中的視覺凝視，也戲仿了所有類型的古怪性行為——窺淫欲、戀物欲、自慰欲、虐戀欲、變性欲、受虐欲、雙性戀、同／異性戀、男／女同性戀。安妮裝扮成女王、巫婆、蛇蠍美人，象徵各種顛覆性的性力。圖畫中沒有什麼是真實的，只有人為性和超真實性，男性凝視被中止和戲仿。安妮的微小色情圖像表現了對後色情現代主義消費文化中的深層敘事和性再現深度模式最具策略性的消解。

2.深層敘事的拆解和表演實踐使一些基本的界定和範疇相互之間變得模糊，用哈爾‧福斯特（Hal Foster）話說，就是「抹去了一些關鍵的邊界或差別」。[32]在後色情現代主義場景之中，一系列長期存在的等級性的二元對立被削弱和逾越，如情色藝術與色情作品、藝術與垃圾、雅／精英文化與俗／大眾文化、體面與淫穢、隱私與公開、男性與女性、天然與文化。這些區分是在父權的、厭女的男性化敘事中形成的。如前所論，色情是西方現代性的產物。歷史地看，它的出現和現代性的主要事件密切相關：文藝復興、科學革命、啟蒙運動和法國革命。它通常是傳播自由思想、異端邪說、政教批評、大眾文化、小說勃興、新興科學、言論自由以及個性塑造。[33]然而，由於資產階級的崛起，色情作為監管類別和政府顧慮出現於19世紀中期，於是，有了行為上隱私與公開、體面與淫穢的清晰區分，將資產階級跟較低層次的工人階級分開。克普內斯（Kipnis）寫道：「它們[深入人心的隱私標準]是現代的產物，也和中產階級的興起有聯繫，現代自治個體的出現以及隨後日常生活變為身體、心靈和社會之間一連串複雜的協商」，最後造成「性與身體出現分工並相應地成為羞恥與厭惡的場所」。[34]由於這些明顯的邊界，中產資產階級開始給予頂級／高

---

[32]　Hall Foster (ed.), *Postmodern Culture* (London: Pluto, 1985), p. 12.

[33]　同上 Lynn Hunt, *The Invention of Pornography*，第 10-35 頁。

[34]　Laura Kipnis, *Bound and Gagged*: *Pornography and the Politics of Fantasy in America* (Duke

雅／精英／體面／優秀／道德文化優先地位，比如歌劇、劇院、美術館、經典、交響樂、現代主義文學；而較低級的勞作階層僅僅消費色情—「最俗的俗文化」。[35]

在後現代語境中，隨著消費者大眾／流行文化的興起，所有這些兩級對立受到根本性的挑戰，他們之間的等級制度也日趨瓦解。因為所有文化產品都同時成了被消費的產品，大眾電子通訊則主導了生產、流通和流行文化消費。界限的消融可以描述如下：第一，模糊了作為藝術的情色與作為垃圾的色情之間的界限。在傳統文化標準之中，情色意味著性是健康的、自然的、正當的、合法的、可貴的，於是也是潔淨而無污染的；然而，色情作品所代表的性是丟臉的、屈辱的、非法的、病態且骯髒的。情色是人類性特徵的藝術，沒有級次、性別、主從之分，但色情作品是女性性特徵商品化所產生的垃圾。在斯泰納姆（Steinem）看來：「情色關於性特徵，但色情關於權力和作為武器的性」。[36]巴巴拉·史密斯（Barbara Smith）聲稱：「色情作品不描述性特徵，它描述性行為。它將編碼白人、男性、異性戀的種種幻想並加以消費。可情色卻是本真、非商業化形式的性再現：是堂堂正正的藝術」。[37]女性主義小說家埃麗卡·容（Erica Jong）表示：「情色讚頌人類情欲的本質……且表現得藝術而又引人入勝。色情卻不過充當自慰的助力，既無藝術的樣子，也無藝術的價值」。[38]情色作品優於色情作品，是把品味高下強加於社會整體的精英策略，為的是貶低流行文化和俗文化。有些學者提到，早期色情電影的消費者來自上層社會，擁有財富、金錢、權力和時間，向低層大眾傳播色情產品受到嚴控。[39]所以，品味之分恰恰基於權力，而不是社會上得體行為的標準。恰如麥克·奈爾（McNair）所指：「由是，色情／情色的二分是不當的，色情作品作為文化範疇出現最好理解成十九世紀歐洲資產階級嘗試吸納和左右『大眾』（流行）文化，以應對新興民主化的通訊技術帶來的威脅」。[40]

University Press, 19980, p. 172.

[35]　同上書，第 174 頁。

[36]　Gloria Steinem, "Erotica and Pornography: A Clear and Present Difference." *Take Back the Night*, ed. L. Lederer (New York: William Morrow, 1980), p. 38.

[37]　Barbara Smith, "Sappho Was a Right-off Woman." *Feminism and Censorship*: *The Current Debate*, eds. G. Chester and J. Dickey (London: Prism, 1988), p. 179.

[38]　Erica Jong in Brian McNair, *Mediated Sex*, p.51.

[39]　Gertrud Koch, "The Body's Shadow Realm." *Dirty Looks* (London: BFI, 1993).

[40]　Brian McNair, *Mediated Sex*, pp. 52-53.

　　在後現代文化中，由於精英／大眾、雅／俗文化等級的瓦解，人們稱頌複製的藝術品，它們既「藝術」又「流行」。安妮・斯普林克爾的實踐表現出，作為藝術的情色作品和作為淫穢的色情作品之間不必再加以區分。在顛覆了傳統色情標準的同時，她的職業始於按摩師，很快成為妓女，接著是現場性女演員，然後是性雜誌的色情作品作者、性愛視頻和電影的表演藝術家，現在成了性教育者和性治療師，安妮的多重身分讓我們重新闡述藝術的本質，即「藝術與色情、藝術家與娼妓之間那種等級性的二元對立」。[41]安妮・斯普林克爾現象是後現代衝擊或「欣悅」的產品，其自身是一種表演，被模仿、仿擬、拼湊，也被色情化和情色化。第二，隨著錄影機、有線系統、網際網路和光碟的民主化，隱私與公開、體面與淫穢的區分不再有人提起。當裝在個人起居室的有線系統打開，所有欲望隱私一下子暴露在公眾面前，甚至通過通訊衛星全球化。斯文掃地、體面受制，轉變成合法的淫穢／缺場（ob-scene即缺席、不在事件現場）。

　　3.出於求真的意志或「可視的狂熱」，男性迷戀於可以解開女性器官神話的色情圖像。觀看這些圖像，可以想像獲得了一種特別的愉悅，即最大程度看到了女性身上隱形生殖器。因此，色情圖像首先是視覺上的建構，由觀看、凝視和反射鏡的利比多經濟決定。換言之，色情圖像與其說關於性，不如說關於視覺。在窺淫凝視的利比多經濟中，總是男性觀看女性，「女性的被看」：專橫單視／單向的觀看。因此，圍繞這種局面，建立起一系列二元等級：積極去看（男性）與被動被看（女性）；主導之看與受控之看；有力之看與無力之看，和主體性之看與客體化之看。因此，這種觀看／景象被賦予了權力、控制、征服、支配、暴力、不平等、剝削、犧牲、性別化、恥辱、殖民化和歪曲。關於這種古怪的「凝視」，有一段現代闡釋史，簡述如下：後期的佛洛德首先提供了凝視的幾個版本，也就是，男性的閹割情結，出於生存恐懼凝視女性失去的陰莖；女性的陰莖嫉妒，為了具有女性性特徵，觀看男性陰莖。約翰・伯格（John Berger）強調了看與被看的二分法。他寫道：「男性行動和女性出現。男人看女人。女人看著自己被看。這決定男女之間大部分關係，以及女性內部的關係。檢視女人的是男人：被檢視的女人。於是，她變成對象—特別是一個視覺的對象：一個視象」。[42]居伊・德波（Guy Debord）這樣描述

---

[41] Linda Williams, *Hard Core*, p. 177.

[42] John Berger, *Ways of Seeing* (Harmonsworth: Penguin, 1972), p. 47.

他的「景觀社會」：女性身體成為電子本體性情境，為的是男性獲得凝視的愉悅。[43]密契爾‧福柯（Michel Foucault）在他的《臨床醫學的誕生》（The Birth of the Clinic，1973）和《規訓與懲罰》（Discipline and Punish，1977）兩本名著中指出，凝視的力量即醫學凝視和顯微觀察的發明中監視的力量，構成了西方現代性的本質。

在蘿拉‧莫爾維（Laura Mulvey）1981年那篇著名的論文「視覺快感與敘事電影」中，她研究了好萊塢電影中的女星如何成為男性凝視的對象，區分出三種主要的「男性」觀看：攝像機之看、電影中角色間之看和觀眾之看。根據莫爾維的研究，窺淫和窺陰凝視的愉悅源自女性被觀看的從屬權。如她所說：「作為對象的女性之美和螢幕空間的融合；她不再是負罪者，而是完美的產品，其身體經特寫而程式化、碎片化，成為電影內容和觀眾觀看的直接接受者」。[44]莫爾維這篇頗有影響的論文開創了探究在男性佔有式的視覺凝視之下女性的犧牲。視覺儀器出色地操縱了女性以及作為崇拜對象的女性性身體——一個被陽具崇拜式的凝視所盤剝的殖民化意象。德‧蘿拉提斯（de Lauretis）注意到：「以這種方式，既是視覺的又是敘事的，電影將婦女定義為意象：作為場景被看與作為對象被渴求、探究、追求、控制並完全被一個具有男性特徵的——亦即象徵意義上的男性——主體擁有。觀看的系統——電影敘事基本的符號結構——將凝視的權力歸於男性，無論他是男主角、導演（更恰當的是攝像機，起到闡明的作用），或是觀眾」。[45]

可怎樣才能消解這種男性窺淫凝視？一些「視覺策略（ocular maneuvers）」務必實行。由於男性凝視的愉悅來自被縫合概念激發出的視覺想像。通過縫合，將不在場的主體所擁有的那種充實感構築起來（「模特為被看而死」）。喚起觀看的不愉悅就是把故事空間裡想像縫合的合併功能分裂開來，於是，缺席的主體永遠不會被縫入「切開」的圖片。卡佳‧秀沃曼（Kaja Silverman）提出了一個策略，不但質疑了佔有式凝視的認知基礎，也挑戰了「觀看」與「凝視」的異文合併（意識形態上陰莖與男性生殖器的結合）。在秀沃曼看來，儘管觀看可能成為凝視，眼睛（經由觀看這一行動）僅僅「渴」求凝視，所以就可能滑移。結果，觀看可以

[43] Guy Deboud, *Society of the Spectacle* (Detroid: Black and Red, 1977).

[44] Laura Mulvey, *Visual and Other Pleasures* (Basingstoke: Macmillan, 1989), p. 22.

[45] Teresa De Lauretis, "Fellini's 9 ⸰" *Gender: Literary and Cinematic Representation*, ed. Jeanne Ruppert (Gainesville: University Press of Florida, 1994), p. 56.

脫離凝視。在色情凝視中，女模特和讀者都在觀看，但只有一個被賦予了接近於凝視的能力，就是女模特。這樣，她「被賦予」回看的能動性，在她所看的微觀全景之中，隱含著男性觀者。[46]

伯克利・凱特（Berkeley Kaite）擴展了秀沃曼的觀看能動性觀點，認為除了經典的三種觀看（莫爾維的三種觀看模式），還存在另一種觀看，即「對視（caught looking）」。[47]依凱特之見，這第四種觀看打亂了「觀者和文本之間假想關係的自滿和連貫：就是螢幕上任何角色對觀眾的觀看」（同上）。這種「對視／回看」質疑了模特作為對象的被看地位，將讀者置於險位，直到愉悅的假像成為泡影。凱特表示：「模特擁有凝視的權利，直接面對觀眾」，所以，她被賦予「一種刺入的凝視」（penetrating gaze）。女模特直接而敏銳的觀看是一種明顯的視覺策略，讓男性窺淫者暴露，或「變得可見」；與此同時，也讓觀者完整的愉悅感因受到女模特既嘲弄又誘惑的對視而分裂瓦解。這種對看、這種刺入的凝視、這種「對視」在利比多經濟內部產生一種交換循環。它抵制了專橫單向的凝視，提出一種形而上的盯視（staring）：「凝視變得堅挺……幾近某種程度的暴力，一種穿透、刺入、固定的願望，是為了在變化的外表下發現永恆，這也暗示了在觀者和被看對象之間存在一定程度的焦慮」。[48]

另一種「觀看策略」是解構在性特徵上男性外顯、女性隱形的神話。在色情電影中，視覺儀器總會存在自身的局限。換言之，發明能最大程度看到女性性特徵的視覺儀器終究會因自身的盲點而遭遇失敗，因為「男性表演者穿透奇觀就是使觀者幾乎看不到那被穿透之物」。[49]女性性愉悅留在她的器官之內，在「黑暗大陸」或「無甚可看」的「缺失」之處，攝像機找不到它，它僅僅盤旋在女性器官周圍，即表演的環境之中（Mise-en-scène）。鄧尼斯・吉爾斯（Dennis Giles）描述道：「她（作為一個本質上的女人）環抱的內部空間是一個看不見的地方……它不可能被視覺知識所佔有。為了強調它與色情電影中已知空間的分離，我稱這種內在中心為異

---

[46]　Kaja Silverman, T*he Acoustic Mirror: The Female Voice in Psychoanalysis and Cinema* (Bloomington: Indiana University Press, 1988).

[47]　Berkeley Kaite, *Pornography and Difference* (Bloomington and Indianapolis: Indiana University Press, 1995), p. 70.

[48]　Mary Ann Caws, "Ladies Shot and Painted: Female Embodiment in Surrealist Art." T*he Female Body in Western Culture: Contemporary Perspectives*, ed. Susan Rubin Suleiman (Cambridge: Harvard University Press, 1986), p. 270.

[49]　Linda Williams, *Hard Core*, p. 93.

地」。[50]在這片烏托邦土地上，女性性愉悅的祕密得以保留和稱頌，而男性費勒斯權力被完全耗而殆盡。然而，男性經常為自己因射精而達到性高潮的可視性而驕傲，這種「高潮指令（orgasmic imperative）」讓男性作為「有能力」的幸福人類而獲得特權。[51]在安妮・斯普林克爾兩個表演中，她展示了女性射精和錄有她6分鐘性高潮的錄影。通過對自己身體的仿擬，她的表演打破了關於女性性愉悅的男性神話。這樣，男性的凝視就有望中止，而來自於單鏡觀看的快感被永久地推遲了。

　　如果色情作品始於16世紀義大利的亞雷提諾（Aretino）或18世紀英國約翰・克萊蘭（John Cleland）的作品，色情作品在過去的幾個世紀書寫了其自身既輝煌又恥辱的歷史，矛盾重重、撲朔迷離。20世紀也經歷了百年的色情化，行將進入尾聲之時圍繞可能決定著色情產品命運的審查制度，在後色情現代主義電子時代產生了一陣熱議。難道舊時代的結束也意味著歷史終結，或就色情作品而言，預示著一個完全嶄新純潔的伊甸園時代的來臨？然而，不管情況會怎樣，在眾聲爭議的背後，筆者不欲追問如何觀看色情作品，而是堅持追問為什麼觀看色情作品；總之，什麼樣的愉悅可以在色情作品中被視覺化。

中文原載《文藝爭鳴》2017年第5期

---

[50]　Dennis Giles, "Pornographic Space: The Other Space, Film-Historical Theoretical Speculations." *The 1977 Film Studies Annual,* Part II (New York: Pleasantville, 1977).

[51]　Andr Bjin, "The Influence of the Sexologies and Sexual Democracy." *Western Sexuality: Practice and Precept in Past and Present Times*, eds. Philippe AriŠs and Andr Bjin (Oxford: Basil Blackwell, 1985), pp. 201-206.

第四章　幻象：視覺無意識的怪獸──本雅明的現代性視覺症候學[1]

> 在現代生產條件占統治地位的社會，生活的方方面面將自身呈現為
> 奇觀的龐大堆聚。直接存在的一切已轉化為一個表像。……這一世
> 界之影像的專門化，發展成一個自主自足的影像世界。在這裡，騙
> 人者也在騙自己。
>
> ──居伊·德波《奇觀社會》

> 我們的社會不是一個奇觀的社會，而是一個監視社會。……我們不是
> 置身於圓形競技場中，也不是在舞臺上，而是處於全景敞視機器中。
>
> ──密契爾·福柯《規訓與懲罰》

　　本雅明出生在一個光感效應占至高地位的時代。他對視覺特別癡迷，
也陶醉於視覺政體之中。一個視覺成癮者的形象，帶有一雙好色而永不滿
足的偷窺眼睛。他的全體著作通常是視覺中心的、視覺生成的、圖像飽
和的，給予光爆的視覺隱喻一種特權：「爆破、震驚、照亮、閃光和充
電」。[2]正是由於這種視覺思維的邏輯，本雅明依據19世紀西方現代性的
工業城市景觀──耀眼的巴黎拱廊、閃亮的大型購物劇院以及林蔭大道上
閃閃發光的櫥窗和壯觀的霓虹燈，發展出他觀察現代生活世界的微視覺；
這是一種批判性的視角，蘇珊·巴克－莫斯（Susan Buck-Morss）把它叫做
「觀看的唯物辯證法」（materialist dialectics of seeing）。[3]本雅明是早期少
數幾個具有遠見的批評家之一，他首次闡述了視覺現代性的評判理論和現

---

[1]　本文寫於 Janelle Reinelt 教授於 1998 年在 UC Davis 開設的「烏托邦與表演理論」工作坊。英
　　文題目為：“Trompe L'Oeil: The Uncanny Monster of the Optical Unconscious: Walter Benjamin's
　　Visual Symptomatology of Modernity”。感謝董俊教授的中文翻譯。

[2]　瓦爾特·本雅明（Walter Benjamin）：《機械複製時代的藝術作品》和《歷史哲學論綱》，引自
　　《啟迪》Illuminations，漢娜·阿倫特編，哈利·佐恩譯（紐約：舍肯出版社，1968 年版）。
　　第 253-264 頁。

[3]　蘇珊·巴克－莫斯（Susan Buck-Morss）：《觀看的唯物辯證法：瓦爾特·本雅明和拱廊計畫》
　　The Dialectics of Seeing: Walter Benjamin and the Arcades Project（麻塞諸塞州坎布里奇：麻省理
　　工學院出版社，1989 年版）。

代經驗的視覺話語。

十九世紀末二十世紀初，隨著新的視覺設備的出現，如魔術幻燈、全景圖像、透視縮影、立體鏡、幻透鏡以及攝影和電影等，現代性帶來了傳統視覺經驗的崩潰，並意味著「視覺的解碼和去疆界化」。[4]這種視覺分裂，對現代性的範式轉換至為關鍵，它引起了視覺／知覺的危機，這是一種對視覺表徵的無知；本雅明稱之為「影像盲知」（image-illiteracy），即閱讀或理解影像的攝影表徵的困難或者無能。從「視覺失讀症」[5]中顯露出來的東西，是一種無法閱讀的視覺癡迷，它包含兩種視覺失常症：恐視症（scopo-phobia）和窺視癖（scopo-philia）。前者害怕去看，後者喜歡去看。在這裡，本雅明提供了把握視覺危機的最準確的線索，他把視覺無意識的領域放置在現代性的症候之中。因此，本文從銘刻在視覺表徵的心理症候視角，論述本雅明危機重重的視覺現代性概念。我的興趣不在於本雅明的整體思想，而在於對本雅明現代性視覺理論中一些有趣的小點展開分析。

一、影像的救贖魔力

症候是一種無能的病變，或者是隱藏在意識內核中的某種非知識，當主體與他／她的生活世界的關聯發生一定的間隙、裂縫、崩潰和中斷時，症候就會出現。症候是現代性的本質，在本雅明的兩篇著名文章《攝影小史》（1931）和《機械複製時代的藝術作品》（1936）中，認為症候是視力的無能力，一種視覺危機。本雅明寫道：「攝影機將變得越來越小，越來越適合捕捉飛逝的、隱秘的影像，這會癱瘓觀看者的關聯機制」。[6]這種癱瘓視覺認知的創傷性影響，恰恰記錄在黑暗的、倍增的暗箱底片中，成為縈繞於心頭的令人不安的症候。本雅明本人似乎很癡迷這種特別的視覺症候，在上文提及的兩篇文章中（可能還在另一些場合），多次提及這個術語（像拉康的固定指示詞「縫合點」），比如「19世紀下半葉社會上發生的最顯著症候之一，就是他們（人群）的消失」；[7]藝術作品從神奇

---

[4]　喬納森‧克拉里（Jonathan Crary）：《觀察者的技術：19世紀的視覺與現代性》Techniques of the Observer: On Vision and Modernity in the Nineteenth Century（麻塞諸塞州坎布里奇：麻省理工學院出版社，1992年版），第42頁。

[5]　保羅‧維利裡奧（Paul Virilio）：《視覺機器》The Vision Machine（布隆明頓、印弟安納波里斯：印第安那大學出版社，1994年版），第8頁。

[6]　瓦爾特‧本雅明：《攝影小史》，引自《〈單向街〉及其他論文》One-Way Street and Other Writings，艾德蒙‧傑夫考特、金斯利‧肖特譯（倫敦：沃索出版社，1992年版），第256頁。

[7]　本雅明：《攝影小史》，第245頁。

的、宗教的、儀式的膜拜價值向世俗的、瀆神的、流行的展示價值的根本轉變，引起了具有普遍爭議的「一種歷史演變的症候」；[8]19世紀繪畫中同時發生的冥想性和民主化，是「繪畫陷入危機的一個早期症候」；[9]等等。本雅明洞察這種現代視覺體驗的綜合症，創生了現代性視覺症候學，他稱之為「視覺無意識」（the optical unconscious）或「無意識視覺」（the unconscious optics）。正是在幽靈般的視覺無意識中，本雅明記錄、銘刻和觀察了現代視覺的危機症候。

　　與肉眼相比，正是由於攝影機在攝影表現上的超能力（即制像的特殊能力，如放大、特寫、慢動作、瞬間曝光等技術），本雅明在《攝影小史》中杜撰了「視覺無意識」這個隱喻性術語。[10]在本雅明看來，我們的肉眼透析社會現實的能力是有限的，因為「對人們邁開步伐那一秒鐘裡的精確姿勢，我們仍分辨不清」。[11]然而，攝影「以慢動作與放大的方式揭示了祕密。通過攝影，人們第一次發現了這種視覺無意識的存在，就像人們通過心理分析發現了本能無意識一樣」；同時，攝影「以物質形式揭示了影像世界的所有外觀面貌，包括最有意義但隱蔽在白日夢避身處的微妙細節」（同上）。在《機械複製時代的藝術作品》中，本雅明對作為視覺無意識的攝影技術（暗箱）再次闡明了同樣的觀點。他寫道：

> （攝影機）特寫鏡頭延伸了空間，而慢鏡頭延伸了這個空間中的運動。快照的放大與其說是單純地對我們看不清的事物的說明，毋寧說是全然地顯現出材料的新構造。……顯而易見，這是一個異樣的世界，它並不同於眼前事物那樣地在攝影機前展現。這個異樣首先來源於：代替人們有意識所編織的空間的是無意識編織的空間。……攝影機憑藉一些輔助手段，例如通過下降和提升，通過分割和孤立處理，通過對過程的延長和壓縮，通過放大和縮小進行介入。我們只有通過攝影機才能瞭解到視覺無意識，就像通過精神分析瞭解到本能無意識一樣。[12]

8　本雅明：《啟迪》，第 226 頁。

9　同上《啟迪》，第 234 頁。

10　米麗亞姆・漢森（Miriam Hansen）：《本雅明、電影與經驗：技術王國的藍花》Benjamin, Cinema and Experience: The Blue Flower in the Land of Technology，見於《新德國批評》40 期（1987 年冬季號），第 207 頁。

11　本雅明：《攝影小史》，第 243 頁。

12　瓦爾特・本雅明：《機械複製時代的藝術作品》，引自《啟迪》，第 236-273 頁。

更值得注意的是，本雅明以視覺無意識的概念，給攝影機的攝像表徵注入了一種歷史感，一種技術與魔術之間的差異，被他闡述為「一種澈底的歷史變數」。[13]在這種歷史化的視覺無意識中，個體的現代生活經驗變換為由夢、記憶、想像、烏托邦願望、救贖性承諾構成的集體叢。正是在視覺無意識層面，作為奇觀的觀看者被鼓勵去尋求「此時此地的、偶然性的微小火花」，從而找到「不顯著點」；在那裡，一個被遺忘的未來可能會被重新發現。本雅明說：「面對照攝影機說話的大自然不同於面對眼睛說話的大自然：這種差異是由於無意識的空間代替了有意識的空間而造成的」。[14]在這裡，本雅明賦予攝影機這種新的模擬技術一種新能力，把它看作是重建已被新的視覺表徵裝置打碎了的經驗的一種手段。就此而論，攝影和電影擁有一種治癒潛能，它們為觀眾重構一個新的臨時空間的秩序；也就是說，它們為觀眾重構一個集體無意識的過去。[15]

問題是授予這種新的視覺複製的救贖權力，如何把被扭曲的症候經驗恢復到本雅明所說的視覺隱喻學之中。在《攝影小史》和《機械複製時代的藝術作品》中，本雅明作出了兩個精妙的類比：一是把攝影機的冷靜鏡頭比作精神分析學家的眼睛，二是把攝影機比作外科醫生的手術刀。在前者中，攝影機超模仿的技術能力能夠穿透並探索「無意識彌漫的空間」，甚至那些被忽視的領域，就像精神分析學家分析病人的無意識世界一樣。攝影機抓取的可見而未被看見的可視資料，類似於佛洛德所說的口誤或筆誤的病症。因此，在本雅明看來，攝影機通過聚焦於熟悉的物件中隱藏的細節，延伸了我們對未知領域的想像，這會給觀眾帶來治療和解放的基礎。這樣，觀眾就得到授權，能夠從幻影似的大眾文化的夢想世界中驚醒過來。他寫道：

> 我們的小酒館和都市街道，我們的辦公室和配備家具的臥室，我們的鐵路車站和工廠企業，看來完全囚禁了我們。電影深入到這個桎梏世界中，並用1／10秒的炸藥摧毀了這個牢籠般的世界，以致我們現在深入到了它四處散落的廢墟裡泰然地進行冒險性的旅行。[16]

13　本雅明：《攝影小史》，第 244 頁。
14　同上《攝影小史》，第 243 頁。
15　蘇珊・巴克－莫斯：《觀看的唯物辯證法：瓦爾特・本雅明和拱廊計畫》，第 265-275 頁。
16　本雅明：《啟迪》，第 236 頁。

在後者中，把攝影師比作外科醫生的道理，就在於他們都有效地刺入現實的組織之中，包括為了「在新的法則下組裝」起來的「多重碎片」。[17]本雅明認為，電影的蒙太奇手法恰好扮演的是合成功能，它恢復被資本主義工業化的異化所扭曲了的現代經驗。[18]

二、視覺烏托邦的症候學／辯證學

然而，裝扮成精神分析學家和外科醫生的攝影師，其重現的救贖力量顯然是本雅明的烏托邦工程。銘刻在視覺無意識黑暗底片中的症候還沒有癒合，創傷性影響依然停留在人的意識之中。由此看來，本雅明對阿傑特（Atget）的攝影的解讀，正是站在了他賦予攝影機的烏托邦氣息的對立面。在《攝影小史》和《機械複製時代的藝術作品》中，本雅明都提及了阿傑特的攝影。某種程度上，具有超現實主義取向的攝影家阿傑特，總是在「尋找被忽略的、被遺忘的、轉瞬即逝的東西」，[19]這對本雅明的視覺隱喻來說是非常重要的。阿傑特拍攝的巴黎照片，不是「城市裡富有異國情調的、浪漫而明亮的事物」，而是荒蕪的、空蕩蕩的街道。在本雅明看來，阿傑特拍攝的巴黎景觀像一個「作案現場」，「就連作案現場也是無人的」。[20]因此，攝影的目的就是為解碼案件而確立證據。本雅明認為，阿傑特是第一個使攝影「成為歷史進程中的一些見證，並具有了潛在的政治意義」的攝像師（同上）。因此，每一個觀賞者在觀看的那一刻，感覺受到了挑戰，並服從或屈服於這些證據的凝視。於是，一個新的視角邏輯出現了，即：是視覺影像抓住了觀賞者，而不是觀賞者抓住了視覺影像。照片中的作案現場使觀賞者進入了他／她的犯罪意識的目視檢查之中，[21]即，要麼是作為目擊者要麼是作為罪犯，看到和辯白自己的正義。正是在這一點上，本雅明辨識和預期了人們的視覺失讀症：影像盲知。本雅明說：「未來的文盲……不是不會讀書寫字，而是對攝影的無知」（同上）。如果我們回顧歷史糟粕，看到20世紀現代性中的垃圾（大屠殺、原子彈、世界大戰、環境污染，等等），可以說本雅明的預見是多麼富有真

---

[17]　同上《啟迪》，第 234 頁。
[18]　蘇珊・巴克－莫斯：《觀看的唯物辯證法：瓦爾特・本雅明和拱廊計畫》，第 267-268 頁。
[19]　瓦爾特・本雅明：《攝影小史》，第 250 頁。
[20]　瓦爾特・本雅明：《機械複製時代的藝術作品》，第 226 頁。
[21]　瓦爾特・本雅明：《攝影小史》，第 256 頁。

知灼見。我們讀到了太多的視覺的歷史證據，但我們不瞭解它們，也沒有從中學到什麼東西！在我們的視覺無意識中，我們是歷史文盲，也茫然於歷史的創傷、痛苦和症候。

是什麼造成了這種視覺盲目？在機械複製把藝術的本質從膜拜價值轉換為展示價值的過程中，我們的模仿能力（mimetic faculty）已被破壞了嗎？抑或說，我們的眼睛沒有受到足夠的訓練便突然就進入這個視覺時代嗎？本雅明本人似乎也沒有給出任何令人信服的答案。相反，在本雅明肯定新的視覺技術和闡明視覺文盲之間，我們能夠讀出非常矛盾的說法。在《機械複製時代的藝術作品》中，本雅明以相當樂觀的語氣，承認攝影機為我們的眼睛打開了一個全新的視覺世界。他寫道：「一方面，電影拓展了對主宰我們生活之必然性的理解；另一方面，它給我們保證了一個巨大的、意想不到的活動場域」。[22]因此，在新的視覺機器的大開眼界和影像盲知之間，本雅明是似是而非的、模棱兩可的。蘇珊・巴克－莫斯的《美學與麻醉學：本雅明〈機械複製時代的藝術作品〉再思考》一文，為理解這種視覺技術的矛盾提供了最具啟發性的洞見。針對光學技術的雙重功能，蘇珊・巴克－莫斯寫道：

> 一方面，它延伸了人的感覺，增加了感知的敏銳性，通過人的感覺器官的穿透力，迫使世界開放自身。另一方面，正是由於這種技術的擴展，使人的感覺不受限的曝光，技術便以一種幻覺形式折返回來加倍保護人的感覺，為了提供防護性的隔離從而接管了自我的角色。作為工具的機械發展與作為防禦的機械發展具有相關性。由此可見，通感系統不是一個歷史常量。它延伸了它的範圍，正是通過技術使這種延伸才得以發生。[23]

作為一種工具的技術產生了震驚，它刺激了感覺系統進而影響人的感知。作為防禦的技術產生了一個遮罩系統，其目的是「麻痹有機體，挫傷感覺，抑制記憶」。[24]技術的這種雙重功能，已經摧毀了人的感官

---

22 瓦爾特・本雅明：《機械複製時代的藝術作品》，第 236 頁。

23 蘇珊・巴克－莫斯：《美學與麻醉學：本雅明〈機械複製時代的藝術作品〉再思考》Aesthetics and Anaesthetics: Walter Benjamin's Artwork Essay Reconsidered，見於《十月》62 期（1992 年秋季號），第 22 頁。

24 同上《美學與麻醉學》，第 18 頁。

的明確而積極的反應能力，並引起了「感知危機」；蘇珊・巴克－莫斯把它叫做「麻醉：過度刺激和麻痺的同時性是新的通感機制帶有麻醉學（anaesthetics）的特色」（同上）。在蘇珊・巴克－莫斯看來，這種麻醉是一種神經衰弱的疾病，損壞了人的經驗的有機能力，它是由「過度刺激」（sthenia／亢進）和「無能力進行同一的反應」（asthenia／衰弱）引起的。麻醉是現代視覺體驗的基本症候學，這是本雅明所說的造成影像盲知或視覺失讀症的真正原因。「失去了觀看能力」的眼睛，[25]受到了零碎影像的轟擊，正是看得太多，但什麼也沒有記下。感官系統的過度刺激和隨後接收的無效內容，正是本雅明在他未完成的「拱廊計畫」（Passagen-Werk）中所闡釋的現代性中的特殊狀態。

　　與韋伯將西方現代性描述為一種祛魅進程不同（disenchantment），在本雅明看來，資本主義狀況下的現代性，不是社會世界的非神祕化和祛魅的一個過程，實際上是在那個世界生產了一種複魅（reenchantment）。通過這種複魅，在人的無意識夢想層面「重新啟動了一種神話般的力量」。[26]由技術生產出的閃爍光暈，覆蓋了明亮的巴黎，這是一種複魅的現代性的幻景（phantasmagoria）。這種幻景誘惑大眾陶醉其中，欺騙了他們的夢想，捕獲了他們的欲望。大眾好色的眼睛被氾濫的影像所震驚，這些影像實際上是一種光學上的幻象、妄想和錯視（trompe-l'oeil）。幻景控制了人的視覺感，滲透進整個公共空間，也就是本雅明以極大的敏感性所記錄的19世紀資本主義的城市新景觀。蘇珊・巴克－莫斯充滿想像力地寫道：「巴黎購物拱廊的成排櫥窗，創造了陳列商品的幻景。在類比的整體微型環境中，全景裝置和透視縮影吞沒了觀看者。世界博覽會把這種幻景原則擴展到小城市的各個區域」。[27]這種幻景影像以及自欺的、虛假的快樂意識，最終控制、操縱和刺激著社會想像。因此，由視覺影像表徵的社會現實，結果是超出了理解、感知和識別的範圍。正如阿多諾所說：「做夢者無能為力地遇見了他或她自己的影像」。[28]

　　從這種麻醉症候中，出現了兩種患有視覺障礙的人物：恐視症和窺視

---

[25]　瓦爾特・本雅明：《波德賴爾：發達資本主義時代的抒情詩人》Charles Baudelaire: A Lyric Poet in the Era of High Capitalism，哈利・佐恩譯（倫敦：NLB 出版社，1973 年版），第 147-149 頁。

[26]　蘇珊・巴克－莫斯：《觀看的唯物辯證法：瓦爾特・本雅明和拱廊計畫》，第 252-260 頁。

[27]　蘇珊・巴克－莫斯：《美學與麻醉學：本雅明〈機械複製時代的藝術作品〉再思考》，第 22 頁。

[28]　轉引自蘇珊・巴克－莫斯：《美學與麻醉學：本雅明〈機械複製時代的藝術作品〉再思考》，第 25 頁。

癖。前者害怕去看而後者喜歡去看。然而，這裡有一種位移：一個害怕去看的人但喜歡去展示，即變成一個裸露狂；而一個喜歡去看的人但害怕去展示，即成為一個偷窺狂。前者在展示自己被看的身體時獲得快樂，後者從觀看別人的身體中獲得快樂。這兩種人物相互包裹，構成了現代性症候奇觀的二元性。換句話說，只有通過裸露狂的展示，視覺無意識想要隱藏的真相才能顯示出來；[29]同理，只有通過偷窺狂的凝視，他人隱藏的祕密才能被破譯出來。在現代性的夢幻世界中，裸露狂的展示以妓女、脫衣舞娘（廣告女郎／封面女郎）、影視明星、政客、時裝模特以及各種沉迷於媒體的表演者為代表。偷窺狂的凝視以浪蕩子（別名有拾荒者、收藏家和偵探）、作家、醫生、藝術家、攝影師以及各類媒體和電影觀眾為代表。這兩種人物從不相互分離，他們是成對成雙的，體現出視覺現代性的相互性的力比多經濟學。透析這種成對物的視角，不是單眼的、同質的，而根本上是異質的、辯證的；本雅明把它界定為「辯證視覺學」（dialectical optics）。

三、返回式凝視的神學

「辯證視覺學」與「世俗的啟迪」、「辯證陶醉」、「辯證影像」一起，是本雅明把握現代性症候學的救世式工程，是對歷史深處的立體式透視。這種特別的辯證視覺學，針對下列情形提出了一種觀點：（1）大眾文化的夢想世界，即一種革命性的集體覺醒能夠從現代性的夢想世界中獲得，「為革命贏得陶醉的能量」；[30]最神奇的敏感性發源於最平庸的現代世界。正如本雅明所說：「只有我們在日常世界承認它，借助辯證視覺學感知費解的日常性和日常的費解性，我們就能深入這種神祕」（同上）。（2）影像的歷史性凝視，它捕獲了異質性的時間瞬間，而不是空洞的、同質性的時間連續體：「一個影像把過去和現在的瞬間閃現為一個群集；換句話說，影像在停滯時是辯證的」。[31]（3）救世式的承諾，它揭示了「現代性的真相，表達烏托邦渴望時是救贖性的，而未能實現那種渴望時

---

[29]　彼得・沃倫（Peter Wollen）：《視覺展示：超越表像的文化・前言》Visual Display: Culture Beyond Appearances，林恩・庫克、彼得・沃倫編（西雅圖：海灣出版社，1995 年版）。

[30]　瓦爾特・本雅明：《超現實主義》（Surrealism），見於《反射：散文、格言與自傳寫作》，艾德蒙・傑夫考特譯（紐約：舍肯叢書，1986 年版），第 190 頁。

[31]　大衛・弗里斯比：《現代性的碎片》Fragments of Modernity: Theories of Modernity in the Work of Simmel, Kracauer and Benjamin（劍橋：政體出版社，1985 年版），第 220 頁。

是批判性的」。[32]（4）反射雙重性的返回凝視，本雅明寫道：「我們觀看的人或感覺到被觀看的人，反過來在觀看我們。為了感知到我們觀看的事物的氣息／靈韻，就要以反觀自身的能力觀察它」。[33]

本雅明返回式凝視的神學（theology of returning gaze），表明了雙重觀看的相互作用，一種自我與他者的疏離，某種在（視覺）無意識中被誤識的惡魔性意象。正是承受了作案現場證據的死者的歸來，捕獲了我們也使我們產生疑問。這種返回式的凝視，是被遺忘了的、詭異的（無家可歸的）自我，它使無邊框的歷史回到了當下時間（Jetztzeit）的框架之中。因此，它是陌生的、非自然的，負載著恐懼和威脅的可能性；它也是某種沒有歸屬的、突出的、看上去離位的東西。從當下的時間變形地去看，這種雙重凝視是歷史時間的盈餘、過量和殘留，是現代生活世界中影像幻景的怪物、錯視和幻象。正如作為他者的視覺本身一樣，從我們視覺無意識的黑暗底片的框架向外看，這種凝視的幻象將經常出沒在我們症候性的現代世界中，就像從史前和神話時代的「黑暗」中出現的那些「美麗而難以接近」的「火花的照亮」。或許，解放視覺無意識的怪獸的唯一方法，就是揭開這種資本主義幻景的錯視，正如本雅明所期望的那樣，去爆炸它們。

原載《南方文壇》2017年第4期

---

[32] 蘇珊・巴克－莫斯：《大眾文化的夢想世界》Dream World of Mass Culture: Walter Benjamin's Theory of Modernity and the Dialectics of Seeing，見於《現代性與視覺霸權》，大衛・萊文編（伯克利：加州大學出版社，1993年版），第316頁。

[33] 瓦爾特・本雅明：《機械複製時代的藝術作品》，第188頁。

第五章　迷亂的真實：戀物，窺淫與盲視——海德格爾，德里達和傑姆遜觀梵谷的《一雙舊鞋》[1]

　　一八八一至一八八八年這七年間，「瘋子」梵谷完成了以鞋為主題的畫作共計八幅。對此尋常之物，迷戀到一畫再畫，或因「瘋症的爆發」，也就是尼采所謂「人類揮之不去的最大威脅」。[2]這批畫引出多種不同的闡釋，在西方學界逐漸形成了一條話語鏈。在這條話語鏈裡，或者用德里達的隱喻性說法，在這塊「角鬥田」（dueling field）裡，率先出場的，是時隔四十七載後的一九三五年，來自德國的存在論闡釋學哲學家馬丁‧海德格爾（Martin Heidegger）教授；又過三十三年後的一九六八年，是美國哥倫比亞大學藝術史家麥耶爾‧夏皮羅（Meyer Schapiro）教授；第三位是再隔九年後一九七七年的法國哲學家、解構主義大宗師雅克‧德里達（Jacques Derrida）教授；而決非終結者的第四位，美國杜克大學的後現代主義文化批評家弗雷德里克‧傑姆遜（Fredric Jameson）教授則是再過了十四年，出現在一九九一年。

　　這四位來自不同國度（德國，法國，美國），操不同語言（德語，法語，英語）並先後在不同時期執各自理論門派的「掌門大師」紛紛雲集在荷蘭人瘋子梵谷的《一雙舊鞋》畫像前，評頭評足，「眾聲喧嘩」於耳畔（老巴赫金說道）。他們皆被梵谷那雙簡樸卻又無不怪異的鞋子所迷惑；被這雙鞋裡隱藏的某種神祕的魔力穿織進了這一條話語「鎖鏈」之中並為其栓。確切地說，他們心中所著魔／困擾的，是這雙鞋子的「圖像真理」（picto-truth）：這條關於鞋子的話語鏈由海德格爾首開其緒，他發現了梵谷《一雙舊鞋》（a pair of old shoes）意味深長的存在和意義與真實；夏皮羅繼之而來，反駁了海德格爾，延續了這套連環；德里達打破前兩位一對一的較量，形成了具有解構性質的三邊聚辯格局。等到傑姆遜帶著他後現

---

[1]　本文寫於 1994 年香港中文大學英文系。感謝王建元，陳清僑二位教授的批評與建議。英文題目為："In the Name of Truth: Fetishism, Voyeurism and Blindness --Heidegger, Derrida and Jameson in front of Van Gogh's *Old Shoes*"。承蒙江承志教授翻譯成中文，特致謝忱。

[2]　尼采（Friedrich Nietzsche）：《快樂的科學》The Gay Science（New York: Vintage Books, 1974），第 130 頁。

代主義的論調匆匆加入進來，拆三邊陣勢為四方角力。那麼，關於這一雙「鞋子」，他們都講述了什麼樣的「童話」故事？在這樣漫長的歷史長河裡，他們究竟為何在一個關於鞋的話語場裡，彼此爭來辯去？且聽他們如何分說：

一、角鬥場

1. 去蔽之詩
鞋具磨損的裡子那黝黑的敞口
敞開本源

　　1935年11月13日，馬丁・海德格爾在弗萊堡作了一場公開講座，題為「藝術作品的本源」（*Der Ursprung des Kunstwerkes*）。次年，他幾度修改，作同題講座。在這一系列講座中，海德格爾為了表現他所說的「器具之器具性；物之物性與作品之作品性」[3]選擇了「繪畫再現……一幅梵谷名畫」，作為「一種尋常的器具——一雙農鞋」的例子。他並沒有提供充分的證據，但堅稱這雙鞋的主人便是位農婦：「田間農婦穿著自己的鞋」（頁33）。依海德格爾之見，這雙農婦之鞋更為關鍵的地方在於「只有在畫中」我們才注意到「她的世界」，也就是「鞋到底是什麼」：

> 從鞋具磨損的裡子那黝黑的敞口，顯現了勞作者艱辛的腳步。這雙硬梆梆、沉甸甸的鞋，積聚了她在凜冽寒風中穿過廣袤無垠、千篇一律的田間地頭緩滯與堅韌。鞋皮沾上了又濕又肥的泥土。夜色降臨，鞋底滑過孤獨的田野小徑。在這雙鞋裡，回蕩著大地無聲的召喚，大地靜默地贈予成熟穀物，冬日休耕時大地的靜寂與荒蕪。對是否能獲得麵包，這器具浸滿了無怨的焦慮、經受貧瘠的無言欣悅、待產分娩的顫動、死亡臨近的顫抖。這器具屬於大地，它在農婦的世界裡得以保存。出於這種受保護的歸屬，器具本身才能駐留於其自身。（頁33-34）

以上海德格爾式的詩話文字便成為了導火繩，引發了夏皮羅、德里達和詹

3　馬丁・海德格爾（Martin Heidegger）：《藝術作品的本源》The Origin of The Work Of Art，收入《詩，言，思》Poetry, Language, Thought（New York: Harper & Row, 1971），第32頁。文中所引皆出自該版本，不另注。

姆遜糾纏不清的紛爭。

> 2. 真實的雙腳／真實的生命
>   藝術家梵谷自己的鞋
>   生活在城鎮的人

　　1968年，為紀念猶太心理學家科特・戈德斯坦（Kurt Goldstein），哥倫比亞大學藝術史家麥耶爾・夏皮羅寫了一篇短文，題為《作為個人物品的靜物畫：關於海德格爾和梵谷的箚記》（「The still life as personal object：a note on Heidegger and Van Gogh」）。[4]動筆前，夏皮羅致信海德格爾，詢問了出現在他系列講座的究竟是哪一幅畫。海德格爾回復中確定他所指的那幅畫編號為255，名為《一雙舊鞋》。然而，夏皮羅稱海德格爾有兩處錯誤：首先，他不該混淆編號255（1886年）和編號250（1888年）的畫，後一幅畫中有一隻露出了鞋底；其次，他錯在稱鞋主是位農婦，而夏皮羅認為這雙鞋屬於梵谷本人。更糟糕的是，在夏皮羅看來，海德格爾用這幅畫揭示「藝術的本質是真理的一種顯現」。夏皮羅提出，為闡釋這麼一幅有關鞋子的畫，海德格爾「欺騙了自己」，因為「這些畫，或任何其他畫作，都沒有令人信服地展現出：一幅梵谷畫的鞋表達出一雙農婦之鞋的存在或本質，以及她與自然和勞作的關係」。夏皮羅援引高更（Gauguin）追憶梵谷的話做自己的論據，他認為，畫中的鞋子屬於藝術家梵谷——「一個生活在城鎮的人」和「他自己生命的一件物品」，而不屬於鄉村農婦。海德格爾之所以自欺，不但在於他的想法「未在畫作自身獲得支撐，倒是以他自己對原始與世俗帶有濃重情感的社會觀為基礎」；還在於他的主觀投射和這樣一種觀念：「藝術形而上的力量……仍是一個理論上的想法」。[5]

---

[4]　麥耶爾・夏皮羅（Meyer Schapiro）："The Still-Life as a Personal Object--A Note on Heidegger and van Gogh." 收入 The Reach of the Mind: Essays in Memory of Kurt Goldstein, 1878-1965，Simmel, M. L. 編輯（New York: Springer Pub. Co., 1968），第 203-209 頁。

[5]　夏皮羅又於 1994 撰文《海德格爾與梵谷再探》Further Notes on Heidegger and van Gogh，收入《藝術的理論與哲學》Theory and Philosophy of Art: Style, Artist, and Society, Selected papers 4（New York: George Braziller, 1994），第 143-151 頁。夏皮羅引用高更的兩篇文章與梵谷在 1886-1887 年間呆過的畫家 François Gauzi 的證詞再次確認這雙鞋是梵谷本人的，是梵谷從一位在跳蚤市場的馬車夫那裡買來的。梵谷從一清晨散步回來，正好外面下了雨，道路泥濘，鞋上沾滿了泥土，梵谷便忠實地將其狀態畫了出來。夏皮羅認為梵谷鞋子的孤立狀態正好反映了梵谷視行走為聖徒的理想旅程。夏皮羅還提到海德格爾晚年以及在死後的遺稿批註中承認梵谷

3. 一雙／兩隻／一隻沒穿鞋的腳
　「多邊聚談」（n+1位女性聲音）
　我遲遲回到這些問題：繪畫（中）的
　真理？作為真理的繪畫／作為真理的真實？
　圖像／鞋／腳的真理？

　　1977年，德里達以海德格爾的文本為主要基礎，參考了夏皮羅文中的論點，聚焦梵谷之鞋撰寫了一篇文章，堪稱最為艱澀難懂的文本之一；同時，又在他《繪畫中的真理》（La Verite En Peinture）的末篇「真理重返穿刺」中，[6]用n+1位女性聲音的多邊聚談構造篇章，可謂最為錯綜複雜的敘事之一。這篇敘事以其最古老的形式展開：多位扮演著雙重角色的女性敘事者參與對話。首先，作為劇中的言說者，她們也許是畫框中鞋的主人──農婦或任何好傳話的女人；其次，作為不確定的女性觀眾，她們一邊傾聽著海德格爾和夏皮羅之間在畫框外頗具諷刺意味的論辯，一邊給予評論或提出問題，打斷對話、擾亂敘事。這些女性聲音的提問和穿插構成了敘事的主線，也使得德里達所關注的問題得以彰顯和戲擬化。現抄錄如下：

　　　鞋又有什麼了不起？什麼，鞋？誰的鞋？什麼材質？還有，他們是誰？（頁257）為什麼談到畫作就老說它報答／給予（render）、它復原（restitute）？（頁258）總之，它究竟傳下何物[ca revient a quoi（這又引向哪裡呢）]？傳給誰？確切地說，我們要報答、重歸、重屬何人何物？──什麼使他確信那是一雙鞋？何為一雙？（頁259）在畫作或現實中，有必要對鞋爭論不休嗎？（頁262）他們兩個從哪裡知道梵谷畫了一雙？（頁264）那麼，某人在認定那鞋子時，究竟在幹些什麼？那某人給予或復原他們時呢？某人在認定那畫作或辨識署名時，究竟在幹些什麼？尤其是當某人已經到了把（畫中）所畫之鞋歸到那幅畫上假定署名者名下的程度？或反過來說，當有人在爭奪這鞋的所有權？這種情形的真理又在何處？（頁266）這一切都指向一種說出戀物真相的欲望。我們現在

鞋子的歸屬有問題。

6　雅克・德里達（Jacques Derrida）：《繪畫中的真理》The Truth in Painting（Chicago: University of Chicago Press, 1987），第255-382頁。文中所引皆出自該版本，不另注。

要冒這個險嗎？莫不是像由內往外翻的手套，鞋有時也具有腳的外凸之「形」（陰莖），而有時又有包住腳的內凹之形（陰道）？（頁267）他們倆欠下什麼，又必須通過復原這雙鞋還清什麼債，一個盡力把他們還給農婦，而另一個卻還給畫家？（頁271）他們還說：我欠鞋的債，我必須把它們物歸原主、完「璧」歸「趙」：一邊是農夫或農婦；另一邊是生活在城市的畫家和畫作署名人。可實情是「歸」於誰？而且，誰會相信這一插曲不過是闡釋一部作品或一件藝術作品而引出的理論或哲學層面的論爭？或者是專家之間關於一幅畫或一個模特的屬性的爭吵？（頁272）我們要讓它們對等，重新配成一雙──真是一雙嗎？（頁274）你到底在指哪一幅畫？……這個陷阱為誰而設？（頁276）難道不是這種可能存在的「不成雙性（unpairedness）」（譬如，同一只腳的兩隻鞋……）和這種假性類同的、而非假性同一的邏輯，造成了這個陷阱？（頁278）如果按夏皮羅的說法，署名者即所有者，或存在一個十分重要卻又有著微妙不同的說法，穿這鞋的人，我們可不可以說那半開的鞋帶卷召喚一種重新歸屬：畫作歸署名人（歸於穿透畫布的穿縫 the pointure）），鞋子歸鞋主，或把文森特（Vincent）還給梵谷。要之，作為畫中真理的一種補充、一種一般性的歸屬？（頁279）他們必須[doivent]講出畫中的真理……可這裡的「講（speak）」意味什麼？而在畫中講：真理自述，如人說「在畫中」？或，在畫域之中，關於畫的真理被言說？（頁282）我們如何解釋這種幼稚、衝動、不可靠地把畫中之鞋歸於一個確定不疑的「主體」、農民甚或農婦，這種歸判與確定導引了整個關於畫作及其「真理」的話語？我們都會認同，如我所做的一樣，把這種姿態稱作幼稚、衝動、不可靠嗎？（頁286-287）我們應不應該相信，在大地的剝奪和鞋子的位置，以及它們的發生和佇立之間有一些共同的主題？（頁288）這種（主導性的）形式－物質複合體的本源是否在於物之為物的物性，或在於作品之為作品的作品性和在於產品之為產品的產品性？換言之，我們一般把物闡釋為受形的物質難道不是以作為作品或作為產品的物為基礎而祕密地構成的？（頁296）這是公平對待海德格爾，重新給予他應有的評價，重構他的真理，重現他自己可能的步態和進展？……要是「襲擊（Überfall）」有附飾結構又怎樣？……而且，要是如附屬之物一樣，它既非此又

非彼又怎樣？（頁301）如果適於再現的即為「裸」，那麼我們該怎樣為「有鞋帶的舊皮鞋」歸類？……一個無作品本身（ergon）的附飾（parergon）？「純」增補物？一件作為「裸者」之「赤裸」增補物的衣衫？……這鞋子將如何跟「裸」物、「裸者」和「餘物」產生聯繫？（頁302）為什麼、又是憑什麼海德格爾談起這幅「名畫」，竟說是「農夫的鞋」？為什麼這雙腳、兩隻鞋屬於或歸於農民？夏皮羅對種說法尖銳[ponctuelle]的反對是對還是錯？……還給農民或農婦？……為什麼海德格爾有時說「一雙農民的鞋（ein Paar Bauernschuhe）而別無它物（und nichts weiter）」，既沒確定性別，也沒用這種中性說法偏指陽性；而有時──實際上是更多時候──用「農婦（die Bauerin）」指那位「主體」？（頁305）為什麼選擇一幅畫？為什麼不厭其煩地闡述視這些鞋為農民之鞋的不確定性而引出的林林種種？（頁310）我們真的相信這幅梵谷作品複製（male，ab，depicts）了一雙給定的（present，vorhandenes）農民之鞋？並相信它之成為作品，就在於做到了這一點？我們會說此畫複製了現實？並將現實轉化藝術生產的產品（produkt）？（頁317）可它指涉什麼？在畫中，什麼是文本指示物（reference）？（頁322）一隻鞋自身是一「雙」中的一個個體？一雙又是一系列「鞋」中的一個個體？我在此（以女性身分）提出這個問題……（頁325）一個逗號有多大[pointure]？我們在讀？我們在看？（頁326）我們可以說他很快讓畫作如舊鞋或無用之物一樣不再有用了嗎？如不幸之物？……畫之所含對觀此畫如此重要？（頁328）試想，他們本該做些什麼，如果這是同一只腳的兩隻鞋，或者是一隻鞋比這裡的兩隻更為孤獨無依的一隻鞋？他們能夠以一雙出自阿米達（Adami）……米羅（Miro）……或馬格利特（Magritte）……或林德（Linder）之手的鞋為例，產生出同樣的話語？（頁333-334）為了讓幽靈歸來？或恰恰相反，不讓幽靈歸來？（頁338）這幅畫──這一幅──要求回到距離更遙遠、隱藏更深的本源？為了思想上更進一步[ce pas de plus dans la pensee]？（頁348）我們該把忠實（fidelity）和可信（reliability）聯繫起來？……根據藥（pharmakon）的雙重功能，還有附飾的雙重功能？他們是「產品」嗎？何種意義上可信？（頁349）我們該止於何處？止住什麼？……鞋帶可以帶到那裡嗎？抑或穿鞋帶可以？（頁352）除

了說這就是關於大地、關於行走、關於鞋底、鞋、雙腳等等的話語所行走的土地或翻開的地面，難道就沒有把這種可信性轉變成標記，去標示它把什麼變成可能？（頁356）鞋子從何處來，歸向何處又還給何人？當彼此越來越近，它們從何處歸來？（頁357）是海德格爾需要這些鞋成為一位農民的鞋？越過了那條線，是他需要從底部、從襪子，來看一位農婦？一位站立的農婦？（頁358）確切來說，海德格爾犯了個愚蠢的錯誤？……海德格爾錯了，就足夠說明夏皮羅是對的？……夏皮羅做了什麼？他如何將那雙鞋從海德格爾的語境撕扯出來並稱它們是一幅「靜物畫」（「死掉（或無生命）的自然（dead nature）」），謹以此獻給逝者，就如同給了他一件活生生的文森特的物件？（頁359）畫作一定要讓一種在別處已詳盡闡述的話語——一種關於幻覺的話語——可以應用到它身上？……什麼是畫作中的投射？這種投射的局限在哪裡？什麼被禁止投射？為什麼？什麼是沒有投射的經驗？（頁367）但這些鞋子如影隨形又如何？它們是個幽靈（一縷幽韻、一抹魅影）？既然如此，它們是梵谷的幽靈，還是梵谷另一個我的幽靈，而什麼又是另一個我？……是他自己的抑或（可分開的）另一個的幽靈？是意識不到的另一個？（頁373）難道不配對性（異源特徵）不能讓我們更好地說出真理、一對之所以成對、一對或一雙跟它自己的聯繫？（頁377）

在「真理重返穿刺」中，數量不確定的女性聲音以劇中言說者身分提出問題。以上引文雖沒完全羅列這些問題，卻包含了其中最主要的部分。這些問題的角度各不相同，卻都緊扣梵谷畫中之鞋、圍繞德里達在敘述中所創構的海德格爾與夏皮羅之間的論辯，在一個層面充當了推進敘事的動力，使之情節突出、故事完整；而在另一層面，卻「擾亂」敘事，令其支離破碎、線索凌亂。有些問題無意尋求解答，是「修辭性提問」（針對梵谷、海德格爾甚或觀眾），而另一些問題卻沒辦法解答，它們是對框架、限制和秩序的挑戰、質疑或僭越。

　　4. 一對／一列資本的等級次序
　　　　烏托邦姿態：新世界空間／類像
　　　　破碎的平坦／精神分裂的欣悅：超現實幻境

　　1991年，美國新馬克思主義文化批評家弗裡德里克・傑姆遜（Fredric Jameson）出版了其巨著《後現代主義，或晚期資本主義的文化邏輯》。談到「百年現代運動的衰退與終結」或對「已臻登峰造極之境的現代主義全盛期的活力與動力」的耗盡，以及「一個新型社會的到來」，[7]就是伴隨自身新的文化形式的「後工業社會」，亦即該書第一部分所謂晚期資本主義的後現代主義或「跨國資本主義」（頁3），傑姆遜以「現代主義顛峰期在視覺藝術領域一件經典之作、梵谷廣為人知的畫作農夫之鞋」為例，闡明「一種占主導地位的文化邏輯」與「後現代主義的基本特徵：一種新的無深度性」（頁6）。通過強調梵谷「廣為人知的畫作農夫之鞋」……「並非隨性、隨機挑選的」（但他又對讀者說「正如你們可以想像的」），傑姆遜對這幅畫提出「兩種讀法」，以「重構接受此畫的過程，這個過程包含兩個階段或雙重結構」（同上）。

　　首先，傑姆遜表示，欲掌握「這幅異常精彩的畫作」，理解它作為「一種象徵性行為，作為藝術實踐和社會生產」，就需要在腦海中把「產生該作品的原始情景」重組出來。一種「重構產生該作品原始情景的方法，就是強調作品所面對、加工、轉化和徵用的原始材料和內容」（頁7）。在傑姆遜看來，梵谷農夫之鞋中的「原始內容／材料」應該「徑直理解為客體世界中慘澹、艱難的農耕生活的和貧瘠、荒涼的鄉村景象，農民為了基本生存而歷盡辛勞。這個世界已陷於殘酷可怖而又原始邊緣境地」。但是，這種「慘澹、艱難的農耕生活」、「貧瘠、荒涼的鄉村景象」和出自「貧瘠大地」的那破爛不堪、「了無生氣的農夫之物」如何能夠綻放成為「一個有色彩的夢幻表面」，又如何能夠轉化成為「油畫之上純粹色彩最為繽紛質感的體現？」照傑姆遜的說法，這是因為觀察這一對象的，是「一種烏托邦式的姿態，亦即一種補償行為，它最終創造出一個全新的、烏托邦式的感官領域……凌駕於其他感覺的是視覺」。它重構了「一個半自主的空間……在資本主義肌體內，勞動的再分配、感官中樞的新分解，對資本主義生活的複製更趨專門化和細緻化」；與此同時，在對象中尋求「一種寄望烏托邦式的補償（能拯救感官的分化）」（同上）。

　　其次，傑姆遜以自己的方式重讀海德格爾對梵谷農夫之鞋的分析，釋

---

[7]　弗裡德里克・傑姆遜（Fredric Jameson）：《後現代主義，或晚期資本主義的文化邏輯》Postmodernism, Or, The Cultural Logic of Late Capitalism（Durham: Duke UP, 1991），第 1 頁。文中所引皆出自該版本，不另注。

義的重點放在了「藝術作品源自大地與世界的爭奪」，也可以「表述成軀體、自然無意義的物質性與歷史和社會的意義賦予」。這種說法並不完整，除非以「作品物質性的更新，就是從一種形式的物質性（大地自身、林間小徑、實存之物）轉變為另一種形式的物質性（落於畫布並得以前景化的油彩及其帶來的視覺的愉悅）」。傑姆遜總結道，作為這一說法（或藝術作品的調和）的結果，「這些聞名天下的農夫之鞋」中「整個未顯現的客觀世界」最終再造了它們曾經「存在過的環境」，並具有「令人滿意的說服力」（頁8）。

到目前為止，我們歷陳了四位「辯士」關於畫面上鞋之真理的論爭，及他們講述的關於鞋子／畫作／畫家的故事。從中可以辨別出兩種敘事手法：一種循環敘事（circular narrative），始於梵谷，至海德格爾、夏皮羅、德里達、傑姆遜，最終回到梵谷；另一種根莖敘事（rhizomal narrative），由梵谷創建的元－文本（arch-text）如同樹之主幹，其下衍生無數根莖，盤根錯節，卻又互不重疊：海德格爾、夏皮羅、德里達、傑姆遜……直至無窮。前者歷時生成，諸家討論梵谷所畫之鞋的真理，將其歸於合理合情的擁有者／使用者；後者出現在共時空間，幾乎很難將四位辯士毫無頭緒的各種闡釋或亞文本縫合到一處。如德曼（de Man）所說，「一個無休止地談論其自身派系偏差的敘事」。[8]接下來，我將把夏皮羅暫擱一旁，集中討論導致海德格爾、德里達、傑姆遜對梵谷所畫之鞋產生不同解讀的理論標準及意識形態立場。

二、根莖敘事：一個無限糾纏的多維空間

1.海德格爾：太初有光，始於去蔽

海德格爾迷戀存在（Sein／Being），存在者（sein／beings）和此在（Dasein／being-there）。出於對存在的興趣，他一直追問一個根本性的問題：「為何是存而非不存？……何為……存之在？」回答這些什麼之為什麼、為何之為為何的基本問題，人們要掌握存在的本質。對海德格爾來說，存在的本質在於一個希臘詞aletheia：存在者去蔽（the unconcealment of beings），或真理即去蔽（truth as aletheia）、開顯（dis-closure）、無蔽

---

8 保羅‧德曼（Paul de Man）：《閱讀的寓言》Allegories of Reading: Figural Language in Rousseau, Nietzsche, Rilke, and Proust (New Haven: Yale University, 1979)，第 162 頁。

（uncoveredness），就是在場物在其外觀中顯現。[9]「真理是存在者之為存在者的無蔽狀態。真理是存在的真理」（頁81）。所以說，一切始於去蔽。海德格爾提出真理即去蔽，完全異於「老式的觀點」，即認為真理即表徵中表現出來的相即（adaequatio）或相類（homoiosis）、相仿、相同關係；也不同於「和真理的本質……相一致」（頁36-37）。存在意味著去蔽，在於湧現（rising）、自現（being present-to-itself）、在世存在（being-in-the-world），藝術作品就是真理發生的場所；換言之，藝術作品所呈現的就是存在自身的本質。因此，在海德格爾看來，藝術作品也是物。也只有作為物存在的藝術作品可以設立一個世界。然而，稱藝術作品為物，不是說藝術作品是一件實物，而是說它自足地存在，其自身敞開它的世界：一個自我遮蔽而又自我開顯的世界。只有通過藝術作品，器具之器具性和物之物性才能最終自我顯現。所以，海德格爾說：「藝術作品以自己的方式開示存在者的存在。這種開示亦即去蔽，也就是存在者的真理，發生在作品中。在藝術作品中，存在者的真理將自身設定到作品當中。藝術即真理自設到作品」（頁39）。

　　為闡明以上思想（即作為真理顯現的藝術作品通過設立自身為一個自我存在、自我開顯的世界），海德格爾引用了「一個畫面再現」——梵谷畫的一雙農鞋。關注梵谷的畫面，我們能知道什麼？海德格爾看到的是，這件作品使人「明白鞋子究竟是什麼」。一方面，「鞋具磨損的裡子那黝黑的敞口」揭示、敞開了一個世界，由此可以看到農婦全部的日常生活：她走過廣袤田間的艱辛與緩慢、凜冽寒風吹過的地頭、肥沃土地的潮濕、夜幕降臨時田間小徑的孤寂、冬日田地的荒蕪、破損的農作工具，等等；另一方面，空洞、磨損的鞋持有、遮蔽了一個世界，在其中，駐留著農婦本質性的存在，她對這個世界是有把握的：她積年累月的辛勞、大地無聲的召喚、成熟穀物靜默的饋贈、她無怨的焦慮、無言的欣悅。這個自我遮蔽而又自我開顯的器具的器具性存在都「駐留於自身」。海德格爾堅持認為，器具駐留於自身，「畫作言說」、去蔽（存在的真理）顯現。「如果在作品中一個特定存在的顯現並揭示著它是什麼、如何成為什麼，那麼，就會有發生，真理的發生」（頁36）。

　　把藝術作品描述為一個自足的存在並敞開一個世界就是海德格爾認為真理即去蔽的思想。但「一件作品屬於哪兒？……作品的存在又寓於哪

---

[9]　參閱海德格爾：《藝術作品的本源》，第51頁。

裡？……真理如何發生？」海德格爾繼續追問這些基本的問題。在他的邏輯思路中，一部作品屬於「大地」。海德格爾用「大地」概念與「世界」相對。大地（希臘語*Physis*，物的自我湧現）「清潔並照亮人在其上或其中得以建立居所之物」（頁42）。大地不是世界中的某物；它根本不是物。用伽達默爾的說法，「大地實際上並非物體，萬物從中湧現又消失其中」。[10]在《藝術作品的本源》一文中，轉向大地是海德格爾哲學中本體論的一個重大轉變，對此，我們需要做一番描述，闡明在海德格爾的話語體系中，大地究竟指什麼。

根據密契爾‧哈爾（Michel Haar）的說法，大地有四層意思。首先，大地屬於隱在與遮蔽（lethe）的維度，支配著去蔽。其次，它與希臘人未思考過的自然（*natura*）有關，「自我綻放……開啟、展開、由內部展現出來」。[11]第三，它構成藝術作品的物質層面，這裡的「物質」不是指傳統意義上的石頭、木頭、金屬、色彩、音響、語言，而是海德格爾經深思之後提出的一個新概念，是大地與世界分分合合的「爭奪（strife）」中誕生的種種形式，藝術作品就是這種爭奪的誘因（instigation）。第四，大地指鄉土（native soil，*heimatlicher Grund*），不指生物或生命意義的根性，也不指某人出生的地方，而是指被給予被選擇的家園，一個人學會成其自身的故鄉。[12]在海德格爾看來，大地的四層意思都顯露在梵谷農夫之鞋的畫作中。大地的第一個意思，就是梵谷所畫之鞋是自我敞開而又自我遮蔽的去蔽。大地的第二個意思指自然存在者的無窮豐富性的湧現與展開，這些自然存在者在世界之中有自己的名字和功能——太陽、夜晚、樹木、草本、蛇、蟬——在那這個世界中，人類一方面建立居所、居於其中；另一方面獲得非歷史存在之「基」（ground），人們無法掌握和決定這種基礎、林中空地之源、存在之光（*lichtung*，或澄明）。觀梵谷所繪農鞋，可以「看」到農婦的自然存在：沉重的鞋、田地的犁溝、陰冷的風、肥沃的土地、田間孤徑、成熟的穀物、冬日休耕地、實實在在的糧食，在此之上，她建立居所，進入它們各自千差萬別的形狀，它們以其自身的樣子顯

---

[10] 漢斯‧迦達默爾（Hans-Georg Gadamer）：《哲學闡釋學》Philosophical Hermeneutics (Berkeley: University of California Press, 1976)，第 223 頁。

[11] 海德格爾：《形而上學引論》An Introduction to Metaphysics (New Haven: Yale UP, 1959)，第 14 頁。

[12] 密契爾‧哈爾（Michel Haar）：《大地之歌：海德格爾與存在歷史的根基》The Song of The Earth: Heidegger and the Grounds of the History of Being (Bloomington and Indianapolis: Indiana UP, 1993)，第 47-64 頁。

露；也可以「看」到非歷史的敞開，農婦存在的盛開：積年累月的堅持、大地無聲的召喚、靜默的饋贈、無怨的焦慮、無言的歡欣、死亡的威嚇、健康的疲勞、安全與自由，所有這些自現其身、熠熠生輝。

通過設立世界、展示大地，藝術作品成為世界與大地的爭執之所，真理由此發生。梵谷畫中鞋的「爭執」（struggling of the strife）可以在海德格爾的描述中清晰地把握：辛勤勞作後的鞋底、飽經風霜後硬邦邦而又沉甸甸的鞋、積年累月勞作後農夫艱難的步履、即將分娩前的抖動以及死亡威脅之下的顫抖，還有那凜冽的寒風、冬日的田地、死亡無聲的召喚，都表達了藝術作品在大地與世界之間的推力，以致真理發生。如海德格爾所說：「真理在梵谷畫作中發生……鞋的器具性存在展現出來，作為一個整體—世界和大地的對峙—就是無蔽」（頁56）。大地的第四個意思是「鄉土（the native）」，*Heimat*是「大地的家園（house），大地的居所（*dwelling*）」，[13]因為根性所在的給予能力可以從農婦身上觀察到，她焦慮而無怨、歡欣卻無言，穿著破舊農鞋、走在回家路上，一個她確信無疑的世界—穿過寒風掃過的冬日田地。大地無聲的召喚在她的鞋中迴蕩，通過保留她作為存在的器具性中那特別的根性，農婦居於她的家鄉。這就是海德格爾在闡述梵谷一雙農鞋的畫作時關於藝術作品是真理之開顯的說法。由此，我們可以看到，海德格爾是一個不斷尋求真理、去蔽的哲學家，並一直通過現象學的觀察稱頌世界的深層結構諸如存在、在場、根源、意識、意義、本質。這一點，引起了德里達強烈的興趣，並預示了德里達將用帶字母a的延異（différance）介入進來。

2. 德里達：太初始於蹤跡

德里達熱衷無（non-being）、缺場（absence）和他異性（alterity）。為把它們一一付諸實踐，他不得不一直把自己擺在海德格爾的對立面。為了抵達對立面，他不得不穿過、而不是繞過海德格爾。或者，用德里達的策略，即「橫渡（cross over）」、又同時「叉掉（cross out）」海德格爾，將其重要語詞如「存在／在場即超驗所指（being-present-as-transcendental signified）」抹掉。德里達不得不退後以靠近海德格爾，且一路奉行他異性（alterity）或缺場（他者與意義或自我的不在場）；要不，就玩著海德格爾的意義的雙重性或用著他的文本不確定的邊緣化顛覆他的世界，以

---

[13]　同上書，第63頁。

此反讀海德格爾。這樣，德里達受惠於海德格爾，有雙重表現：他從海德格爾開始，但並不盲從，而是質疑海德格爾的觀點，超越其上。德里達坦承：「我盡力要做的，若非海德格爾問題的開示，是完全不可能的……海德格爾的文本對我是極為重要的……它是一個嶄新的、不可逆轉的進步，對於其中蘊含的全部批評資源，我們還很少開發利用」。[14]現在，為理解德里達用來解構海德格爾解讀梵谷畫作並發表自己的解讀策略，我們需要簡要解釋一些相關的概念——書寫（ecriture）、蹤跡（trace）、延異（differance）、步子／不（pas）、附飾（parergon）、嫁接（grafting）——它們代表著德里達的「否定神學（negative theology）」。[15]

德里達的哲學源自他發現西方文化中貶低書寫文字、抬高口頭言說。書寫被認為是物質的、次要的、非超越性的，而言說則是首要的、至高的。在德里達看來，低估寫作是由於形而上學的「邏各斯中心主義（logocentrism）」，就是哲學傾向於一個意義的秩序：思想、真理、理性、邏輯、詞語。這種「在場形而上學（metaphysics of presence）」的特徵表現在一系列的二元對立話語之中，如意義／形式、靈魂／身體、直覺／表達、字面的／玄奧的、自然／文化、概念的／感性的、內／外、積極／消極等等。邏各斯中心主義和語音中心論（phonocentrism）假定前一個術語屬於邏各斯和更為高級的，認為後一個術語為前者的併發物、墮落的或低級的表現形式。德里達認為這些二元對立項必須打破，他指出：「在傳統哲學的對立中，不存在面對面的和平共處，而面對一個帶有暴力色彩的等級制。兩個術語中一個支配另一個（如在價值論和邏輯論意義上），或擁有居高臨下的地位。解構對立首先在特定時刻就是推翻等級制」。[16]一個顛覆性的步驟就是通過「雙重姿態、雙重科學、雙重寫作，經典對立的反轉和系統的整體置換也就付諸實現」。[17]德里達要做的首先是拆解有關根本、原則或在場的科學的名詞範疇：「本質（*eidos*）、元質（*arche*）、目的（*telos*）、實現（*energeia*）、在場（*ousia*）、本質（essence）、存在（existence）、實體（substance）、主體（subject））去蔽（*aletheia*）、先驗性（transcendentality）、意識（consciousness）或良知（conscience）、

14　德里達：《立場》Positions (Chicago: University of Chicago Press, 1981)，第 54-59 頁。

15　大衛 • 伍德（David Wood and R. Bernasconi）編：《德里達與延異》Derrida and Difference (Evanston: Northwestern UP, 1988)，第 3 頁。

16　德里達：《立場》，第 56-57 頁。

17　德里達：《哲學的邊緣》Margins of Philosophy (Chicago: University of Chicago Press, 1982)，第 31 頁。

上帝（God）、人（man）等等」。[18]為抹去邏各斯中心主義，或者說，抹掉它並不意味著摧毀它，或者，讓它消失只是為了體驗它作為「蹤跡（trace）」或「元書寫（arche-writing）」（法語中「蹤跡（trace）」一詞含軌跡、足印、印記之意。）——一個無限指稱的系統。

　　蹤跡一詞無法成為一個主導存在（master-being），比如完滿（plenitude）、自我在場（self-presence）、同一（identity）、權威（authority）、終結（closure）、本源（origin）和邏各斯（logos）等等之類。德里達自己表示：「蹤跡不僅僅是源初的消失……它意味著源初根本沒出現，它也從不是非源初互構的結果，因此，蹤跡成為源初之源初。至此以後……必須談源初蹤跡或元－蹤跡」。[19]認為蹤跡是意義之源一方面顛覆了言語（口頭文字）和書寫（書面文字）之間的級次性；另一方面，宣稱了在場是非本源的重構。斯皮瓦克（Spivak）評論道：「德里達所謂之蹤跡，是某在場之不在場的標記，一向就是缺席的在場，缺少思想和經歷之源頭的在場」。[20]蹤跡意指邏各斯中心主義的絕對真理以及它自我同一的有聲意識（its self-identical phonic consciousness）是不可能的；更重要的是，「自我與他者之間差異互戲的可能性……作為無法避免的『折返』的一折，作為（自我）認同內部最小的（自我）差異，通過繞開（作為他者的）自我而達到自我，保證了自我性和自我在場」。[21]由於它實現了一般能指結構不可簡約的雙重性——通過它與他異性和自我削除（self-effacement）的聯繫而形成的自我認同——任何由蹤跡構造的文本、一個蹤跡間彼此聯繫的系統，是一個不一樣的文本指示的網路。沒法最終統一，亦無原始的在場，「這種蹤跡組織無止盡地指向自身之外的他物，卻又不是文本外可清晰確指之物，一般文本註定是異質性的」（頁289）。在德里達看來，這種對無法界定、異質性的文本可以說明我們：「思考系統內的獨特，把它刻入文本，就如元－書寫的姿態：元－暴力，本態、絕對接近、自我呈現的消失，它們不是被給予，只存在於夢想，一直被分裂、被

---

[18]　德里達：《寫作與差異》Writing and Difference (Chicago: University of Chicago Press, 1978)，第410-411頁。

[19]　德里達：《論書寫學》Of Grammatology, G. C. Spivak 譯（Baltimore: The Johns Hopkins University, 1976），第90頁。

[20]　斯皮瓦克（Spivak）：《譯序》，德里達《論書寫學》，第27頁。

[21]　魯道夫・伽謝（Rodolphe Gasché）：《鏡後的錫箔：德里達和反思哲學》The Tain of the Mirror: Derrida and the Philosophy of Reflection (Cambridge, Mass.: Harvard UP, 1986)，第192頁。

重複，無法向其自我顯現，除非消失」。[22]在自我削除和與他者相聯繫的這種雙重運動中，源初的蹤跡產生了差異的意義（meaning of difference），換言之，將在場的抹除標記出來的即德里達所謂「延異（*différance*）」。延異自身抹除了自我的蹤跡，不再屬於存在的蹤跡。所以，德里達說：「（純粹）蹤跡即延異」（頁62）。

「延異」自德里達1968年引入他的文章「延異」（「La différance」）中，在哲學和文學話語中均已成為「傳奇」。[23]作為他的主要概念，德里達把「延異」描述成「既非詞語又非概念（neither a word nor a concept）」。[24]「延異」，法語中以「-ance」為詞尾，其中這個a「無法聽到」，[25]但在無聲的文字書寫中可以辨識為一個差異的蹤跡。由此，它聯結了三個不同的意義（Gasche說有五個概念）：「有異」、「拖延」和「迂迴」（Spivak 1976:xviii）。對德里達而言，「延異」宣告了：

> 首先，延異指存在於拖延、委派、暫緩、分派、迂迴、延遲、保留等（積極和消極的）推遲之中的運動。在這個意義上，延異並不優先於我要保留的一個當前可能的原始、不可分的統一性，正如一番精打細算後或出於經濟原因推遲了一項消費。相反，推遲在場之物恰是代表其在之物（即其符號、跡象）中宣告或渴望在場的基礎。[26]

「延異」的第一個意思指在暫存化過程中延遲／推遲的行為，這個過程中止了由延異中的a體現出的作為一般性本源、表現、真理、在場、本質的「『願望』或『意志』的成全或實現」。延異作為延遲，在場就其自身而言總是事後（*ex post*）遲來；效果上，它的構成必須與絕對意義的過去相聯繫。因此，延異被看作是暫存性、暫時化和時間的原始構成，它「命名了影響著在場這一概念自身的不可簡約的時間過程」，[27]也產生了一個「並不明確在這兒、也不能被感知，自身延遲並不同的」結構。[28]由是，德里達

---

[22] 德里達：《論書寫學》，第112頁。
[23] 大衛・伍德：《德里達與延異》，第43頁。
[24] 德里達：《立場》，第38頁。
[25] 德里達：《聲音與現象》（1973）Speech and Phenomena, D. Allison 譯（Evanston: Northwestern UP, 1973），第132頁。
[26] 德里達：《播撒》Dissemination（Chicago: University of Chicago Press, 1981），第8頁。
[27] 同上魯道夫・伽謝，第199頁。
[28] 同上斯皮瓦克，第18頁。

自己論道：「在真理中缺席顯現了該處的自我，甚至不是以其自我遮蔽的形式存在」。[29]由此觀之，延異使展現文本中真理的闡釋學願望和「建立一個基於闡釋的關於真理的話語」均難以實現。[30]「其次，延異活動產生不同事物並區別對待，它是在我們的語言中留下了印記的所有對立概念的共同根基，茲舉幾例：感性／理性、直覺／意義、自然／文化」。[31]

　　延異的第二個意思（法語動詞 *differre*，意為分異和推遲）指間隔的本態差異的產生即「差別的他異性，或過敏抑或辯論的他異性」，[32]它又是區間、距離和想法、概念、術語之間的分裂力量。間隔既非時間又非空間，它是一般外在性的原初構建，這種構建命名了差異，而差異使得自我與他者的聯繫成為可能；同時，在自身內部分出自我。德里達表示：「這種間隔是產生，既主動又被動……沒有區間，『完整』的術語就沒有意義和功能……間隔什麼也不代表，沒有什麼是無間隔地存在的；它是外部不可簡約的標誌，同時是一種移動、一種置換，這種置換意味著他異性不可簡約」。[33]德里達把延異看成中斷、限度、刻寫和無限錯位的間隔，暗示著這樣的觀點：「成為或出現（缺席於）差異的隱蔽存在一個目標；在這種缺口、異質性及差異的撒播（dissemination）之下，沒有宏大的統一性（和諧、連續性）或誇張的邏各斯中心主義的『深層結構』」。[34]

　　第三，延異也是產生，若可以這樣描述的話，就是差異、區分的產生。索緒爾的語言學與所有結構科學以此為模型，它們需要的是生成意義和結構的條件。這些差異──例如，它們可能引起的分類科學──是差異的效果；它們既沒刻入天堂、也沒篆入大腦，這並不意味著它們是由說話主體的活動產生的（同上，頁9）。把延異的第三層意思標示為區分性（diacriticity），德里達讓延異服務於符號與語言的可理解性原則，使意指的條件成為可能。這種有區分的差別性作為潛在意指關係的基本元素促成了差異多樣性、概念力（conceptual forces）或不完全能量（incomplete energies）之間衝突性的原始構成。延異劃定意指關係，如語言學的語言區別於語言學的言語，德里達注意到：「在存在與存在者之外，這個差異不停止地異於並（自）延，將會（自）留蹤跡──假如還有人可以談論源初

29　德里達：《立場》，第 230 頁。

30　伍德：《德里達與延異》，第 43 頁。

31　德里達：《立場》，第 9 頁。

32　德里達：《聲音與差異》，第 136-137 頁。

33　同上，第 81 頁。

34　伍德：《德里達與延異》，第 47 頁。

和終結，這種延異將會是最初或最後的蹤跡」。[35]

至此，我們描述了延異的三層意思：延異作為延擱、間隔和有區分的差異性。誠然，這個詞不可通約、不同種類的差異無法全面綜合起來，也不可能窮盡。德里達造這個頗帶傳奇色彩新詞的目的，用伽謝（Gasche）的話說，就是「削除了作為差異本源和終極的統一性（康得和黑格爾原初同質和有機整體之分）的可能」。[36]想想前面談過的書寫和蹤跡兩個概念，再加上延異，一個德里達式的書寫學已清晰可見：延異／書寫／蹤跡，引導了德里達對一般文本（「le texte general」）的解讀，使其能在「差異和蹤跡的蹤跡」中解構性地再讀經典——在西方文化中，「意義的自由遊戲」即「世界的遊戲」。為了實現解構性的「意義的自由遊戲」而轉向文字學規則，我們需要確定德里達的幾個閱讀策略——嫁接（grafting）、步子／不（pas）、附飾（parergon）和增補（supplementarity）。

德里達認為，意義產生於嫁接的過程——如卡勒指出：「一種把圖形操作跟插入過程和增殖策略結合起來的邏輯」。[37]一種簡單的嫁接通常把兩個話語或幾個文本同時並置一頁。每一次嫁接都會為相關的嫁接增加新的東西，嫁接既重複文本，又瓦解文本。「這種連接、編織，是只有從另一文本轉化生成的文本。無論元素還是系統，沒有什麼是簡簡單單地處處存在或缺席的」。[38]德里達寫道：

> 我們需要系統性探索的，不僅僅是看起來一個簡單的詞源巧合，結合了嫁　接與圖表（兩者都源自希臘語的graphion：書寫工具、尖筆），還有文本　嫁接和所謂植物嫁接，或甚至在今天越來越普遍的動物移植之間的相似性。編撰一部大百科全書式的嫁接目錄也是不夠的（如靠接、離體穗接；舌接、剪接、鞍接、劈接、皮接；橋接、枝接、補接、加固；T型芽接、盾狀芽接，等等）；我們必須撰文系統化地詳釋文本嫁接。[39]

每一個文本是由文本嫁接構成的一串文本中的一個環節。文本內部的

---

[35]　德里達：《哲學的邊緣》，第 67 頁。

[36]　伽謝：《鏡後的錫箔：德里達和反思哲學》，第 205 頁。

[37]　喬納森・卡勒（Jonathan Culler）：《論解構：解構主義之後的理論與批評》On Deconstruction: Theory and Criticism after Structuralism (London and Henley: Routledge, 1983)，第 134 頁。

[38]　德里達：《聲音與現象》，第 26 頁。

[39]　德里達：《播撒》，第 202 頁。

和文本外部的，文本邊緣的和文本中心的，都一直在互相嫁接或彼此互文。沒有文本之外，也沒有文本之內，「文本之外一無所有（Il n'y a pas de hors-texte）」。[40]因此，書寫大部分都存在於指向不可簡約的他者、將一種形式的書寫嫁接到另一形式之上的操作之中。簡言之，書寫即銘寫（inscribe）。閱讀主要是用同篇中對其他文本的必然指涉打斷「源初」文本，將外力引入文本，打開「一千種可能」的干預方式。德里達寫道：「每一個文本就是一台機器，有多重閱讀線頭，通向其他文本」。[41]德里達式的嫁接／閱讀中有兩個有效的策略。

　　一個策略就是顛覆本質與非本質、內與外、主要與次要、中心與邊緣之間的區分，並反轉級次，使原來被擱置一旁的邊緣獲得重要性。所以，在具體的閱讀中，中心移向「次要的、不知名的文本」或「一文本中明顯居於邊緣的元素，如註腳」以「把它嫁接到傳統的主流之上」或「將其移植到重要之處」。[42]用這一方式身體力行，通過集中康得《判斷力批判》中一段討論諸如畫框「附飾」之類的裝飾物的次要文字，德里達將附飾由邊緣轉為文本的中心，並在他的《繪畫中的真理》（La Verite en peinture）之「附飾」篇中，將其嫁接到傳統結構上。

　　另一個策略是把單一術語的雙層含義當作它義（other-meaning）的自由遊戲，它對傳統思維習慣的邏輯移位至關重要，也對一個不可簡約的差異出現也不可或缺。延異一詞就是個很好的例子，表現了一個術語的嫁接涉及「語音的、書寫的、形態的、詞源的聯繫或語義的關聯」。[43]德里達在形態學或詞源學意義上用過、開發過一些流行的／重要的術語有：標記（trait，英文中意為線條（line）、特徵（feature）、連接（connection）、筆劃（stroke）、輪廓（outline）、長竿（shaft）、投射（projection）、片（stretch）、濾取（leach）、蹤跡（trace））、步子（pas，英文中「pas」意為步子，「ne pas」意為不，「ne pas encore」意為尚未，「pas」也出現在「被動的（passive）、熱情（passion）、耐心（patience）和過去（the past）」之中、附飾（parergon，意為「既不作品[ergon]也不在作品之外[hors d'oeuver]，既不在內亦不在外，既不在上方也不在下方」、「附件

40　德里達：《論書寫學》，第 158 頁。

41　德里達：《活下去：邊界線》"Living On: Border Lines"，收入《解構與批評》Deconstruction and Criticism, Harold Bloom 編（New York: Seabury, 1979），第 107 頁。

42　同上喬納森・卡勒，第 139 頁。

43　同上書，第 141 頁。

（accessory）」、「增補（supplement）、藥（Pharmakon，意為毒藥、醫藥）、膜（hymen，意為婚姻、罪）、撒播（dissemination，意為精子的播撒、種子）、增補（supplement，意為增補、替代；供給、被替代；增補的、輔助的）、模仿（mimesis，意為模仿（imitation）、記憶（mneme，memory）、通訊（homoiosis，correspondence）、重複強調修辭（symploke，意為編織、融合（weaving，combination）、紐帶（bond）、嫁接（grafting）、穿系（interlacing）、交流（communication）、蹤跡（trace，軌跡（track）、足印（footprint）、印記（imprint））、符（sema，符號（sign）、墓（tomb）和身體（soma，意為牢房、身體），等等。依德里達的看法，用這些意義不確定的詞彙展現他們中心的裂口或縫隙，由此為他們銘寫／插入機會、力度和力量。德里達的雙重閱讀策略，正如伽謝所說，「充當了任何自我－在場實體既可能又不可能的矩陣」。[44]

　　德里達運用這種雙重策略一個典型的例子，就是界清框架／框定內外之別的美學問題。為此，他利用了康得《判斷力批判》中的附飾／parergon一詞。以康得的標準，美學品位的判斷主要有賴於美的品質，即藝術的美的形式。他認為：「甚至是被稱作裝飾（附飾）的，即僅僅是附屬的，而不是一個物體完全呈現的一個內在成分，僅僅是靠它的形式增強趣味。因此，它總和圖片的邊框，或雕塑的裝飾，或宮殿的柱廊相連」。[45]在康得看來，儘管附飾（如雕像上的外衣或布幔）的附加成分，可能有助於理解或加強表達，但並非藝術作品本身。由於希臘語中「附飾」自柏拉圖時代以來有「開胃食品」（hor d'oeuvre）、「附件」（accessory）、「增補」（supplement）、「附加物」（addition）、「裝飾」（ornament）及「補償」（compensate）之意，德里達寫道：「哲學話語一貫不待見附飾……附飾緊靠、臨近、超出飾、完成的作品、成就、作品，但非附帶；它從週邊連接上作品內部的運作並與之合作」。[46]既然附飾是附加、裝飾或增補，屬於畫的背景部分，假如它被認做藝術作品之外之物，德里達就提出兩個問題：我們怎樣把附飾和藝術作品分開？可以分出多少？或者說，是否任何藝術作品（如畫作）中的可分之物皆為附飾？因此，附飾作為從作品本身分離之物，實際上成了「藝術作品與其周圍之物的分界空間」。[47]

---

[44] 同上伽謝，第 227 頁。

[45] 康得（Kant）：《判斷力批判》Critique of Judgment（Oxford: Oxford UP, 1952），第 68 頁。

[46] 德里達：《繪畫中的真理》，第 63 頁。

[47] 同上卡勒，第 194 頁。

如德里達所示：「附飾，一層、一個表面，按康得的說法，把它們和內部和作品自身隔開，也和外部、掛著畫作的牆體或雕塑、圓柱所在的空間隔開，這樣，它們和銘文中整個歷史、經濟與政治的領地隔開了，正是在這個領地，出現了署名的驅動力」（頁71）。這樣來說，附飾結構既不在作品之內又不在其外，理解這一點就帶來了何謂框架（背景）的問題，借用卡勒的話說，就是「導致把框架（背景）定義為附飾，由此界定其附帶的外在性」（頁195）。德里達關心的是一個美學問題：

> 如何界定固有的、框定的和被排除在外作為邊框乃至邊框之外的……自從我們提出疑問，「什麼是框？」康得回應，它是附飾，內在和外在的複合物，複合又非混合、抑或一半對一半，而是被稱作內在的外在，那種讓它構成內在的內在；由於他舉出了附飾的例子，跟邊框、布簾和圓柱放在一起，我們可以說，其實是「頗有難處」。（頁74）

附飾性的吊詭之處在於：框架（背景）與它框定之物的關係表現了它自身最隱蔽的邏輯斷裂。由於藝術創作中框定再所難免，框架自身總是不可確定的，而邊緣的增補物就是緊要之物。德里達斷言：「有框定，但邊框不存在」（頁93）。附飾性作為「一種寄生經濟（a parasitical economy）」總會給畫做帶來不確定的差異，畫作內外之間的框架已經破碎了、模糊了、沾染了。作為畫作之菁華表現出來的被認為是附屬裝飾之物破壞了。這種附飾邊緣性的結果是，邊緣變成了中心。下面這段較長引文就是德里達關於附飾、框架和作品之間被污染的關係：

> 附飾分離於作品和環境之外，它首先像圖像之於背景，但它沒有自足地成為一件作品，一件與背景互相成全（區分）的作品。附飾性的邊框從兩個背景中脫離出來，與每一個都有關，回到另一個。就充當其背景的作品而言，它消失在牆裡，然後逐漸消失在總體文本之中。就總體文本的背景而言，它回到與總體背景彼此區分的作品之中。一直以來都是圖像相對於背景，附飾在傳統上不是定義為把自己區分開來，而是消失、陷落、抹除、分解，就像耗盡了它的每一份精力。邊框不會像環境或作品那樣成為背景；同樣，寬厚的邊緣也不是圖像，除非充當一個自我消除的圖像。（頁71-73）

德里達戲玩術語「附飾／附飾性（parergon／parergonality）」的雙重含義在傳統的「框架」觀念中加入自己的「書寫介入（graphic intervention）」，以至能夠先將其切開，再縫合；同時，顛覆了藝術作品內外之間約定俗成的邊界。通過把附飾的概念當作不起作用的補充而刻入圖畫，德里達想表現：藝術作品中一切框定的作用都基於延異的策略和經濟。經過對附飾、框架、框定再闡釋，德里達隨後開始批評康得：

> 拿走一幅畫裡所有的再現、意義、主題、作為有意圖的文本，也拿走所有對康得來說其自身不可能美的物質（帆布、油彩），擦掉按既定結果所做的塗塗畫畫，拿掉其背景、其社會、歷史、政治和經濟的支援，還剩下什麼？邊框、框定，形狀和線條的遊戲，結構上與邊框的結構同質。（頁111）

德里達偶爾用來闡明或顛覆內外之間複雜關係的術語是「入鞘（invagination／進入子宮）」。當一文本自身折折疊疊，它就形成了德里達所謂「袋穴（invaginated pocket）」，使外成為內而一內在時刻被賦予外在之位。卡勒描述道：「一個外在框架可以起到一部作品最內在元素的作用；反過來，一部作品看起來最內在或中心的部分，通過那些在作品之外或以作品為背景將其折回的特徵，獲得這種功能」。[48] 把作品之外某物折入框架也使得作品指涉其自身。換言之，視自身為其自身。這樣，內在的元素被外在穴袋置換，傳統對有機統一的認識就變得問題多多且本質不同了。至此，我們大致描述了德里達在《繪畫中的真理》的「真理重返穿縫」中解讀梵谷、海德格爾（及夏皮羅）所用到的重要術語。在這些認識的基礎上，德里達便對海德格爾的文本進行了「搞亂」（make a disturbance）。

決意「打亂仍然在有關繪畫的話語中占主導的哲學觀念（柏拉圖、康德、黑格爾、海德格爾）」（頁13），德里達通過細查海德格爾「本源」一文，質疑海德格爾至少有以下特徵或困症（aporias）：

（1）海德格爾說「一雙農鞋，別無其他」（1971，頁33），德里達則質問：「什麼使他那麼確定是一雙鞋？什麼是一雙？」（1987，頁259）這裡，德里達在提問中用「雙」——成雙性（pairedness，parity）——來引出

他邊緣化的解讀。對德里達來說，一雙代表同一性、同類、同質，更重要的是一方面是統一性，另一方面是等級性的二元性：「優／差」、「清潔／骯髒」、「熟悉／下賤」（頁250）。承認是一雙也就是排除延異、他者／他異性。而這些都是邏各斯中心主義的特徵。首先，德里達所做的是使雙「再－成雙（re-pair）」、「非－成雙（dis-pair）」（頁376）。「再－成雙」就是「再－配（re-dress）」「成雙／綁定（the double（s）／binding（s））」；「非－成雙」就是顯示出「異質性或非衡性（disparatedness or unevenness）」（頁377）並插入他物、雙重性，嫁接成雙，以「分開一隻鞋和其他鞋」、「彼此交錯，彼此翻倍」（頁337）。最後，使它們「不成一對（unpairedness）」（頁374）。所以，德里達天馬行空般寫道：「這雙分開……兩隻右腳的鞋或兩隻左腳的鞋……可能屬於不同的兩雙鞋」（頁374）；「或第三雙鞋」（頁360）；這兩隻鞋，而非一雙鞋，亦非一對（同性或異性）。「兩隻鞋的雙性性」；（頁334）；「一隻腳的兩隻鞋，或一隻比那兩隻鞋更為無伴的鞋」（頁33）。

　　（2）本文前面已談論過海德格爾對藝術作品之真理的觀點。對海德格爾，真理不理解為確當、相同、相似、模仿、相即（adaequatio）或相類（homoiosis），而是「無蔽或敞開（unconcealment or dis-closure）」。海德格爾不同意與現實之物「相一致」的看法。「因此，作品沒有複製碰巧在一個時間點出現的、某一特定的實體；相反，它複製了這個事物的普遍本質」（1971，頁37）。然而，當海德格爾稱梵谷所畫之鞋是「一雙農鞋」並更確切地說是「農婦」「穿著她的鞋在田地裡」時（頁33），德里達抓住這一點攻擊海德格爾——「這與他說的不相符……」（頁317）。「海德格爾的天真爛漫簡直難以複加！他毫不考證就直指畫中鞋是農民的，甚至說是農婦的」（頁316）。德里達說，海德格爾意欲「不受畫作即再現的束縛」是對的，但他把畫中鞋「複歸」「一雙農鞋，農婦之鞋」表現出海德格爾陷入了自己的邏各斯中心系統，即「為展現出來的存在之真理」（頁318）。德里達寫道，「說『農鞋』而對此毫不自問。海德格爾自己關於畫中真理的論述就不充足」（頁318）。我們知道「鞋子究竟是什麼」，如海德格爾告訴我們的，它「不是通過描述或解釋一雙眼前的鞋，不是通過講述制鞋的過程，也不是通過出現在這裡那裡的鞋的實際用處，僅僅通過把我們帶到梵谷畫作之前。這幅畫言說」（頁35）。德里達繼續寫道：「『鞋具磨損的裡子那黝黑的敞口……』這夠含混、開放、鬆散了，任何人都可以或多或少地談論任何一雙鞋，無論真實與否，農民抑

或城裡人，不管在什麼樣的情況之下……這裡，這幅畫自身的切實存在足以讓某人置身其中或其面前，它則通過言說現身」（頁320-324）。德里達接下去揭示了海德格爾對再現之物的重新衡定或劃定歸屬時的兩個特徵，以及他優先考慮文本的聲音力量：首先，海德格爾指圖畫文本就如同這些文本是說出來的而不是寫下來的；第二，他甚至在文本尚未被「聽到」之前就用聲音代替了文本。

（3）關於質料與形式的區分，海德格爾劃分了三種思維方式：物作為純粹簡單之物、物作為產品和物作為藝術作品（頁26-33）。海德格爾盡力表明形式－質料複合物的來源：從物之為物或作品之為作品亦或作品之為產品。但因為海德格爾在談論藝術作品的本源，德里達指出，海德格爾擺錯了視點。「這幅『名畫』」德里達寫道：「首先是作為產品而論證，而不是作為藝術作品。對於藝術作品本身彷彿只是事後捎帶一提。在海德格爾提議轉向圖畫的時候，他對作品並無興趣，只是對作為產品的鞋子有興趣——任何鞋——都可以充當這樣的例子」（頁299）。如果對海德格爾或他的關注點有意義的「並非畫中鞋」，那麼他被批評沒有對「畫作自身」或其「恰當性」加以描述就顯得無辜。「首先：它不是作為農鞋，而是作為產品（product，Zeug）或是作為產品的鞋（shoes-as-product），使其作為產品的特性顯現自身」（頁298）。德里達反覆表示：「現在重讀這一章：在針對產品即已知質料的質疑中，這雙鞋的例子在引向一部藝術作品之前，或在沒有指涉任何藝術作品的情況下，至少出現了3次，圖像的或其他形式的。兩次跟斧子相關，一次跟水罐相關」（頁296）。

（4）德里達自稱見證了海德格爾與夏皮羅之間的爭辯，他們論爭著這鞋究竟歸於誰，是城市居民梵谷還是農婦、誰是畫內畫外穿鞋的人。他質疑這場爭辯的合法性：「究竟屬於誰？」他們談的是「畫中真理，畫的真理」還是「作為真理的畫作，甚或作為真理之真理」（頁282）？或者，他們爭來辯去為的是畫、是鞋還是腳？

在用多重聲音重點論述海德格爾和夏皮羅的文本死結／困症／絕境（aporia）之後，德里達開始了對文本節點的精細閱讀。至少有4個德里達式的隱喻在整篇「真理重返穿縫」中穿遊：穿孔（Pointure）、系帶（lace）、陷阱（trap）和幽靈（ghost）。首先，就像德里達將那一部分命名為「真理重返穿孔」，他再度使用「意義的自由遊戲」策略，使這個術語的內涵加倍，連接了印刷和制鞋：

> 穿孔：（拉丁文作punctura／刺點），實義（sb.）、陰性（fem.）。
> 舊為prick（紮）近義詞。印刷術語，帶針鐵質小葉片，印刷時將頁
> 面固定到壓格紙上。在紙上穿的孔。制鞋、手套術語，一隻鞋或手
> 套上的針腳。（頁255）

所以，對德里達而言，穿孔／刺點是一個延異的術語，其意義內涵翻倍，既指印刷中的「紮、鐵質小葉片的尖端、穿透、切割」，又指制鞋中的「刺穿、縫針、穿刺、縫合」。德里達用「穿孔／pointure」代替了「繪畫／painting」，於是對話並非談「繪畫中的真理」，而是「穿孔中的真理」。這樣，真理的結構反轉過來了，真理不再僅僅被畫作框定，而更是畫布上的一孔一縫一針。畫框會像印刷紙的邊緣，「既切開又縫合。有一根看不見的系帶，穿孔／穿透畫布，就像針刺穿過紙面，它在畫布上穿入穿出，然後重新縫合，在中間，也在內在和外在的世界中」（頁304）。刺針作為一種看不見的系帶穿透畫布，縫合了內在世界和外在世界的界別。德里達寫道：「然而，通過這種系帶動作，我們在談論（由內至外、由內向外，他的鐵針在皮革或帆布的兩面穿刺而過），指涉軌跡被切分開來，成倍增長⋯⋯他們鐵針的穿刺，穿過金屬卷邊的孔眼，同時穿透了皮革和畫布。我們怎麼把這兩種看不見的質料彼此區分開來？一次刺點穿透兩者⋯⋯穿刺屬於畫作嗎？」（頁301-304）在德里達的解讀中，穿刺是一個主要的隱喻，從梵谷隱喻性地宣稱是「一個帶色彩的⋯⋯皮匠」發展而來。

　　其次，除了用術語「穿刺」的雙重性隱喻地拆解了由畫布／畫作／文本（內在／外在）框定的真理，德里達創造了另一個重要隱喻—系帶／交互系帶（lace/interlacing）—它成為「一條主線」貫穿整個對話，「在他的分析中系帶不斷地解開又重新系上」。[49] 卡明（Cumming）論述道：「選擇系帶是一個導線（a fil conducteur），解構傳統概念粘合（symploke）以及它的重構（rearrangement），以至它能夠包括那種分拆統一性的異質性」（頁335）。德里達熟練地運用系帶／解帶／互系（lace/unlace/interlace）的策略來為梵谷的「一雙農鞋」系帶、解帶，並把海德格爾、夏皮羅和他自己的話語穿系到一起。如果穿刺的雙重性用來穿過文章，穿進去為了把它重新縫入它的背景中，縫入它「內在的和外在的世界」。系

---

[49] 卡明（R・D・Cumming）：《老搭檔：海德格爾與德里達》The Old Couple: Heidegger and Derrida，載 The Review of Metaphysics (34. no. 3, 1981)，第 328-521 頁。

帶／穿系幾乎起到了穿刺的功能，即牽繫鞋的一面和另一面，一針上一針下，然後疊成圈，系成一個結。

德里達借系帶／解帶／互系隱喻所表達的是「讀」一幅畫恰如系鞋；將一個圖畫文本嫁接入不同畫作的互文聯繫中，並在被畫之物和線條、被再現之物和它的再現以及模型和圖像之間構建異質性。把系帶／互系作為對鞋的一種附飾性解讀，德里達創造了鞋與鞋諸細節之間的豐富聯繫：腳／裸腳、鞋帶孔、鞋眼片、腳的外凸之「形」（陰莖）和腳的內凹之形（陰道）、大拇指、環、腳踝、（鞋）領、鞋底、短襪、長襪、拖鞋、木底鞋、束帶、（鞋）領口、（鞋）頸、皮革、針、結、紐帶、剪切、鞋面、裸露、圈套（夾子）、線軸、長統靴、修鞋匠、陷阱、線條……以及「大地的詩意」，鞋／腳行走其上；或者說，「大地的詩意」接受了它們：低、土、底土、基、大地、路、田地、下面、基地、空，等等。這種附飾性的「細節化」（de-tailing，即「*Detaille*」。德里達自創新詞，既指「把[某物]切成片」又指「使[某物]縮小或變短」[頁308]）顯現了德里達的邊緣化閱讀策略和他專注細微、非本質元素，從而「再－標記（*re-mark*）」文本。於是，在眾多聲音中，有一個言說者說道：

> （緊緊地交錯穿插，卻又可分解、松解到一定程度。像一條鞋帶，每一樣『事物』，事物存在每一種方式，都是由內穿出，然後從另一邊由外穿入。從右到左，再由左至右。我們應當把鞋帶的詩節講解清楚：它在事物的眼孔間來回重複穿越。由外到內，再由內到外，在外部面子之上，內部裡子之下（若像左上那只鞋一樣，由內向外翻過來時，也是這樣），它在左右之間保留『同樣』權力，表現其自身又消失（『已去／那兒』，即fort／da）於常規的眼孔穿越之中，它使事物確定自身的聚集，下層綁著頂端，裡子系上面子，遵循的都是一種緊束法則。時時刻刻保持既緊又松）。（頁299）

然後，另一個聲音繼續道：

> 看上去需要重系。分拆之線（和廢棄、閒置之線）不僅僅是纏繞鞋的線，也由此給了它們形狀，切割了它們。這第一條線已經追蹤了內部外部之間的來來去去，尤其是當它隨鞋帶而動時。於是，它並不簡單；它有內邊和不斷向內翻轉的外邊。但是，還有另外一條

線，另外一個分拆特徵的系統：邊框內的畫作作為作品。邊框使一件作品進入輔助性質的不成作品狀態（desoeuvrement）。它剪切卻又縫合。靠一條穿透畫布（如針刺『穿過紙張』）的隱形帶子，穿進穿出，只為把它縫合到它所屬的環境，以及它的內部和外部世界。從此，若這些鞋不再有用，當然是因為它們脫離了沒穿鞋的腳，也脫離了反覆接觸的主體（它們的主人，通常就是擁有者，穿它們和它們穿的人）。這也是因為它們被畫了出來：在畫作的限制之中，不得不被系帶限制其中。作品的前飾，和作為作品的前飾：系帶穿過（也是成對出現的）眼孔，由表面向看不見的那一面。當它們從中穿回，它們是從皮革或畫布的另一面來的嗎？它們針尖一紮，透過鑲金屬邊的眼孔，同時刺透皮革與畫布。（頁304）

　　第三，德里達的整個閱讀都在反覆用法語詞彙*le lacet*，它要麼指「鞋帶」，要麼意為「陷阱（trap）」或「圈套（snare）」。一個言說者說道：「環是開放的……它形成一個圈，一個開放的圈，仿似……它代替簽名，仿似它占了（空）簽名的位子……」（頁277）。德里達問：「陷阱為誰而設？誘惑，或是，若你喜歡，圈套（*des lacets*），用系帶做成的陷阱」（頁276）。德里達把鞋帶打成的環解讀成梵谷有意讓海德格爾和夏皮羅急切投入其中、彼此爭論。德里達寫道：「被選中的武器是鞋拔，因為不得不在附飾上用力。至於地面狀態：一個滿是陷阱和圈套的戰場，雙方都有可能送命。倖存的目擊者：畫中鞋猶存，注視它們，帶著冷靜反諷的那種超脫感」（頁308）。這種隱喻化的解讀一方面質疑了海德格爾定義真理為自我在場（being-present-to-itself）的邏各斯中心主義傾向，另一方面在畫作的框架中打了一個洞，並在文本中印下一處差異。正如德里達經常表示的那樣，書寫／閱讀一直尋求「發現他者之點」（頁11）。德里達在「穿刺」一文中針對海德格爾和夏皮羅的文本實踐代表了典型的德里達式的閱讀策略。

　　到目前為止，我們已談了海德格爾將梵谷畫中之鞋解讀為圖像的去蔽，又用了更多的筆墨論述德里達的理論觀念，以闡明他解讀梵谷的艱澀難懂的文本以及他對海德格爾和夏皮羅關於梵谷的閱讀和對他們之間的爭論格外激進的重寫。如前所示，海德格爾認之為真理、無蔽、在場、存在、整體、本源、統一及藝術作品本質的全被替換、撒播、解構為缺席、延異、蹤跡、附飾、重複、他者、遊戲、雙重、隱喻性和異質性。以

此觀之，德里達恰恰站在了海德格爾（無蔽）之鏡（境）的另一面，卻沒有完全逾越世界的普遍二元結構。所以，德里達的批評洞見存在理論上的隱憂和邏輯局限。有可能存在不以結構的普遍兩分法為基礎的閱讀嗎？如果有，這種閱讀將從何處獲得支撐？帶著這個問題，我們進入由傑姆遜（Jameson）作出的對梵谷的解讀。

3. 傑姆遜：後現代始於擬像

假如我們說海德格爾推頌真理、本真、在場，而德里達卻重視藝術作品所揭示的延異、缺席和蹤跡；那麼，傑姆遜則熱衷於複製（copy）、圖像（image）和擬像（simulacrum）。生活在「後現代的場景」之中，傑姆遜相信，沒有什麼是真實的、源初的、本質的和本真的。這個被「後」標寫出來的世界充滿了純粹圖像、複本、碎片、模型、仿詞、黑白圖片，完全都是擬像——「完全相同的複本，從不存在原本」，[50]要麼，借用後現代哲學家讓・鮑德里亞（Jean Baudrillard）自造的新詞「超真實（the hyperreal）」。[51]傑姆遜也許會認同意德里達所說，在這個世界裡存在延異、蹤跡甚或缺場，因為傑姆遜曾對德里達解讀梵・高一筆帶過，認為「德里達曾在某處談到海德格爾式的一雙農鞋，在梵谷筆下，是一對異性戀情侶，不容歪曲倒錯，也不容盲目戀物」（頁8）。但傑姆遜倒會認為差異、蹤跡或隱喻性這些概念自身是由擬像所複製出來的，這也就是超真實性。在一個滿是圖像的世界裡，「真實性」自身已然成為一種特殊形式的擬像。由是，標示「真實」世界的將不再是「宏大敘事」——深度、歷史、人類、真理、意義和進步——因為它的各種外部指示意義已經被複製內化到它們的模式或複本之中。結果，定義所謂的「真實」變成了鮑德里亞所宣稱的「凡是可能對等複製的……那一直被複製的：超真實」。[52]在這種形式下，真實原則和快樂原則被擬像原則所替代；超真實使真實如可複製的重複（reproducible repetition），終結了隱喻、換喻和複合文化句式。摒棄了超驗視角，現代藝術就其超真實的眩暈／幻景「在因果和始終消失所帶來的欣快中，是冷冰冰的、澈底清醒的、現實的」。[53]

---

[50] 弗雷德里克・詹姆遜（Fredric Jameson）：《後現代主義，或晚期資本主義的文化邏輯》Postmodernism, Or, The Cultural Logic of Late Capitalism (Durham: Duke UP, 1991)，第 18 頁。

[51] 讓・鮑德里亞（Jean Baudrillard）：《模擬》Simulations（New York: Columbia UP, 1983），第 2 頁。

[52] 同上鮑德里亞，第 146 頁。

[53] 麥克・甘尼（Mike Gane）：《鮑德里亞的動物寓言》Baudrillard's Bestiary: Baudrillard and Culture (London and New York: Routledge, 1991)，第 102 頁。

　　超真實／後現代主義藝術的出現是因為在西方現代主義高峰期占主導地位的一些最基本的觀念被拆解了，即：深度模式的趨平化。傑姆遜確定了至少5種被當代理論否認的深度模式，以描繪「後現代」場景：（1）「闡釋學式內外模式」或「內外整體形而上，它指在藝術中，『通常外泄的』『情感（emotion）』是投射並外顯出來的，就像手勢或哭泣，成為絕望中的交流與內在感覺的戲劇性外化表現」（頁11-12）。因此，梵谷的《一雙舊鞋》和蒙克（Munch）的《吶喊（The Scream）》頗有相似之處，因為他們都是「偉大現代主義疏離、反常、孤獨、社會碎片化和隔絕等主題的經典表達，那曾被稱作焦慮時代的現實代表」（頁11）。對海德格爾來說，梵谷這幅畫「是這雙鞋作為器具的敞開，是在真理中……這個實體自身存在的去蔽」（頁36）；但對於傑姆遜，梵谷之鞋不過是物件，「低平、無深度，平實而言，是新的表面性特徵」（頁9）。從「鞋具磨損的裡子那黝黑的敞口」，除了黑洞洞幻像般的圖像，什麼也看不到，更不能開顯所謂的真理；（2）「本質與表像的辨證模式」，它沒有「開敞的內在」，類像抹平了縫隙或間隔；（3）「佛洛伊德式隱顯（或潛意識）模式」，該模式挖掘出來的，除了零星表面，沒有任何心理－症候；（4）「存在主義式本真與非本真模式，其中，海德格爾／梵谷所畫之鞋被序列複製，找不到源初、獨特或特性」；（5）「能指與所指間的符號學對立」，其外部所指在複製和類像的可能性中分裂成多重表面。隨著以上深度模式的消失，一個新的主導性文化邏輯，如傑姆遜所描述，代替了「過去焦慮和疏離等種種情緒」，出現在後現代藝術中，即歡欣喜悅，種種文化脈動中一種不受約束、非個人化的「歡欣強度」（頁29）。在這些後現代標準之下，傑姆遜公開指責海德格爾對梵谷畫的解讀過多運用了闡釋學將作品「無生氣的、客體的形式」歸於他「最終的真理」（頁8）。在審視了當代語境中現代主義高峰時期對「作品的接受」，也就是，後現代或超真實藝術，傑姆遜發現那個接受梵谷鞋畫主題的人正是安迪・沃荷（Andy Warhol）。傑姆遜寫道：

> 現在我們得討論另一種鞋子，能從當代視覺藝術的核心形象中找出類似意象，也是愉快而有趣的。沃荷的《鑽石鞋》明顯已不再用近似於梵谷之鞋的方式對我們言說；我們不妨說，沃荷畫的鞋實際上根本沒跟我們說什麼。這件作品中沒有為觀者留下哪怕一處微小的空間，觀者在博物館或者畫廊的廊間拐角，就可以看到它。（頁8）

　　這是沃荷畫中鞋的形式特徵，不以觀者的徵用作為宏大所指的線索或症候。相應地，從內容緯度來說，傑姆遜論道：「戀」鞋不可能是因為這些鞋只是「無生命之物的隨機組合，懸於畫布之上，像許許多多的蘿蔔……於是，在沃荷身上，這種闡釋學的姿態起不了作用……」（同上）。傑姆遜闡述了現代主義高峰和後現代主義之間，亦即梵谷畫的鞋與安迪・沃荷相片中的鞋之間另一個顯著不同，是「低平、無深度，是新的表面性特徵」（頁9）。通過運用底片做例子展示安迪・沃荷圖像中中立、「死寂般品質（deathly quality）」，「觀者具體化的眼」已被抑制。傑姆遜說道，梵谷以烏托邦式的姿態改造受難的世界，包含一種「尼采式命令和意志的表現」，反過來被那已被破壞、「似是而非的廣告圖像」代替，圖像中「事物外部著色的表面」已被「剝離以展現底片了無生趣的黑白襯底」。安迪・沃荷關於鞋的照片是一個僅有膚淺圖像的影像世界是類像的世界。

　　傑姆遜描述的第三個特徵是後現代文化中的「情感的消退（waning of affect）」，意思是曾出現在現代主義全盛期的「所有情感、所有感覺或情緒、所有主體性」或「梵谷－海德格爾之鞋所表達的」，所有人性的各種感情已從那些以無表達性、裝飾性、中立性、碎片化、集錦和拼貼為特徵的「更新近的圖像」中消失（頁10）。但是，梵谷畫的鞋已被貶為瑣碎細物平實的複製，傑姆遜後現代眩暈中可重複性的類像和模擬成雙的超真實性。海德格爾在梵谷畫的鞋上所看到的真理光環已然在後現代的傑姆遜世界中悄然淡去。那雙鞋走在冷風掃過的冬日田地上、被海德格爾認為代表著藝術作品本源的農婦也許搖身變成了性感娃娃瑪麗・夢露（Marilyn Monroe）。如安迪・沃荷的圖畫所示，夢露的臉龐可以在數碼複製機上無限翻印。[54]這就正是傑姆遜所挖掘出來的梵谷畫的鞋在後現代場景中的命運：在一系列「真實與自身相似的幻像」中模擬的、超真實的鞋（頁142）。

三、迷亂的真實：戀物，窺淫與盲視

　　前文已檢視了梵谷的《一雙舊鞋》如何讓三位「超級讀者」用不同的武器、策略、計畫和立場彼此角逐。對海德格爾，梵谷所畫之鞋屬於農婦，是存在者的去蔽：真理中器具之器具性的敞開。在這一點上，我們描

---

[54] 鮑德里亞：《模擬》，第115-138頁。

述海德格爾定義的無蔽（aletheia）和大地（Earth）兩個概念，這些形成了他用闡釋學解讀梵谷畫作的哲學基礎。出於不同的理論立場，海德格爾可視為現代主義顛峰時期經典代表。他一直借用藝術作品來傳遞宏大敘事：真理、意義、本源、存在和意識。這種海德格爾式的解讀已被後結構主義讀者德里達攻擊，德里達質疑海德格爾式在場的形而上，並將其抹掉。所以，在德里達部分，為給理解他《繪畫中的真理》中那篇艱澀複雜的「穿刺」，我們討論德里達哲學中幾個特有的、關鍵性術語，如邏各斯中心主義、書寫、蹤跡、延異、嫁接與附飾。德里達在談過他所發現的海德格爾「本源」中的困症或盲點之後，我們進入了「真理重返穿刺」一文，辨析了德里達兩個術語雙重意義的自由遊戲：穿刺（pointure）與系帶／互系（lace／interlace）。穿刺與系帶／互系的隱喻穿透、穿過、刺穿梵谷畫的鞋和海德格爾／夏皮羅的爭辯，並把它們縫合或粘合在一起。整個文本變得無法確認、成分多元，最終意義難以確定。德里達的解讀顯現出文本深不可測，猶如深淵。由於德里達的解讀仍然圍繞普遍存在的對立關係展開，如在場／缺席、中心／邊緣、本質／附飾、同一／延異、本源／重複和語音的／圖像的，我們繼而轉向傑姆遜對梵谷的解讀，這種解讀成為打破海德格爾和德里達對立秩序的協力廠商。在傑姆遜看來，對梵谷所畫之鞋的接受已成為後現代主義的擬像或超真實，也許超越了「再現／呈現」模式的一般結構。這種類比或超真實的新次序需要終結海德格爾－德里達式二元次序，通過在模擬的欣悅中不懈複製自身和在「隨機出現異質碎片和偶發性的實踐」中玷污自身（頁25）。

　　從上面的論述，我們看到兩種閱讀模式：海德格爾闡釋學的釋意解讀，以及德里達和傑姆遜的反闡釋學的述行／展演式解讀（performative reading）。在第一種解讀模式中，藝術作品總存在自我認定（self-identity），閱讀一部作品就是識別、認知和理解這種同一性。伽達默爾稱作品中的定性為「闡釋認定」（hermeneutical identity）。[55]如伽達默爾所說：「為理解某事，我必須有能力識別它。藝術作品裡總有某物，我加以了判斷和理解。我識別某物的過往與當下，這種識別本身就構成了作品的意義」（26頁）。這種闡釋認定使作品成為作品、成為某物並使之「理解」和「被理解」，所以作品自身對那些試圖解讀者形成「質問」；並

---

[55]　漢斯・伽達默爾（Hans-Georg Gadamer）：《美的相關性》The Relevance of the Beautiful and Other Essays（Cambridge: Cambridge UP, 1986），第 25-30 頁。

且，「它要求一個答案……那答案必是他自己的，主動給出」（同上）。
依伽達默爾的看法，正是作品的認定性邀請讀者的「有效活動（operative
activity）」，所以閱讀是「非任意的，但有指引」，將「智識有創見的成
果引入遊戲」。伽達默爾以視覺藝術為例說明閱讀行為如何進行，他寫
道：「需要一個合成行為讓我們將許多不同方面整合在一起。我們『閱
讀』一幅畫，如我們所說，就如一個文本。我們開始如『破譯』文本一樣
去『破譯』一幅畫」（同上）。因此，如伽達默爾所宣稱，閱讀之於海德
格爾首先「在做一個持續的、由整體期望引導的闡釋運動，它最終在個體
的整體意識中得以實現」（頁28）。

　　以此看來，闡釋性解讀一直尋求從作品的不同側面建構整體意義、發
現對作品身分具有最終意義的答案。海德格爾對梵谷所畫之鞋的解讀便是
這一傳統的典型例子。

　　對於由德里達、德·曼、傑姆遜、鮑德里亞、利奧塔等後結構主義者
和後現代主義者踐行的第二種解讀，閱讀不是為了建構意義，而是為了撒
播意義；不是為了讓文本的整一性中心化，而是為了把它和其他文本嫁接
成一個互系而成的文本性（textuality）；不是為了讓文本成為一個可以簡
約的指稱，而是讓歷史性（historicity）消失；不是為了實現作品美學意義
上的美，而是點明文本封閉（textual closure）的不可能性。用利奧塔的話
說，閱讀如同事件：「它發生」，而非「發生什麼」。他提議道：「我們
不闡釋，我們閱讀」。[56]這指一個各種詞語連接的過程，以防在對闡釋和
理論的抵制中出現任何意義的化簡。閱讀作為抵制的場所從不指向於基於
目的性統一和組織主體的時間，而指向於事件的獨一性、它與其他所有事
件的根本不同；它「既不在文本即身體之內（闡釋），也不在其外（理
論）：它打亂了穩定的邊界，而穩定的邊界確可能確定文本即身體」。[57]
德里達和傑姆遜的解讀表明，閱讀是一種文本事件，閱讀作為文本事件，
應當拒絕對它的斷章取義，甚至是來自「元敘事」或「宏大敘事」的神學
含義。以這種方式，任何閱讀都將是對文本的侵越、對意指框架的摧毀，
儘管它的自涉性存在於它膨脹的外在性的折痕中。

　　最後，讓我回到本文的標題：「迷亂的真實：戀物，窺淫與盲視」。

---

[56]　讓·弗朗索瓦·利奧塔（Jean-Francois Lyotard）：《利比多經濟學》Economie Libidinale（Paris:
　　Minuit, 1974），第 117 頁。

[57]　比爾·瑞丁斯（Bill Readings）：《利奧塔導引：藝術與政治》Introducing Lyotard: Art and Politics
　　（London & New York: Routledge, 1991），第 19 頁。

如上所述，海德格爾（以及夏皮羅）、德里達和傑姆遜目的各異，但都站到了梵谷《一雙舊鞋》的「面前」，形成一個三角決鬥的情況：海德格爾首先開火，聲稱這雙鞋是農婦之鞋，且其中「一種發生、真理的發生」。可德里達卻稱這兩隻鞋不成雙，真理不在畫中，而在穿刺（pointure [pointing]）中，且這鞋首先是怪物之鞋因為海德格爾說「鞋具磨損的裡子那黝黑的敞口……顯現了勞作者」，於是「我們」講述著「鬼故事」。傑姆遜遲遲才再次提到海德格爾和德里達，並說梵谷的《一雙舊鞋》沒有「敞口」，它是平的、表面的，一點也不深邃。你看不到「磨損的裡子」，去蔽／真理不可能在其中發生，也不會有任何人從中「顯現」。這雙鞋不過是複製品、類像和超真實圖像。他們都在以真理之名談論畫中鞋，就連德里達和傑姆遜也一樣。正是以真理之名，他們圍繞這幅畫形成話語，這之所以可能，在於他們如戀物般徵用了鞋／腳。

在名為「戀物癖」的文章中，西格蒙德・佛洛伊德（Sigmund Freud）指出「許多男性被所戀之物主宰」。他發現，對戀物癖最有吸引的物件之一是女性的鞋或腳──「因此，腳或鞋作為被戀之物的優先性──或它的一部分──在一個好奇的男孩從下方瞥見婦女的生殖器，從大腿向上；軟毛和絲絨……是視線固定在陰毛，接下來就是對觀看女性的渴望；一件件脫去衣服……」。[58]佛洛伊德談的是「許多男性」選擇腳／鞋作為戀物的對象，是為了保留「創傷性失憶中的記憶（memory in traumatic amnesia）」，也就是，男性害怕因看女性生殖器而被閹割。然而，在本文的語境中，「許多男性」、海德格爾、（夏皮羅）、德里達和傑姆遜不同於佛洛伊德的診斷，他們在追尋畫之真理時，戀上了梵谷《一雙舊鞋》裡的一雙鞋。對所戀之物關注點的不同由此得以區分：海德格爾戀「鞋具磨損的裡子那黝黑的敞口」；德里達戀鞋帶／環圈，而傑姆遜戀鞋襪／腳趾甲。如佛洛伊德告訴我們，對待所戀之物的態度充滿了矛盾：愛與恨。也就是說：男性敬畏女性的腳，如同戀物，在它被切割開之後（頁157）。順著佛洛伊德的指引，我們可以看到三位男性如何切割農婦之鞋／腳。在海德格爾的論述中，可以發現一些負面凝視，是他對女性之鞋／腳的切割、扭曲：「鞋具磨損的裡子那黝黑的敞口，……艱辛的腳步」、「這雙硬梆梆、沉甸甸的鞋……在凜冽寒風中……緩滯與堅韌」、「這器具浸滿

---

[58] 佛洛伊德：《佛洛伊德心理學全集》第 16 卷 The Standard Edition of The Complete Psychological Works of Sigmund Freud, vol. 16, J. Strachey 譯（London: The Hogarth Press, 1961），第 152-157 頁。

了無怨的焦慮……無言欣悅……待產分娩的顫動、死亡臨近時的顫抖……深夜，她脫掉鞋子，深感疲勞，卻健康無比」。

在德里達的論述中，他切割一雙農婦的鞋，使其中一部分「被截肢／amputated」（1987，頁375），對德里達來說，這還遠不算夠。德里達最殘酷的切割是用印刷業「帶尖的鐵片，穿針」去「刺穿、切斷」鞋／腳的畫布。在傑姆遜的論述中，這些女性的鞋成為膚淺直白、了無生趣之物，被擱置「在博物館長廊的拐角」。跟佛洛伊德所說的保留真鞋以作戀物的人不同，這三位男性選擇了一個圖像再現──一幅畫著一雙鞋的畫作為他們所戀的物。換言之，他們的戀物行為以窺淫癖出現。談腳／鞋戀物癖時，佛洛伊德強調視覺印象的作用，是「從下方瞥見婦女的生殖器」。在我們這裡，能夠戀腳／鞋就是「看透、注視、觀看、凝視」包含其中的真理。所以，眼睛、視線、視野和視覺洞見（visual insight）已成為窺視圖像－中心真理（雙眼的聚焦）的重要媒介。為了從低處──鞋／腳──看見或瞥見真理，海德格爾從「鞋具磨損的裡子那黝黑的敞口」；窺視無蔽；德里達通過「鞋或緊身胸衣的眼孔、圈環」窺視梵谷構造的「鞋帶（陷阱、圈套）」。傑姆遜通過燒盡「金粉」的閃爍光輝窺探平面類像。從下方窺視，去凝視或剖視「婦女的生殖器，她的大腿」並通過「軟毛和絲絨」在「脫衣」時刻看到「女性器官、陰毛」，也許會對佛洛伊德所謂的「變態的性衝動（perverse eroticism）」或「誨淫（the obscenity）」產生懷疑。現在，先稍稍回顧德里達和鮑德里亞如何論藝術的後話語之中的「誨淫」。

在「穿刺」一文中，通過戲彷佛洛伊德，德里達拿鞋／腳的形狀做遊戲，說道「像由內往外翻的手套，鞋有時也具有腳的外凸之「形」（陰莖），而有時又有包住腳的內凹之形（陰道）？」（頁267）並進而指責海德格爾借助梵谷「名畫」，其興趣並非出自他對藝術作品或畫作本身，而是出自畫作「單純」作為產品；並非出自「腳的剝奪」，而是出自「鞋的剝奪，這鞋再度成為裸露之物，無可用性，其使用價值被剝離……展現出某種赤裸，甚或誨淫」（頁299-300）。因為海德格爾在「本源」中聲稱：「毫無遮蔽之物是一種產品……不再作為作品存在物」（頁30），德里達接著把「毫無遮蔽」解讀成「剝除有用性特徵」（頁300）。對德里達來說，在西方文化中，儘管耶和華（Yahweh）對走近燃燒的樹叢想看得更加清楚的摩西（Moses）說：「脫掉拖鞋，你踏入的地方是聖地」（Exodus 3:5），鞋／拖鞋「不被允許進入神聖的空間，或反過來說，在畫中通過處女膜的神聖化被過度灌注」（頁349）。於是，西方的鞋代表等

級或矛盾：「優／差、清潔／骯髒、熟悉／下賤」。為了拆解海德格爾對畫中鞋的「再神聖化（resacralization）」，德里達再度運用術語的雙重意義進行自由遊戲，如膜、藥和附飾。如德里達所寫：「它們是神聖的，但你不得不脫離卑下，重新依附神聖，在再次附著中神聖化。由此類推，腳之裸要麼更加純潔、神聖（與卑下脫離了關係），要麼貧困、墮落、無法得到神聖之物、不可重新依附神聖⋯⋯反過來，沒穿鞋的腳成為一個侮辱性的負面標誌，或是一個悲痛的符號」（頁349-351）。

顯然，德里達對誨淫的重新概念化意味著西方偉大藝術的平庸化：墮落與覺醒。鮑德里亞也用「誨淫」來解釋這種平庸的境地。對他而言，西方文化發展是在其歷史上「神祕、詩意、戲劇性的失去，幻覺的失去」（頁72），幻覺崩塌，化成誨淫：真實與真實性。讓真實／真實性失去體面就是經歷的失控；讓幻覺失去體面就是毀掉它的神祕、使其失蹤，以誘其重現。從熱辣辣或黑乎乎的誨淫到冷冰冰、自戀性白色的誨淫，鮑德里亞論述了被性愛策略引發的裸體和裸露已成為一個新型的身體的類像，無關性愛，卻有關性徵化（sexualisation）（以當代時裝秀為典型例子）（頁145-155）。如前所論，誨淫實際上是一個墮落的過程，藝術從經典的、顛峰的現代在主義趨向平庸，降至如今的後現代主義。所以誨淫作為窺淫行為在以可怖的文本戀物癖為特徵的後現代文化社群中找到自身合法的權利／權力。

然而，這「視覺化／窺淫化」的能力、權利和權力真的能看透藝術的真理或真理的藝術？假如誨淫真的成為鮑德里亞描述的自戀的愉悅、「冷酷迷惑中的精神治療（psychotropic in cool fascination）」，[59]那麼，他們各種解讀的合法性何在？以真理之名，我們說他們對《一雙舊鞋》的閱讀陷落在自身吊詭性的盲目中。假如我們依照海德格爾的閱讀模式建構初始境況，畫中農婦穿著自己的破鞋，海德格爾怎麼看到「鞋具磨損的裡子那黝黑的敞口」？假如海德格爾視這雙鞋為自己所戀之物，換言之，他自己穿上這鞋，即他凝視的快樂沒有被發現，他怎麼可能宣稱他腳上這雙鞋「開顯了真理，亦即去蔽」？現在，對德里達，他解構海德格爾的解讀時傾覆在場、存在、真理和統一性，使之成為缺席、延異、蹤跡和重複性，他又怎麼可能避開世界中普遍存在的二元結構？為了堅持文本的物質性，他不承認閱讀是獲得終極意義或任何外在意義的嘗試，那麼，他隱喻化／比喻

---

[59]　同上麥克・甘尼（Mike Gane）：《鮑德里亞的動物寓言》，第137頁。

化解讀的局限又是什麼？既然他說「在場」是延異的產物，文本性／隱喻化有可能生成意義嗎？最後，對於傑姆遜而言，如果烏托邦式的姿態或在藝術中改變多災多難的世界的意願已全然消失或無節制地將自身複製成一系列類像，又怎麼理解文化或社會的發展，意識形態或政治的進步？作為一名功成名就的馬克思主義左翼人士，他又怎麼證明自己在後現代主義超真實世界裡的政治立場的確當性？

　　以真理之名，他們解讀梵谷的《一雙舊鞋》，分析到最後，進入僵局：盲目。然而，假如不用「以真理之名」，用「以盲目之名」又如何？我們能從這個角度發現真理嗎？看起來，一種有說服力的藝術理論還未創建，而一種行之有效的閱讀方式也尚未出現。如上文所示，對同一部藝術作品出現四種解讀，但未必條條大路通「羅馬」；它們實際上通向各不相同的世界。於是，解讀行為把我們引向深淵（l'abime，the abyss）；在深淵裡（mise-en-abime，in-the-abyss）；最後，通向了博爾赫斯式的世界——交叉小徑的花園（el jardin de senderos que se bifurcan）：欲望無限分叉的迷宮。

原載《學問》2017年第一／二期

第六章　黑色超越：亞洲極端電影中的賽柏格化與後人類生命政治[1]

　　隨著控制論和生物工程科學的新革命，我們正在進入一個後人類、後身體、後主體的時代，這已引起了一種總體上樂觀的修辭，一種被斷言為解放論的敘事，人們準備慶祝人類歷史上「進步」的光明前景。人工智慧、資訊空間、數字仿真、資訊公路、網路世界和虛擬實境，已經成為崇高的隱喻，在技術烏托邦幻想中經常喚起一種普遍的欣快，特別是網路空間中虛擬實境的更新升級、克隆技術和全球基因組破譯，給晚期資本主義提供了一種後現代天堂和當代身體的激端非物質化。唐娜・哈拉維指出：「迄至20世紀後期——這是我們的時代，一個神話的時代——我們都是吐火女怪（chimeras），是理論上虛構的機器和生物體的混合物；總之，我們是機械人（cyborgs）。機械人是我們的本體論，它賦予我們政治。機械人是一個濃縮了想像與物質現實的形象，兩者的結合構成歷史演變的任何可能性」。[2]

　　本文重點探討東亞國家過去二十年裡出現的「極端電影」（Extreme Cinema），它是在影像、行動和敘事中表現出一種激進觀念的亞文類。那些電影如何逾越了人性、生命、身分的常規邊界，從而開始質疑自我、身體、主體的本質？我特別關注的是電影侵越（cinematic transgression）的觀念，它通過三種技術化實踐的模式，明確關涉對崇高而怪誕的身體超越的一種費解的癡迷：（1）生物工程變異[塚本晉也的《鐵男》（1989/1992）、三池崇史的《重金屬暴徒》（1996）、福居精進的《匹諾曹964號》（1991）]；（2）整形，整容手術[松村克彌的《整容上癮》（2004）、奉萬大的《灰姑娘》（2006）、及川中的《東京超恐怖傳說》（2004）]；（3）器官移植（彭氏兄弟的《見鬼》（2002）、劉商瑾的

---

[1] 本文曾在 2009 年芝加哥亞洲研究年會 "Consuming Asian Extreme Cinema: Horrible Gaze, Shock Kinesthetics and Dark Politics of Gore-Glory" 小組討論會上宣讀。英文題目為："Transcendence *Noir*: *Metal*morphosis and Post-human Biopolitics in Asian Extreme Films"。由董國俊教授翻譯成中文，特致謝忱。

[2] Donna Haraway, *Simians, Cyborgs and Women: The Reinvention of Nature* (NY: Routledge, 1991), P. 150.

《凶相》（2004）、富弘三石的《富江：冤有頭》（2000）]。這種乖張的、忤逆的變異，試圖廢除自然的、生物的、有機的身體，它是保羅・拉比諾（Paul Rabinow）所說的後人類狀況的「生物社會性」和「科技社會性」的象徵。[3]

如果超越在西方自由人文主義傳統中被一向認為是對人性內在本質不斷開啟的進步運動，那麼頗具諷刺意味的是，亞洲極端電影的特徵則是一種人性極端退化的突變，它進入了一個死亡、混亂、瘋狂、放縱、異化、恐怖的黑暗世界。這是一種後生命代的否定辯證法（negative dialectics of progeny），我稱之為「黑色超越」（transcendence *noir*）。當然，在此文中，我無法全面探討那些電影中「黑色超越」的各個方面。我將重點分析日本導演塚本晉也的《鐵男》（今後將另文分析韓國導演奉萬大的《灰姑娘》和泰國導演彭氏兄弟的《見鬼》），試圖論述「黑色超越」如何在東亞國家裡演變為一個表述社會文化焦慮、身分危機和憂慮的技術－生命政治的發散性場域。簡言之，我認為這些極端的黑色想像，不僅是一種電影風格而且是複雜的文化話語；在全球技術烏托邦時代，它為理解人性、身體與科學技術之間的關係提供了一個獨特的視角。

◆塚本晉也的《鐵男》（1989）後人類的金屬形態變異：廢化的身體與毀壞的身分

首先看看塚本晉也（Shinya Tsukamoto）的《鐵男》（*Tetsuo: The Iron Man*），這是一部以許多極端的、令人震驚的影像為標誌的電影。《鐵男》是一部只有67分鐘長的黑白影片，一部投資只有20萬日元的畫質粗糙默片，實際上也是一部由塚本晉一人兼編劇、導演、剪輯、拍攝的電影，他還做這部電影的藝術設計、特效和配角（金屬狂穀津）。在大多數演員離開塚本晉也以後，他花了一年半時間完成這部電影。憑藉瘋狂的、動能的手持攝影操作，包括快速切換、昏眩的閃回、停幀動作和令人不寒而慄的金屬撞擊的配音，《鐵男》可以說是一部幾乎無法觀看的電影，甚至對少數鐵杆影迷來說觀看這部電影也絕對是一次痛苦的經歷。

然而，不管是喜愛它還是厭惡它，《鐵男》還是於1989年因其大膽的實驗性獲得羅馬國際奇幻電影節金獎。《鐵男》是1980年代日本電影荒中

---

3   Paul Rabinow, "Artificiality and enlightenment: From sociobiology to biosociality." *Incorporations.* Eds. by J. Crary and S. Kwinter (New York: Zone Books, 1992), pp. 234-252.

首部此種類型的電影，引領了「日本恐怖電影的新浪潮」。[4]這部影片不僅是製片人兼導演塚本晉也的事業轉捩點，總體而論也是日本當代電影走上國際舞臺的標誌（Mess 2005:57）。[5]《鐵男》還以對日本怪獸電影和西方賽博朋克電影的高度衍生拼貼和媚俗而著名，前者包括本多豬四郎的《哥斯拉》（1954）、大友克洋的《阿基拉》（1982）、石井聰互的《爆裂都市》（1982），後者包括雷德利‧斯科特的《異形》（1979）和《銀翼殺手》（1984）、大衛‧林奇的《橡皮頭》（1976）、大衛‧柯南伯格的《錄影帶謀殺案》（1982）和《蒼蠅》（1985）、保羅‧范霍文的《機器戰警》（1986）、詹姆斯‧卡梅隆的《終結者》（1984）。

　　下面我將側重討論這部電影的幾個顯著主題。

1. 金屬形態變異／*Metal*morphosis

　　《鐵男》的情節看似簡單，甚至無法給出一個劇情梗概。影片以頹敗而被廢棄的後工業技術大都市東京為背景，呈現了一個日本上班族走向痛苦的、暴力的、怪誕的變異過程。這個上班族在碾壓了一個金屬狂而逃逸以後，從一個白淨的公司員工逐漸變成一個全金屬的鋼鐵巨人。他從一個天然的、生物的血肉之軀向一個超男性的、超暴力的後人類機械人的變異，被評論家嘲諷性地稱為「金屬形態變異」（「metal-morphosis」），[6]這是生命變異的退化性邏輯，最終是身體的消失和主體的死亡。

2. 報廢的身體／Body as bsolescence

　　上班族的肉體與金屬的融合中出現的東西，並不是一個完美的、閃光的、流動的身體的進步轉化，而是變異為一個可怕的怪物，從它皺巴巴的身體內部逐漸長出了生銹的金屬、電纜、電線、電路、管道、螺栓、鐵帶、鑽頭、槍支和棒條，一切都是畸形的、毀壞的、腐爛的，這是現代技術殘暴的「暴行展覽」。[7]現代的身體不是被無所不知、無所不能的技術

---

[4]　Ian Cornish, "Metal-Morphosis: Post-Industrial Crisis and the Tormented Body in the Tetsuo Films." *Japanese Horror Cinema*. Ed. Jay McRoy (Honolulu: University of Hawaii Press, 2005), p. 95.

[5]　參閱 Tom Mes and Jasper Sharp, *The Midnight Eye Guide to Japanese Film* (Berkeley: Dtone Bridge Press, 2005), p. 147; Tom, Mess, *Iron Man: The Cinema of Shinya Tsukamoto* (Surrey: FAB Press, 2005), p. 57.

[6]　Mark Dery, *Escape Velocity: Cyberculture at the End of the Century* (NY: Grove Press, 1996).

[7]　參閱 J.G. Ballard 於 1970 年出版的小說《暴行展覽》The Atrocity Exhibition（San Francisco: Re/Search Publications, 1990）。

增強了，而是被廢棄掉了。身體蛻變為一堆垃圾、廢料和殘骸，清晰地反映出塚本晉也對身體被現代技術穿透的批判。在《鐵男》的開頭一場，我們看到一個金屬狂在一間廢棄的倉庫裡，切開了自己的大腿，並為了插進或「餵養」一個金屬棒而把它放入傷口，成群的白色蛆蟲也在傷口處生長。他感到恐懼，尖叫著沖向大街，卻被那個上班族的車撞死了。與養育身體的有機食品相對，「餵養」身體的金屬腐爛了身體。

在日本社會，沒有一種身體像上班族的身體一樣被開發利用、被用以賺錢、被過量喂飼。上班族的身體是最耐用的（很長的工作時間）、最可生產的（產出的高效率）和最具國家形象的（日本奇跡的象徵），但也是最無形的、最受貶低的（公司層級中的低聲望）。如果報廢（obsolescence）是公司制定的一種製造策略，用以無限地生產可盈利的、可消費的產品，那麼當上班族的身體被無用的成堆垃圾、廢物和糞便所阻塞的時候，憑藉身體的技術化而追求利潤、生產力和資本積累的資本主義邏輯，則註定會轟然坍塌。

3. 性的末世論／Eschatology of Sex

的確，廢棄身體的金屬形態變異的直接後果，是上班族性別身分的無能和失序，即他的情感、愛、親密和快樂的終結。正如辛西婭・福克斯和喬納森・戈德堡所說，一個機械人的身體具有男性身分的兩個矛盾——陽物崇拜的男性和身體的滲透性；也就是說，陽物權力與隱在的陽痿認可密切相關，「讓身體的每一英寸堅硬，每個地方都勃起，便需要對陰莖恰當性的大量否認」。[8]這恰好是那個上班族身上發生的情況。他撞車後剛開始變異時，在地鐵上遇見一個憤怒的、強壯的、吸血鬼似的女人，她的左手突然長出一隻金屬爪，開始追捕、攻擊和虐待他。然後，他進入夢魘，夢見自己被蛇髮女妖似的女友扒光衣服，強暴並雞奸了他，他的女友揮動著一根長長的金屬觸鬚，多次進入他的身體。

這個上班族從夢中驚醒，結果卻發現他的腹股溝伸出一根巨大的呼呼作響的電鑽，將他的女友碾成為一堆肉醬（「你想要嘗嘗我污水管的滋味嗎？」）。這種由肉體到金屬的技術施虐受虐狂現象，呈現出一種誘惑與技術恐懼之間的矛盾緊張。用塚本晉也的話說：「我在拍攝《鐵男》的時

---

[8] 轉引自 Dani Cavallaro, *Cyberpunk & Cyberculture: Science Fiction and the Work of William Gibson* (London: The Athlone Press, 2000), p. 47.

候，我認為即使你被機器強暴，你也能體驗到一種欣快。同時，這裡總有一種想摧毀技術、破壞工業世界的衝動。這種心理衝突在我拍攝《鐵男》時一直存在──我享受著被機器強暴，但同時我想摧毀入侵了我和人類的怪形」。[9]

最後，當金屬狂復活並與壯大的上班族融合的時候，出現了同性戀的狂喜。這一胚胎時刻最具浪漫化在溫暖的、奔放的爵士樂中，並從中傳奇地誕生了一個巨型怪物鐵男，他要摧毀這個世界：「我們能夠把整個世界變成金屬。我們能夠讓整個世界生銹，直到它碎入宇宙。……我們的愛能夠摧毀他媽的整個世界！」。一個全雄怪獸（一種「社畜」，日本社會的一種公司動物？）災難性的誕生，傳遞出導演塚本晉也對受技術侵吞的人性的灰暗願景。

4. 撞毀即身分／Crash as Identity

毫不誇張地說，在後人類、後工業時代，我們人類都來自於這種碰撞。這種碰撞以性愛和死亡願望的離奇結合為特點，從中第二種生命被創造出來，一種新的死後的身分也隨之被塑造：損傷（damage）即為後人類身分的化身。在《鐵男》中，上班族的變異從自動撞擊（auto-crash）金屬狂開始，到與他的終極碰撞中結束。正如J‧G‧巴拉德的科幻小說《撞車》中所描寫的那樣，自動撞擊表明了一種純潔之心的災難性泯滅，是一個為了崇高的重生而造就的成年儀式，因為在後碰撞狀態下被損害、被變異的身體，在晚期資本主義文化中實際上是真實存在（*the real*）的極點；上班族女友的性欲由撞車被點燃（起初的車禍，後來她色情地咬金屬香腸和餐具），她與瀕死的金屬狂搞短暫的性狂歡，並反覆說「親愛的，他在看著我們」。這種與瀕臨毀滅的金屬狂的身體進行的後碰撞性交，使金屬狂從死亡中復活並得以重生；而她的凌亂的全金屬身體，被上班族巨大的電鑽陰莖弄得四處飛濺。這種致命的肉體－金屬的誘惑與「二次來臨」，明確喚起了巴拉德式的逃避主義速度超越（「我們即將通過天堂」）：「我想起沃恩，他滿身被蒼蠅覆蓋像一具復活的屍體，他又譏諷又溫情地看著我。我知道沃恩在車禍中不會真的死去，他會以某種方式通過那些扭曲的水箱和級聯擋風玻璃而重生」。[10]

---

[9]　轉引自 Mark Dery, *Escape Velocity: Cyberculture at the End of the Century*, p. 274.

[10]　J. G. Ballard, *Crash*(NY: Picador, 1973), pp. 209-210.

　　把超越根植於一系列傷口、創傷、傷痕、損傷的末世論符號學中，塚本晉也試圖揭示我們沉迷於機器所具有的諷刺意味——機器反過來刺激、模擬權力與享樂進而摧毀我們，把我們的身體改變為怪異的垃圾。因此，無所不知、無所不在的金屬狂，確實不是別的而正是我們人類自己。我們內心對神祕快樂的欲望，迷信地以為機器、科學、技術能帶給我們那些快樂。它是我們的死亡欲望，像一種致幻劑一樣誘惑著我們，也像一種幽靈性病毒一樣最終擊垮我們。用喬治‧巴塔耶的話說，「通過拋失人類重獲宇宙的自由運動，他可以迷醉於廣袤的星雲之中而翩翩起舞，但是在暴力的、連續的身體耗費中他由此塑造自身，人必須意識到他是在死亡的控制下進行呼吸的」。[11]

---

[11]　Georges Bataille, "Les Corps Célestes" (Heavenly Body), *Verve*, no. 2 (Spring 1938).

第七章　媒間跨界：重繪美國華裔藝術的眾聲喧嘩[1]

　　在新澤西學院（TCNJ）新美術館舉辦中國當代藝術展，這一想法的萌生純屬偶然。2011年2月4日下午，天氣寒冷，中國當代藝術策展人與紀錄片導演歐寧先生應邀在新澤西學院發表題為「拆除中國：中國紀錄片與藝術的生態空間政治學」的演講。我校藝術與傳播學院院長約翰・勞頓（John Laughton）和美術館館長莎拉・坎甯安（Sarah Cunningham）都出席了此次演講會。演講結束後，大家和歐寧就中國當代藝術進行了座談，我即興詢問勞頓院長是否有興趣舉辦一次中國當代藝術展。令我驚喜的是，勞頓為能在新澤西學院美術館舉辦這樣一次展覽表現出極大的熱情。在勞頓的支持下，坎甯安（五月份離開了TCNJ）、新館長艾米莉・克羅爾（Emily Croll，6月份就任）和我花了大半年時間穿梭在喧鬧的紐約街頭，拜訪美術館、展覽會和藝術家工作室，為此次展覽精心挑選藝術作品。

　　為策劃一次既在類型上具有多樣性又在藝術上具有創造性的藝術展，實在難上加難。為了辦好這次展覽，我汲取了在北美舉辦的兩次具有突破性的中國當代藝術展的經驗。一次是高名潞策展的「由內向外：中國新藝術」（Inside Out：New Chinese Art），此次展覽於1998年在紐約開展，後在全美巡展直至2000年結束；另一次是謝柏軻（Jerome Silbergeld）策展的「由外向內：中國當代藝術」（*Outside In: Chinese X American X Contemporary Art*），此次展覽於2009年在普林斯頓大學博物館開展。這兩次展覽的策展理念，正如它們的標題所揭示的那樣，前者關注1980年代中期後毛澤東時代中國大陸的美術新潮，這些作品往往被貼上「先鋒派」、「後現代主義」、「新藝術」、「實驗藝術」等西方文化的陳規標籤，以彰顯源於西方的、更進步的藝術理論和實踐的本土化；後者突顯出一些問題意識，諸如什麼是「中國的」、什麼是「美國的」、什麼是「當代藝術」等，把一些跨界藝術品推上前臺，質疑和挑戰了民族認同與藝術當代

---

[1]　本文是我為我校美術館策展《媒間跨界：美國當代華裔藝術大展》（Inter-Mediate: Remapping Contemporary Chinese American Art）畫冊所寫的前言。由董國俊教授翻譯成中文。該畫展歷時近兩個月（2011 年 10 月 26 日至 2011 年 12 月 11 日），為我校美術館首次展出美國華裔藝術家的作品。畫展吸引了數千觀眾前來參觀。

性的傳統觀念。毫無疑問，從「由內向外」到「由外向內」的轉變，表述出一種地形學和知識論上的循環。

在本次展會上，我們尋求打破這種中心主義的「外內」循環。通過插入一個媒介，分割這種循環的節點，以中止其循環性的完成，因此一種「媒間」（Inter-Mediate）的介入方式則最恰當不過了。這個展覽聚焦於媒介，針對美籍華人不安的流散語境，以圖更新馬歇爾・麥克盧漢的名言——「媒介即訊息」。「媒間跨界」方式引出大量問題：媒介怎樣塑造了美籍華人的身分？美籍華人藝術家怎樣使用不同的媒介來建構自己的身分？資訊（包括殘留資訊和新興資訊）是如何被媒介在不同的社會文化語境中改造、翻譯或移植的？美籍華人藝術家的流散體驗如何改變或重新建構了其藝術實踐的媒介？等等。

在這個意義上，「媒介」（medium）不應被視為是一個名詞，而是一個動詞，其功能是調解或斡旋（mediate）大量的邊界、身分、界限、區域和路徑。本次展覽遴選的八位藝術家（5女3男）——胡冰、崔斐、何善影、宋昕、譚力勤、張宏圖、張鷗和鄭連傑，都被張宏圖戲稱為「CIAS」即「中國移民藝術家」（Chinese immigrant artists）。他／她們都在中國（包括香港）出生、成長和接受大學本科教育，其作品涉及形形色色的媒介，包括油畫、玻璃畫、陶瓷雕塑、裝置藝術、數碼沖印、攝影、電影、電腦生成圖像、動畫、紙拼貼、天然藝術品、有機材料，等等。這些美籍華人藝術家的作品，在不同的藝術形式、藝術風格和中美不同的文化中進行協商。通過對新媒介混合物的創造性運用，這些藝術家反省了自己在美國成為「他者」的疏離藝途，以及對中國文化根源的批判性吸收，隨後便產生了一種動態的「居間性」（in-between）空間，它更流動、更開放和更靈活，超越任何單一／單語文化與藝術陳規，吸取多元文化的精華，揚棄各自藝術傳統的局限性，最終否定了任何「外內」閉合的可能性。

張宏圖對中國古典和西方大師的三幅作品（《王原祁－塞尚》、《馬遠》和《八大八大》）的後現代再創作與中西嫁接，不僅有力地調解了中國傳統卷軸畫和西歐油畫之間的筆法，而且動搖了原創與真實、複製與虛幻之間的邊界。通過互文性模仿（幾乎相同但並不完全）的策略，張宏圖重申了他的「中國移民藝術家」的流散雜種的身分。更重要的是，正是這種跨界情感，使張宏圖在重制他的中國古典山水畫時，表現出對中國環境惡化的一種敏銳的參與意識（「在那些大師看到洶湧之水的地方，我看到了乾涸的河床。在他們畫乾淨之水的地方，我畫起了被污染的水。」）。

張宏圖作品中這種顛覆性的遊戲方式，肯定會提高人們保護和維繫中國山水的生態意識。同樣，何善影的四件陶瓷作品，通過把中西方大眾文化偶像（龍、毛澤東、瑪麗蓮·夢露、蒙娜麗莎、觀音菩薩）和受到膜拜的企業標誌（沃爾瑪、肯德基、麥當勞、道鐘斯指數）進行數碼轉移，創造出一種獨特的雕塑混雜性。這些符號拼貼的陶瓷雕塑，看起來既矯飾又充滿戲劇性的幽默；作品試圖顛覆一種單語的、同質的文化身分，使之產生一個交叉區，進而居間調解「新與舊、技術與傳統、通訊與語言、美學與文化認同、經濟與權力」之間的張力。這些巨大的陶瓷作品一方面展示出古老藝術的當代性，也同時揭示了華裔藝術家身分的異常脆弱性。

　　胡冰的空瓶裝置藝術，是日常生活中遺棄物（絲襪、空酒瓶子、衣架）的彙集，這是視覺上具有挑釁性的混合媒介。藝術家試圖揭示這些司空見慣的物件中所蘊含的親密的人性光暈，從而復原物之存在的內在生命。在試圖對這些一次性物品的去熟悉化行為中，胡冰尋求改變觀看者的感知，它們是脆弱性、創傷、暴力、性欲和性別不平等，而這一切在移民社會中都是常見的、無形的和被壓抑的。張鷗的四幅大型照片，直面後社會主義中國兒童的隔閡、疏離、錯位和身分喪失的症候。前兩幅照片選自張鷗由21幅照片組成的《地平線》（2004），是藝術家重返她故鄉湘西村落期間完成的。這些照片拍攝了兩個六七歲的女孩蹲在田野邊，有點受驚但攻擊性地直視／挑釁著攝像機，好像在問：「我們的未來在哪裡？」。在寫實影片的半紀錄片風格中，面對這些天真而困惑的農村小女孩，張鷗拒絕任何自我東方化的凝視；相反，她以深深的同情和精巧拍攝她們。後兩幅照片選自張鷗的2008系列《世界是你們的（但也是我們的）》，揭示中國當代社會中被物質主義和消費主義吞噬的城市青年的淺薄與隔閡。這些作品的文本／標題、體恤上的圖像和作為背景的文化古跡之間造成諷刺性的分離，彰顯了張鷗強烈的批判立場。

　　宋昕通過將古老的中國民間藝術剪紙植入美國當代語境，確立起了她的流散身分。通過使用「剪切」技術，她製作出迷惑性的三維拼貼畫，這些視覺圖像在回收時裝、娛樂雜誌、廣告和色情中都可看到。這種不和諧的文化材料的多重性，在描圖紙上通過蒙太奇和拼貼的方式重新組裝，暗示了一種碎片的、重構的移民身分，從而重繪了一個移居路徑和身分的變更／本土空間。與宋昕的「剪切」工藝相對位，譚力勤的數碼裝置藝術大膽地把中國本土的文化根源重譯進一個解域化的移民世界。通過把木材上的數碼印刷與影音動漫製作技術相結合，譚力勤把中國古代哲學和宇宙觀

中的木、火、水、土、金五個主要元素，放置在互動式的後現代三維裝置藝術中。生動的動畫不僅使這五種神祕的元素鮮活而直接，而且以一種強有力的方式與觀看者相連接，讓觀看者體驗到爆發於自然的、充滿活力的原始能量。在個脈絡上，譚力勤挪用先進的數碼技術，創造出一種「居間的」新媒介藝術，他稱其為「數碼自然藝術」，以闡釋大道與人的生命之間的超然共生關係。

這種超越性的道和人性之間的關聯性，在行為藝術家、錄影藝術家鄭連傑的錄影裝置藝術《華山計畫－山頌》（2008）和大型影印作品《藤蔓》（2005）中也能夠看出來。《華山計畫－山頌》中沖入雲霄的竹葉緩緩落入深谷，構成一種迷人的抒情性，散發出一種生命朝生暮死的光暈，以及包含在自然界中的神聖能量。《藤蔓》中藤蔓的黑白照片，喚起中國水墨畫的神奇魅力，飛濺的筆法中顯露出神祕大道的純視覺美感。另外兩件影印作品，選自鄭連傑於1993年創作的長城系列（共四幅，取名為《大爆炸—捆紮丟失了的靈魂》，在長城的破碎部分完成），它們通常被看作是天安門事件後中國最重要的行為藝術作品。這些照片用紅布包裹了一萬塊碎磚，不僅在視覺上極具挑釁性，而且在文化和政治上具有顛覆性，因為這個象徵性的歷史遺跡圖示的是中國的民族認同，而它受到了一種解構、分解和散播。同理，在崔斐的裝置藝術中，劃分藝術和媒介的那條界線非常難以捉摸。崔斐通過把自然中撿來的材料（如荊棘、卷鬚、細繩、樹枝、樹葉、藤蔓）相結合，創造出在自然與文化之間進行調解的書法裝置作品。她將這些自然物作為原稿和表意符號，它們好像已是自然中書寫的親密痕跡，等待著被閱讀和被融合。難道這是藝術嗎？崔斐通過呈現自然是藝術、藝術是自然的觀念，似乎自信地拆解了表徵的二元性。

調解還是不調解？居間還是不居間？讓我們聽聽中國古代道家的聖人和哲學家莊子的話：

> 荃者所以在魚，得魚而忘荃；
> 蹄者所以在兔，得兔而忘蹄；
> 言者所以在意，得意而忘言。
> 吾安得夫忘言之人而與之言哉？

一旦媒介的調解完成，我們就應該從媒介的束縛中解放媒介。畢竟，藝術自由勝過一切！讓本次展會上的作品說話吧。

跋

　　本文集收錄了筆者從事學術志業三十年裡所撰寫的關於文學，詩學，文化，電影，藝術，哲學，與新媒體的論文。確切地講，這裡奉獻給讀者的應該是筆者三十年裡在不同時期寫下的各種「天馬行空」的狂想／冥想之絮語，其中大多的篇什都是個人隨性之作。在時間跨度上，這些篇章映現了筆者的人生與學術成長年代（從20世紀80年代到21世紀前10年；從青年到中年；從本科生，經研究生，博士生到大學教授）；在空間上，這些篇章可以說真正地跋涉了千山萬水（重慶，北京，香港，美國加州，新澤西），活脫脫地見證了筆者的漂泊離散之旅。因此，毫無誇張地說，這種時間與空間上的史詩般跨度刻苦銘心地塑造了筆者的學術氣格與精神追求。

　　要把三十年苦煮辛熬的駁雜文字原滋原味地呈現給讀者實在令筆者惶恐不安，也的確需要一番「風蕭蕭兮易水寒」的壯士氣度。每當筆者輕彈塵埃，重新翻閱舊作，特別是那些出道／初道之習作，親歷當年的粗陋稚嫩，時時不禁倍感汗顏。然而，隨著手指觸摸那些一疊疊泛黃的紙頁，頓感猶如普魯斯特那神奇的「瑪德琳小點心」，一股暖流穿越時空驟然而至，逝水年華的追憶既救贖又療治，昔日的血氣，朝氣與元氣歷歷在目，似乎爽心悅目。雖說那些習作多愚妄言，但因為是一段原真的「旅程」，只好敝帚自珍，讓那些孟浪之語算作「望道」之蹤跡吧。道法精深，得道之途遙遙，只能懷望遠眺，可旅程之初道則是可追溯的，所以就一同收起負笈上路了。文中必有諸多錯訛與失當之處，在此，敬祈高明讀者諒解與賜教。

　　收入在這一冊《中西詩學的迷幻與幽靈》的16篇文章都是筆者於1993-2011年用英文撰寫的，均首次由英文翻譯成中文。由於學術體制的不同，筆者自從1993年出國留學（先於1993-1996在香港中文大學，後於1996-2002在加州大學大衛斯分校）以來，基本上放棄了用中文寫學術論文，唯有用中文寫詩才保持了與母語的親密接觸，所以在用英文寫作時，心中的潛在對象往往為西方讀者，自然論證的方式也是西學式的，而在中國讀者視為常識的背景知識則需多費筆墨的。明眼人一看便知，輯錄在這裡的文章大體上就是一次對西方當代文學與哲學理論的巡禮，不但映現了20世紀八九十年代中國大陸學界的「理論熱」，而且更體現了大陸學人所歷經的

西方理論的成人式洗禮。那個年代，年輕學子大都對西方理論如饑似渴，雖然一知半解，卻仍神魂顛倒，過山車般飛躍過西方各種理論流派（新批評，詮釋學，精神分析，後現代主義，結構主義，解構主義，女權主義，後殖民，離散理論等）。八十年代對筆者啟蒙最大的三本西方文學理論著作為：韋勒克、沃倫（René Wellek and Austin Warren）的《文學理論》（三聯1984年版），特雷·伊格爾頓（Terry Eagleton）的《二十世紀西方文學理論》（伍曉明中譯，陝西師大1986年版）和傑姆遜（Fredric Jameson）的《後現代主義與文化理論》（唐小兵中譯，陝西師大1987年版）。

持異議者曾譏諷這股對「西風」的追捧為邯鄲忘步，鸚鵡學舌，愚笨至極，其理論對中國文本的生搬硬套也一派胡言亂語（gibberish）。與其責罵盲從的「拿來主義」，筆者更願意相信這股對西學理論的追崇熱潮其實催生于對中國文化的「闡釋焦慮」，實乃為一種「感時憂國」（obsession with China），因為中國當代學術的批評能力與話語皆被幾十年的革命意識形態機器所禁錮，壓制，戕害，直至徹底消除。當面對新生的複雜社會文化現象時，舊有的闡釋理論已經失效，而產生於自身文化內部的新理論又尚未出現，因而「西風」便乘虛而入了。誠如賽義德在其《旅行的理論》（Traveling Theory）所指出的那樣，任何理論都絕不是超穩定的，放之四海皆准的真理，它在位移，遷徙的時空之路徑中會變形，變異，甚至被誤讀，被抵制，其有效性必須受到在地的歷史，社會和文化的檢驗與轉化。筆者必須在此得向讀者坦白，收在這一冊裡的文章盡是些囫圇吞棗之作，離將理論在地化定位還遠著很。它們多數是些筆者的讀書心得和筆記，借用拉康（Lacan）的一個晦澀術語，就是「jouissance」，一種主體逾越「快樂原則」界限後所經歷的「痛快感」或者「絕爽」！

提到這種對理論的「痛苦的快樂」便把筆者拉回到了28年前的1989年那個騷動不安的春天。那一年的春學期，北師大的老詩人——學者鄭敏先生首開研讀德里達的英文研討班，恩師樂黛雲鼓勵我們比較文學所的研究生去修課，最後我和王華之師妹決定去拜師學藝。鄭先生當時家住清華園，所以我們每週四下午都騎車去清華園上課。89年是我剛從重慶到北大讀研的第二學期，當代西方理論的知識真是一窮二白，更莫說玄奧的解構主義理論了，其大宗師德里達聞所未聞。而現在卻要攻讀他的原典，那可令人心驚膽戰！當時前來跟鄭先生「練功學藝」就「四人幫」（耶魯解構不也是「四人幫」嗎！）：我們北大兩人加上她的兩位博士生。鄭先生雖說是以「九葉派」詩人蜚聲文壇，可老先生當年留學美國布朗大學，念的

是哲學，所以她的教學風格完全是美式seminar（研討班），前一個星期佈置閱讀作業，第二個星期做讀書報告，然後全班進行討論。我們當時要讀的第一書就是德里達的巨著On Grammatology（論書寫學）。當我瞥見鄭先生手中拿著那本厚重的書時，心裡暗想不就是一本「西遊記」式的歷險記嗎？有什麼大不了的！可是當我們拿到譯者斯皮瓦克（Spivak）寫的譯序影本開始閱讀時，頓覺如天書一般，思緒也如騰雲駕霧，懵懂迷茫一片，絞盡腦子也不能領悟斯皮瓦克那艱澀的文體。那時北京的學潮正如火如荼，我們通常在給鄭先生彙報外面的動態後，又繼續研讀德里達的解構文本，似乎外面的熱火朝天與我們無關。可是，有一次，鄭先生突然給我佈置一個作業，要求我們去學運中心北大三角地找「羅格斯中心主義」，解構口頭語與書面語的二元對立，記得我們都齊聲對鄭先生吼了起來，不是大宗師德里達聖言過：「文本以外一無所有」（il n'y a pas de hors-texte）嗎？鄭先生笑眯眯地回答道，你們都弄錯了，不是「There is nothing outside the text」（文本以外一無所有），而是「There is no outside-text」（世界根本沒有外在文本），世界皆為文本！

Text-texture世界皆為編織的文本！春日北京的四五月白楊果開裂，滿城盡飄楊絮，似乎蔚然壯觀。依稀記得在北大通往清華園的小東門道上長滿了高大的白楊樹，下午兩點我們騎車去清華園時道路上空飄飛著雪白的楊絮，毛絨絨的，小棉絮般纖細，真感覺世界玄幻如夢，尤其是在我們五點下課後騎回北大時，看見在夕陽的餘暉照耀下，那些漂浮在空中雪白的楊絮又鍍上一層金黃色，美輪美奐，但每想到它們又飄無定所，遊動不拘，如西方飄來的理論，浪遊無根，頓覺悲壯又慘烈！其實，我們人類只要為「快樂原則」而活就苟且了，可為何還要越界去追求「痛苦的快樂」呢？！據迷信說，那些在春日裡漫天飛舞的絮就是靈魂的波，他們漫遊世界尋找靈魂的家園，在尚未覓得歸屬之前，它們將不停地漫遊無邊的天空。

誠如收集在這一冊裡的篇章，它們或許就是飄浮不定的楊絮，只有漫長曲折的路徑（routes），而無深植大地的茂根（roots）。它們凝視自我與他者，民族與世界，邊緣與中心，歷史與幻象，烏托邦（utopia）與惡托邦（dystopia）或者異托邦（heterotopia），詭異如幽靈，迷幻如虛擬的賽柏格。其實，樂老師說筆者的學風是「火花式的」並非戲言，而真是一語中的，擊中要害，也道破天機。說真的，筆者非常羨慕尊敬那些「刺蝟型」的學者（比如，魯迅專家，沈從文專家，張愛玲專家，莎士比亞專家等），他們的治學非常深刻，專一和體系化；而筆者的思維則是跳躍性，發散性

的，像一名遊擊隊員，打一槍後迅速撤離再換一個地方，很難擁有固定的根據地，筆者猜想這種「遊移性」氣格就算是「狐狸型」吧。所謂「東張西望」無非就是「東拉西扯」的大雜燴，在中西方文化的開闊地上鳥瞰巡遊，並對其有觸動的景致做一些蜻蜓點水式的評點。對作者和讀者來說，這類作文的好處就是自由。作者不要構造嚴密的體系，可以隨意去寫；而讀者也不要拘於任何閱讀成見，可以隨便去讀，開懷去翻閱。何不快哉樂哉！

時光荏苒，三十年一晃就過去了，真是白駒過隙。對一位學人來說，前三十年應是何等海闊天空的歲月：辛勤播種，耕耘與收穫！真誠希望這部文集可以酬答以下多方的惠助，關懷，支持與勉勵，不至於讓他們感到筆者在蹉跎寶貴的青春歲月。

首先，要由衷感謝那些為筆者掌燈的老師們，沒有他們的引導，指點迷津，筆者可能仍因困在混沌的洞穴中，終日背對牆上反射的影子而尚未被開悟。他們是：香港中文大學英文系的王建元老師，周英雄老師，陳清僑老師；加州大學大衛斯分校東亞暨比較文學系的奚密老師，Robert Torrance老師，Marc Blanchard老師，英文系的Gary Snyder老師，Alan Williamson老師，環境與建築系的Heath Schenker老師，藝術系的Lynn Leeson Hershman老師，戲劇系的Janelle Reinelt老師；芝加哥大學哲學系的Arnold Davidson老師；普林斯頓大學藝術史系的謝柏軻老師（Jerome Silbergeld）。

由於文集中的大部分文章都是用英文寫成的，承蒙諸位譯者盡心盡力將其翻譯成中文。想必譯者們在翻譯筆者那些佶屈聱牙的英文時會產生某些荒誕的穿越之感吧。雖然譯文最後均由筆者數次勘校，修正和潤色，但一定會有諸多不盡人意的地方，敬請學者方家不吝賜教。在此筆者向以下諸位譯者致以最誠摯的感謝與敬意。他們是：上海戲劇學院的翟月琴博士，上海外國語大學原蓉潔博士，北京大學南亞研究所的范晶晶博士，雲南藝術學院的趙凡老師，武漢大學外語學院的江承志教授，倪菲菲老師；甘肅林業大學外語學院的董國俊教授。他們各自翻譯的文章均在文集中一一標出。

雖然學術研究與寫作終究是一項極個人化的孤獨勞作，但筆者深信時常與志同道合的學友們的密切交流，深入切磋，甚至激烈的論爭不但可以拓展一個人的知識視野，而且還可以開啟無窮的智慧之門。想當年八十年代的北大「侃風」盛行，有同學為了一個觀點從一間宿舍「侃」到了另一間宿舍，從一層樓「侃」到另一層樓，從一個系「侃」到另一個系，從一

所大學「侃」到另一所大學，甚至「侃」遍全中國；那個年代，「問道」之氣真的異常強大，常目睹走廊上兩「遊俠」爭得面紅耳赤，時有揮拳捶臂。那可真是一個為理想，真理與學問而生活的浪漫年代啊！在筆者三十年「問道」的旅程中，曾得到眾多的學友們的惠助與激勵。他們或閱讀過筆者的文稿並提出寶貴的修改意見，或徹夜長談並激發出諸多批評性的火花，或在不同的學術會上評點初稿以便日後修訂完善，筆者在此無法一一列舉他們的名字，不過仍想借此機會向陳躍紅，臧棣，魯曉鵬，龔浩敏，歐陽江河，柏樺，于堅，楊小濱，宋偉傑，宋明煒，韓晗，翟永明，柯夏智（Lucas Klein），陸敬思（Christopher Lupke），楊治宜，翟月琴，劉潔岷，王斑，柯雷（Maghiel van Crevel），劉劍梅，張真，賀曉麥（Michel Hockx），徐剛，Jason Tonic等諸位學友同仁致以由衷的謝意。

在此我要特別感激劉再復先生在自己著述與講學的繁忙中抽出寶貴的時間為本文集撰寫了這麼一篇精彩至極的序言。先生是我一直敬仰的大學者與大思想家。筆者本人自80年代初期起步上道以來就深受先生的文學批評思想的啟發與恩澤，先生的開放胸襟莫大地惠及學林。所以在動手編輯這本文集時，筆者心中就暗藏一個奢望，就是請先生給陋作寫一個序言。但筆者深知先生日程繁忙，而且筆者這本粗陋，汗顏之作未必夠得上先生的眼光。但無知者無畏，筆者還是斗膽愚行，就懇請劍梅兄將筆者這癡想與拙作轉達給令尊。筆者跟劍梅兄講，只有拙作能打動令尊才寫，否則就不打擾他老人家了。劍梅來信告知，令尊很喜歡拙稿並願意賜序。果然不久，筆者就收到了先生撰寫的一篇洋洋灑灑的大序，高屋建瓴地點評了拙作，對拙文進行了富有真知灼見的導讀。先生對後學的褒獎與美言推薦實在令人感佩，令筆者動容。再次感謝先生為本文集慷慨作序，同時也對劍梅兄的俠義惠助深表謝意。

感謝韓晗主編以及秀威資訊的鄭伊庭主任將拙作納入【秀威文哲叢書】，使這些歷經久遠的文字能有機會拂去灰塵，見諸於世。徐佑驊小姐對文稿進行了精心的編輯與細查，筆者深表謝意。

最後，在筆者三十年迢遙的「望道與旅程」中，全家人的呵護，摯愛與支持始終伴隨在筆者的身邊，尤其是內子盧丹跟隨筆者跋山涉水，共度風雨飄搖的的人生歷程，為筆者那些虛無縹緲的「望道」做出了難以言喻的奉獻，愛子米稻，愛女米顆給予筆者了無窮的人生樂趣與鼓勵，他們的愛護關懷始終是筆者繼續「望道」與耕耘永不枯竭的精神支柱和力量源泉。謹將這本微不足道的文集獻給他們。

在秋日的大道上，宣言聚攏，樹葉向您捲起，請收割吧，遠遊人種在懸崖邊上饑餓的糧食，我的善良又苛求的讀者！

米家路

2017年5月31日

於普林斯頓

語言文學類　PG1793　秀威文哲叢書22

望道與旅程：中西詩學的迷幻與幽靈

作　　者/米家路
叢書主編/韓　晗
責任編輯/徐佑驊
圖文排版/莊皓云
封面設計/王嵩賀

發　行　人/宋政坤
法律顧問/毛國樑　律師
出版發行/秀威資訊科技股份有限公司
　　　　　114台北市內湖區瑞光路76巷65號1樓
　　　　　電話：+886-2-2796-3638　傳真：+886-2-2796-1377
　　　　　http://www.showwe.com.tw
劃撥帳號/19563868　戶名：秀威資訊科技股份有限公司
　　　　　讀者服務信箱：service@showwe.com.tw
展售門市/國家書店（松江門市）
　　　　　104台北市中山區松江路209號1樓
　　　　　電話：+886-2-2518-0207　傳真：+886-2-2518-0778
網路訂購/秀威網路書店：http://www.bodbooks.com.tw
　　　　　國家網路書店：http://www.govbooks.com.tw

2017年6月　BOD一版
定價：450元
版權所有　翻印必究
本書如有缺頁、破損或裝訂錯誤，請寄回更換

國家圖書館出版品預行編目

望道與旅程：中西詩學的迷幻與幽靈 / 米家路著.
　　-- 一版. -- 臺北市：秀威資訊科技, 2017.06
　　　　面；　　公分. -- (語言文學類；PG1793)(秀威
文哲叢書；22)
　　BOD版
　　ISBN 978-986-326-439-2(平裝)

1.詩學 2.比較詩學

812.18　　　　　　　　　　　　　106009477

讀者回函卡

感謝您購買本書，為提升服務品質，請填妥以下資料，將讀者回函卡直接寄回或傳真本公司，收到您的寶貴意見後，我們會收藏記錄及檢討，謝謝！
如您需要了解本公司最新出版書目、購書優惠或企劃活動，歡迎您上網查詢或下載相關資料：http:// www.showwe.com.tw

您購買的書名：＿＿＿＿＿＿＿＿＿＿＿＿＿＿＿＿＿＿＿＿＿＿＿＿

出生日期：＿＿＿＿＿年＿＿＿＿＿月＿＿＿＿日

學歷：□高中 (含) 以下　　□大專　　□研究所 (含) 以上

職業：□製造業　□金融業　□資訊業　□軍警　□傳播業　□自由業
　　　□服務業　□公務員　□教職　　□學生　□家管　□其它＿＿＿

購書地點：□網路書店　□實體書店　□書展　□郵購　□贈閱　□其他

您從何得知本書的消息？

　□網路書店　□實體書店　□網路搜尋　□電子報　□書訊　□雜誌
　□傳播媒體　□親友推薦　□網站推薦　□部落格　□其他＿＿＿＿＿

您對本書的評價：（請填代號　1.非常滿意　2.滿意　3.尚可　4.再改進）

　封面設計＿＿＿　版面編排＿＿＿　內容＿＿＿　文／譯筆＿＿＿　價格＿＿＿

讀完書後您覺得：

　□很有收穫　□有收穫　□收穫不多　□沒收穫

對我們的建議：＿＿＿＿＿＿＿＿＿＿＿＿＿＿＿＿＿＿＿＿＿＿＿＿

＿＿＿＿＿＿＿＿＿＿＿＿＿＿＿＿＿＿＿＿＿＿＿＿＿＿＿＿＿＿＿＿

＿＿＿＿＿＿＿＿＿＿＿＿＿＿＿＿＿＿＿＿＿＿＿＿＿＿＿＿＿＿＿＿

＿＿＿＿＿＿＿＿＿＿＿＿＿＿＿＿＿＿＿＿＿＿＿＿＿＿＿＿＿＿＿＿

11466
台北市內湖區瑞光路 76 巷 65 號 1 樓

秀威資訊科技股份有限公司 　　收

BOD 數位出版事業部

....

（請沿線對折寄回，謝謝！）

姓　　名：＿＿＿＿＿＿＿＿＿　年齡：＿＿＿＿　性別：□女　□男

郵遞區號：□□□□□

地　　址：＿＿＿＿＿＿＿＿＿＿＿＿＿＿＿＿＿＿＿＿＿＿

聯絡電話：(日)＿＿＿＿＿＿＿＿＿＿＿(夜)＿＿＿＿＿＿＿＿＿＿＿

E-mail：＿＿＿＿＿＿＿＿＿＿＿＿＿＿＿＿＿＿＿＿＿